ein Ullstein Buch

D1866281

ein Ullstein Buch
Nr. 20169
im Verlag Ullstein GmbH,
Frankfurt/M – Berlin – Wien

Ungekürzte Ausgabe

Umschlagentwurf:
Hansbernd Lindemann
Umschlagfoto:
Bernd Kappelmeier
Alle Rechte vorbehalten
Mit freundlicher Genehmigung
des Paul Zsolnay-Verlags, Wien/Hamburg
© Paul Zsolnay Verlag
Gesellschaft mbH, Hamburg/Wien 1931/1959
Printed in Germany 1981
Druck und Verarbeitung: Mohndruck
Graphische Betriebe GmbH,
Gütersloh
ISBN 3 548 20169 5

Dezember 1981

Vom selben Autor
in der Reihe der
Ullstein Bücher:

Die gespenstigen Abenteuer
des Hofrat Brüstlein (20135)

CIP-Kurztitelaufnahme
der Deutschen Bibliothek

Edschmid, Kasimir:
Feine Leute oder Die Großen dieser Erde:
Roman/Kasimir Edschmid. – Ungekürzte
Ausg. – Frankfurt/M; Berlin; Wien: Ullstein,
1981.
(Ullstein-Buch; Nr. 20169)
ISBN 3-548-20169-5
NE: GT

Kasimir
Edschmid

Feine Leute oder Die Großen dieser Erde

Roman

ein Ullstein Buch

„Das ist das Neue an unserer ganzen Situation in der Welt: Niemand will heutzutage den Krieg — aber jedermann ist so gut darauf vorbereitet wie noch nie."

Romano zu Bobby 1930

Die Jacht

In der Nacht vom 21. zum 22. August fuhr eine englische Flottille in den Hafen von Venedig ein. Am nächsten Morgen lagen sieben graue Torpedoboote und zwei Kreuzer vor der Riva degli Schiavoni. Ihre schönen massiven Schießtürme, die großen ausgeschwungenen Geschützrohre und die schrägen niedrigen Schornsteine befanden sich genau vor dem Dogenpalast.

In aller Frühe begannen die italienischen Küstenbatterien zu Ehren der englischen Besucher zu schießen. Die englischen Offiziere, die auf Deck ihrer Schiffe standen, sahen zu, wie die italienischen Geschosse vor dem tiefblauen Himmel über der Adria platzten — es gab einen roten Blitz, dann stand eine schwarze Wolke wie ein formloses Flugzeug oben in der Luft . . . und dann kam der Knall.

Während dieses Vorgangs fuhr ein kleines Schiff von tausend Tonnen mit der belgischen Flagge am Heck und der italienischen Nationale auf dem Mast durch die schmale Einfahrt, die den Lido von dem Festland trennt.

Der Besitzer dieses Schiffs war ein Herr Lapin aus Brüssel, und er benützte das weißlackierte Boot mit den messingglänzenden Bullaugen zu seinen Privatzwecken, das heißt zu seiner Unterhaltung. Er kam aus Algier oder vielmehr ursprünglich aus Biarritz, wo er eine Anzahl Gäste mitgenommen hatte, die in dem Wahn gelebt hatten, eine kleine Jacht sei etwas Vergnügliches, und nun voll Enttäuschung sich anschickten, das Schiff zu verlassen, nachdem bereits in Cadiz und in Gibraltar drei der Eingeladenen unter eiligen und grotesken Umständen ihren Gastgeber verlassen hatten. Sie hatten sich bald nach der Abfahrt in Biarritz alle überzeugen müssen, daß ein Schiff von tausend Tonnen eine Nußschale ist, die auch bei Windstärke sechs bereits fürchterlich schaukelt und bei jedem Regenguß rasch in einen Hafen schlüpfen muß, und sie fühlten sich alle zähneknirschend etwas blamiert über ihre ungeprüfte Naivität, mit der sie eine weißangestrichene Privatjacht als den Gipfel des Wohllebens angesehen hatten.

Der Aufenthalt auf der Jacht hatte sich für die Gäste nun allerdings dadurch etwas absonderlich gestaltet, daß die Gewohnheiten des Herrn Lapin sich als ganz andere herausstellten, als es die Gäste erwartet hatten. Die Gäste hatten ein gemütliches Leben bei einem recht reichen Herrn von fünfunddreißig Jahren erwartet und das Gegenteil getroffen. Mit Ausnahme von Virginia Watts, die in Gibraltar bereits wieder an Land gegangen war, hatten fast alle Gäste die Jacht aus reiner Eitelkeit betreten und wurden daher im Grunde mit Recht bestraft. Einer von ihnen, ein Deutscher namens Fitznow, hatte in der ersten Nacht schon an alle nur erdenklichen Bekannten, mit Ausnahme einiger älterer preußischer Onkel, an die er sonst nur jede Weihnachten schrieb und „respektvoll Fitznow" unterzeichnete und die leider gegen ausländische Nationen eingenommen waren, Briefe geschrieben, auf denen sich ein hübscher Stahlstich mit dem Namen der Jacht befand.

Sogar der zweite Deutsche, ein Baron B., der im Besitz eines bekannten deutschen Börsennamens im Pariser „Jahrbuch der eleganten Welt" mit der Bezeichnung „Hotel" hinter seinem Namen verzeichnet war, was vor dem Kriege bedeutete, daß seine Familie, wenn auch nicht in Paris ansässig, so doch im Besitz eines eigenen Hauses in Paris war, sogar dieser Deutsche, von prächtigem Aussehen und anständigem Ruf, war der Einladung des Belgiers nur gefolgt, weil es schließlich außer ein paar Yankees und zwei oder drei Engländern auf der durch wirtschaftliche Überproduktion geschwächten Welt niemand mehr gab, der sich den Luxus einer Privatjacht leisten konnte – und auch Baron B. wollte diese Gelegenheit nicht auslassen.

Aber keiner der Eingeladenen hatte vermutet, daß Lapin, der körperlich einer Mücke glich und den sie für einen von Alkohol und verrückten Ideen ruinierten Schwächling gehalten hatten, an Bord sofort Wurfspeere und Boxhandschuhe heraufbringen ließ und seine Gäste zwang, mit ihm zu kämpfen.

Lapin war sehr dünn, sehr gelb und hatte eine sehr lange spitze Nase. Er besaß dazu so magere Arme und Beine und einen nach oben sich verengenden Brustkasten, daß er damit kaum atmen zu können schien, und trotzdem hatte er mit irgendeiner vom Satan protegierten Energie sich breite Schultern zugelegt — und die von ihm gewünschten Kämpfe endeten gewöhnlich mit seinem Sieg. Schon am dritten Tage erschien der Italiener Ricci mit Krücken auf Deck, obwohl er keineswegs verletzt war, um mit dieser List den Kämpfen, die er nicht gewohnt war, zu entgehen.

Fitznow, der so feige war, daß er sich überhaupt nicht stellte, mußte zum Ausgleich für die kostbaren Briefbogen, die er versandte, die ganze Verachtung des Belgiers ertragen, ein Zustand, der Virginia Watts, die als Tennisspielerin sich auf der englischen Nationalliste befand, so verärgerte, daß sie in Gibraltar auf etwas heftige Weise die Jacht verließ, von der sie sich ein sportliches Vergnügen versprochen hatte. Lediglich Baron B. hatte mit seiner riesigen Erscheinung dem Belgier das Gesicht geboten, aber er hatte als Belohnung dafür eine ärgerliche Quetschung am Oberschenkel von einem abgeprallten Wurfspeer davongetragen.

Natürlich hatte die Reise nicht nur aus unbequemen Sportkämpfen bestanden. Lapin war oft in Häfen gegangen und hatte in Algeciras, Tunis, Malaga, Barcelona und einigen Rivierabuchten Anker werfen lassen. Es hatte eine Anzahl Einladungen für Bekannte vom Land auf der Jacht gegeben, die nett verlaufen waren. Die Gäste hatten auch häufig, wie sie sich das beim Einsteigen vorgestellt hatten, faul in ihren Liegestühlen liegen und aufs Wasser sehen können, aber ein Sturm, der sie bei Bastia an der Nordküste Korsikas beinahe auf die Klippen geworfen hätte, das häufig sich einstellende schlechte Wetter in Gegenden, wo sie mit Recht gutes Wetter erwartet hatten, und die abrupten Launen des Gastgebers hatten alle Mitfahrenden verstimmt. Sie waren jetzt alle von der Tatsache erfreut, aussteigen zu können.

Bei solch moralischem Zustand der Gäste lief die Tausend-

Tonnen-Jacht durch die schmale Rinne in den Hafen von Venedig ein.

Lapin stand an Deck in einem an der Brust offenen Pyjama und noch unrasiert und sah mit einem Fernglas der Explosion der Geschosse am Himmel zu. Dieses Schauspiel faszinierte ihn so, daß er erst wieder um sich sah, als die Jacht an den Kriegsschiffen vorbeiglitt. Lapin verstand von vielen Sachen dieser Welt wenig, aber von einigen verstand er dank derselben sonderbaren Energie, die ihm auch breite Schultern verschafft hatte, eine ganze Menge, und zu diesen einigen Sachen gehörten Schießangelegenheiten.

Lapin besaß darin eine große Erfahrung, und diese Erfahrung war überdies ererbt. Sein Vater hatte zu den unentwegten Herren gehört, die mit dem seligen König Leopold durch dick und dünn gegangen waren, als dieser lasterhafte und kluge Monarch den Kongostaat erst sich und dann seinem Lande zulegte. Lapins Vater war einer der Männer gewesen, die in Begleitung des geschäftstüchtigen seligen Königs den Korrespondenten Stanley vom „New York Herald“ immer wieder quer durch Zentralafrika jagten, um die Chancen eines Kolonialerwerbs auszukundschaften, der damals allerdings für lächerlich galt. Lapins Vater besaß schließlich am Ende dieser Transaktion für sich persönlich ein Gebiet, in das er Belgien ruhig siebenmal hätte hineinlegen können, während der selige lasterhafte König ein Gebiet von rund dreiundsiebzigmal der Ausdehnung seines heimatlichen Königreiches besaß, ein Gebiet, das die Presse, die Börse und die Welt anfangs für einen Malariamisthaufen hielten, während es bald eine Goldgrube ward.

Herr Lapin, der durch die Beerbung seines seligen Vaters ein Terrain von der mehrfachen Größe seines Vaterlandes besaß, hob seinen unrasierten Kopf ein wenig, als der Kapitän auf ihn zutrat und ihm mit einem Gruß, wie er einem Großen dieser Erde zukam, ein Telegramm reichte.

Während Lapin die Radiodepesche las, sagte der Kapitän: „Wir müssen wegen der Kriegsschiffe provisorisch im Seitenkanal festmachen. Erst um drei Uhr dürfen wir vor der Piazzetta anlegen.“

„Ja, finden uns die Leute denn da?“ fragte Lapin. „Die Tübinger meldet sich gerade zum Frühstück an.“ Er zerknüllte nachdenklich das Telegramm zu einer Kugel.

„Natürlich findet uns Frau Tübinger“, sagte der Kapitän. „Ich werde ihr überdies noch ein Telegramm senden lassen.“

„Sagen Sie dem Obersteward, daß er mit größter Aufmerksamkeit anrichten soll“, sagte Lapin zerstreut.

Einige Augenblicke starrte er noch nach den Kriegsschiffen hinüber, aus deren grauen Bullaugen Windfänger hingen, um den in den Eisenkajüten zusammengepferchten Mannschaften bei der Hitze wenigstens eine Spur Luft hereinzuholen.

Lapin betrachtete mit zusammengekniffenen Augen die furchtbaren Stahldrehtürme, die großen Maschinen, welche die Geschützrohre ausschwangen, die steil nach oben gerichteten Mäuler der Flugabwehrartillerie, die langen Überwassertorpedoläufe in der geschmeidigen Drillingsaufstellung und die schmale, raubtierhaft knappe Form der gepanzerten Decks. Dann sah er nach dem Himmel zurück, wo mit brutalem Ruck die kleinen Wolken erschienen, lange, ehe der Schall der Explosion ihm in die Ohren schlug.

Dies alles, die Maschinen, das Schießen und die Schiffe regten Lapin mächtig auf. Seine Haut spannte sich fest über seine Backenknochen. Leider kam er aber nicht zum ungetrübten Genuß dieses Schauspiels, denn seine Phantasie war beinahe genauso kräftig durch die Radiodepesche der Frau Tübinger abgelenkt.

Frau Tübingers Besuch spielte für Lapin eine größere Rolle als der Besuch eines Souveräns, und der Besuch von Frau Tübinger brachte den Belgier tatsächlich mehr aus der Fassung, als wenn der König von Italien sich angemeldet hätte. Daran war die Skepsis nicht allein schuld, die Lapin gegen die paar noch existierenden Dynastien hegte — sein Vater hatte schon mit einem klugen und lasterhaften König gute Geschäfte gemacht, und Lapin kannte gewissermaßen erblich die Vorzüge und die Nachteile von Souveränen ganz gut —, es war vielmehr ein Gefühl von Standesbewußtsein, das Lapin mehr an Frau Tübinger als an irgendeinen Monarchen band, es war sein instinktives Gefühl für Macht, die er und Frau Tübinger in ganz anderem Maß besaßen als irgendein europäischer Gewalthaber.

Die Tübinger war sein eigener Stall, sein eigener Rang. Ihr seliger Gatte hatte im portugiesischen Ostafrika, an der tropischen Ostküste, in Mozambique, eine souveräne Handelsgesellschaft gegründet und an sie vererbt — ein Terrain, das etwas kleiner war als Lapins Kongostück, das aber Lapins Kongostück dadurch an Machtfülle übertraf, daß die Handelsgesellschaft eigene Paß- und Zollrechte besaß, denen sich auch der portugiesische Generalgouverneur in Lourenço Marques beugen mußte.

Die Handelsgesellschaft der Tübinger besaß auch eine kleine Verfassung. In der Verfassung stand, daß die Gesellschaft das Christentum ausbreiten, Kupfer fördern, Straßen in das Innere anlegen und Bahnen bauen, Farmen errichten und die Eingeborenen lesen und schreiben lehren solle... Herr Tübinger hatte zu seinen Lebzeiten diese Paragraphen seines Vertrages dadurch ausgeführt, daß er eine kleine Armee organisierte und die Einziehung der Kopfsteuer, welche die Eingeborenen entrichten mußten, verpachtet hatte, was eine gut durchgeführte Versklavung von zwei Millionen Untertanen zur Folge hatte.

Er hatte daneben auch Kupfer erschlossen und Sisalplantagen a conto der Handelsgesellschaft angelegt. Die Kolonie war eines der größten und mühelosesten Geschäfte geworden, und er hatte dieses Geschäft, das auf einer Armee von zweitausend Askari-Negern basiert war, seiner Frau hinterlassen, die das Geschäft gottergeben hinnahm, wie es ihr übertragen wurde. Die Tübinger war eine große üppige Frau, mit roten Haaren und einem guten Hundegesicht.

Das Gefühl, in Kürze diese Frau zu sehen, die vielleicht der einzige Mensch war, welcher Lapins innerste Vorstellungen von seiner eigenen Bedeutung verstehen und seine intimsten Lebensgefühle begreifen konnte (genau wie er die ihren begriff) — dieses Gefühl erregte Lapin leidenschaftlich, ja verband ihn sogar heftig mit der Tübinger, die er im Grunde nicht ausstehen konnte, und diese Verbindung und die Erwartung, die Tübinger zu sehen, schmälerten ihm den Genuß, den er durch das Schießen und beim Anblick der starken inneren Längsschotten der Kriegsschiffe empfand.

Lapin ging ein paarmal auf Deck hin und her, sah dann nach, ob die belgische Flagge am Heck richtig saß, und versicherte sich darauf mit einem raschen Blick, daß die italienische Flagge, die als Freundschaftsgruß auf dem Mast hing, ordentlich flatterte. Darauf gab er Auftrag, zu Ehren der Tübinger, die allerdings wahrscheinlich Schweizerin war oder irgendeine andere neutrale Nationalität besaß, die portugiesische Flagge auch noch irgendwo zu hissen, und ging dann in seine Kabine hinunter, um sich rasieren zu lassen.

Zur selben Zeit rasierte sich in seiner Kabine der deutsche Baron B. Er stand vor dem Spiegel, zog den Apparat selber kunstvoll durch sein Gesicht und beobachtete im Spiegel, wie sein Steward, der hinter ihm auf dem Boden saß, seinen Koffer packte.

Baron B. war, trotz der Opfer, die sein Haus der Inflation und dem verlorenen Krieg gebracht hatte, und obwohl er selber nicht mehr an Bord des Bankhauses war, das seinen Namen trug, für deutsche Verhältnisse noch ein wohlhabender Mann. Er besaß vielleicht dreiviertel, vielleicht sogar eineinviertel Millionen, die nicht in der Industrie angelegt und also noch wirklich bestehend waren, und besaß mit diesem Barvermögen mehr als fast jedermann in Deutschland.

Er hatte aber auch, wie jeder Deutsche, der etwas Wirkliches sein eigen nannte, ein schlechtes Gewissen über diesen Besitz, denn er sah nicht nur die Millionen Arbeitsloser, sondern er erlebte auch täglich von neuem den Sturz, den die ganze besitzende Schicht in Deutschland mitgemacht hatte. Er hatte seine Vettern und seine Kusinen, seine Freunde, Feinde und Kameraden fast ausnahmslos unter die Räder kommen sehen und kam selber keine Sekunde mehr aus dem Gefühl des sozialen Druckes heraus, der in Deutschland alle Menschen verband — während die anderen Gäste des Schiffes, die anderen Ländern angehörten, und Lapin selber überhaupt kein Gefühl dafür besaßen, daß die Güter der Welt ziemlich ungerecht verteilt waren.

Baron B. überlegte sich, während er sich rasierte und dabei

im Spiegel seinem Kabinensteward zusah, der seine Socken sortierte, was dieser ruhige und anständige Mensch sich über manches, was auf der Reise vorgefallen war, wohl für Gedanken gemacht haben mochte. Eigentlich mußte der Anblick so vieler Menschen, die gar nichts taten, als Whisky zu trinken und Tag und Nacht die Dienste des Personals in Anspruch zu nehmen, das Personal demoralisieren. Dazu kam eine Anzahl peinlicher Dinge, die in den Häfen passiert waren und die einen Mann wie den Steward aufgereizt haben mußten. Baron B. empfand diese Tatsache ziemlich scharf und fühlte den Drang, darüber etwas Ausgleichendes zu sagen.

„Sagen Sie mal, Marcel", fragte er, während er sich den linken Mundwinkel gerade ausrasierte und dabei den Mund wie ein Tenor offen nach oben hielt, „haben Sie nicht unterwegs manchmal Lust gehabt, uns alle miteinander über den Haufen zu schießen?"

„Macht der Herr Baron einen Witz?" erkundigte sich der Steward und sah voll höflichem Interesse in den Spiegel, aus dem ihn das Gesicht des Barons B. anblickte.

„Nicht die Spur, Marcel", meinte Baron B. „Erinnern Sie sich an die Nacht in Nizza?"

Der Steward dachte nach und nickte.

„Wenn ich in jener Nacht zu servieren gehabt hätte, mein Lieber", sagte Baron B., „dann hätte ich bestimmt Lust gehabt, ein paar Leute über Bord zu werfen."

Der Steward wickelte verlegen einen Hosengürtel, den er einpacken mußte, um sein Handgelenk. Es war ihm noch nicht begegnet, daß ein Mitglied der herrschenden Klasse in dieser Weise mit ihm sprach.

„Immerhin —", sagte er geniert, „ich werde hier doppelt so gut bezahlt wie auf einem anderen Schiff."

„Sehr erfreulich", sagte der Baron B. und zuckte die Achseln. Er hatte erwartet, daß der Steward etwas anderes antworten würde.

„Außerdem bekomme ich, wenn ich auf einer Jacht wie dieser hier gedient habe, später auf jedem andern Schiff eine Stelle als Obersteward", fuhr der Steward ermutigt fort.

„Na schön", murmelte Baron B. „Sie brauchen die Koffer

nicht abzuschließen. Ich habe noch etwas hineinzulegen." Er ölte sich seufzend, aber in seinem sozialen Gewissen beruhigt und etwas bestärkt in seinem schwankenden Glauben an die Stabilität der Welt, sein Gesicht. Dann zog er sich an.

Eine halbe Stunde später ging er hinüber in Lapins Kabine, um sich zu verabschieden. Der Belgier saß in seinem Bad und rauchte eine Zigarette. „Wollen Sie wirklich weg?" fragte er stirnrunzelnd, als der Deutsche ihm die Hand reichte. „Ich hätte Sie gern noch für Dalmatien auf dem Boot gehabt."

Baron B. fuhr mit seiner rechten Hand über seinen Oberschenkel.

„Wenn ich mich einmal totschlagen lassen will, Lapin, komme ich auf die Einladung zurück. Haben Sie eine Zigarette da?"

„Da drüben", nickte Lapin und blies den Rauch seiner Zigarette steil in die Luft, während er den Deutschen mit engen Pupillen starr ansah. „Schade, daß Sie nicht einmal ein paar Monate in den Kolonien gelebt haben", sagte er leise und knackte seine Zähne zweimal aufeinander. „Sie hätten schon Lust an bestimmten Sachen bekommen. Na", fuhr er gutmütig fort und spritzte das Wasser der Wanne mit seinen Zehen etwas auf, „es war doch eine nette Zeit. Nicht wahr? Und solange Sie in Venedig sind, bitte, kommen Sie, wann Sie Lust haben, zum Essen an Bord. Sie brauchen sich nur anzumelden."

Fünf Minuten später fuhr Baron B. mit einem kleinen Motorboot an Land. Das Boot setzte ihn an der Piazzetta an das Ufer und fuhr dann zurück, um Ricci und Fitznow zu holen, die ebenfalls die Jacht verließen.

Während diese beiden über die Lagune fuhren, kämpfte Fitznow die ganze Zeit mit sich, ob er den Italiener fragen solle, wo er in Venedig wohnen werde. Fitznow hatte Hemmungen, weil automatisch auf diese Frage die Gegenfrage kommen mußte, wo Fitznow selber absteigen werde. Fitznow hatte keine zweihundert Lire in der Tasche. Er hatte dagegen viel von seinem Haus in Florenz und seinem großen Gebäude bei Hannover erzählt, in dessen Küche die Grenzen von vier deutschen Ländern zusammenliefen. Trotzdem war es sehr ungewiß, wo er wohnen würde. Es war vielmehr im Gegenteil nur gewiß, daß dies ein bescheidener Ort sein würde. Dies wünschte Fitznow unter keinen Umständen zuzugeben, aber er wollte auch den blauäugigen jungen Italiener nicht aus den Händen lassen, teils, weil der Junge ihm so gut gefiel, teils, weil der Junge vermögend und einflußreich war.

„Wo wohnen Sie in Venedig?“ fragte Fitznow schließlich doch, als sie schon verdächtig nahe vom Kai an ein paar teuren Segeljachten des Klubs der „Compagnia della Vela“ vorbeifuhren.

„Überhaupt nicht“, erklärte der Italiener, „ich fahre zuerst auf das Gut meiner Tante bei Belluno. Und dann auf eine andere Besitzung. Und dann vielleicht zu anderen Bekannten auf dem Land hier in der Nähe. Aber ich komme oft nach Venedig herein. Und Sie?“

„Bin noch nicht im klaren“, erwiderte Fitznow und zog die Augenbrauen hoch. „Der Lido gefällt mir nicht mehr recht, aber Venedig ist wahrscheinlich zu heiß. Schreiben Sie mir doch an das Reisebüro des ‚Boston Expreß‘, wenn Sie in die Stadt kommen. Das wäre nett. Wir könnten zusammen essen. Und Sie erreiche ich wohl am besten über die ‚Compagnia della Vela‘? Was?“

Fitznow streifte das Gebäude des Segelklubs, den d'Annunzio gegründet hatte, mit einem begehrlichen Blick. Er ließ den Blick respektvoll weiter zu der Jachtmütze Riccis gleiten. Da hing die Kokarde des Klubs ebenfalls.

Ricci gefiel dieser Vorschlag nicht. Er machte aus seinem hübschen Gesicht eine Fratze.

„Tun Sie das lieber nicht“, riet er ab, „sonst bekomme ich Ihren Brief erst Neujahr. Ich gebe Ihnen zeitig Nachricht, wenn ich hier bin.“ Das kleine Motorboot legte gerade an der Steinmauer der Piazzetta an. „Gott sei Dank“, sagte Ricci, „ich bin froh, daß wir aus dem Narrenkasten heraus sind.“ Es war doch scheußlich, nicht wahr?“

„Das walte Gott“, stimmte Fitznow zu und sah einen Augenblick, während er Ricci aufmerksam beim Aussteigen auf die nassen Steinstufen half, nach der Jacht zurück, die schneeweiß vor San Giorgio Maggiore ankerte – und deren Besitzer weder ihn noch Ricci gebeten hatte, mit nach Dalmatien zu fahren oder zum Essen an Bord zu kommen, solange die Jacht im Hafen von Venedig lag.

Der Besuch

Um halb ein Uhr kam Lapin wieder an Deck der Jacht, und kurz darauf erschien im Hafen eine Motorbarkasse, die auf das Schiff zuhielt.

Der Kapitän stand oben auf dem Fallreep, unten standen zwei Matrosen und hakten mit Harpunen das Motorboot dicht an die Jacht heran. Als es ohne Schwankung festlag, halfen sie einer Dame heraus, die sofort die Treppe heraufkam.

Der Kapitän legte die Hand an die Mütze und preßte den andern Arm steif an den Körper. Frau Tübinger ging, sobald sie oben an Deck war, mit lachsroten Backen an ihm vorbei auf Lapin zu, der ein wenig mehr nach hinten auf dem Verdeck stand und seine Jachtmütze abnahm.

Während die Tübinger den Kapitän und die Matrosen überhaupt nicht ansah, begrüßte sie Lapin mit ausgesprochener Familiarität. „Wahrhaftig, Liebling", sagte sie, sich bewundernd umblickend, „Sie haben ein ganz neues Fahrzeug. Ich will Ihnen nur rasch noch Charly vorstellen, dann sehen wir uns das Schiff an."

Sie drehte sich um, und in diesem Augenblick erschien ein junger, kleiner Herr auf dem oberen Fallreep. Eines seiner Augen saß im Verhältnis zum andern sehr schräg, und er war aus der Nähe gar nicht so jung, wie es im ersten Augenblick geschienen hatte.

„Das ist Charles Anton Parma", stellte die Tübinger ihn vor, „er ist ein Neffe Alfons des Dreizehnten von Spanien, Lapin. Sie müssen Monseigneur zu ihm sagen, es ist ihm aber auch recht, wenn sie ihn Charly nennen. Geben Sie ihm die Hand, und jetzt sehen wir uns das Ding einmal an."

„Sind nette Leute in Venedig?" fragte Lapin, als er beide in den auf dem Oberdeck liegenden Salon führte.

„Zu viele Yankees", sagte die Tübinger.

„Ja, die Yankees sind komische Leute“, sagte Lapin und schnurrte wie eine Katze, als er dabei lachte.

„Weiß Gott, es sind komische Leute“, meinte die Tübinger, stehenbleibend. „Denken Sie, gestern kam ein Freund von Charly aus Villa d'Este zurück“, fuhr sie fort und behielt die Türe zum Salon in der Hand, ohne einzutreten. „Der Junge hatte seinen amerikanischen Flirt besucht, ein achtzehnjähriges Mädchen, das mit ihrer Zofe und ihrer Mama dort wohnt. Er hat in der Nacht das junge Mädchen auf dessen Aufforderung natürlich besucht. Dabei lag das Schlafzimmer der Mutter komischerweise neben dem Schlafzimmer des Mädchens und dann kam erst das Bad. Morgens um neun kam nun die Zofe und fragte die beiden im Auftrag der Mama, ob sie das Frühstück bringen solle. Was sagen Sie dazu, Lapin? Als der Junge am Abend wieder abreiste, gefiel ihm etwas im Gesicht der Mama seines Flirts nicht und er fragte sie, ob sie etwas an ihm auszusetzen habe. Was meinen Sie, was die Mama an ihm auszusetzen hatte? ‚Leider‘, antwortete die Mama, ‚Sie haben gestern abend nicht ein einziges Mal mit mir getanzt.‘“

Die Tübinger lachte mit ihrem guten, ruhigen Hundegesicht, ohne daß sich ihre Züge deshalb im geringsten bewegten. Dabei stieß sie die Tür zum Salon auf und ging mit ihren abgetretenen Absätzen vor Lapin hinein.

„Aber das ist ja antik!“ rief sie erregt aus, als sie sich umgesehen hatte.

„Originale“, sagte Lapin.

„Gefällt es Ihnen, Charly?“ wandte sich die Tübinger an den kleinen Parma.

„Die Tigerfelle sind stark durchbohrt“, sagte der Infant.

„Glauben Sie, daß man die Tiere mit Zucker fängt?“ fragte Lapin.

„Man schießt sie durch die Augen“, sagte Charly hartnäckig.

„Charly, wie können Sie so reden? Sie schielen ja derart, daß Sie keinen Hasen treffen würden“, sagte die Tübinger, die begeistert von der Jacht war und nichts auf Lapin kommen ließ.

Jetzt, wo sie unter sich waren, hatten beide, die Tübinger

und Lapin, eine ganz besondere Sprache. Sie unterhielten sich wie Kinder, die sachverständig ihr Spielzeug betrachten. Sie kannten beide den Ursprung ihres Geldes, sie liebten jeder das Geld des andern und die Macht des andern, die dieses Geld in Bewegung setzen konnte, und sie waren beide in dieses Geld verliebt, ohne sich dabei so, wie sonst im Leben, zu stellen, als sei Geld ein Dreck.

Die Tübinger faßte alles an, probierte jeden Stoff mit dem Daumen und schlug mit ihrem kleinen Schirmgriff an jedes Metall, während sie das Innere der Jacht bewunderte. Zu den Maschinen hinunter führten echte Läufer. In den WC. sah sie venezianische Spiegel. An jedem Bett, in jeder Kabine war ein Telephonapparat, der mit der Pantry und mit der Bar verband.

„Wie teuer, wie teuer“, seufzte die Tübinger. „Ist es nicht ein wenig heiß, da die Kabinen unter dem Salon liegen?“

„Sie werden durch Ventilation gekühlt“, erwiderte Lapin. „Die Bar ist übrigens die ganze Nacht geöffnet, falls man auf Deck schlafen will.“

„Liebling“, seufzte die Tübinger atemlos, „was hat das gekostet?“

„Sehr, sehr viel“, sagte Lapin.

„Ein Vermögen?“ fragte die Tübinger.

„Mehr“, lachte Lapin selig. „Sehen Sie einmal.“ Er zog etwas Papierdünnes aus der Tasche, das die Tübinger, erst als sie das Zifferblatt sah, als eine Uhr erkannte. „Von Cartier. Es gibt kein zweites Stück.“

„Mein Liebling“, sagte die Tübinger, die Uhr zwischen den flachen Händen haltend, „das ist wirklich ein schönes Stück. Aber was machen Sie, wenn Sie auf der Jacht Zahnschmerzen bekommen?“

„Ich habe einen Dentisten mit.“

„Teufel“, sagte Charly, den die beiden ganz vergessen hatten, während die Tübinger nur mit dem Kopf nickte, „wieviel Meilen machen Sie denn Maximum mit der Jacht am Tag?“

„Ich weiß es nicht ganz genau“, sagte Lapin, der gerade einen Safe aufschloß. „Ich bitte Sie aber, den Kapitän darüber zu fragen, da ich nichts sagen möchte, was nicht sicher stimmt. Boxen Sie eigentlich?"

Während Charly den Kopf schüttelte, hob Lapin ein Futteral aus dem Safe, öffnete es und reichte das Futteral der Tübinger hinüber. Die Tübinger nahm es in beide Hände, denn es war beinahe einen halben Meter lang und so schmal, als ob es etwa einen Spazierstock bergen müßte.

Charly, der über den Arm der Tübinger hineinsah, erblickte nur ein schwarzes Haar. Das Haar war vielleicht vier Millimeter im Durchmesser breit, und Charly, in dessen Kopf es zweifellos seltsam aussah und wo viele moderne erworbene Verwirrungen dicht neben vielen mittelalterlichen angeerbten Verwirrungen saßen, konnte keinen Sinn darin entdecken, warum die Tübinger das Futteral so lange respektvoll ansah. Neben ihr stand Lapin, und seine gelbe Haut war ebenfalls gerötet.

„Charly", sagte die Tübinger nun, „dieses Ding hier ist das größte Elefantenhaar, das in diesem Jahr in der Welt erbeutet worden ist. Tübinger hat seinerzeit diese Konkurrenz in Lourenço Marques gegründet, und das größte Haar gehört immer zu dem größten Elefanten. Lapin hat, obwohl Sie vorhin mit seinen Tigern so unzufrieden waren, dieses Jahr den stärksten Elefanten in Afrika geschossen."

„Meinen Glückwunsch", sagte Charly völlig uninteressiert.

Lapin klappte das Futteral wieder zu und legte es in den Schrank zurück.

Daraufhin führte er die Tübinger und ihren Begleiter zum Lunch hinauf in den Salon. Während des Frühstücks wurde nichts von Bedeutung gesprochen. Gleich nach dem Kaffee fuhr das Motorboot wieder vor, um die Tübinger abzuholen.

Sie stapfte mit ihren merkwürdig schlotternden Schuhen das Fallreep hinunter und wandte sich nur in der Mitte noch einmal zurück, um Charly zu rufen, der sich nicht genug eilte. Zwei rote Haarbüschel kamen unter ihrem Hut neben ihren roten Wangen heraus, und das Karmin und das Lachsrot leuchteten einträchtig nebeneinander.

„Lapin", rief sie, als Charly endlich über ihr auf der Treppe auftauchte, noch einmal in die Höhe. „Kommen Sie doch, wenn Sie Lust haben, heute abend zum Essen zu mir ins Hotel."

Neben dem Kapitän, der mit der Hand an der Mütze an der Reling stand, erschien auf den Ruf hin das Gesicht Lapins und sah auf das Fallreep hinab. Lapin nickte und winkte mit der Hand zu der Tübinger hinunter. Ihre Blicke trafen sich dabei.

Sie verfügten beide zusammen über mehr als drei Millionen Eingeborene. Sie konnten, wenn sie wollten, diese Eingeborenen lesen und schreiben lehren lassen. Sie konnten diese Eingeborenen auch hungern oder verhungern lassen. Sie konnten einen Teil davon, wenn es ihnen paßte, auch von ihrer Schutztruppe erschießen lassen und sie konnten, wenn sie wollten, diese Eingeborenen auch glücklich machen. Es war, während sie sich jetzt von der Reling zum Fallreep hinunter und vom Fallreep zur Reling hinauf ansahen, als ob alle diese Möglichkeiten, die ihnen in die Hand gegeben waren, in ihrem Winken und Grüßen enthalten seien, dergestalt einig und dergestalt sich verstehend nahmen diese beiden mächtigen Personen voneinander Abschied.

Im selben Augenblick fuhr dicht an der Jacht vorbei ein alter Viertausend-Tonnen-Dampfer des „Lloyd Triestino" in den Hafen ein. Ein Schiff voll Rostflecke, ursprünglich schwarz gestrichen und mit einem lieblosen Deck. An seiner Reling stand, umgeben von vier amerikanischen Männern, ein unscheinbarer, hagerer, untersetzter Herr mit einem Panamahut, der unter dem Namen John Lynch aus Triest kam.

Er musterte die Jacht einen Augenblick mit jenem blitzschnellen kalten Blick, der taxiert, einordnet und wieder abstößt und das Beschaute als armseliges Wesen zurückläßt. Dann wanderte der Blick wieder ins Leere. Weder Lapin noch die Tübinger beachteten das alte verrostete Frachtschiff. Weder Lapin noch die Tübinger beachteten den Mann, der in der Mitte seines Stabes an der Reling stand. Und doch war John Lynch ein Mann, desen Macht noch gewaltigere Organisationen als die Territorien Lapins und der Tübinger zum Erbeben bringen konnte.

Kennel geht spazieren

Drei Stunden später ging Kennel in roten Gummischuhen, einer in der Mitte des Oberschenkels amputierten weißen Tennishose und einem gelben, ärmellosen Hemd aus Wolle am Anlegeplatz der Motorboote vor dem Lidohotel spazieren.

Der Lido ist eine große, lang geschwungene Sandbank, die den Hafen und die Lagune von Venedig umschließt und mit der einen Seite nach Venedig und mit der andern Seite nach der Adria schaut. An der Stelle, wo das Hotel lag, war der Lido keine zweihundert Meter breit. Für die Gäste des Hotels war ein eigener Kanal durch die zweihundert Meter der Sandbank gegraben worden, und sie brauchten nur in Venedig mitten im Bauch des Hotels Danieli ein Motorboot zu besteigen, um in fünfzehn Minuten über die Lagune, an Kirchen und tropischen Inseln, an Irrenhäusern, Klöstern und Palazzi vorbei und mit Hilfe des Kanals wieder mitten in den Bauch des Lidohotels zu gelangen.

Und an eben dieser Stelle, wo man ausstieg und wo das Wasser der Lagune ein wenig faulig roch und wo sonst kein Mensch spazierenging, lief Kennel auf und ab.

Der Grund, warum Kennel an dieser Stelle statt auf der andern Seite des Hotels, wo der Strand nach der Adria zu wirklich eine Wonne für Spaziergänger war, hin und her lief, mit nackten Beinen und einem gelben Polohemd mit weiten Ausschnitten unter den Armen und am Hals, der Grund war lediglich der, daß Kennel guter Laune war.

Er hatte einen angenehmen Tag hinter sich und fühlte sich daher wohl. Er trug ein hübsches Kostüm, und wenn der Stoff das Wasser vertragen hätte, wäre es ein netter Badeanzug gewesen. Der Stoff vertrug nun allerdings das Wasser nicht, aber es war trotzdem der Anzug des Jahres, was Kennel da trug, eine Art Abendanzug des Badekostüms, eine Art

Gala der Schwimmgarnitur, und Kennel fand, daß die Art, wie er diese Gala trug, ihm Relief gab.

Er hatte bis halb elf Uhr geschlafen, trotz der Salutschüsse, und hatte infolgedessen die Jacht Lapins nicht zwischen Lido und Festland ankern sehen. Dagegen hatte er nach dem Lunch beim Pokern in seiner Capanne den Rauch vom Schornstein des Viertausend-Tonnen-Dampfers des „Lloyd Triestino" am Horizont aufsteigen und später das Schiff in den Hafen einlaufen sehen, an dessen Reling vier amerikanische Männer und Herr Lynch ankamen, aber Herr Kennel war nicht der Mann, sich um Transportschiffe zu kümmern. Überdies war er im Gewinnen, und kurz darauf kam von der Vorsehung gesandt eine junge Dame der „Casa Savoya", die Tochter eines Onkels des Königs, ein sympathischer Engel, an seiner Kabine vorbei und Kennel konnte sie durch das Hotel zum Motorboot begleiten.

Obwohl Kennel kurz gebaut und ziemlich stark behaart war und sein Blick der eines großen alten Fisches war, kannte Herr Kennel keine größere Wollust, als besonders schöne und zarte Frauen zu begleiten. Er fand, das gab ihm Relief. Und so war er mit seinem selbst erfundenen Gang, wie ein Paradepferd, die Arme nach außen gepreßt und die Knie mit den Hosen, die nur ein Fünftel des nackten Oberschenkels bedeckten, hoch nach dem Kinn hinaufgehoben, die ganze lange Badehausreihe mit der Prinzessin entlanggetrabt. Dann hatte er ihr in das Motorboot geholfen. Die junge souveräne Dame hatte ihren kleinen Sonnenschirm geschlossen und ihm die Hand gereicht: „Thank you, Mr. Kennel" — dann war das Motorboot abgebrummt.

Und doch war Kennel kein Engländer, obwohl die junge Angehörige des Hauses Savoyen englisch mit ihm gesprochen hatte. Wäre er Engländer gewesen, so hätte sein Name „Pfütze" bedeutet oder auch „Hundezwinger". Welche Nationalität hatte Herr Kennel, der so halb salopp und so halb militärisch am Landekanal des Lidohotels auf und ab ging?

Wenn er Franzose wäre, so würde sein Name etwas so Verrücktes wie „Stechpalmbeere" heißen. Einen so wahnsinnigen Namen trug aber ein Mann, dem der Galabadeanzug des Jahres trotz seiner dunklen Behaarung soviel Relief gab, nie und nimmer. Was blieb da übrig? Wenn Kennel ein Deutscher war, so war sein Name vielleicht baltisch. Vielleicht war er auch westfälisch, er klang so ähnlich, wie gute westfälische Namen klangen, wie Kerkeringk oder Kennard. Aber so wie Kennel sahen die Westfalen zu ihrem Glück doch nicht aus. Die Nationalität, der Stand Kennels waren also nicht zu enträtseln. Wie es auch sei, der Name war jedenfalls vieldeutig und undurchsichtig wie sein Besitzer und paßte zu dem Mann, der ihn trug.

Kennel war wirklich mit sich zufrieden, aus dem Grund seines Wesens heraus und nicht etwa nur aus Eitelkeit oder wegen der kleinen Prinzessin, neben der er fünf Minuten lang an dreihundert Leuten vorbeimarschiert war. Kennel war es ja gewohnt, die Großen dieser Erde zu kennen, ja er hatte sogar gelernt, sie genau zu unterscheiden und je nach dem Land, in dem er lebte, die einen oder die anderen hochzuschätzen. Er wußte, daß die Großen der Erde in einem Land nicht auch die Großen der Erde in einem andern Land waren. So war er in London zwar Mitglied des „Royal Auto Club", aber in Paris hütete er sich, Mitglied eines monarchistischen Zirkels zu sein, sondern stand nur eingeschrieben im „Club des Messieurs". In Berlin hingegen war er nur Mitglied des ganz neutralen Poloklubs, so gern er natürlich Mitglied des ehemaligen „Kaiserlichen Jachtklubs" gewesen wäre (falls man ihn dort gewünscht hätte). Aber falls man ihn dort gewünscht hätte, so hätte Kennel tatsächlich blutenden Herzens abgelehnt, denn die Mitgliedschaft in diesem monarchistischen Jachtklub hätte ihm in Berlin viele Wege in der republikanischen Gesellschaft versperrt, die für ihn lebenswichtig waren, obwohl er ein Nichtstuer war. Aber Kennel hatte für alles seine Gründe, und diese Gründe waren ihm schon Opfer wert.

Jedoch in Italien, wo Mitglieder der „Casa Savoya" überall mit der Nationalhymne empfangen wurden und wo selbst in der Oper der Dirigent die Arie abgeklopft hätte, wenn er mit dem Engel von Prinzessin von vorhin in der Loge erschienen wäre, in Italien liebte Kennel die Monarchie über alles. Er liebte sie gewissermaßen in sich selbst, denn etwas anderes zu lieben als sich selbst war Kennel kaum imstande. Das Schönste, was er kannte an Geruch, war Honig. Er hätte, wenn er es gekonnt hätte, jetzt, wie er so auf und ab ging und an sich selber dachte, Honig ausgeschwitzt. Derart ging es ihm jetzt gut. Er war auch überzeugt, daß es ihm immer so gegangen sei. Aber hier machte Kennel eine Geschichtsfälschung.

Die Leute, die Kennel vor dem Krieg kannten und besuchten, sahen auf seinem Schreibtisch damals lange Zeit seine eigene Photographie in der Uniform eines Kosakenoffiziers. Auf dem Piedestal dieser Photographie lebte Kennel, bis der Krieg ausbrach. Er kannte damals nicht sehr viel gute Leute, und diese Photographie brachte ihm daher große Schmerzen, als Rußland 1914 mobilisierte. Der Krieg sah einen jammernden, zerfallenden Kennel, der in alle Häuser rannte und versicherte, er sei weder Russe noch Kosakenoffizier.

Er entging der Verhaftung nur, weil das alles tatsächlich so stimmte. Was Kennel wirklich war, blieb auch damals unaufgedeckt und ziemlich verwirrt. Die Weltgeschichte ging übrigens im August 1914 rasch über Herrn Kennels Geburtsregister hinweg. Die Geschichte nahm auch wenig Anteil an Herrn Kennel im Verlaufe des Krieges. Es geschah ihm nichts, er verlor nichts, er überstand den Krieg, die Revolution und die Inflation. Er begann dann viel hin und her zu reisen, aber nicht weiter, als die paar Hauptstädte eben voneinander entfernt sind, die westlich, nördlich und südlich von Berlin liegen. Aber es war in diesen Hauptstädten sehr schwer für Herrn Kennel.

Im Jahre 1924 besaß er nur ganz mäßige Verbindungen von tatsächlichem Wert. Er kannte natürlich eine ganze Masse Leute, die in ihrer Gesamtheit auch alle für ihn wichtig waren, aber er saß keineswegs gerade in Berlin „mitten drin". Es kam ihm in Berlin ja nicht auf die Peripherie an, nicht auf die tausend Lebemänner und diese oder jene Parlamentarier oder Minister. Kennel wußte wohl, daß es einen bestimmten

Kern gab – und in diesem Kern war er nicht drin. Es handelte sich um etwa dreihundert Leute, die unnachahmlich hochnäsig waren, die bei jedem Turnier, jeder Premiere, jeder Rundfrage, jedem Empfang dabeiwaren und bei jeder Gelegenheit genannt wurden, die sich gegenseitig winkten, grüßten und mit Hallo anriefen und von anderen Menschen so wenig Notiz wie von Pavianhintern nahmen ... Kennel gehörte zu seinem Schmerz nicht zu diesen dreihundert Leuten, wurde nicht herbeigewinkt, gegrüßt und mit Hallo angerufen ... er gehörte damals noch nicht zu jenem Geheimorden merkwürdig zusammengewürfelter Nachkriegsleute, die sich in Berlin selber die „Gesellschaft" nannten.

Eines Tages wandte er sich bei einer Einladung an einen Bekannten.

„Wollen Sie nicht so nett sein und mich Mrs. Keene vorstellen?"

„Aber gern. Warten Sie, bitte, eine Sekunde."

Kennel sah, wie der Bekannte auf Mrs. Keene zuging und ein paar Worte mit ihr wechselte. Dann kam er zurück.

„Tut mir schrecklich leid, Lieber. Aber Mrs. Keene ist – na, Sie wissen ja – die Frau des englischen Marineattachés und darf niemand außer der Reihe kennenlernen."

Kennel lächelte, als habe Mrs. Keene ein diskretes Kleidungsstück verloren, nahm sein schwarzgerändertes Monokel in die Hand und sah mitleidig an die Decke. „Na, kommen Sie mit ins Bridgezimmer", sagte er lässig und herablassend und zog den andern mit sich fort.

Am nächsten Tag saß Kennel in der Halle des Hotels Adlon, und Mrs. Keene kam herein und ging auf den Lift zu. Kennel sprang von dem Tisch auf, an dem er mit fünf Bekannten saß, und stürzte auf sie zu.

„Mrs. Keene", sagte er und verbeugte sich langsam, aber nicht gerade tief, „es tut mir sehr leid, daß ich vorgestern abend nicht mit Ihnen tanzen konnte. Sie waren immer engagiert."

Mrs. Keene kniff die blauen schmalen Augen zusammen und besann sich rasch. Vorgestern war sie bei dem italienischen

Botschafter — sie dachte nochmals rascher nach, aber der Mann da fiel ihr nicht ein.

„Ach, wie schade", sagte sie dann. „Ich habe Sie gar nicht gesehen." Sie lächelte und stieg in den Lift.

Kennel nickte freundlich in den Lift hinein, lächelte ebenfalls und kehrte an seinen Tisch zurück. Während er durch die Halle ging, musterte er rasch den Tisch, an dem er selber saß. Leider lauter Junggesellen! Sie verkehrten zwar sehr gut. Aber Junggesellen, zum Teufel, machten nirgends die Gesellschaft aus, und wenn sie noch so guter Stall waren. Junggesellen machten nur den Rand aus, den sehr unverbindlichen Rand der Gesellschaft. Die wirkliche Gesellschaft waren Familien, waren verheiratete Frauen — und nur die Familie konnte einen Mann richtig starten. Junggesellen konnten das nie.

Aber Junggesellen konnten gelegentlich immerhin in Anwesenheit besserer Leute das eine Augenlid hochziehen und schläfrig durch ihren Zigarrenrauch hindurch sagen: „Kennel . . . ? Er verkehrt, glaube ich, in der englischen Botschaft." Dieses Augenhochziehen und dieser Satz waren Goldes wert.

Kennel kehrte an seinen Tisch in der Halle des Adlon zurück, drückte eine halbe Zitrone in seinen Tee, schaute zerstreut nach dem Portier und sagte dabei, als beschäftige ihn etwas anderes:

„Nette kleine Frau, die Keene. Alte Bekannte aus London."

Darauf breitete er die „Daily Mail" mit beiden Armen aus und fuhr lesend und beim Lesen die Zigarrenspitze in den Mundwinkel klemmend fort:

„Ich konnte neulich auf der italienischen Botschaft nicht mit ihr tanzen. Es war übrigens saulangweilig. Sieh da, Lady Chardy soll wieder zu Chanel als Mannequin zurückkehren."

Und indem er Lady Chardys Lebenskurve dergestalt mit acht Worten umschrieb, legte er die „Daily Mail" so überzeugend auf den Tisch, daß niemand, der die schöne Figur der Engländerin betrachtete, auf die Idee kam, daß Kennel gar nicht auf der italienischen Botschaft eingeladen war.

Bald darauf saß Kennel abends im Hotel Adlon bei einer

Veranstaltung, zu der allerdings exklusiv eingeladen war, bei welcher aber anderseits wieder große Weitherzigkeit geübt worden war, da man starke Einnahmen für einen wohltätigen Zweck erreichen wollte.

Um zwölf Uhr, in einer Tanzpause, kam der amerikanische Botschafter von irgendeinem Essen, um sich ein paar Minuten zu zeigen, und suchte einen Tisch. Er war ein wenig kurzsichtig und ging, zögernd um sich blickend, durch den leeren Tanzraum in der Mitte, als Kennel aufsprang.

Er ging ebenfalls durch den leeren Mittelraum, stutzte plötzlich, schien den Botschafter im letzten Augenblick erst zu erkennen, grinste herzhaft und streckte die Hand begeistert aus.

„How arc you?"

Der Botschafter verzog sein schönes kaltes Gesicht mit dem weißgescheitelten Haar keine Sekunde. Den Bruchteil eines Momentes lang musterte er hinter seinen halbgesenkten Lidern in seiner Erinnerung ein paar hundert Köpfe — er konnte sich aber dieses Gesichtes da nicht entsinnen. Dann dachte er, es werde wohl ein Journalist oder ein einflußreicher Parlamentarier sein.

Er lächelte gutmütig und drückte dem Mann vor sich einen Augenblick die Hand. Diese Hand erlebte etwas. Sie wurde von dem kleinen freundlichen Herrn nicht mehr losgelassen. Kennel hob diese kostbare Hand, schüttelte sie drei- und sogar viermal und behielt sie eine ganz kurze Spanne noch in seiner Hand.

Und während er sie zum viertenmal schüttelte, sagte er ganz rasch noch einmal:

„Wie geht es? Gut?"

„Yes."

„Famos."

„Thank you."

Nun drückte Kennel die Hand zum letztenmal und grüßte dabei, als ob er mit seinem Onkel spreche. Er befleißigte sich eines Gesichtsausdrucks, der einfach familiär war, vielleicht sogar ein wenig wohlwollend, aber natürlich voll Respekt. Er vermied sodann eine richtige Verbeugung zu machen, nickte, ging durch den Saal hinaus und kam erst nach einer Weile zu seinem Platz zurück.

Diesmal sagte er nichts. Das würde abgeschwächt haben. Aber, während er seine Nägel anschaute und tat, als ob er mit ausgebreiteten Ellenbogen das Programm studiere, überlegte er genau, wer alles diese Szene gesehen haben mußte. Er zog ebenso rasch seine Folgerungen daraus. Wenn nur zehn, nur fünf Leute, die er täglich traf, gelegentlich überlegten: „Ja, wenn er mit dem amerikanischen Botschafter intim ist ...", so hatte er schon einige Posten gewonnen. Wenn er nur einige Posten erst hatte, ergab sich der Rest und alles andere von selbst.

Kennel verfolgte dieses System hartnäckig und behielt daher recht. Im Jahre 1928 konnte Kennel schon wagen, sitzend zu Mrs. Keene, die vor ihm stand, zu sagen: „Liebe, gute Mrs. Keene. Ich bin zu müde zum Tanzen. Wenn Sie wüßten ..." Und er hatte, während er sich Luft zufächelte, als ob er schon mit sechs Flugzeug-Motoren getanzt hätte, einen scharmanten Zug im Gesicht unter seinen kalten Fischaugen.

Hingegen gab es jetzt aber auch Leute, die zu ihrer Frau gelegentlich sagten: „Wie kommt so eine Erscheinung in mein Haus? Wenn ich dieses Schwein noch einmal in deinem Salon sehen muß ... würde ich es aufrichtig bedauern."

Auf diese merkwürdig höfliche Erklärung erwiderte die betreffende Frau dann dunkel: „Er ist wirklich nicht so schlimm." Sie sorgte daraufhin dafür, daß Kennel bei ihrem nächsten Empfang im Hintergrund blieb. Aber beim übernächsten erschien er wieder.

„Dieser — Kerl war wieder da", sagte der Gatte beim Resümee über den Abend, das gewöhnlich einem groß angelegten kritischen Dialog glich.

„Lieber, er ist einer der drei Männer in Berlin, die Zeit haben", sagte daraufhin die Frau. „Selbst die Attachés müssen jetzt den ganzen Tag in solchen Büros hocken." Und sie machte eine Bewegung, als ob das Auswärtige Amt und die französische Botschaft finstere Kasematten seien.

Diesem Vorwurf, sich einer Frau nicht genug widmen zu

können, wagte kein Ehemann in diesen Jahren etwas Ernsthaftes entgegenzuhalten. Im zweiten Jahrzehnt nach dem ersten Weltkrieg schien dieser Vorwurf den abgehetzten Männern zwar ein Argument aus einem andern gemütlichen Jahrhundert, aber es war immerhin ein peinlicher Vorwurf.

Zeit zu haben blieb eines der drei Geheimnisse Kennels. Er war zu jeder Stunde zur Verfügung. Er spielte Golf, Bridge, Poker, Tennis, wann man wollte. Er hatte immer Neuigkeiten. Er kannte jedermann, er vermittelte alles, er besorgte Karten und Arrangements und war sogar zuverlässig. Er machte sich unentbehrlich. Sogar die robusten Männer, die „Zum Kotzen" dachten, wenn sie festen schwarzen Flaum aus seinem Manschettenrand heraushängen sahen, gewöhnten sich daran, daß er nicht zu umgehen war. Leider.

Ein zweiter Vorzug Kennels war, daß er fast alle Sprachen gut sprach und daher immer entsprechend leicht zu „setzen" war. Sein wichtiges Plus aber war die Art, wie er seine Liebesangelegenheiten erledigte. Er kompromittierte im Gegensatz zu allen Nachkriegsgepflogenheiten nie eine Frau. Kein einziges Mal versuchte er, eine Dame in eine verfängliche Situation zu bringen. Er galt darin als todsicher, was die Männer mit ihm einigermaßen versöhnte. Sein amouröses Leben blieb so lange undurchdringlich, bis man dahinterkam, daß er so unmodern war, Geschmack an großen Kokotten zu finden. Merkwürdigerweise waren dies immer Damen, die zu einer namhaften oder sehr hochstehenden Persönlichkeit früher einmal in Beziehung gestanden hatten. Wenn jemand erzählte, Kennel habe für die und die das und das ausgegeben, so lachte man daher nicht, sondern man verzog nur belustigt die Lippen, denn diese ganze Art von Beziehung klang ein wenig altmodisch, aber nicht nach schlechtem Stil.

Die fatale Geschichte mit dem Kosakenoffizier geriet ganz und gar in Vergessenheit. Die Kreise, die darum gewußt hatten, waren andere als diejenigen, in welche Kennel jetzt eindrang. Wenn jemand fragte, von was er lebe, antwortete jetzt schon irgend jemand, er habe Besitzungen „da unten" und machte eine unbestimmte Bewegung nach Rumänien oder Bulgarien zu. Wie viele Leute waren nach dem Zerfall Österreichs Tschechen oder Serben geworden oder Ungarn und Albanier – es kannte sich niemand mehr so recht darin aus. Balkan war eben doch nicht immer Balkan, zumal es jetzt eine Menge ganz nett aussehender Diplomaten aus diesen Ländern gab.

Nach der Revolution hatte Kennel einmal eine Karte in der Hand gehabt, die er jetzt wieder herausholte und die ihm nutzte, und die mit diesem Balkan zusammenhing. Zur Zeit, als die neuen Staaten, die es vorher noch nicht gegeben hatte, ihre Gesandtschaften etablierten, saß Kennel einmal im Orientexpreß dem neuen Chef einer diplomatischen Vertretung gegenüber, die in Stockholm errichtet werden sollte.

Der Mann klagte Kennel sein Leid, daß er von Schweden soviel wisse wie von Neuseeland.

„Soll ich Ihnen ein paar Tips geben, lieber Freund?“ fragte Kennel gefällig. „Ich kenne ein paar Leute da oben.“

„Was haben Sie eigentlich für eine Nationale?“ fragte der neuernannte Diplomat aufmerksam.

Kennel begriff innerhalb einer halben Sekunde seine Chance und antwortete: „Die Ihre.“

„Ach.“

Der Gesandte brach darauf dieses Gespräch ab und widmete seine Unterhaltung anderen Dingen, die sich aber als wenig ergiebig erwiesen. Nach Verlauf von zwei ziemlich langweiligen Stunden kehrte er plötzlich auf das Thema des nördlichen Reiches, das ihm soviel Sorge machte, zurück und fragte Kennel mit großer Offenheit, ob er Lust habe, sich mit ihm in Stockholm zu arrangieren.

Kennel lehnte das Angebot mit sympathischer Ironie ab. Da oben – was sollte er im Norden?

„Wenn es das ist“, meinte der Diplomat, „Sie können Urlaub haben, soviel Sie wollen, und ich führe Sie als ordnungsmäßigen Attaché.“

„Ich will es mir gern überlegen“, sagte Kennel höflich, als er sich am Bahnhof von dem andern trennte und dieser noch einmal an die Angelegenheit rührte.

Er überlegte es sich allerdings und war fünf Tage später bereits in Stockholm. Wann diese Sache „da oben" geendet hatte, wußte niemand recht. Kennel erzählte, er habe den Gesandten, der vor dem Krieg in einer kleinen Zeitung innerpolitische Artikel geschrieben hatte, etabliert und in die Gesellschaft eingeführt. Daraufhin habe er selbst sich zurückgezogen, da ihn die Sache gelangweilt habe und die Sache überdies nie auf die Dauer gedacht gewesen sei. Die Gesandtschaft schwieg, wenn sie darum gefragt wurde. Sie hütete sich, einzugestehen, daß sie ein paar Wochen lang von einem Herrn mitvertreten war, der ihrem Land in keiner Weise, nicht einmal dem Paß nach, angehörte. Solche Irrtümer passierten damals häufig, aber so oft hintereinander waren sie eben doch unangenehm.

Kennel holte jetzt diese Karte wieder heraus, als er in die wirkliche Gesellschaft eindrang. Zuerst sprach er noch etwas vag von seiner diplomatischen Vergangenheit. Als er sich jedoch darüber klar wurde, daß ihn niemand desavouieren würde und daß den Leuten in Schweden der Boden unter den Füßen noch mehr zitterte als ihm, sprach er sehr unbefangen davon.

Sooft nun einer der Männer, die ihren Tag in gehobenen Ämtern oder in Bankdirektorien verbrachten, seine Frau gelegentlich fragte: „Tut der Bursche eigentlich etwas?" und dabei mißmutig zu diesem notwendigen Übel hinübersah, erwiderte die betreffende Dame leicht gereizt: „Ich glaube, er war Diplomat. Aber es hat ihn nicht befriedigt."

„Das kann ich mir denken", sagte dann der Mann sarkastisch. Aber derselbe stark in Anspruch genommene Mann erinnerte sich vierzehn Tage später auch nur noch dunkel an die Tatsache, daß Kennel irgendeiner der vielen neuen Gesandtschaften in Berlin angehöre, die langsam eine Plage wurden, weil man sie nicht auseinanderhalten konnte.

Schließlich fragte niemand mehr nach Kennel. Er wurde so bekannt, daß jetzt jedermann ihn selbst auszufragen begann. Er wußte auch alles, Zusammenhänge, Geburten, Scheidungen, Skandale, Vermögen. Er machte geschickte Warnungszeichen mit den Schultern oder zitterte verhalten mit den Nasenflügeln, wenn anderseits irgendeine Auskunft, die er gab, prima war. Er hatte einen eigenen Stil, den ihm niemand übelnahm – so die Hände in den Smokingtaschen zu Fäusten geballt, etwas Flegelhaftes mit etwas Militärischem dabei, das man höchstens leicht komisch fand.

Leute, die ihn neu kennenlernten, Leute aus dem Ausland oder aus der Industrieprovinz oder aus Pommern, sagten jetzt öfters, mit dem Kopf nickend: „Erfreut, wenn Sie zur Hirschjagd kommen. Telephonieren Sie mal." Oder: „Mein Mann wird es sehr schätzen, wenn Sie sich unser kleines Chateau mal ansehen."

Solche Besuche machte Kennel nun allerdings selten, ja, er machte sie wirklich ungern. Er ging nicht gern längere Zeit aus Berlin weg und besonders ungern aufs Land. Er reiste nur mit Vergnügen weg, wenn eine außerordentliche Persönlichkeit mit von der Partie war. Die Hochzeit einer deutschen Prinzessin etwa mit einem Sekretär der englischen Botschaft unter Führung des englischen Botschafters selbst in grauem Zylinder – oder eine Jagdwoche in Ungarn etwa in Gegenwart des Reichsverwesers. Das gab ein bestimmtes Relief. Man konnte Telegramme senden, es gab Bilder in der illustrierten Presse und man konnte kleine Amateurphotos verschenken „beim Tennis mit Horthys Tochter" oder in Hemdsärmeln mit dem Golfbesteck beschäftigt in Gegenwart des Allgewaltigen der amerikanischen Vertretung. Das war ganz nett und hielt einen nicht lange weg von Berlin.

Kennel machte bei diesen Einladungen feine Unterschiede. Zu einem Jagdessen auf eine Besitzung des Präsidenten Masaryk wäre er nicht gefahren (er wäre auch kaum dazu geladen worden). Diese neuen Demokratien brachten keinen Ruhm, und er war sehr vorsichtig im Umgang mit ihnen. Nicht einmal in Paris machte es Eindruck, sich mit den Großen der politischen Welt zu zeigen. Sie hatten, man wußte nicht recht warum, etwas Komisches und in der Gesellschaft nicht sehr Geschätztes, vielleicht nur, weil jeder Franzose ja alles Pathetische ironisierte, aber kurz und gut, es war jedenfalls so.

Mit den Amerikanern war es dagegen anders. Selbst der

Kaiser hatte hier Ausnahmen gemacht. Auf so einer Jacht mit Mr. K. oder Mr. O. (die Namen waren nicht sehr originell, aber bedeuteten doch viel) vierzehn Tage im Mittelmeer zu schwimmen, gab seltsamerweise überall in Europa wiederum Relief. Kennel gewöhnte sich mit der Zeit daran, Dinge zu tun oder Dinge nicht zu tun, die Relief gaben oder nicht Relief gaben. Diese Dinge waren so verschieden und da und dort anders bewertet, daß es großer Aufmerksamkeit bedurfte, keine Fehler zu machen. Warum in aller Welt machte man sich lächerlich, wenn man mit einem sehr reichen Mann namens Knoll in Zypern anlegte? Warum amüsierte sich jedermann, wenn man mit einem M. Regnier in seinem Boot nach Kreta fuhr? Aber warum war es „all right", wenn der Mann, dem so ein Boot gehörte, Mr. Morgan aus New York oder Mr. K. aus Boston hieß? Unerfindlich? Aber gerade das war zu beachten.

Kennel war ein viel zu guter Beobachter, um in Deutschland etwa besonders adelsüchtig aufzutreten. Er erkannte recht gut die Macht der wirtschaftlichen Herzogtümer, die sich da in den Vordergrund geschoben hatten und die ihre Vorteile jetzt auch gesellschaftlich ausbauten. Und nicht ungeschickt! Auf dem Land natürlich, auf dem Land war es anders. Aber was wollte Kennel denn auf dem Land? Er gehörte nach Berlin in das Spiel, das zwischen Finanz und Diplomatie dort hin und her ging.

Er entsann sich eines Abends auf einer Besitzung in Westfalen, wo eine uralte Dame, die seinen Namen offenbar mit dem Namen Kerkeringk verwechselt hatte oder überhaupt nicht ganz folgerichtig denken konnte (man konnte das nie genau wissen), zu ihm gesagt hatte: „Heiraten Sie nie eine Hatzfeld. Ich bin selber eine. Sie sind alle keine Hausfrauen." Nein, das hatte er wirklich nicht vor. (Er hätte auch in Westfalen nie eine bekommen.) Sosehr sich die Bussches und der Damenklub in Münster und Lulu Ratibor und Biber Landsberg auch Mittelpunkt der Welt dort fühlen mochten, wer schaute heute schon aufs Land? (Bei den Spees roch es etwas dumpf nach alten Säcken, bei den Hatzfelds aber roch es nett nach guter alter Lingerie.) Gute alte Zeit! Wer schaute schon noch aufs Land?

Nein, das Land gab kein Relief. Und damit war für Kennel die Frage gelöst, wie lange und wohin er sich von Berlin aus manchmal entfernen durfte. Er machte auch nur eine einzige große und konsequente Ausnahme. Venedig! Noch vor seiner Abreise im Juli hatte er zur Baronin Goldschmidt-Wassermann gesagt: „Warum fahren Sie denn nach Pommern, Liebste? Kommen Sie doch an den Lido. Ich führe Sie überall ein. Sie können sich kaum vorstellen, was man für eine Stellung da haben kann." Er meinte mit der Stellung dabei nicht die Baronin, sondern deutete nur an, welche Stellung und welches Relief er dort selber hätte.

Die Straßen in seinem Hirn waren merkwürdig grad, gingen alle nach einer Richtung und wurden von keinen Querstraßen geschnitten. Er war wohl ein intelligenter Mensch, aber er wußte ohne Zweifel weder, daß Stresemann gestorben war, noch daß ein Kabinett Briand vor kurzem gestürzt wurde. Er hatte diese Nachricht natürlich einmal gelesen, aber sein Bewußtsein hatte sie sofort wieder abgegeben. Er hatte es vergessen, da es nicht mit ihm in Verbindung stand. Sein Hirn behielt vielleicht eine aufregende Schreckensnachricht, wenn einmal innerhalb drei Tagen siebenundvierzig Schiffe in der Biskaya untergingen, eine Weile, weil dies eine Sache zum Erzählen war.

Aber dieses selbe Hirn behielt keine fünf Minuten eine Nachricht, die besagte, daß vierzigtausend deutsche Bauern aufgebrochen seien, um mittellos nach Brasilien auszuwandern. Kennel las, daß fünfundzwanzigtausend Schulkinder ohne Frühstück in Berlin zur Schule kamen und daß dreißigtausend Menschen mit offener Tuberkulose in Berlin lebten, ohne in ein Sanatorium aufgenommen werden zu können — und vergaß es sofort wieder. Er konnte sich auf nichts konzentrieren außer auf das, was ihn selbst betraf — und darin war er tüchtig. Er war von brutaler Tüchtigkeit in allen Dingen, die sein Fortkommen begünstigten.

Wenn nun dieser Mann so stark in Gedanken versunken war, so hing das mit jener Kindlichkeit zusammen, welche häufig den Gehirnen von in sich selbst verliebten Menschen eigen ist. Kennel konnte, wenn er mit sich zufrieden war, alle Straßen in seinem Hirn illuminieren und in seinen Gedanken wie in einem festlichen Park spazierengehen.

Er war zufrieden mit Venedig, mit seinem Verkehr, mit seinen Erfolgen im Spiel und in Geschäften, wie sie Venedig mit sich brachte. Seine Verdauung war gut. Sein Herz funktionierte ordentlich. Sein Bankguthaben war leidlich. Und die Sonne schien.

Er ging jetzt vielleicht schon drei Minuten auf und ab, als sein Kopf plötzlich in die Höhe fuhr.

Aus dem Kanal von der Lagune her kam ein langer heulender Ton. Ein Motor ging gerade unter die Brücke, knallte einige Sekunden lang wie ein Maschinengewehr, wurde dann wieder dumpfer und setzte aus. Die Sirene heulte zum zweitenmal. Dann kam, schön gewölbt wie ein Walfisch aus Stahl, ein herrlich montiertes, mit rötlichem poliertem Holz überzogenes, in Messing strahlendes Motorboot aus dem Kanal in den kleinen Innenhafen des Hotels. Auf dem Vorderteil standen drei mächtige gelbe Metallventilatoren wie breite Kanonen.

Hinter der Motorjacht folgte ein offenes Rennboot. Das Rennboot war viel kleiner als die Jacht, aber es hatte ein aufregendes Äußeres. Es hatte neun große Auspuffrohre, die alle nebeneinander wie kriegerische Schornsteine senkrecht auf dem vorderen Teil aufgerichtet standen.

„Wer kann das sein?" dachte Kennel, und seine gute Laune verflog mit einemmal. Er sah den Manager des Hotels mit seinem assyrischen Spitzbart selbst die Treppe aus der Halle herunter in den Hafen sausen. Commendatore Veronesi, der aus Angst, nicht grad genug zu gehen, immer aussah, als wolle er auf den Rücken fallen, tat dies gewöhnlich nur bei außergewöhnlich prominenten Leuten. Kennel sah ihn vorbeieilen und ward immer mehr beleidigt. Ihm hatte niemand etwas gesagt.

Wem mochte das Rennboot sein, überlegte er rasch. War es „Miß America 7" etwa schon? Er schlug den Gedanken aber gleich wieder nieder. Die Motorbootrennen fingen erst in vierzehn Tagen an, und er wußte auch, daß dies fabulöse Boot von Gar Wood erst noch in Detroit eine Konkurrenz mitmachte und frühestens in acht Tagen an Bord der „Mauretania“ ging, um dann mit einem Extrazug von Le Havre nach Italien geschafft zu werden. Dies alles hatte Kennel oft in den letzten Tagen besprochen und den anderen erklärt, und nun wußte er trotzdem nicht, was da kam!

Nach Abbildungen sah er wohl, daß das Boot aus Gar Woods Stall sein mußte. Es gab nur einen Konstrukteur, der die Auspuffrohre wie eine Fabrikanlage dem Fahrer vors Gesicht montierte, es war ein Ebenbild des Bootes, das den Weltrekord hielt. Aber es war nicht „Miß America 7“, und es war auch natürlich nicht Gar Wood. Aber wer konnte es in drei Teufels Namen sein?

Die Motorbootjacht war in den Rückwärtsgang geglitten, und ihr Motor schnurrte wie eine große Katze, während sie an die Holzmole anlegte. Ein mittlerer hagerer Mann stieg rasch aus. Ein großer blonder Herr folgte, in der Hand einen Schreibmaschinenkoffer.

Der ältere Mann drehte sich um und winkte nach dem Rennboot, das ganz ohne Motor einlief. Der junge Mann, der darin saß, bestand nur aus einem Gummianzug und ein Paar Augen, er hob die Hand und legte auf der linken Seite der Holzbrücke sein furchtbares Fahrzeug so sacht wie ein Ruderboot an.

Kennel fixierte inzwischen den hageren Mann, der ruhig, ohne sich um jemand zu kümmern, wartete, bis das Rennboot da war. Er schaute dabei weder auf das Hotel, noch auf den Manager, noch auf das Boot. Diesen Blick kannte Kennel. Diesen Blick, der alles und nichts traf, hatte er oft bei den Großen der Erde gesehen. Er ließ blitzschnell alle Profile an sich vorbeilaufen, die in Frage kamen. Ein Diplomat war es bestimmt nicht. Ein Engländer war es auch nicht, ein Engländer stieg mit größeren Schritten aus, nicht so rasch wie der da. Wahrscheinlich war es ein Holländer oder ein Amerikaner. Ford? Ford war größer, aber es bestand eine gewisse Ähnlichkeit. Morgan? War dicker! Rockefeller? War älter. Kahn? Nein, der Mann da war kein Jude. Al

Smith? Auch nicht. Der Mann da war weder ein Volksredner noch ein Militär. Aber wer war es? Sicher war nur: es war ein großer Mann. Der Manager behandelte ihn wie einen Souverän. Kennel bekam Tränen in seine großen Fischaugen, aber es fiel ihm trotzdem nicht ein, wer der Mann da war.

Plötzlich drehte er sich mit einem Ruck um, ging in den Tunnel, stieg die Rücktreppe des Kais ins Innere des Hotels hinauf, durchquerte eilig die Halle und stellte sich an die Postoffice neben dem Lift.

„Kommt heute jemand Besonderes?" fragte er, nachlässig eine Zigarette anzündend, den Boy, der Briefe sortierte.

„Weiß nicht", sagte der Boy, ohne aufzublicken.

Schon kam Commendatore Veronesi mit wehendem Cut und einer ganz besonders zurechtgeschraubten Haltung. Die eine Hüfte hatte er ein wenig eingeknickt als Zeichen der Hochschätzung, die er den beiden Männern an seiner Seite entgegenbrachte. Hinter diesen beiden Männern kam mit langen Sätzen der unförmig vermummte junge Mann aus dem Rennboot galoppiert.

„106 bis 112", sagte der Manager zum Rezeptionschef, der auf den Knopf des Aufzugs drückte.

„All right", sagte der mittlere hagere Mann. Er unterbrach den Manager, der ihm versicherte, wie schön die Zimmerflucht sei, die er ihm reserviert hatte.

Kennel scharrte vor Ungeduld den Boden mit seinen roten Gummischuhen. Er merkte am Dialekt, daß es wirklich ein Amerikaner war. Der Lift senkte sich gerade herab.

Im letzten Augenblick, gerade als die eiserne Gittertür des Aufzugs sich auftat, sprang Kennel plötzlich vor, streckte die Hand weit aus und fragte, jovial grinsend, auf den Neuankömmling gerichtet:

„How are you?"

Er machte es ganz genau wie bei dem amerikanischen Botschafter im Hotel Adlon. Aber dieser widerliche Amerikaner da ging an ihm, ohne ihn zu sehen, vorbei in den Lift.

Kennel versicherte sich mit einem Blick, daß der aufgeregte Manager die Szene nicht beobachtet hatte, und atmete wieder.

„Commendatore – wer ist das?“ fragte er nachlässig den Manager und sah, seine Zigarette zum zweitenmal anzündend, dem Aufzug nach, der mit den Amerikanern und dem Rezeptionschef in die Höhe rauschte.

„Lynch“, sagte der Manager halblaut.

Kennel nickte, als hätte er das nur bestätigt haben wollen, ein paarmal mit dem Kopf. Der Manager nickte leicht blinzelnd mit. Dann ging Kennel langsam durch die Halle, in der eine Anzahl Leute saßen und Limonade tranken, weil es ein heißer Tag und in der Halle am kühlsten war.

International unmöglich

Aber Kennel war noch nicht bis auf drei Schritte an die Tür herangekommen, die von der Halle auf die Treppe zum Strand hinunter führte, als er eine neue Überraschung erlebte. Die Tür ging auf, und Virginia Watts stand vor ihm.

„Mrs. Watts, wie kommen Sie denn hierher?" rief Kennel.

„Du kannst ruhig Virginia sagen", meinte Mrs. Watts, „im übrigen bin ich mit der Bahn gekommen. Seit wann bist du so unnatürlich, Kenn?"

„Ich nehme an, du bist durstig", sagte Kennel strahlend höflich und führte die natürliche junge Dame in die Bar.

Virginia Watts war, nachdem sie in Gibraltar unter ärgerlichen Bemerkungen aus Lapins Jacht ausgestiegen war, nach Barcelona gefahren und hatte dort ein Turnier gespielt. Sie hatte darauf in Cannes und in Nizza zwei weitere Turniere gespielt, und als die Einladung aus Venedig kam, am Lido ebenfalls ein Turnier zu spielen, war ungefähr ebensoviel Zeit verflossen, wie die Jacht Lapins gebraucht hatte, um ebendahin über die Straße von Messina zu kommen.

Virginia Watts war eine junge Frau, von der man nicht wußte, ob sie eine Kokotte oder eine Sportsdame war. Sie war, zumal für eine Engländerin, eine Mischung von merkwürdig würdigen und merkwürdig unwürdigen Dingen. Sie war eine bekannte Tennisspielerin, wenn sie auch nie bis in eine der berühmten Schlußrunden von Wimbledon gekommen, sondern unterwegs regelmäßig von einem der exotischen weiblichen Cracks aus Amerika oder Sevilla abgeschlachtet worden war.

Aber Virginia war erstens stets „dabei" und war zweitens ein „frischer Typ". Sie war kräftig, braun und immer guter Laune und hatte beim Publikum mehr Chancen als Spielerinnen, die hoch über ihr auf der nationalen Liste standen. Das Publikum liebte ihre burschikose Natürlichkeit. Das Publikum wußte auch, daß Virginia schon als Kind Motorrad gefahren war, teils für Armeezwecke, teils auch bei Rennen, welche die freiwilligen Helferinnen der Armee abgehalten hatten. Das Publikum hatte auf der Amsterdamer Olympiade ihre Zwischenrufe und ihre netten, drolligen Bewegungen mit mehr Beifall aufgenommen, als es vielleicht ihren Sieg über ihre französische Gegnerin aufgenommen hätte, der allerdings nicht geglückt war. Ihr größter persönlichster Erfolg war bei derselben Veranstaltung die frische Art, wie sie den Startschuß für das Brustschwimmen abgab. Zu solchen Leistungen gehörte, da es sich ja nicht um Politik, sondern um wirklichen Sport handelte, unstreitig ein bestimmtes Talent.

Dazu kam, daß Virginia immer sagte, was sie dachte, und außerdem stets weniger aus sich machte, als wirklich an ihr war, was ihr beides half, als „frischer Typ" ihren Weg zu machen in einer Gesellschaft, wo jedermann krampfhaft mehr aus sich machte, als er war.

Manche Leute fanden allerdings, daß Virginia mit ihrer Offenheit übertrieb, zumal da, wo es sich um ihre Einkünfte handelte. Denn wenn auch berühmte Tennisspieler eigentlich immer auf Turnieren ein freundlich eingeladenes Leben führen können, so langte das keineswegs zu Schmuck von so auffallender Qualität, wie Virginia ihn besaß oder zum mindesten trug – denn Virginia war sehr salopp und erschien im Abendkleid gelegentlich ohne Strümpfe.

Jedenfalls fanden viele Engländer, es sei auch in einer Zeit, in der niemand gern von den Quellen seiner Einnahmen redete, etwas unwürdig, daß eine berühmte englische Tennisspielerin von ihren Einnahmen so öffentlich sprach, als ob es sich um Fasanenbraten handle. Doch wußte niemand genau, ob Virginia gelegentlich das Leben einer Kokotte führte oder ob sie in ihren Äußerungen dieses Thema übertrieb. Unter allen Umständen versöhnte es aber, daß sie eine merkwürdige Schwäche für eine Gattung Männer hatte, die man in England „süße Siebzehnjährige" nannte. Virginia war noch nicht ganz vierundzwanzig Jahre, aber sie gab für solche

Jünglinge schon erstaunlich viel Geld aus, was in den Augen ernster Menschen nicht für ihre Intelligenz sprach.

Übrigens war sie bereits einmal verheiratet gewesen und hatte diese Ehe ohne einen Pfennig verlassen, genau so, wie sie in einer Aufwallung und mit grotesken Reden die Jacht Lapins makellos verlassen hatte — was eigentlich wiederum für ihren Charakter sprach. Sie war wirklich „frisch".

Virginia führte eine Menge Namen. Die meisten waren Scherznamen, die mit ihren Neigungen zusammenhingen. Manchmal hieß sie Miß Greyhound, weil sie, obwohl ein Scotch-Terrier zu ihr gepaßt hätte, eine Zeitlang mit einem Windhund auftrat. Dann hieß sie wieder, auf die „süßen Siebzehnjährigen" bezüglich, „der Kindermord" oder die „Seekadettenschule". Den Namen aus ihrer Ehe trug sie jedoch auch nicht, sondern nannte sich immer mit ihrem Mädchennamen.

Über diesen merkwürdigen Umstand interpellierte sie einmal eine illustre ausländische Persönlichkeit. „Warum nennen Sie sich nicht gleich Cohn?" fragte die illustre ausländische Persönlichkeit. „Sie könnten doch einen Namen tragen, der, wenn die Schotten vor ein paar hundert Jahren Glück gehabt hätten, heute auf einem großen dynastischen Thron sitzen würde."

Virginia zeigte damals dem jungen illustren Mann ihr breites, schönes Gebiß.

„Oh, je suis tellement cocotte, Altesse", sagte sie besänftigend.

„Aber das macht doch nichts", sagte der junge illustre Mann daraufhin, denn er hatte zwar keine großen Revenuen, aber einen oder zwei Funken Verstand.

„Aber nein, Sie mißverstehen mich, Hoheit", rief nun Virginia ernst, „ich tue das nicht, um den schottischen Namen zu schützen. Im Gegenteil. Unter meinem Ehenamen wäre ich die Schwägerin von sieben Kokotten gewesen — und so bin ich nur Virginia Watts allein."

Der junge illustre Mann lachte herzlich, wurde nachher aber doch bestürzt, daß es so schlimm in der führenden Schicht aussehen solle, die Europa so lange geleitet hatte. Er tröstete sich aber damit, daß es nach dem Krieg in anderen

Schichten, die seither Europa nicht geführt hatten, auch nicht besser zugehe, man brauchte ja nur eine Zeitung aufzuschlagen.

Für Kennel war es eine Überraschung zu hören, daß Lapin mit seiner Jacht nach Venedig käme. Er kannte Lapin nur vom Hörensagen, aber es ärgerte ihn, daß er nichts davon vernommen hatte.

„Wie ist dieser Lapin denn?“ fragte er und sah Virginia scharf ins Gesicht, das sehr breite Backenknochen hatte.

Virginia schüttelte den Kopf. „Er wird nichts kaufen, Kenn. Er ist total verrückt. Du kannst höchstens mit ihm spielen. Aber ich weiß nicht, ob er spielt.“

„Er spielt sicher“, sagte Kennel finster.

„Vielleicht“, meinte Virginia und sog an ihrem Strohhalm, „aber er wird dir, wenn du gewinnst, mit der Faust auf deine Leber schlagen.“

„Das haben viele Leute versucht“, meinte Kennel lächelnd, „und dann warst du in Barcelona ... was sind da für Leute?“

„Viele Argentinier.“

„Das ist ein recht entferntes Land“, flüsterte Kennel.

„Es sieht aus, als gäben die Leute in diesem Land mit vieler Freude Geld aus“, sagte Virginia nachdenklich.

„Für Frauen“, äußerte Kennel verächtlich. „Nicht für antike Zimmer aus dem Settecento. So junge Nationen fangen höchstens mit Bildern an. Und in den Tropen nicht einmal mit Bildern. Hör mal, Virginia. Ich glaube, es war eine entsetzliche Dummheit, daß du von der Jacht heruntergegangen bist. Hast du eben etwas gesagt?“

„Ich habe gegähnt“, sagte Virginia liebenswürdig.

„Willst du mir einen Augenblick mit Ernst zuhören?“

Virginia schielte nach der Spitze ihrer Zigarette und nickte.

„Ich habe einen Tip für dich“, sagte Kennel leise.

„Etwas Hübsches?“

„Eins a“, sagte Kennel und pfiff in seine Hände. „Ein junger Mann, der noch fast ein Kind ist. Und maßlos reich. Ich habe gerade oben seinen Vater begrüßt. Außer mir weiß niemand, daß er da ist. Hast du den Namen John Lynch gehört? New-York-Post und dreihundertsechzig andere Zeitungen."

Zu Kennels Verblüffung fing Virginia zu lachen an.

„Du bist ein lieber Kerl", sagte sie vor Lachen schluckend. „Aber den hat Peguy Ponti schon für sich reserviert."

„Was?" rief Kennel ärgerlich, „die können doch gar nicht wissen, daß Lynch kommt."

„Offenbar doch", erwiderte Virginia, wieder an ihrem Strohhalm kauend, „denn das ganze Haus ist schon darauf eingerichtet."

„So", sagte Kennel gleichgültig, als ob ihn dieser Fall nicht im geringsten interessiert hätte.

„Es wäre nicht fair gegen Peguy", sagte Virginia aufstehend, „aber du bist wirklich ein netter Kerl. Wenn du einmal ein Paar sehr hübsche Manschettenknöpfe haben willst, mußt du es mir nur sagen."

Kennel ging darauf in mäßiger Stimmung zum Strand hinunter. Es ergrimmte ihn, daß jedermann besser orientiert war als er selbst. Es schien fast, als habe sich alles gegen ihn plötzlich verschworen. Seine Laune wurde immer schlechter. Er bog gerade um die erste Kapannenreihe, da grüßte ihn jemand.

Kennel sah ein herrliches Gebiß und eine kleine Bürste als Schnurrbart darüber. Das Gesicht des Besitzers dieser Schätze war lang und braun — es sah aus wie das Douglas Fairbanks', wenn Fairbanks blond gewesen wäre. Der Kerl, der grüßte, hatte ein hübsches Gesicht, konstatierte Kennel ärgerlich, Gott solle ihn für das Gesicht strafen, und das Gesicht lächelte zum Teufel jetzt auch noch ebenfalls genau wie Douglas Fairbanks.

„Fitznow — hallo", sagte Kennel kühl und musterte sein Gegenüber. Auch das noch. Er überlegte rasch. Sechs, sieben Jahre hatte er den Kerl nicht gesehen. Wo trieb sich der Bursche eigentlich herum? Warum kam er nie nach Berlin? Da mußte etwas nicht stimmen. Kennel hatte ein scharfes Gefühl für das, was bei anderen Leuten nicht stimmte. Wenn Fitznow als Deutscher nicht nach Berlin kam, wo jeder Deutsche sich erst seinen Stempel holte, so war etwas an der Sache faul.

Kennel musterte den andern genau, um zu sehen, wie er aussah. Blaues Jackett mit Messingknöpfen. Flanellhose. Na, Geld schien er zu haben.

„Wohnen Sie hier?“ erkundigte er sich mißtrauisch.

Fitznow war nun zwar der Enkel einer badischen Prinzessin und der Neffe zweier alter Exzellenzen, denen er zu jedem Neujahr mit der Unterschrift „Gehorsamst Fitznow“ gratulierte, aber darum wohnte er doch nicht in dem sehr teuren Hotel. Er war vielmehr in einer winzigen Pension in einem Garten dicht hinter dem Hotel abgestiegen, aber der Erzengel Gabriel hätte ihn nicht gehindert, Kennel zu antworten: „Natürlich, lieber Freund, und Sie?“

Fitznow hatte eine kleine Offizierspension und eine fast grenzenlose Verliebtheit für alle Dinge, welche die Mächtigen der Erde betraf. Er hatte dazu eine kleine Kunstsammlung, aus der er gern etwas verkaufte, und das war ungefähr alles, was er besaß. Aber seine Vernarrtheit für alte Familien war doch sein stärkster Trieb. Einmal, als er bei einem Match zwischen La Coste und Tilden immer nur nach dem Prinzen von Wales, der unter den Zuschauern war, und nicht nach den Spielern schaute, photographierte ihn ein australischer Korrespondent und schrieb unter das Bild: „Kriegsbeschädigter. Sieht das Match nicht.“

Aber Fitznow besaß schließlich noch etwas, das ihn ebenfalls charakterisierte. Und das war das Wörtchen „Chichi“. Chichi war alles, was für ihn nicht das war, was er gute Klasse nannte. Und er hatte nie einen Menschen gesehen, in dem alle diese Untugenden, die er in dem Namen „Chichi“ zusammenfaßte, derart ausgedrückt waren wie in diesem schwarzbehaarten, robusten Kaffer mit dem kurzen Höschen und dem gelben, dünnen Pullover ohne Ärmel, der da vor ihm stand.

Trotzdem lächelte Fitznow, wie Douglas Fairbanks in einem solchen Fall und mit ähnlichen Gefühlen gelächelt hätte. Denn Fitznow war leider nicht mutig. Kennel aber war ein brutaler Mann, er lächelte auch nicht, sondern er kochte vor Wut.

„Wo kommen Sie denn her?“ fragte er mit dem etwas

rüden Ton, mit dem eine bestimmte Sorte Ausländer sich ohrenlos laut überall da begrüßt, wo man sonst leise ist.

„Ich bin vorhin mit Lapin auf seiner Jacht angekommen“, sagte Fitznow freundlich.

„Ausgeschlossen“, bellte Kennel, der einen Augenblick die Fassung verlor und aussah wie ein Kabeljau, dessen Kopf zu platzen droht. Eine alte Wut auf Fitznow überkam ihn. Trotzdem überlegte er aber blitzschnell. Er haßte Fitznow, wie man nur jemand haßt, den man ganz durchschaut und den man dabei genau wie sich selbst geformt und gebildet findet. Er und Fitznow waren einer wie der andere; und Kennel arbeitete in seinem Hirn fieberhaft nach einem Mittel, den Burschen körperlich und moralisch zu erschlagen. Einen Augenblick erwog er, ob er den Bluff mit Lynch noch einmal hervorziehen solle. Er ließ es lieber. Der Teufel konnte wissen, ob Fitznow nicht auch schon von Lynchs Ankunft wußte. Er war mit Lapin gekommen, und Lapins Jacht lag also schon stundenlang im Hafen. Kennel unterdrückte ein Knurren der Wut – er selber hatte es nicht gewußt.

„Wieso ausgeschlossen?“ fragte Fitznow seinen Gegner kühl.

Kennel sah ihn von oben bis unten an. Er war ein Meister, wenn es galt, sich rasch fassen zu müssen.

„Weil Sie gestreifte Hosen anhaben, lieber Freund“, erwiderte er liebenswürdig. „Gestreifte Hosen auf einer Jacht sind international unmöglich.“

Eine wichtige Person

Am nächsten Morgen stand John Lynch um fünf Uhr in der Frühe auf, wusch sich mit einem kalten Schwamm ab, rasierte sich, zog sich an und steckte dann einen kleinen Kontakt in eine Schaltdose an der Wand. Er machte sich heißes Wasser, goß es über ein paar Fingerspitzen Tee und trank, am Fenster stehend, drei oder vier Tassen.

Unter ihm lief der Sandstrand mit einer entzückenden Linie links und rechts die Küste entlang, und aus der Vogelschau sahen die geraden Linien der Badehäuser wie eine Stadt in einer Spielzeugschachtel aus. Vor dem Hotel war der Strand in einem Viereck abgeschlossen, wie ein Parkett von Badehäusern, deren Bühne das Meer war. Das sah sehr exklusiv, aber nicht einsam aus, jedoch das schien Lynch nicht zu stören.

Lynchs Blick hatte das Meer nur eine Sekunde gestreift. Sein Auge hielt, solange er, am Fenster stehend, Tee trank, an einem Anschlag fest, den das Hotel hier am Balkon angebracht hatte. Er lautete: „La fréquence des vols dans les hotels préoccupe sérieusement cette direction."

Lynch bewunderte diesen Anschlag. Im Zimmer las niemand Anschläge, und es war eine richtige Idee, den Anschlag noch einmal auf dem Balkon anzubringen. Dort las man ihn. Lynch nahm von der Warnung der Hoteldirektion, sich nichts stehlen zu lassen, mit richtigem Genuß Kenntnis. Präzise Arbeit. Er nickte und drehte dann dem Balkon den Rücken.

Er ging daraufhin zu einem alten Lederkoffer und holte sich daraus eine Blechschachtel, die ein Rasierzeug hätte enthalten können, und zog einen Stoß gelbliche genau quadratische Papiere heraus. Er legte ein Dutzend davon um sich herum auf die Fläche seines Tisches. Jedes Papier war nicht größer als seine Handfläche. Dann fing er an zu arbeiten.

Zuerst schrieb er auf jeden Zettel eine Überschrift:

„The New-York-Post" — „The Sun" — „The Chicago Tribune" — „The American Boy" — „Vanity Fair" — „The Athlete" — „The Globe" — „Detective Stories" — „Ladies Home Journal" — „Electricity".

Unter diese Überschriften kritzelte Lynch dann eifrig die Einfälle, die er für diese Zeitungen und Zeitschriften hatte.

Obwohl Lynch für Zeitungen besonders seltene Ideen hatte, war er nicht aus der Zeitung selbst hervorgegangen. Sein Vater hatte einen Geldwechsel in New York gehabt, und Lynch war mit zwanzig Jahren bereits bei Cerro de Pasco im Kupfergeschäft. Eines Tages lernte er in Callao einen Mann namens Patiño kennen, der einige Jahre vorher in Oruro städtische Rechnungen in die Häuser getragen hatte und der zehn Jahre später der stärkste Zinn- und Kupfermann Südamerikas wurde. Als Lynch ihn in Peru traf, war der Bolivianer noch in den Anfängen. Lynch war noch ein sehr junger Mann, als die Erzhausse einsetzte, aber er war mit im Pool, als Patiño ganze Gebirge für ein Spottgeld kaufte und in zehn Jahren mit Tausenden von Stollen spickte. Bei Oroya. Bei Huanchaca. Bei Potosi. Bei Sucre. Bei Calama.

Dann folgten Guanokonzessionen — und dann kam die Zeit für die Gummiernten im Amazonasgebiet. Man kam von Bolivia aus in die neuen Felder, und es wurde ein enormes Geschäft. Lynch war bald mit Patiño, bald mit Guggenheim, bald mit Deutschen zusammen. Er kaufte und gründete und ging dann rasch wieder heraus. Dann kam wieder die Zeit, in der die Gummileute aus den brasilianischen Urwäldern herausgingen und Gummibäume in Afrika und in Indien anpflanzten, womit der Gummi billiger wurde und womit der Gummi in Südamerika wohl für immer kaputtgemacht wurde.

Kurz darauf wurde Petroleum in Nordperu gefunden. Für die Konzession mußte ein halbes Parlament bestochen werden. Lynch kaufte damals in Lima den „Mercurio", um für seine Gruppe Stimmung zu machen. Seine Gruppe war rein amerikanisch, yankee-amerikanisch. Aber diese Sache gerade ging fehl. Die Royal-Dutch-Gruppe war trotz aller Bemühungen der Amerikaner rascher. Aber seit dieser Zeit ging Lynch aus Erz-Petroleum-Guano und Gummigeschäften langsam heraus.

Seitdem er die Zeitung in Lima besessen hatte, spürte er, daß es Machtpositionen gab, die stärker waren als alle Positionen im Kampf um die Erzfelder. Er spürte dieselbe Magie, der folgend die Fugger aus dem Zinnmonopol und die Medici aus dem Bankmonopol in die Politik gestiegen waren. Am Panamakanal sah Lynch damals, wie Politik und Geschichte gemacht wurden. Der Panamakanal war das Gibraltar Nordamerikas. Er war durch eine Zeitung gestartet worden. Die Republik Columbia, welcher Panama damals gehörte, hatte den Yankees den Kanal nicht bewilligen wollen. Was tat eine gewisse Zeitung? Sie machte Stimmung für den Putsch in Panama. So gründete sich Panama als eigener Staat, und Nordamerika hatte seine Konzession, seinen Kanal und sein Gibraltar. Es hatte seinen Kanal und konnte seine Kriegsflotten von dem Atlantischen in den Pazifischen Ozean werfen. Es würde bald noch einen Kanal in Nicaragua haben, schon damit ihn kein anderer baute. Auch dieses Geschäft war mit Zeitungen gemacht worden. Mit noch so großen Zinnminen, ja mit allen Zinnminen der Welt, wäre das nicht zu machen gewesen.

Lynch blieb an seinem Fenster stehen und sah einen Augenblick hinaus aufs Meer. Patiño, der mittlerweile Gesandter Bolivias in Paris geworden war und den Zinnmarkt beherrschte, war jetzt doch nur ein kleiner Mann gegen ihn selbst. Und Zinn war dazu um hundert Prozent in vier Jahren gefallen. Lynch dachte angestrengt nach. Er selbst umfaßte mit seinem Zeitungsnetz jetzt zahlenmäßig ein Drittel des nordamerikanischen Publikums, mit seinen Zeitschriften und allem andern zusammen beinahe die Hälfte.

Er selber hatte den Anstich zu dem neuen Kanal in Nicaragua gefordert und hatte den Plan durchgesetzt mit einer Armee von Druckpapier. Er hatte die Regierung mit seinen Blättern gestützt, als die Yankeetruppen Haiti besetzten, um durch diese Negerrepublik die westindische Klammer auszubauen und Südamerika in die Schere zu nehmen und England aus dem Karibischen Meer hinauszudrängen. Lynch hatte damit die Leidenschaft kennengelernt, direkt zu wirken. Er war ein amerikanischer Patriot und wollte, daß Amerika die Rolle in der Geschichte spiele, die seiner Energie zukam.

Trotzdem war er ein besonnener Charakter. Er hatte nur mit letztem Widerstreben den Eintritt Amerikas in den Krieg mitgemacht. Für ihn war dieser Krieg ein Unsinn gewesen, was gingen die europäischen Händel Amerika an? Seine Sorge war, wie Amerika die Spannung zwischen den arbeitenden und den führenden Schichten ausgleichen konnte. Da lag für ihn das einzige Problem, das es für Amerikas Zukunft gab. Mit dem Geld, das der Krieg gekostet hatte, hätte man, dachte Lynch, allen amerikanischen Arbeitern Häuser mit elektrischen Herden bauen können. Damit wäre der Klassenkampf für Amerika vielleicht unterbunden worden, vielleicht aber wenigstens ein halbes Jahrhundert hinausgeschoben.

Lynch war überzeugt, daß Geld die Leute nicht glücklich machte, ihn selbst machte es auch nicht froher — ihn machte nur der Einfluß glücklich, den er durch Geld besaß. Lynch haßte Luxus. Er lebte einfach wie ein Angestellter. Er hielt es aber für gerecht, daß die Menschen unter vernünftigen Lebensumständen existieren sollten, zum mindesten in guten Wohnungen. Gesunde Wohnungen waren das erste, was den Leuten die Unzufriedenheit nahm. Komfort war das zweite. Elektrische Herde. Wasch- und Badegelegenheiten. Kühlschränke. Das alles konnte ruhig in großen Häuserblocks sein. Aber es mußten elektrische Maschinen darin stehen, damit die Sache leicht ging. Warmwasserheizung und so weiter, das machte die Leute vergnügt. Schlechte Wohnungen brachten ein revolutionäres Geschlecht herauf. Drei Viertel des politischen Unsinns, der in der Welt gemacht wurde, kamen aus schlechten Wohnverhältnissen. Dies war Lynchs tiefste und gewisseste Zentralidee, und um ihretwillen bedauerte er jeden Krieg mit seinen unproduktiven Ausgaben.

Er ließ seine Lieblingsidee in seinen Blättern betonen, aber, das war typisch für ihn, nicht zuviel bereden. Er schützte seine Blätter nämlich gegen sich selbst, selbst gegen seine Lieblingsideen. Lynch wußte, daß Lieblingsideen lächerlich machten.

Er opferte seinen Blättern und ihrer klaren Wirkung selbst seine Hauptvorstellungen vom Leben. Lynch schätzte die Schlagkraft seiner Blätter höher ein als die Schlagkraft der fünfundzwanzigundeinhalb Millionen bewaffneter Männer, die in der ganzen Welt kriegsbereit in Reserve standen. Lynch pflegte seine Blätter, wie die raffiniertesten Kriegsmaschinen nicht behandelt wurden. Er opferte ihnen sogar seinen Sohn. Er ließ Bobby nur ein Sportjournal redigieren, um die strategische Ordnung der Blätter, die er aufgestellt hatte, nicht von dem dunkel gefühlten Einfluß einer anderen Generation verwirren zu lassen.

Lynch arbeitete schon über zwei Stunden, als es an der Tür klopfte.

„Hallo", brummte Lynch, ohne aufzusehen. Die Uhr schlug acht. Lynch brummte noch einmal. Er wußte ohnedies, daß es acht war, wenn sein Sekretär klopfte.

Durch die Tür kam ein großer, breiter Mann von sechsunddreißig Jahren mit gerader, kurzer Nase und zurückgekämmtem blondem Haar.

„Guten Morgen", sagte er langsam und blieb, nachdem er die Tür hinter sich zugemacht hatte, stehen. „Ich habe den Tee auf den Balkon stellen lassen."

Lynch nickte und schrieb an dem Satz weiter, den er auf dem Zettel mit der Aufschrift „The American Boy" unter dem Titel „Vogelkäfige" angefangen hatte. Der Satz entsprang einer Beobachtung, die Lynch am Tag vorher auf dem Dampfer zwischen Triest und Venedig gemacht hatte. Es hatte ihn verblüfft, wie gedankenlos die Italiener mit Vögeln umgingen. Es fiel ihm ein, es könne in Amerika ähnlich sein. Er gab dem Verlag seiner Pfadfinderzeitschrift den Wink, eine Umfrage zu machen, ob die Vögel genug Platz in ihren amerikanischen Käfigen hätten.

Lynch löschte das Blatt ab und machte eine Bewegung, daß Blank sich setzen solle.

„Ist mein Bruder jetzt angekommen?" fragte er, während

er die Zettel zusammenlegte und in die Blechschachtel schob.

„Mr. Williams ist heute nacht mit der Bahn gekommen“, erwiderte der Sekretär. „Ich glaube, er schläft noch.“

„Er hat richtig Angst vor dem kleinen Dampfer gehabt“, knurrte Lynch. „Hören Sie, Blank, wenn etwas in der Briefsache herauskommt, erfährt Williams kein Wort. Bemitleiden Sie ihn meinethalben wegen seiner Ischias, aber sagen Sie ihm keine Silbe. Wir müssen diesmal Williams für immer ausschiffen, er wird eine zu große Belastung. Aber ich kann ihn erst hinaussetzen, wenn diese Geschichte erledigt ist.“

Blank nickte und sah zu, wie Lynch ein breites Gummiband über die Blechschachtel wickelte.

„Trinkt Bobby mit mir Tee?“ fragte Lynch und nahm ein Lineal in die Hand.

„Ich habe ihn pfeifen hören ...“, sagte der Sekretär.

„Hm ...“, machte Lynch. „Ich möchte auch nicht, daß Bobby ein Wort von der ganzen Geschichte erfährt.“

Seine rechte Hand stieß das Ende des Lineals in kurzen Zwischenräumen auf den Tisch.

„Wie Sie das halten wollen, wird es getan werden“, nickte der Sekretär, „aber ich halte das nicht für gut.“

Lynchs Blick prallte mit einem mißtrauischen Aufblitzen gegen den Blick des Sekretärs.

„Warum meinen Sie das?“

„Weil Bobby uns verflucht schaden kann, wenn er uninformiert hier herumläuft“, sagte Blank achselzuckend. „Sie müssen doch einsehen, Mr. Lynch, daß wir jetzt mitten in der verdammten Sippschaft drin sind.“

„Er kann nicht schaden, solange er nichts weiß“, erklärte Lynch.

„Andererseits kann Bobby uns nutzen, wenn er im Bilde ist“, fuhr der Sekretär fort, ohne auf Lynchs Abwehr einzugehen.

„Ich kann nicht finden, Blank, daß Bobby den Beweis erbracht hat, ich könne durch seine Hilfe auch nur etwas auf der Welt gewinnen“, meinte Lynch ironisch. „Das Rennfahren hilft uns wohl kaum. Oder finden Sie, daß er seine Zeitschrift so außergewöhnlich redigiert?“

Blank ärgerte sich über den Ton, in dem Lynch sprach. „Davon verstehe ich nichts“, sagte er ruhig, „es handelt sich auch nicht um die Zeitschrift, sondern um eine Handvoll Verstand. Weiter ist nichts notwendig, wenn Sie nur ein Gramm Vertrauen haben.“

„Gewiß“, erwiderte Lynch und legte das Lineal leise auf den Tisch, „und der Teufel soll mich holen, wenn ich es habe.“

Blank blickte in Lynchs Auge, das von Angst und Eifersucht mit einemmal verdunkelt war. Blank war von Lynch, der blindlings auf seine Kunst vertraute, Menschen in ihrem Charakter zu erkennen, vor Jahren samt seinem damaligen Unternehmen übernommen worden, und Lynch hatte niemals Erkundigungen über ihn eingezogen, obwohl Blank Deutscher war. Blank hatte vor Lynch einen Respekt, wie er ihn vor einem manchmal gutartigen Wolf gehabt hätte. Er verstand sich ziemlich mit Lynch, auch wenn Lynch die Zähne zeigte. Aber Blank war auch mit Bobby befreundet. Er spürte ein außerordentliches Unbehagen, wenn Lynch aus Gründen, die Blank nie verstand, in seiner Gegenwart Bobby im Gespräch die Knochen brach.

Er fühlte jetzt stirnrunzelnd, daß er wieder in die Schußlinie zwischen Vater und Sohn hineingekommen war. Er bekam einen roten Kopf vor Ärger, sah Lynch grimmig an — und trat aus der Schußlinie heraus, indem er nichts mehr sagte. Er stand auf.

„Haben Sie noch einen Auftrag, Mr. Lynch?“ fragte er steif.

Lynch sah einen Augenblick amüsiert auf den großen Mann vor sich, der alle seine Gedanken im Gesicht trug. Lynch liebte Blank darum, daß man ihm alles ansah.

„Nein“, sagte er, „trinken wir jetzt Tee.“

Blank öffnete die Tür zum Nebenzimmer. Lynch ging vor ihm in das Zimmer und durch die Balkontür auf den Balkon hinaus, wo für drei Personen gedeckt war.

Bobby stand, beide Arme um die Brüstung geschlungen, am Geländer und pfiff. Er sah nach allem andern als nach einem Sohn Lynchs aus. Er war unzweifelhaft etwas rundlich. Nichts unterschied ihn von den Millionen anderer junger

Amerikaner, die in der Welt herumlaufen und, wenn sie auch sechsundzwanzig Jahre alt sind, wie Bobby es war, Babyköpfe mit altklugen Augen haben. Bobby war ein hübscher Junge, aber er hatte, im Gegensatz zu Lynch, auch einen runden Kopf.

„Guten Morgen, Pa", rief er, „du bist ja angezogen, wir können doch im Badeanzug hinuntergehen."

„Zum Arbeiten ziehe ich mich immer an", sagte Lynch und setzte sich.

„Das ist aber nicht praktisch", meinte Bobby.

„Darüber hast du kein Urteil, denn du stehst nicht um fünf Uhr auf", erwiderte Lynch und goß sich Tee ein. „Um fünf Uhr ist es noch zu kalt, um im Bademantel zu arbeiten . . . Ein Ei genügt mir, Blank."

„Für gewöhnlich mag das stimmen", rief Bobby und zog das verschmähte Ei zu sich herüber. „Heute morgen war ich allerdings schon um fünf Uhr auf der Svan-Werft. Stell dir vor, Pa, über ein Dutzend Ventile waren eingerostet auf dem Transport. Das Zeug zieht Feuchtigkeit an wie die Pest. Interessiert dich wohl nicht?" wandte er sich an den Sekretär, der die „Daily Mail" vorgenommen hatte.

„Sehr", sagte Blank und legte die Zeitung wieder hin.

„Major Segrave kommt Mittwoch, Pa", fuhr Bobby fort. „Du erinnerst dich, Sir Henry Segrave, der in Amerika mit dem ‚Goldenen Pfeil' den Autorekord mit dreihundertzweiundsiebzig Kilometer aufgestellt hat. Er kommt mit seinem Boot persönlich. Segrave fährt im selben Waggon wie ‚Miß England'. Sehr schneidig, nicht? Ich habe dann noch ein Kabel von Gar Wood gesehen, daß er nicht selber kommt. Er schickt Phil Wood mit ‚Miß America 8'. Das ist das neueste Boot und auch in Detroit gemacht und soll besser sein als ‚Miß America 7' und als mein ‚Nobody'. Es hat zweitausend PS, und ‚Nobody' hat nur tausendfünfhundert — aber das sagt an sich ja gar nichts. Wie meinst du, Pa?"

„Ist das Meerwasser eigentlich kalt?" wandte sich Lynch an Blank.

„Es muß warm sein", sagte der Sekretär und sah in die

Luft, wo über dem Hotel ein Geschwader Flugzeuge exerzierte.

„Was du zu den Chancen von ‚Nobody' meinst, Pa, möchte ich gern wissen", meinte Bobby nachlässig.

Lynch griff nach seiner Rocktasche.

„Ich verstehe davon nichts", erwiderte er und zog aus der Tasche ein ledernes Etui, das wie eine Zigarrentasche aussah. Er öffnete es und machte sich eine Notiz. Bobby wie Blank wußten, daß diese Notiz nicht mit Bobbys Rennboot zusammenhing, denn erstens machte sich Lynch nichts aus Bobbys Sport und zweitens waren seine Notizen immer ohne Zusammenhang mit seinen Gesprächen. Blank hatte sich angewöhnt, sobald Lynch nach der Rocktasche griff, mitten im Wort aufzuhören, denn Lynch hörte dann bereits nicht mehr zu.

„Haben Sie noch einen Auftrag, Mr. Lynch?" sagte Blank, der sein Ei ausgelöffelt hatte.

„Ich möchte Percy und Pudding jetzt gleich unten zur Konferenz haben", sagte Lynch.

Blank nickte und ging ins Zimmer hinein.

„Du kannst mir morgen dein Boot einmal zeigen", sagte Lynch zu seinem Sohn, als Blank weg war.

Viele Leute

Percy mit seinem Nußknackerkopf war überall, wo Lynch war, und hockte jetzt in einer kleinen Badehose und mit einem Handtuch um den Kopf gebunden, den Stenogrammblock in der Hand und eine Pfeife im Mund, immer noch sprachlos vor seinem Herrn, den er noch nie in einem Badekostüm gesehen hatte.

Er wunderte sich seit einer Stunde darüber, daß Mr. Lynch so weißes Fleisch hatte und einen so weiten und schäbigen Badeanzug trug. Neben Percy saß der römische Korrespondent der „New-York-Post", Archibald Pudding, der von jedermann Archie genannt wurde, und dachte, seinem glatteren Wesen entsprechend, dasselbe auf etwas höflichere Weise. Ohne Blatternarben und eine zu lang geratene Nase wäre Archie eher ein Italiener als ein Amerikaner gewesen. Auch seine Manieren waren elegant und ein wenig liebenswürdig – zynisch wie die eines Südländers.

In dem Schatten des Segels, das vor der Kapanne nebenan aufgespannt war, lag Blank auf einer Stahlmatratze und setzte die beim Frühstück begonnene Lektüre der „Daily Mail" fort.

Lynch war am Abend vorher durch Venedig gegangen und unterhielt sich voll Verwunderung seit einer Stunde mit seinem Stab darüber, daß es so alte ungesunde Städte überhaupt noch gab. Die Unterhaltung war auf das Problem gestoßen, ob man derartige Städte nicht lieber ganz abreißen und neue bauen solle oder ob man mit Rücksicht auf ihre Geschichte und den Wert, den die Europäer alten ungesunden Städten nun einmal beilegten, solche Städte mit ihren alten Palästen in Form eines gigantischen Museums unbewohnt stehenlassen und eine neue Stadt in der Nähe aufbauen solle.

Diese Unterhaltung hatte natürlich einen rein platonischen

Charakter, denn jedermann wußte, daß ein solches Problem für die Italiener gar nicht existierte und wirtschaftlich bei der italienischen Finanzlage nicht existieren konnte. Aber die Unterhaltung wurde trotzdem geführt, weil sie den Amerikanern unter sich klarmachte, wieviel vorteilhafter es doch war, ein junges Volk ohne Geschichte zu sein, statt eine Nation, die fast dreitausend Jahre Historie mitschleifte und dadurch nicht nur seelisch gehemmt war, sondern auch miserabel wohnen mußte.

Lynch, der bei der Konferenz öfter mit einem Glas auf das Meer hinaussah, obwohl er genau wußte, daß ihn da draußen nichts interessieren konnte, der diese Art Beschäftigung aber stets angesichts des Meeres liebte, fühlte sich in seinem Nationalgefühl gehoben. Europa tat ihm immer mehr leid, je mehr er davon kennenlernte.

„Wie würden Sie dieses lächerliche Problem ‚Venedig' formulieren?" fragte Lynch unvermittelt Archie. „In einem Satz, bitte."

Lynch schloß jede Konferenz mit dieser „Formulierung", was Pudding nicht wußte, da er am Tag vorher erst auf dem Schiff zu Lynch gekommen war.

„In einem Satz?" fragte er lächelnd. „Da müßte man auch die Schöpfungsgeschichte in einer Zeile abtun können."

„Es gibt nichts", verwies ihn Lynch, der im Sand kniend eine Zigarre anzuzünden suchte, „was man für dreißig Millionen Leser nicht in einem Satz ausdrücken kann."

Percy grunzte und nickte mit dem Kopf. Er hatte nicht zugehört, da er nie zuhörte, wenn Lynch mit dem Formulieren der Konferenz begann. Percy wußte, daß Lynch die endgültige Präzisierung schließlich immer selber vornahm, und ging jedesmal in seinem Gedächtnis, wenn der Spleen Lynchs begann, einen Teil des internationalen Kursbuches durch. Er kannte die meisten Kursbücher der Welt auswendig. Er wußte, wann ein Zug von der Station Ponewesch in Litauen abging, und wußte alle Verbindungen, mit denen ein Reisender in diesem Zug aufs schnellste nach Puespoek in Ungarn kommen mußte, obwohl Percy weder Litauen noch Ungarn je gesehen hatte. Er kannte genau ebenso sicher die Tonnage, die Wasserverdrängung und den Abgangstag eines x-beliebigen Dampfers, mit dem ein Reisender, wenn er wollte, von der Färöer-Insel Syderoe nach dem portugiesischen Hafen Leixoes kommen konnte. Percy war so ganz nebenbei eine Kombinationsmaschine des internationalen Verkehrs, ohne daß jemand das ahnte. Diese Berechnung war seine Privatwollust. Es gab für ihn keine leidenschaftlichere, klarere Übung des Verstandes als die Beherrschung der Möglichkeiten, die das Kursbuch bot. Vor dem Schlafengehen übte er, beim Aufstehen übte er, und wenn Lynch eine Konferenz „präzisierte", übte er ebenso. Was gingen ihn alte Städte an? Das war ein Spleen seines Chefs. Percy fuhr gerade von Gibraltar mit dem Postdampfer nach Céuta in Marokko, aber er hörte trotzdem, was Lynch sagte, und grunzte beifällig.

Archie stöhnte ein wenig, denn er sah sich vor eine Aufgabe gestellt, die er nicht erwartet hatte. Er lebte zwei Jahre in Italien, und das hatte so weit auf ihn abgefärbt, daß er Venedig, das einmal das London der Welt war, nicht nur unter dem Gesichtspunkt der Wasserspülung sehen konnte.

„Man kann das Problem vielleicht vom Siedlungsstandpunkt anpacken", äußerte er sich nichtsdestoweniger freundlich, „etwa: Paläste in fauligem Wasser oder Landhäuser mit Blumen."

„Unsinn", schnitt Lynch ab und kaute an seiner Zigarre. „In Amerika weiß kein Mensch, was Paläste sind. Jedermann denkt bei ‚Palästen', das seien Hotels. Man muß für dreißig Millionen Leser einfach wie das Gesangbuch sein. Solche Überschriften mit Entweder-Oder sind gut für Präsidentenwahlen, also für simple Sachen. Da können Sie natürlich sagen: Alkohol – Ja oder Nein! Das ist ausgezeichnet. Sofort haben Sie zwei Heerlager. Aber um ein fremdes Land klarzumachen, dafür taugt diese Form keinen Knochen."

Lynch legte sich behaglich auf den Bauch. Er hatte ein großes Vergnügen an dem Verlauf solcher Konferenzen.

„Na", sagte Archie, „ich wäre gespannt, wie Sie die Sache machen würden, Mr. Lynch."

Lynch sah eine Sekunde auf die Asche seiner Zigarre.

„Ganz einfach", knurrte er. „In Venedig hungert niemand auffallend – aber die Bevölkerung wohnt nicht gut." Er schnippte die Asche von der Zigarre hinunter. „Das verstehen die Leser alle miteinander. Und es ist auch alles über den Zustand des Platzes gesagt."

Archie sah seinen Chef etwas verblüfft an. Es gab doch auch, dachte er, den Dogenpalast, Tintoretto und die Frarikirche.

„Ist das nicht unfreundlich?" fragte er skeptisch.

„Gegen wen unfreundlich?" brummte Lynch.

„Gegen die italienische Regierung", stellt Archie fest.

„Freundlich braucht nichts zu sein, was Sie schreiben", sagte Lynch scharf, „nur höflich. Und höflich ist das doch, was ich formuliert habe. Freundlich haben Sie als mein Korrespondent nur zu mir selbst zu sein, Archie. Ich finde es übrigens nie unfreundlich, wenn man mir, wie ich es der italienischen Regierung tat, auf nicht grobe Weise einen Wink gibt."

„Ich auch nicht", gähnte Percy, der auf diese Weise, und zwar von einem Nilboot herunter, wieder in das Gespräch eintrat, obwohl dieser Eintritt ein kleiner Fußtritt für seinen Kollegen war.

Lynch sah, daß Percy gähnte, und schaute auf die Uhr. Es war zehn. Lynch ärgerte sich, daß sein Bruder noch nicht auf war. Er wandte sich nach Blank um, der unter dem Sonnensegel des nächsten Badehauses lag und immer noch unentwegt die „Daily Mail" las.

„Von Williams ist noch keine Spur zu sehen", meinte er mißbilligend. „Lächerlich, am Meer so lang zu schlafen."

„Es gibt etwas noch viel Lächerlicheres", sagte Blank, „aber dafür muß man Leser der ‚Daily Mail' sein. Es gibt Leute, die hinter ihrem Namen in der Fremdenliste die Automarke eintragen lassen, mit der sie angekommen sind."

„So sind die Menschen aber", sagte Lynch verächtlich. „Ich finde es übrigens noch viel lächerlicher, Fischsuppe zu essen."

Lynch warf einen mißvergnügten Blick um sich. Die Konferenz war aus, und er hatte nichts mehr zu tun. Sein ganzes Leben war er nicht länger als zwei Stunden hintereinander am Meer gewesen. Nun sollte er vierzehn Tage aushalten. Auf dem Meer draußen war im Glas immer nur dieselbe Fischerbarke mit braunem Segel zu sehen. Die Leute, die an seinem Badehaus vorbeigingen, forderten seinen Spott heraus. Die Frauen trugen lange Hosen, und die Männer hatten Flanellhosen an, die nur den fünften Teil des Oberschenkels bedeckten. Verrückte Welt!

„Wer wohnt denn nebenan?" frug er Archie.

Archie richtete sich auf. Für diese Frage war er gewappneter als für die Präzisierung der Stadt Venedig. Er hatte drei Kapannen für Lynch genommen, damit die Nachbarn ihn nicht stören konnten. Aber er wußte über die Nachbarn natürlich Bescheid.

„Links", sagte er und machte eine Handbewegung, als kommandiere er ein unsichtbares Faschistenbataillon, „das Badehaus hat Lady Irene Forbes. Sie hat einige Oasen in der Sahara entdeckt, was die Engländer ziemlich wichtig nehmen."

Lynch zeigte durch ein kurzes Brummen an, daß er Oasen in der Sahara nicht wichtig nahm.

„Und rechts wohnt Patou", erklärte Archie, „der französische Schneider, der auch Motorbootrennen fährt. Er hat einen Preis gestiftet, den er gewöhnlich selber gewinnt, weil er nur für eine Bootsklasse gilt, die zugleich luxuriös ausgestattet und rasch ist. Das widerspricht eigentlich der Vernunft", machte Archie einen Exkurs, „aber die Franzosen mögen das. Es ist übrigens noch ein französischer Schneider hier, Lucien Lelong, der eine russische Prinzessin zur Frau hat. Lelong ist immer anderer Ansicht als Patou. Er wird auch von den Venezianern mehr eingeladen als Patou, weil er einfacher ist als Patou, der gesellschaftlich ehrgeizig ist. Patou hat mehr Einfälle in Modesachen, während Lelong ein Radikaler ist, der Gesetzestafeln aufstellen möchte. Es ist bei den Schneidern scheinbar genau wie in der Politik . . ."

„Sind Politiker da?" unterbrach Lynch die neue Abschweifung ins Philosophische bei seinem Korrespondenten.

Archie hatte die Fremdenliste im Kopf wie die amerikanische Verfassung.

„Spada ist da", sagte er, „der die italienische Valuta gerettet hat, und ein Maharadscha von Kapurtala. Der Inder wird in London mit dreißig Kanonenschüssen empfangen, er ist also ziemlich einflußreich."

„Finden Sie?" meinte Lynch. „Ich fürchte, Sie halten Kanonenschüsse für Politik, Archie."

„Nicht gerade", lächelte Archie, „aber ich glaube, England macht immer Politik, wenn es schießt."

„Ich sehe dabei allerdings nur Geschäft", meinte Lynch. „Kolonien sind immer nur Geschäft. Politikausübung ist übrigens stets schon vorbei, wenn es einmal schießt."

Archie warf einen langen, sehnsuchtsvollen Blick auf das Meer.

„Titulescu ist noch da", erklärte er, „der rumänische Minister, der in London Gesandter ist und im Völkerbund eine gewisse Rolle spielt."

Lynch nickte. „Sieht er nicht wie ein Japaner aus?" Lynch hielt die Japaner für Ungeziefer. „Er hat in Genf neulich erklärt, er wolle die soziale Frage lösen, indem er jedem Bauern ein Radio verschaffe. Das ist vielleicht für Rumänien ganz gut. Aber die Leute brauchen Häuser, nicht Radios. Haben Sie einmal überlegt, Archie, warum es so viele gute Straßen jetzt in der Welt gibt und warum so wenig gute Häuser?"

Archie zündete sich eine Zigarette an und sah seinen Chef unsicher an.

„Fast alle Straßen werden zu Kriegszwecken gebaut", erklärte Lynch. „Wenn man gute Häuser zu Kriegszwecken bauen könnte, stünde die ganze Welt voll guter Häuser. Merken Sie sich das, Archie: Zu einem blödsinnigen Zweck können Sie alle guten Ideen ausführen. Aber zu einem anständigen Zweck bringen Sie überhaupt nichts fertig. Und Sie dürfen sich nicht einmal darüber beschweren. So ist die Welt und nicht anders. Ich muß jetzt etwas gehen."

Lynch setzte seinen Panamahut auf, Blank, Percy und Pudding standen aus dem Sand auf und gingen neben ihm zum Wasser hinunter und an der Adria entlang.

Lynch sah im Vorbeigehen genau, daß viele Muscheln und Tintenfische am Strand lagen und daß die runden Krabben, wenn er in die Nähe kam, sich in den Sand unter dem Wasser einwühlten. Dumme Dinger, dachte er, als ob ich ihnen etwas täte. Das Wasser war sehr flach. Lynch streckte den Fuß hinein, zog ihn aber wieder zurück, es schien ihm zu kalt. Im gleichen Augenblick erhielt er ein paar Spritzer über den ganzen Körper, daß er unwillkürlich zusammenzuckte. Er sah auf und erblickte einen untersetzten, über und über schwarzen Mann, der, mit abgespreizten Ellenbogen und die Knie hoch zum Kinn erhebend, aus dem Wasser stampfte.

„Ist das ein Militär?“ fragte Lynch im Weitergehen mißmutig, denn der Gang und auch, daß der Kerl sich nicht entschuldigt hatte, ärgerte ihn.

„Nicht eigentlich“, meinte Archie. „Der Bursche vermietet an Amerikaner für einen Abend ein Palais und lädt ihnen eine Anzahl Leute mit besonders schönen Namen dazu ein. Das sind die Notizen, die man dann in New York liest und sich dabei an den Kopf faßt: ‚Mr. Mackenzie hat ein Essen gehabt im Palazzo Doria mit einem Dutzend Herzögen und so weiter.‘ “

„Er liefert also auch die Herzöge?“ fragte Lynch. „Tüchtiger Mann“, sagte er, als Archie nickte. „Aber tut er das wirklich nur für Amerikaner?“

„Leider“, versicherte Archie, „sie sind die einzigen, denen diese Namen noch bares Geld wert sind. In Europa hat man sich nach dem Krieg daran gewöhnt, daß sie billig wie Brombeeren sind. Hier ist auch ein Vetter des Königs von Spanien, ein Prinz Parma, der wegen einer unbezahlten Hotelrechnung in Paris mit Gefängnis vorbestraft ist, obwohl er von Ludwig dem Frommen abstammt.“

„Von Ludwig dem Frommen“, sagte Lynch stehenbleibend mit einem Ton, als ob er ein chinesisches Wort ausspräche. „Ist das nicht Williams?“

In der Tat kam Williams von unten den Strand herauf. Er trug, während alle Leute im Badeanzug erschienen, einen rohseidenen Anzug. Neben ihm gingen zwei Herren und eine Dame, die einen Rock und keine Strümpfe anhatte.

Williams hatte sie schon erblickt und winkte.

„Wen hat er denn bei sich?“ knurrte Lynch.

Archie hob die Hand über die Augen, denn er war ein wenig kurzsichtig. Er war außerdem stark erschöpft, denn Lynch hatte ihn nicht aufkommen lassen. Seine Neuigkeiten waren alle durchgefallen. Deshalb sagte er auch sofort:

„Wenn Sie mit den Leuten nicht zusammenkommen wollen, gehe ich gleich vor und arrangiere das. Die Dame ist eine englische Tennisspielerin, die ein paarmal von Helen Wills geschlagen worden ist, eine Mrs. Watts. Der kleine Herr ist der Schneider Lelong." Archie schaute angestrengt nach dem dritten, den er nicht kannte, aus. Lynch neben ihm schien unentschlossen, ob er an die Leute herangehen solle oder nicht.

„Der dritte ist ein Belgier namens Lapin", sagte jetzt Archie.

Zu seiner Verwunderung fuhr Lynch mit dem Kinn in die Höhe.

„Lapin?" fragte der Chef brüsk.

„Ein Kolonialbelgier", erklärte Archie. „Sehr vermögend."

„Sehr vermögend?" wiederholte Lynch höhnisch. „Der Mann ist mehr als vermögend. Der Mann ist..." Lynch hörte wie immer auf, wenn er im Begriff war, etwas zu sagen, was auffallend war. Er haßte die großen Begriffe.

„Soll ich vorlaufen?" fragte Archie, der Lynch nicht recht verstand. Sie waren noch dreißig Meter von der andern Gruppe entfernt.

„Nein. Ich möchte den Belgier kennenlernen", sagte Lynch. Er fühlte eine seltene Erregung in sich, als er nun weiterging. Der Belgier stand nicht in Verbindung mit dem Zweck, wegen dem er hierhergekommen war, und eigentlich interessierte ihn jetzt nur das, was mit dem Zweck seiner Reise in Verbindung stand. Aber dieser Belgier reizte das in Lynch, was mit seinem Gefühl von Macht in Zusammenhang stand, und das war ungefähr alles in Lynch. Lynch wußte genau, was sein Apparat an Zeitungen bedeutete, und dieses Gefühl war seine geheimste Wollust. Lynch mißbrauchte seine Macht nicht, aber er spielte in Gedanken seine geheimen Spiele damit. Seine Macht war der Gradmesser, mit dem er sich mit anderen Mächten verglich. Macht war nicht Herr

Titulescu, und Macht war nicht irgendein Souverän. Die Botschafter und die Souveräne gingen und kamen wie die Direktoren der großen Gesellschaften. Sie wurden ernannt und wurden gestürzt und wurden vergessen. Bei jedem Menschen von Bedeutung, den Lynch traf, überdachte er zuerst eine Sekunde lang, ob er ihm über war. Er verglich heimlich die beiderseitigen Positionen, und dann erst war Lynch wieder rein sachliche Vernunft. Dieser Belgier war für Lynch etwas wie ein vorsintflutliches Tier. Die Macht, die dieser Mann ausübte, gehörte nicht in die heutige Zeit mehr hinein. Es war eine phantastische, mittelalterliche Macht, die kaum angreifbar war. Dieser Kaufmann besaß ein Terrain so groß wie ein amerikanischer Staat und konnte darin machen, was er wollte. Lynch konnte ihn natürlich angreifen und vielleicht die Großmächte auf ihn hetzen. Aber er konnte ihn nicht kaputtmachen. Für Lynch war das ein schreckliches, unheimliches, aber erregendes Gefühl. Er näherte sich einem Mann, der ihm ähnlich war.

Eine Minute später machte Archie die beiden Gruppen miteinander bekannt.

Lynch mußte zuerst der Tennisspielerin die Hand geben, er sah sie dabei kaum an. Sein Blick suchte den Belgier. Vorher schüttelte ihm Williams die Hand. Williams sah gut aus, nur zu dick.

„Na, endlich da?“ sagte Lynch lässig.

„Ich fürchte, ich habe mir einen Rheumatismus in der Bahn geholt“, antwortete Williams und suchte mit dem Arm zu einer Stelle an seinem Rücken zu kommen, die er nicht erreichen konnte.

„Warum bist du nicht mit auf dem Schiff gefahren?“ sagte Lynch kurz, der diese Klagen Williams’ kannte. Nie im Leben war Williams erkältet, aber er hatte immer Angst davor, erkältet zu sein ... und wollte diese Angst ausgeredet haben.

„Ich habe Ihre Motorbootjacht gesehen, Mr. Lynch“, sagte, als das Wort Schiff fiel, der Belgier — er war eigentlich recht gelb —, „sind Sie mit dem Boot von Triest gekommen?“

„Nein, ich mache mir nichts aus dieser Art kleiner Boote“,

sagte Lynch und musterte den Belgier scharf mit seinen kalten, taxierenden Augen. „Ich benutze sie nur, weil sie, wie man sagt, eine Reklame für Amerika sind und weil meine Herren es so lieben. Ich ziehe große, solide Schiffe vor. Ich würde mir eher einen Finger abnehmen lassen, als mit so einem zwecklosen Ding über das Meer zu fahren."

„Wie schade", sagte der Belgier enttäuscht. „Sie versäumen da aber allerlei. Ich tue wahrhaftig nichts lieber, als mit so einem kleinen Boot auf dem Wasser herumzufahren — ich meine, abgesehen vom Elefantenschießen", setzte er rasch hinzu, und die Haut an seinen gelben Backen straffte sich erregt.

„Da haben wir allerdings einen recht verschiedenen Geschmack", stellte Lynch mit einem Räuspern fest, das einen gewissen neutralen Respekt vor einer so komischen Sache wie Elefantenjagd darstellen sollte, das aber sehr unhöflich klang; Lapin wurde dadurch verlegen.

„Ihr Sohn scheint aber mehr auf meiner Seite zu liegen", äußerte er nach einer Pause. „Wenigstens habe ich seinen ‚Nobody' gesehen. Himmel, ist das ein Boot! Man macht in Detroit eben die besten Boote in der Welt. Ich will im Winter auch einmal nach Amerika fahren."

„Kennen Sie Amerika?" fragte Lynch und nahm seinen Panama höflich ab.

„Nein", erwiderte Lapin mit einem bedauernden Lächeln, „aber ich muß jetzt wirklich einmal dringend hinüber."

„Wegen der Negerfrage?" erkundigte sich Lynch teilnehmend.

Lapin starrte ihn verständnislos an.

„Nein", erwiderte er kopfschüttelnd, „wegen der Rennboote. Was sollte ich in Amerika ausgerechnet wegen der Neger tun? Ich habe genug."

Lynch räusperte sich wieder und versuchte dabei, mit seiner Zehe eine Muschel aus dem Sand herauszugraben. Der Belgier mißverstand ihn offenbar.

„Sie sollten aber doch die Negerfrage in Amerika studieren", sagte er hartnäckig. „Sie werden eines Tages auch bei sich das Problem sich ändern sehen. Wir haben zwölf Millionen

Neger in USA., das heißt, jeder zehnte Mensch ist ein Neger. Wie Sie wissen, vermehren sich die Neger wie die Ratten. Das ist ein ernstes Problem."

„Bei mir ist das nicht wichtig", meinte Lapin und kratzte sich am Knie. „Ich habe nur ein paar hundert Weiße, aber ein paar Millionen Neger. Sie können sich vermehren, soviel sie wollen. Jeder Neger mehr bringt einen Dollar Kopfsteuer."

„Aber eines Tages wird es knallen", belehrte Lynch den Belgier. „Nicht, daß ich glaubte, es könne bei uns nicht auch losgehende Flinten geben. Aber nicht so rasch wie bei Ihnen."

„Wieso soll es bei mir knallen?" fragte Lapin mit runden Augen. „Die Neger haben ja keine Gewehre."

„Sie werden sie bekommen", erklärte Lynch. „Jedermann, der Gewehre haben wollte, bekam sie. Und wenn Rußland sie liefert."

„Ach", sagte Lapin lächelnd, „glauben Sie das nicht. Die Russen werden unser Klima im Leben nicht vertragen. Meine Neger fühlen sich ganz wohl. Sie sind ja Kinder."

„Aber ...", dozierte Lynch, „wenn im Senegal, wo die Schwarzen von den Franzosen bewaffnet sind, ein Aufstand ausbricht ..."

Er unterbrach sich, denn Lapin machte eine Bewegung, die fast so aussah, wie wenn ein Kind eine Unterhaltung abbricht, die ein Großer, der es nicht versteht, ihm aufdrängt.

Lapin schnickte tatsächlich ungeduldig mit dem Kopf.

„Wenn alles nicht mehr hilft", erwiderte er aber höflich, „dann führe ich Alkohol ein, der momentan bei mir verboten ist. Wenn ich Alkohol einführe, da gehen die Neger wie die Fliegen kaputt."

„Dann haben Sie aber keine Arbeiter mehr", konstatierte Lynch ruhig.

„Dann führe ich Chinesen ein", versicherte ihm Lapin lächelnd. „Die Chinesen vertragen das Klima am Kongo sehr gut. Wir brauchen uns über diese Dinge keine Sorgen zu machen, Mr. Lynch, viel schlimmer ist, daß die Preise in einem fort sinken. Ich habe sehr viel Kupfer. Und viel Baumwolle. Das ist sehr schlimm."

Lapin fing ebenfalls an, eine Muschel mit den Zehen aus dem Sand zu graben, und Lynch folgte dieser Bewegung des Belgiers mit angespanntem Interesse. Beide sagten nichts.

Einen Augenblick standen sich die beiden Großen dieser Erde gegenüber mit einem Ausdruck, der eine tiefe Hilflosigkeit zeigte. Die Hilflosigkeit war nicht auf ihren Gesichtern geschrieben, ihre Gesichter waren gelassen und beherrscht, wie es die Gesichter der Mächtigen sind, aber ihre Hilflosigkeit zeigte sich in ihren Bewegungen. Lapin konnte nicht die Hand in die Hosentasche stecken, weil er nur ein Badekostüm anhatte. Und Lynch scharrte jetzt seinerseits an einer Muschel wie ein Huhn. Sie konnten sich beide nicht fassen, sie verstanden sich überhaupt nicht, und die geistige Entfernung, die zwischen dem riesigen Zeitungsapparat von Lynch und dem riesigen Negerterrain von Lapin lag, war weitaus größer als die geographische Entfernung zwischen Zentralafrika und Amerika, welche beide kannten. Sie empfanden wie Kinder eine leichte, fremde Verlegenheit voreinander.

Lynch zögerte, ob er einen Augenblick auf das langweilige Gerede mit der Weltwirtschaft und den gesunkenen Kupferpreisen, auf die Überlastung mit Rohstoffen und die Überproduktion der Welt an Fabrikation in Blechen, Kaffee, Mais und Menschen eingehen sollte, aber es schien ihm lächerlich. Das war Sache der Leute, welche die Ressorts dafür bei ihm hatten. Der Belgier wollte nicht auf ihn eingehen, gut. Warum sollte er ihm folgen, wenn er auswich?

Sein Blick traf in diesem Augenblick die Augen von Mrs. Virginia Watts, die mit Williams sprach. Sie hatte einen so freundlichen Ausdruck im Gesicht, während sie sich mit seinem Bruder unterhielt, daß Lynch sie daraufhin sofort für eine Gans hielt. Er hielt jedermann, der Williams ernst nahm, für unbeträchtlich.

Und nun kreuzte sein Blick die Augen des andern Mannes, der mit Williams und Bobby zu ihnen getreten war, und er bemerkte, daß diese Augen ihn ironisch musterten. Es war der Schneider Lelong, dessen Blick an Lynchs Panamahut hing. Der Blick war klug und scharf.

Lynch musterte das Gesicht des Schneiders mit seinem ruhigen, undurchdringlichen Blick, der aufnimmt, taxiert und wegwirft, und der Blick Lelongs hielt ihm, ohne zu rühren, stand.

„Nun, Herr Lelong", sagte Lynch, „Herr Lapin beschwert sich, daß die Zeiten schlecht sind. Was halten Sie von der Welt?"

Lucien Lelong kniff das eine Auge in seinem Windhundgesicht halb zu. Es kam eine bestimmte Erregung, genau wie bei witternden Hunden, über ihn.

„Die Welt muß Weiß tragen", sagte er. „Weiß ist die einzige Farbe, die einen zufriedenen Eindruck macht, Mr. Lynch." Und er sah mit seinem ironischen Auge jetzt auf den schwarzen Badeanzug des Amerikaners, der zu lang, zu weit und ziemlich schäbig war.

Bobby hat noch ein Gesicht

Lynch überlegte während des ganzen Mittagessens, das er mit seinem Stab in Badeanzügen unter einer gedeckten Halle im Freien einnahm, wo ein Mann wie dieser Belgier für ihn zu fassen sei, aber dieser Lapin glitt ihm in Gedanken immer wieder aus den Fingern. Schließlich aß er ärgerlich ein Büschel Trauben, ohne es zu merken, und beschloß, in sein Zimmer hinaufzugehen und oben zu ruhen. Es war ihm zu hell am Strand, er hatte genug Sonne.

Percy und Blank begleiteten ihn über den Sand nach dem Lift.

„Nun, welchen Eindruck hat der Belgier auf Sie gemacht?" fragte er unterwegs Percy.

„Keinen", sagte Percy und hielt seine Pfeife eines plötzlichen Windstoßes halber mit der Hand zu.

Lynch wandte sich fragend an Blank.

„Ist er nicht dumm?" fragte dieser zurück.

„Er ist dumm", bestätigte Lynch, „aber gerade das macht ihn in seinem Fall besonders stark."

Er gab keinen weiteren Kommentar und überließ es den beiden, über diesen Satz nachzugrübeln.

Percy trollte sich, am Lift angelangt, wieder nach dem Badehaus zurück, während Blank dem Chef in sein Zimmer hinauf folgte.

„Dieser verdammte Lapin", sagte Lynch, als die Tür hinter ihm zu war. „Haben Sie übrigens heute morgen den Bericht der Völkerbundskommission über Liberia gelesen?"

Blank schüttelte den Kopf, was ihm einige Schwierigkeiten bereitete, da er angefangen hatte, mit einem Tropfer Lynchs Federhalter zu füllen.

„Aber Sie haben doch, solange wir Konferenz hatten, Zeitung gelesen", meinte Lynch erstaunt.

„Nur die ‚Daily Mail‘ “, erwiderte Blank, „und die interessiert sich nicht für ernsthafte Angelegenheiten.“

„Es ist nämlich festgestellt worden“, fuhr Lynch fort und ging dabei ins Nebenzimmer, um den Badeanzug abzulegen und sich wieder anständig anzuziehen, „daß in Liberia immer noch Sklaverei herrscht. Das ist ein wenig unangenehm für Amerika, weil die Regierung Amerikas ja seinerzeit diesen Staat gegründet hat, indem sie ein paar Schiffsladungen Neger, die in Amerika geboren waren, nach Aufhebung der Sklaverei an der Küste Afrikas wieder absetzte. Die Regierung ging von dem richtigen Gedanken aus, daß sie die Neger loswerden wolle, aber das Experiment, diese Leute in Afrika auszusetzen, scheint nicht das Rechte gewesen zu sein. Das Land ist nur vierzig Kilometer tief, und dann beginnt der Urwald, und die Nachkommen der Neger, die wir seinerzeit ausgesetzt haben, treiben im Urwald scheinbar einen blühenden Sklavenhandel. Wissen Sie genau, wo Liberia liegt?“

„Meine Kenntnis beschränkt sich darauf, zu wissen, daß Liberia Deutschland seinerzeit wegen der Besetzung Belgiens den Krieg erklärt hat“, sagte Blank.

Lynch sah vom Nebenzimmer aus durch den Türspalt. Er war im Hemd und fixierte seinen Sekretär einen Augenblick scharf. Er mochte solche Offenherzigkeiten bei anderen Menschen nicht. Von Blank nahm er sie an, er hielt sie für Beweise von Charakter. Lynch hatte Blank ja nur zu sich genommen, weil er ihn auf den ersten Blick für einen Charakter gehalten hatte. Auf die Güte seines Blicks für Charaktere war Lynch eitel.

„Nun“, sagte er etwas unwillig und erschien jetzt im Hemd einen Augenblick sogar in dem Türrahmen, „dieses Land hat auch den Versailler Vertrag unterzeichnet, was für die anderen Unterzeichner noch peinlicher war — aber Sie sollten schließlich wissen, daß man, wenn man mit anderen Parteien Schulter an Schulter kämpfen muß, nicht immer in guter Gesellschaft sein kann. Hm“, fuhr er fort und begann seine geliebten grauen Hosen anzuziehen, „die Kommission des Völkerbundes, die an die Westküste Afrikas geschickt worden ist, hat ziemlich intime Feststellungen gemacht. Die zwanzigtausend christlichen Neger, welche die Nachkommen unserer ausgesetzten Sklaven darstellen, beherrschen die zwei Millionen Kruneger, die schon im Lande saßen, als die Neulinge ankamen, etwas brutal. Sie treiben einen lebhaften Handel mit im Urwald gefangenen Negern und verkaufen sie an die Handelsschiffe, die an der Küste anlegen. Es scheint, daß die Engländer sich darüber sehr aufregen, und Lord Cecil wird, obwohl man ja doch nichts ändern kann, nun wieder lange in Genf darüber debattieren . . . als ob es nicht wichtiger sei, die Rohstoffpreise wieder hochzubringen und die Sache mit dem polnischen Korridor zu ordnen. Ich frage mich nun in einem fort, was dieser Lapin wohl machen würde, wenn er statt Cecil der Vorsitzende des Ausschusses für solche Sachen im Völkerbund wäre. Was meinen Sie?"

„Ich denke, daß die Herren im Völkerbund wahrscheinlich nicht alle über eine besonders hohe staatsmännische Intelligenz verfügen, aber daß ein solcher Idiot . . ."

„Sagen Sie das nicht", meinte Lynch und erschien wieder, mit dem linken Arm in seinen Rock fahrend, bei Blank im Zimmer. „Ein Mann wie Lapin würde sicher viel mehr erreichen als Lord Cecil, der gar nichts erreicht als die Absendung einer Protestnote, welche die Minister in Liberia vermutlich nicht lesen können. Und wissen Sie, warum? Sehen Sie, dieser Lapin hat nun einmal kaufmännische Vorstellungen von Politik — und dabei kann man auch dumm sein. Er hat von Macht nicht diese aufgeblasenen und mittelalterlichen Begriffe, wie sie die meisten Souveräne noch besitzen und wie sie leider auch die neuen Volkstribunen haben, und mit denen man noch so intelligent sein kann, ohne etwas zu erreichen. Lapin würde dem Präsidenten von Liberia einfach fünftausend Dollar schicken und dann eine andere Kommission nach Liberia fahren lassen, und der Präsident von Liberia müßte kein Nigger sein, wenn die neue Kommission nicht feststellen würde, daß es keine Sklaverei in Liberia gibt. Ich will damit nicht sagen, daß Sklaverei etwas Schönes ist, aber wenn sie nun einmal nicht zu ändern ist, gibt es wirklich im Augenblick wichtigere Dinge."

Blank mißfiel das, was Lynch sagte, und sein Gesicht ließ

darüber keinen Zweifel. Lynch betrachtete eine Weile seinen Sekretär mit aufmerksamem Interesse.

„Sie sind ein Kindskopf", sagte er dann ruhig.

Blank hob seine kurze, gerade Nase in die Höhe.

„Haben Sie noch einen Auftrag, Mr. Lynch?" fragte er steif.

Lynch war jetzt fertig angezogen und fühlte sich gleich wohler. Nie im Leben hätte er im Bademantel schlafen können. Er erschien in der Tür des Nebenzimmers und warf wieder einen Blick auf das Gesicht dieses Sekretärs, dessen Gesicht sagte, was er dachte. Dieser Widerstand war es, der Lynch an Blank reizte. Blanks Charakter war nicht zu kaufen. Percy hatte zwar ein Auge wie eine Filmkamera und Archie hatte ein Gehirn wie eine Rotationspresse, aber kein Mann aus seinem Stab hatte wirklich wie Blank Charakter. Das bekümmerte Lynch oft, wenn er an die Zukunft Amerikas dachte. Lynch wußte, wie hinderlich Charakter war, um eine große Organisation durchzuführen, wo man Freunde über Bord gehenlassen und Halunken zu sich heranziehen mußte, aber er hielt fest daran, daß Charakter die wichtigste Qualität eines Menschen sein müsse. Er hing deshalb fest an Blank, auch wenn Blanks Widerstand gegen seine Ausführungen oft dumm war, aber zur Prüfung seiner Pläne war ein Widerstand, der aus dem Charakter kam, wichtiger als ein Widerstand, der ihm logisch gegenübertrat – er war nicht nur aus moralischen Gründen wichtiger, sondern auch, weil er so selten war.

Im Augenblick war jetzt, wußte Lynch, Blank allerdings nicht wegen der Sklaverei ärgerlich, davon verstand er nichts, sondern weil er die Methode mit der Bestechung nicht für einwandfrei hielt. Als ob je anders gearbeitet worden wäre, wo es um wichtige Dinge ging. Lynch zog die Augenbrauen ein wenig zusammen und sah Blank von oben bis unten an. Er war recht zufrieden mit seinem Sekretär, obwohl der Sekretär für einen Zeitungsbesitzer das denkbar Ungeeignetste war, weil der Sekretär Charakter hatte und sich diesen Charakter nicht umbiegen ließ ... nicht durch höhere Einsichten, nicht durch die Sorge um das Wohl der Menschheit und nicht durch Geld. Lynch nickte.

„Sehen Sie die Post noch durch und legen Sie mir hinüber, was wichtig ist“, sagte er und entließ den Sekretär mit einem Kopfnicken.

„Guten Tag“, sagte Blank und zog die Tür hinter sich zu. Blank setzte sich daraufhin im Nebenzimmer an den Tisch, schob einen Haufen Post vor sich und öffnete eine Weile Briefe und Telegramme. Dann starrte er auf das Meer hinaus.

Ein scheußliches Gefühl beherrschte ihn. Er fühlte sich immer noch in der Schußlinie zwischen Vater und Sohn. Er war mit Bobby befreundet und sollte ihm eine Sache nicht sagen, die er Bobby nicht verschweigen durfte. Andererseits hatte der Alte Befehl gegeben, zu schweigen, und Blank hatte dem Alten zu gehorchen. Er fühlte sich äußerst ungemütlich. Während er den Rest Post aufarbeitete, empfand er aber genau, daß er auf irgendeine Weise aus der Schußlinie zwischen Bobby und Lynch heraus müsse. Er mußte sich anständig gegen beide benehmen, empfand er — und aus der Schußlinie heraus. Er entschloß sich nun, gleich mit Bobby zu reden. Wie, wußte er noch nicht, das würde sich schon ergeben. Blank schloß daraufhin die Post ein und ging an den Strand.

Am Ende des Holzstegs, der über hundert Meter ins Meer hinausging und den die Gäste benutzten, um den Sonnenuntergang über der Adria sehen zu können, ohne für diesen Spaziergang ihr Badekostüm mit einem anderen Anzug vertauschen zu müssen, saß Bobby mit zum Kinn hinaufgezogenen Knien auf dem Geländer und sah mit deutlichem Entzücken zwei jungen Italienerinnen zu, die auf der Rutschbahn ins Wasser hinuntersausten.

„Hallo“, sagte Blank und setzte sich neben ihn aufs Geländer.

Die Mädchen kamen aus dem Wasser herauf, schüttelten sich und rutschten wieder hinunter.

„Hör mal“, sagte Bobby etwas spöttisch, „was ist eigentlich mit meinem Vater los, daß er ‚Nobody‘ plötzlich in Betrieb sehen will? Vielleicht will er die Redaktion von ‚The Athlete‘ selber übernehmen.“

Bobby lachte.

„Dummes Zeug“, brummte Blank.

„Sag das nicht", grinste Bobby. „Papa weiß immer sechs Monate vorher, was hundertzwanzig Millionen Amerikaner in einem halben Jahr für einen Geschmack haben. Jedem Amerikaner sein Motorboot! Oder glaubst du, daß er sich an der Werft von Gar Wood in Detroit beteiligt hat?"

„Bobby, ich möchte mit dir reden", erwiderte Blank, ohne auf die Ironie Bobbys gegen den Besitzer der „New-York-Post" einzugehen.

„Hast du irgendwo Schmerzen?"

„Ich möchte gern wissen, was du von Liberia hältst?" fragte Blank.

„Ich vermute, es regnet dort immer", erklärte Bobby.

„Ich meine die Sklaverei, welche die Kommission des Völkerbundes dort festgestellt hat?"

„Das hättest du gleich sagen müssen", erwiderte Bobby. „Aber warum fragst du da nicht meinen Vater, der daran schuld ist?"

„An der Sklaverei?" fragte Blank verdutzt.

„Zuerst am Gummi", sagte Bobby, „Papa war dabei, als die Gummiplantagen aus dem Amazonasgebiet weggenommen und in Indien angelegt wurden. Die Gewinnung war billiger dort und die Arbeitskraft natürlich auch, aber es waren englische Gesellschaften, und um Gummi für Amerika noch billiger zu machen, legte die Firestone Co. Plantagen in Liberia an, und Papa war natürlich dabei."

„Gut", sagte Blank, „aber die Sklaverei?"

„Die Sklaverei kam mit dem Gummi", lächelte Bobby. „Die Firestone Company legte eine Million Acres an und brauchte dafür dreihunderttausend Neger. Die Neger in Liberia sind sehr faul, und die Firestone Company hat den Präsidenten wohl veranlaßt, nachzuhelfen. Warum sollen die Neger gerade in Liberia nichts tun?"

„Es geht nicht an, auch nur einen Nigger in die Zwangsarbeit zu schicken, damit irgendein anderer Kerl Geld verdient", sagte Blank ärgerlich.

„Geld? Mein Lieber, Papa tut das doch nicht, um Geld zu verdienen, sondern weil Amerika Gummi braucht."

Blank schwieg eine Weile, wie immer, wenn er an eine

Wand kam, an deren Vorhandensein er nicht gedacht hatte.

„Werden die Engländer im Völkerbund davon reden?" fragte Bobby und zog die Augenbrauen zusammen.

„Ich habe mit deinem Vater schon darüber gesprochen", erwiderte Blank. „Er meint, sie würden darüber reden."

„Es wird aber sehr leicht sein, die Engländer dann an die Art zu erinnern, wie Cecil Rhodes den Staat Rhodesia erworben hat", sagte Bobby lächelnd. „Was hat denn mein Vater gesagt?" fragte er interessiert.

„Er würde dem Präsidenten von Liberia fünftausend Dollar senden und dann eine andere Kommission hinschicken, die feststellen solle, daß es in Liberia keine Sklaverei gibt."

„Sag doch nicht immer Sklaverei", meinte Bobby. „Die Nigger werden ja bezahlt."

„Findest du es richtig, daß dabei bestochen wird?"

„Aber es geschieht ja für Amerika, Mensch", sagte Bobby ärgerlich. „Siehst du das denn nicht ein? Sieh dir doch die Geschichte an. Wir hätten auch den Panamakanal nicht, wenn wir nicht der guten Sache halber dafür gesorgt hätten..."

„Es ist nicht mein Geschmack", sagte Blank trocken und machte eine Handbewegung, die besagte, daß er mit dieser Sache fertig sei, „ich wollte eigentlich etwas anderes mit dir besprechen."

„Bist du Direktor der ‚New-York-Post' geworden?"

Blank schüttelte den Kopf.

„Hat Papa dich entlassen?"

Blank runzelte die Stirn:

„Ich möchte mit dir darüber sprechen, weshalb wir hier sind."

Bobby streckte plötzlich die Beine aus und saß kerzengerade auf dem Geländer.

„Ich nehme an, daß mein Vater dir das nicht erlauben wird", sagte er dann mit einem ganz veränderten Tonfall.

„Ich finde es jedenfalls nicht richtig, daß du nicht orientiert bist", sagte Blank grimmig.

„Hör mal, du riskierst da vielleicht deine Stellung", sagte Bobby und legte seine Hand auf Blanks Arm, „ich kann dich in dem fabelhaften Sportblatt, das mir mein Vater anvertraut hat, nicht unterbringen."

Blank schüttelte unwillig den Kopf.

„Mach keinen Unsinn", brummte er, „dein Vater ist in einer üblen Geschichte drin."

„Er hat mich nicht ins Vertrauen gezogen", grinste Bobby.

„Hast du einmal den Namen ‚Bessie' gehört?"

„Ein Motorboot?"

„Ach was, ein Frauenzimmer."

„Nein."

„Ich auch nicht", sagte Blank. „Es handelt sich um Briefe, die an diese Dame gerichtet sind."

„Von meinem Vater?"

„Nein, von deinem Onkel Williams."

„So", sagte Bobby ganz erstaunt.

„Es handelt sich um Briefe, die geschrieben worden sind, ehe dein Vater Williams nach New York kommen ließ."

„Donnerwetter", meinte Bobby, „vierundzwanzig Jahre."

„Fünfundzwanzig", verbesserte Blank. „Diese Briefe sind, obwohl die Dame namens Bessie seit zehn Jahren tot ist, in die Hände von Leuten gefallen, die damit ein Geschäft aufgemacht haben. Bis jetzt kosten sie sechzigtausend Dollar."

„Seit wann zahlt Pa?" fragte Bobby neugierig.

„Seit einem Jahr."

„Dann sind sie billig", konstatierte Bobby.

„Sie werden aber teurer."

„Sind es schlimme Briefe?"

„Ich habe die eingeschickten Photos der Briefe gesehen", sagte Blank. „Sie sind nicht sehr schlimm."

„Sind sie so schlimm wie die Tagebücher, die Charlie Chaplins Frau in Amerika veröffentlicht hat?"

„Sie sind lange nicht so schlimm", meinte Blank, „aber sie sind natürlich, wenn sie veröffentlicht werden, noch viel gefährlicher, weil dein Vater ein wichtigerer Mann ist als Chaplin."

„Weil er sich um Amerika bekümmert", sagte Bobby. „Aber selbst Charlie Chaplin, der das nicht tut, war eine Zeitlang ein toter Mann."

„In Amerika", sagte Blank. „In der übrigen Welt ist man weniger interessiert an Privatklatsch."

Bobby sah Blank an, sagte aber nichts.

„An wen zahlt mein Vater eigentlich?" fragte er dann.

„Das ist die Schwierigkeit. Die Schecks müssen in London eingezahlt werden. Das ist natürlich ein Deckkonto. Dieses Konto läuft immer weiter über Deckkonten, bis es irgendwo endet, wo der Abheber nicht mehr kontrolliert werden kann. Es sind sehr geschickte Leute und scheinen viel zu riskieren zu haben."

„Hm", sagte Bobby, „und du hast hier eine Spur?"

„Jawohl."

„Wen?"

„Dies war alles, was ich dir sagen wollte", meinte Blank. Er war nun aus der Schußlinie draus.

Zu seiner Verblüffung fing Bobby an zu lachen. Die Art, wie Bobby lachte, haßte Blank. Sie erinnerte ihn an einen bestimmten Tonfall, den Lynch manchmal hatte. Blank mochte Bobby gern so, wie Bobby gewöhnlich war. Diese Art zu lachen aber, die er an Bobby nicht mochte, machte ihm einen roten Kopf.

„Erinnerst du dich, daß der Direktor der National City Bank von New York vor zwei Jahren mit seinem italienischen Schwiegersohn einen Prozeß hatte?" fragte Bobby. Blank nickte. „Der Direktor hieß auch Lynch. Bei diesen Prozessen werden immer Privatbriefe den Anwälten angeboten. Geht dir ein Licht auf? Ich kann mir denken, daß die Briefe an Bessie auf diesem Weg in die rechten Hände kamen."

Bobby kniff die Augen zusammen. Sein Gesicht war etwas höhnisch.

„Wenn man diese Überlegung einmal gemacht hat, dann ist es auch nicht dumm, nach Italien zu fahren und sich in die Sonne zu setzen."

„Wieso?" fragte Blank böse.

„Na, wenn man ein so fetter Köder ist, kann man darauf rechnen, daß die anderen ziemlich nahe kommen. Ihr wollt sie hier greifen", erklärte Bobby listig.

Blank sprang vom Geländer herunter. Er war ärgerlich,

zu sehen, daß Bobby viel mehr wußte, als er vorgehabt hatte, ihm zu sagen. Das ging gegen den Befehl des Chefs.

„Woher weißt du das?“ fragte er finster.

„Ich habe es natürlich gleich aus Williams herausgeholt. Er hat mir allerdings gesagt, die Briefe seien nicht von ihm, sondern von meinem Vater.“

„Dein Onkel Williams ist ein Stinktier“, sagte Blank.

Bobby nickte freundlich.

„Aber sehr informierend. Ich höre, ihr habt eine Familie Ponti im Verdacht. Du brauchst dich nicht zu ärgern, Blank. Hältst du mich denn für einen Idioten? Mein Vater, der nie am Meer war und Badeorte nur aus seinen schlecht gemachten Zeitschriften kennt, geht plötzlich vierzehn Tage hierher — und das soll ich glatt schlucken! Warum hast du mir das alles nicht erzählt?“ wandte er sich mit geröteter Stirn an Blank.

„Verflucht noch einmal“, rief Blank, „ich bin der Sekretär deines Vaters oder nicht? Ich habe dir mehr als genug gesagt.“

Bobby sah nachdenklich auf den Mann neben sich, der wütend war, weil er spürte, daß er wieder in die Schußlinie zwischen Vater und Sohn kam.

„Was hat Pa nur mit ‚Nobody‘?“ fragte Bobby plötzlich wieder amüsiert. „Ist es nicht komisch, daß er sich so plötzlich für das Motorboot interessiert?“

Blank zuckte die Achseln.

„Ich glaube“, grinste Bobby, „er ist eifersüchtig darauf, daß ich das Rennen machen könnte.“

„Du bist genauso verrückt wie dein Vater“, erklärte Blank, was ihn etwas beruhigte.

„Na“, meinte Bobby gelassen, „er war ärgerlich, als ich in Harvard einen Fußballpreis machte. Warum? Er war ärgerlich, als ich mit einer anständigen Note dort abschloß. Warum? Er war wütend, als das Sportblatt, das er mir gütig überließ, um zwölf Prozent Leser zunahm. Warum? Er ärgert sich, wenn ich ein Rennen mache, und er ärgert sich über den ‚Nobody‘, aber er läßt mich nicht in die ‚New-York-Post‘. Na, reim dir das zusammen. Er fürchtet sich, das ist die Geschichte.“

„Vor dir?“ fragte Blank ironisch.

„Vor mir", nickte Bobby bestimmt. „Vor sonst keinem Menschen. Und weißt du warum? Weil ich sein Sohn bin."

„Unsinn", knurrte Blank.

„Doch", versicherte Bobby. „Er wäre selig, wenn ich ein Dummkopf wäre. Hast du in der ‚New-York-Post' neulich den Auszug aus den Erinnerungen des Fürsten Bülow gelesen?"

„Ich habe lange nichts Übleres vor die Augen gekriegt", brummte Blank mit einer Bewegung, als schmeiße er ein Insekt ins Wasser.

„Sehr unrecht. Ich finde sie ausgezeichnet", erklärte Bobby. „Der Reichskanzler berichtet an einer Stelle, dein Kaiser hätte seinem Sohn auf dessen Bitte einen hohen Offiziersposten bei dem Regiment Garde du Corps gegeben — aber nicht die Uniform dieses Regiments. Die Uniform des Regiments wollte der Kaiser allein in der Familie tragen. Wahrscheinlich verstehst du diesen Zug auch nicht, obwohl du ihn besser verstehen müßtest als ich, denn ich habe das Regiment nicht gesehen — aber ich verstehe den Zug des Kaisers sehr wohl. Genau dasselbe wie bei uns. Und deshalb komme ich nicht in die Leitung des Betriebes."

Blank hatte Lust, das Gespräch abzubrechen.

„Was wirst du also machen?" fragte er kühl.

Bobby legte beide Handflächen vor sich auf das Geländer. Es klatschte, wie wenn ein Fisch springt.

„Meinst du, ich wolle immer den ‚Athlete' herausgeben?" fragte er belustigt.

„Kaum." Blank zog die Augenbrauen zusammen.

„Nun", meinte Bobby grinsend, „ich habe schon lange darauf gewartet, daß Pa einmal in die Falle geht."

Blank faßte Bobby am Arm.

„Du wirst mir keine Schweinereien machen ..."

„Bist du verrückt?" Bobby machte sich ärgerlich los. „Es ist doch mein pures Interesse, ihm bei der Briefsache herauszuhelfen. Aber ich werde dabei in die Leitung der ‚New-York-Post' kommen. Darauf kannst du Gift nehmen."

Blank atmete zweimal aus und ein. Jetzt war er aus der Schußlinie — vor sich selbst.

„Ich für meine Person möchte nicht in die Zeitung",

sagte er, „und wenn du mir vierzigtausend Dollar dafür geben wolltest. Wieviel Uhr hast du?“

„Vier“, sagte Bobby mit einem Blick auf seine Armbanduhr.

„Hör mal“, fragte Blank, der gehen mußte, um Lynch zu wecken, „was hältst du eigentlich von diesem Lapin?“

Bobby schloß einen Moment die Augen.

„Blank“, sagte er nach einer Weile, „man darf sich bei einem solchen Typ nicht dadurch täuschen lassen, daß er etwas komisch ist. Solche Leute sind kolossal tüchtig. Warum interessiert dich das?“

„Ich dachte nur“, meinte Blank und ging den Holzsteg zurück.

Er fühlte sich nun innerlich ganz und gar aus der Schußlinie heraus. Bobby stand also nicht gegen Lynch. Blanks Gewissen war noch besonders beruhigt dadurch, daß Bobby nicht nur über das verfluchte Liberia, sondern auch über Lapin derselben Ansicht war wie Lynch. Blank war jetzt noch mehr als vorher überzeugt, daß er recht getan hatte, gegen den Willen Lynchs mit Bobby zu reden.

Aber trotz allem, was Bobby über diesen Punkt gesagt hatte, blieb ihm die Spannung des Chefs gegen Bobby ein Rätsel. Warum behandelte Lynch den Jungen wie ein Kind, was Bobby weiß Gott nicht war? Warum haßte Lynch den Sohn eigentlich wirklich und warum schenkte er ihm nicht einmal so viel Vertrauen, wie er ihm selbst, seinem Sekretär, gab? Warum vertrugen sich die beiden nicht, da sie doch im Grund derart dieselben Ansichten hatten, daß es fast zum Lachen war? Blank grübelte darüber nach, solange er auf dem Steg zurückging. Er begriff diese Sache genausowenig wie die andere Sache, daß Lapin, weil er dumm war, besonders tüchtig sein solle.

Blank hatte eine Menge Dinge erlebt, hatte den Krieg als Pionier und Flieger in Deutschland mitgemacht, hatte die Inflation mitgemacht, hatte eine Anzahl Berufe absolviert und in Columbia schließlich im Jahre 1924 die erste Flugzeuggesellschaft gegründet, die über Panama, Mittelamerika und Cuba nach den Staaten flog und zum erstenmal Post beförderte, und die Lynch aufkaufen ließ, als Blank für den

Ausbau der Linie kein Geld mehr aus Deutschland bekam ... Blank war ein Mann, der Kameradschaft noch hochachtete — und er verstand deshalb nicht, was im Grund zwischen Lynch und seinem Sohn los war.

Blank hatte nämlich nie auch nur eine Sekunde seines Lebens wirkliche Macht in der Hand gehabt und konnte daher die geheimnisvollen und lächerlichen Gedankengänge nicht begreifen, zu welchen, im Besitz der Macht, ein so einfacher Mann wie Lynch und ein noch einfacherer Mann wie Lapin manchmal veranlaßt wurden.

Verschwörung am Canal Grande

Daß das Haus Ponti oder vielmehr der Palazzo Ponti (obwohl er nur ein sehr kleiner Palast und also eher eine Palazzina war) – daß das Haus Ponti Kenntnis von Lynchs Kommen hatte, wie bereits Virginia Watts an Kennel verraten hatte, lag nur an dem Scharfsinn eines Herrn in England, der unter dem Namen Sir Edward Terrin in bestimmten Kreisen der Welt bekannt war.

Zwei Tage vor Lynchs Landung in Triest hatte der Korrespondent von United Press in Rom nicht etwa an seinen Konzern, sondern an Sir Edward die Nachricht von der Landung gedrahtet. Terrin sprach einige Minuten später telephonisch mit seiner Filiale in Florenz. Eine Stunde darauf setzte sich in Florenz ein Auto in Bewegung, das von einem Versicherungsbeamten und zwei Polizisten in Zivil begleitet war, und brachte eine schmale Kiste im Durchmesser von 1,80 Meter zu 1,20 Meter nach Mestre. Dort wurde die Kiste sorgfältig in ein Motorboot umgeladen und über die Lagune nach Venedig gefahren, wo das Motorboot in den Canal Grande einlief und hinter der ersten Schlinge des Kanals vor dem Haus Ponti anhielt.

Es war ein wenig schwierig, die Kiste auf der schlüpfrigen, vom Wasser bespülten Treppe ins Haus zu befördern, aber es gelang schließlich doch. Die Halle bestand aus Steinfliesen. Die Kiste wurde sofort aufgebrochen und der Inhalt, in ein Tuch gewickelt, die Treppe hinaufgetragen.

Zehn Minuten darauf verließ die Begleitmannschaft der Kiste das Haus Ponti wieder mit einer Quittung, stieg in das Motorboot und fuhr über Mestre nach Florenz zurück.

Eine Stunde später kam der junge Ponti nach Hause und ging gleich in das Ankleidezimmer seiner Frau hinüber.

„Tag, Peguy“, sagte er, nachdem er leis angeklopft hatte.

„Tag, Doll“, murmelte Peguy, die auf einem Hocker saß und ihre Nägel mit einem roten Lack bestrich.

„Was ist denn los?“ sagte Ponti und ging in seinem saloppen Gang, mit den Absätzen schleifend, auf die Wand gegenüber zu. Er hielt die Hände wie beim Eintreten noch in den Taschen.

„Warst du am Lido?“ fragte Peguy, die jetzt aufsah und bemerkte, daß ihr Mann weder Strümpfe noch einen Rock, sondern nur helle Hosen und einen Pullover ohne Ärmel trug.

„Ja“, sagte Ponti freundlich, indem er ein Tuch von dem Gegenstand an der Wand abwickelte. „Kennel kam ziemlich früh vorbei, um mit mir in der Svan-Werft das neue Fiat-Boot für die Rennen anzusehen. Wo kommt denn das Bild her, Peguy?“

„Von Terrin“, sagte die junge Frau, die mit nichts in der Welt außer ihrem Pinsel für die Nägel beschäftigt zu sein schien.

Doll Ponti ehrte diese Beschäftigung. Mit keinem Ton ungeduldiger fragte er noch einmal: „Aus Florenz . . .?“

Peguy nickte.

„Der Quittung nach ist es für hundertzwanzigtausend Dollar versichert.“

„Gainsborough“, stellte Ponti fest.

Peguy nickte wieder.

„Die Leute haben einen Brief von Terrin abgegeben, in dem alles an Instruktionen steht, was dich interessieren kann, Doll.“

„Wo ist der Brief, Peguy?“ fragte Ponti sich umschauend.

„Hier“, erwiderte Peguy und zeigte mit dem Kinn vor sich hin. Ponti fand den Brief unter dem Kasten mit Flakons, vor dem Peguy arbeitete.

Ponti machte den Brief auf und las ihn langsam durch. Dann lehnte er sich mit dem Rücken an die Wand und sah seiner Frau nachdenklich zu.

Peguy hatte, weil es in den Hinterzimmern des Hauses immer dunkel war, ein Licht vor dem Spiegel angezündet. Ihr eigentümlichster Reiz war, daß sie löwenfarbige Haare hatte. Sie trug die Haare im Nacken sehr kurz und scheitelte sie vorne links wie ein Junge ziemlich lang hinter das Ohr. Zu ihrer bräunlichen Haut, zu den olympisch großen Augen und zu der geraden kurzen Nase wirkten die Haare wie plötzliches Feuer. Am meisten verwirrte aber dabei, daß eine so atemlos weibliche Frau eine so männliche Frisur trug. Wie sie, mit der Zigarette im Mund, vor dem Spiegel saß und irgendwie doch nicht da saß, wirkte sie wie ein Engel, der sich ein wenig und freilich nur zeitweise im Irrsinn befindet.

„Lynch", sagte Ponti nach einer Weile, „Lynch und Sohn . . . ist das nicht der Konkurrent von Hearst?"

„Ja", nickte Peguy, „aber ich fürchte, diesmal wird es schwerer werden als mit Hearst."

„Hearst hat seinen Bellini", meinte Ponti und rieb sich mit seinem Rücken an der Wand. „Reden wir nicht mehr davon. Ich hätte ihm den Dogenpalast verkauft, wenn ich gekonnt hätte."

„Hearst war nicht so schwer zum Kaufen zu bringen", sagte Peguy, die nun ihre rechte Hand zu bemalen anfing, „Hearst ist einer von den Yankees, die leben wollen, wie man früher bei uns lebte. Wer ein Schloß in Kalifornien bauen läßt mit einer Halle aus einer spanischen Kirche und wer im Bett des Kardinals Richelieu schläft, kauft zur Not in guter Stimmung auch einen Bellini. Und trotzdem hättest du die Sache beinahe noch kaputtgemacht."

„Was heißt kaputt?" fragte Ponti gekränkt. „Ich mußte damals rasch zugreifen."

„Ich bin nie rasch", sagte die junge Frau nachdenklich, während sie mit dem Polierer an die linke Hand ging und eifrig rieb, „aber du bist leider nie vernünftig genug gewesen, um das zu verstehen."

Peguy sprach zu ihrem schönen Mann mit dem freundlichen, ermahnenden Ton, mit welchem wahrscheinlich seine Gouvernante fünfundzwanzig Jahre früher zu ihm gesprochen hatte.

„Aber, Peguy, warum wirfst du mir eine so alte Geschichte vor?" sagte Ponti, ohne seine Hände aus den Taschen zu nehmen. „Du weißt doch, wie die Sache damals war. Ich fuhr mit Kennel und dem jungen Hearst und vier anderen Leuten den Kanal hinunter, und Kennel erklärte dem Jungen auf ‚Yankee' die Häuser, ließ aber unseres aus. Natürlich fragte der Junge, was das sei. Kennel sah mich an. ‚Das ist mein Haus', sagte ich, ‚freut mich jederzeit, wenn Sie hereinkommen, einen Drink zu nehmen.' Mächtig einfach. Kennel zwinkerte. Na, was hättest du gemacht?"

Peguy rieb ihre linken Handnägel, daß es blitzte.

„Und was sagte der Junge?" frug sie wohlwollend, als ob sie diese Geschichte noch nie gehört hätte.

„Zuerst nichts. Er schaute das Haus an, als zähle er die Zimmer heimlich. Es dauerte eine ganze Menge Zeit. Und schließlich sagte er hundekalt: ‚Danke. Ich glaube, wir gehen in Venedig nicht aus'."

„Und so einem netten Flegel wolltest du die Markuskirche verkaufen", sagte Peguy kühl verweisend. „Zum Glück war der Alte etwas anders. Aber ich fürchte, daß diesmal beide solche Flegel sind."

„Warum?"

„Hast du je gehört, daß Lynch ein Bild gekauft hat?" fragte Peguy. „Und der Sohn fährt das Rennen mit. Diese frischen jungen Leute in den dreckigen Monteuranzügen haben nämlich gar kein Interesse für alte Bilder."

„Wenn das stimmte, hätte Terrin unrecht. Terrin hat aber bisher immer recht gehabt", warf Ponti ein.

„Gewiß hat er recht gehabt. Aber nur, weil Terrin sehr wenig mit den Amerikanern rechnet – aber etwas sehr viel mit mir", sagte Peguy mit einer leisen Betonung und sah zum erstenmal richtig auf.

Der Blick, den sie Ponti zuwarf, war kurz und deutlich. Peguys Blick hatte etwas, was bei vielen Leuten Mitleid erregte. Dieses Gefühl wurde dadurch hervorgerufen, daß Ponti selber so hübsch war. Die Leute nahmen, Gott weiß warum, an, daß eine zarte Schönheit wie Peguy neben einer so katzenhaften Schönheit, wie sie ihr Mann besaß, den kürzeren ziehen müsse.

Peguy gewann durch Pontis Hübschheit eine Menge Sympathien.

Eine illustre Persönlichkeit, die für Peguy aufrichtiges Mitgefühl empfand, fragte einmal bei einem Empfang eine der beiden Schwestern von Frau Tübinger, die einen großen Palazzo in Venedig besaß und den alten italienischen Namen Loridan führte, nach der reizenden kleinen Frau Ponti. „Was sind das für Leute?" fragte er, da er den venezianischen Adel schwer unterscheiden konnte, weil der venezianische Adel aus Hochmut meist keine Adelsprädikate trug.

„Die Pontis", sagte die Schwester von Frau Tübinger, die infolge ihres Reichtums ein recht exklusives Haus führte, „vermieten Zimmer."

„Aber, um Himmels willen, seien Sie nicht boshaft", erwiderte die illustre Persönlichkeit.

„Ich versichere Sie, daß Sie ein oder zwei baufällige Häuser von ihnen mieten können", bestand die mehr dumme als boshafte Dame. „Die Amerikaner reißen sich darum."

„Nun ja", sagte die illustre Persönlichkeit verstimmt, „es geht dem Adel eben überall schlecht in der Welt. War ein Ponti nicht einmal Doge? Es bekümmert mich oft, daß der Adel jetzt überall verdienen muß und dabei manchmal merkwürdige Wege einschlägt. Hm, die Pontis vermieten Zimmer – das ist doch eigentlich sehr ehrenwert."

„Sie hätten es nicht nötig", sagte die Schwester von Frau Tübinger, „wenn sie sich mehr um ihre Landwirtschaft gekümmert hätten."

„Ja – die junge Ponti ist eine entzückende Frau", antwortete mit einem zerstreuten Blick die illustre Persönlichkeit, die wie viele Männer von Tradition und Rang gern Informationen einzog, aber nicht mehr hinhörte, wenn der Gesprächspartner geistvolle Bemerkungen dazu machte.

In der Tat hatte die Familie Ponti viele Äcker besessen, und diese Äcker waren schon recht viele Jahrhunderte in ihrem Besitz gewesen, ehe die Mutter der Frau Tübinger in der Nähe von Warschau auf die Welt gekommen war, aber der Grundbesitz der Familie Ponti war wie der ganze europäische Grundbesitz langsam dahingegangen, als die Eisenwalzwerke und die Automobilfabriken zu florieren anfingen und die Überkonjunkturen in Europa ausbrachen. Die Familie

Ponti hatte ihre Äcker ziemlich langsam verzehrt. Pontis Vater hatte noch dreitausend bekommen. Doll Ponti erinnerte sich noch an zweitausend. Peguy hatte dreihundert erlebt. Jetzt waren es noch hundertundvierundzwanzig, aber die Pächter hatten sie bereits auf drei Jahre bevorschußt. Ein Jahr nach ihrer Hochzeit, vor drei Jahren, hatten die Pontis in Venedig Sir Edward Terrin kennengelernt.

Terrin war ein Mann, der sich des Gebietes der alten Kunst mit ähnlichen Mitteln bemächtigt hatte, wie das zur selben Zeit in Europa andere Leute mit anderen Dingen getan hatten und wie es Thyssen mit dem Stahl und Kreuger mit den Zündhölzern getan hatte; er hatte das Gebiet der alten Kunst einfach monopolisiert.

Der Aufbau seines Geschäftes war nicht durchsichtig, weil Terrin vollkommen im dunkeln gearbeitet hatte, aber eines Tages war er eben im Besitz einer Anzahl erstklassiger Stücke gewesen. Dies wußte auch nur ein enger Kreis, und Terrin selber war schon im Kunsthandel berühmt, ehe ihn jemand gesehen hatte. Mit der Zeit gingen dann fast alle Stücke, die im Handel waren, in seine Hand über. Es war unmöglich, einen wirklichen Rembrandt oder einen besonders schönen Greco zu kaufen, ohne es über Terrin zu tun. Terrin pries seine Stücke nie an. Er ließ sich abringen, was er weggab, und er blieb selber immer im Hintergrund, ja er ließ sich nicht einmal von den bekanntesten Experten sehen — und dies alles gab ihm eine absolute Autorität.

Ein Irrtum, der fast allen Sachverständigen hin und wieder unterlief, war bei Terrins Autorität unmöglich. Sein Ruhm war so groß, daß Bernheim in Paris beim Anpreisen eines Bildes nicht sagte „ein Bild von Tizian“, sondern „ein Bild von Terrin“. Ein Bild von Tizian konnte immerhin falsch sein. Ein Bild von Terrin für sechzigtausend Pfund galt als unbedingt echt.

Das Gebiet des Kunsthandels war ja ein sehr problematisches Gebiet des Großhandels, zumal sich nach dem finanziellen Zusammenbruch in der Nachkriegszeit eine ungeheure Menge Menschen damit beschäftigte. Fast alle Sammler waren in den Kunsthandel übergelaufen, und viele Leute von Geschmack und großen Beziehungen hatten sich als Vermittler zwischen große Objekte und Liebhaber geschoben. Dazu kam eine Meute von Kennern, die Italien dauernd nach unbekannten alten Stücken durchstöberte und jedes Jahr einen Memling fand oder ein paar Dutzend Bilder mit Wiesen abwaschen ließ, um vielleicht hinter den Wiesen die Hinterseite einer Dame zu finden oder die Hälfte von einem Papst.

Kurz, es war ein abenteuerlicher Beruf, der ein Hand-in-Hand-Arbeiten von Suchern, Kennern, Gutachtern und Händlern erforderte, und jedermann im einen Lager wußte immer die Geheimnisse und die Geschäftspraktiken des anderen Lagers – und die Geheimnisse hoben sich gegenseitig gewöhnlich auf. Deshalb traute kein Mensch dem andern, jeder Händler hielt die Geschäfte des andern für zweifelhaft, und über jeden Gutachter kursierten schmerzhafte Geschichten.

Tatsächlich waren unter den Bildern, die im Kunsthandel erschienen, höchstens drei Prozent überhaupt klare und sichere Stücke, von denen man beruhigt sagen konnte, dieses Stück sei ein Dürer oder dieses Stück sei ein Piero della Francesca. Von den siebenundneunzig anderen Stücken erschienen beim Restaurieren nur bescheidene Originalteile, so daß die letzte Frage aller Kunsthändler immer war, ob man aus diesen Teilen einen Tizian oder einen Veronese, einen Cimabue oder einen Giotto machen solle.

Es gab sogar Bilder, die nach dem Säubern nur noch aus einem Hauch bestanden und die, wenn man Email darüber aufsetzte, ein Bellini wurden, wenn man aber noch einmal darüber wusch, auch als Fra Angelico gingen.

Es gab Bilder, die nur aus einer Hand bestanden und zu denen der ganze Körper ergänzt werden mußte. Und schließlich gab es Bilder, die in den Händen der Kunsthändlerdynastien seit fünfhundert Jahren siebenmal übermalt, hergerichtet und verändert worden waren, so daß kein Kenner der Welt eine unfehlbare Expertise ausstellen konnte. Es handelte sich dabei gewöhnlich keineswegs um Fälschungen, sondern um „Auslegungen“, und es handelte sich nicht um schlechte Sachen, sondern um Reste von Arbeiten von Rang, und sei es auch nur ein Kopf von Rang, zu dem eine schöne Frauenbrust gefunden werden mußte.

Die einzelnen Lager des Kunsthandels hatten sich seither über diese Vorgänge, die nicht in die Öffentlichkeit drangen, keine Rätsel aufgegeben, jeder Händler wußte, was der andere Händler mit seinem Stab an Gutachtern und Vermittlern für Pläne hatte, und keiner stellte dem andern eine Falle, weil ein Skandal des einen ja auch der Skandal des andern war, und weil obendrein das Gebiet des Kunsthandels seit Jahrhunderten in dieser Weise behandelt wurde – der Kunsthandel war eine bewegliche und nicht zu fixierende Branche und hatte seine eigenen Gesetze. Kein Mensch unter den Kunsthändlern hätte dabei auch nur eine noch so kleine, wirkliche Fälschung erwogen, wie sie Michelangelo etwa vorgenommen hatte, als er eine moderne Statue in die Erde grub, um sie dem Papst als antike zu verkaufen.

Terrin hingegen kannte kaum einen der bedeutenden Kunsthändler in Europa persönlich, er wünschte auch keinen kennenzulernen. Er kannte die Experten nicht und verlangte nach dieser Bekanntschaft nicht. Er ließ die Gutachten, auf die er Wert legte, auf dem geschäftlichen Weg erledigen, die Bilder, die er aber übersandte, waren von ihm bereits benannt, und er erwartete lediglich eine Bestätigung. Es gab keine Zweifel, kein „so oder so", kein „Veronese-oder-Tizian"-Problem. Terrins Bilder kamen benannt, fix und fertig auf den Markt und lagen dort mit der ganzen Autorität Terrins, der von Anfang an als Autorität erschienen war, dessen Pläne, dessen Geheimnisse und dessen Zweifel niemand kannte.

Wenn Käufer zu Terrin nach London kamen, so erreichten sie ihn nur nach einer vorherigen Anmeldung, und Terrin empfing nur Leute, die nicht im direkten Handel standen, Seelorde der englischen Marine und Besitzer von schwedischen Stahlfabriken, Leute, die sammelten und abstießen und aus Liebhaberei ganz große Geschäfte mit Kunstgegenständen machten.

Diese Leute mußten durch sieben große Säle hindurchgehen, in denen kein Bild hing. Terrin war ein kleiner, dicker Herr mit einem typischen Bluthundgesicht und verwahrte seine Bilder alle in Safes. Wenn die Besucher, gedemütigt durch die prächtigen Räume ohne Bilder, bei ihm schließlich selber vorsprechen durften, sahen sie auch in diesem Büro kein Bild, nicht einmal das Bild, dessentwegen sie vorsprachen.

Terrin verhandelte mit den Besuchern nach Photographien, von denen es für jedes Bild Hunderte gab. Jedes Detail eines Bildes war bei ihm photographiert und war diskutierbar. Terrin verhandelte auch auf Grund der Gutachten, aber er ließ spüren, daß er auf diese Gutachten wenig Wert lege, da man für jedes Bild ja jedes Gutachten von bedeutenden Experten erhalten konnte, was der Besucher seufzend bejahen mußte. Terrin war ein Meister, geizig mit seinen Bildern zu sein. Es gab Dutzende von Besuchern, die halb entschlossen zum Kauf waren und welche das betreffende Bild doch nicht zu sehen bekamen, weil Terrin nur zeigte, wenn er sicher war, zu verkaufen.

Dann ließ er, wie eine Apotheose, das Bild hereinbringen, die Vorhänge schließen und drei Reflektoren ihr Licht auf das mit Samt drapierte Bild schießen, daß es in dem leeren Raum nach so langer Vorbereitung wie ein Juwel erschien. Terrin war ein Menschenverächter, der wußte, daß die nach einem Bild Gierigen meistens Besessene wurden, wenn man ihnen das Bild vorenthielt — und daß sie die Lust verloren, wenn man es ihnen anpries.

Terrin war seinerzeit nach Venedig gekommen, um einen Friedhof von Fälschungen mittelalterlicher Plastiken anzusehen, der dort nach dem Rückströmen der Arbeiten im Verlauf des Dossena-Skandals zu besichtigen war. Er hatte schon vorher Stücke dieser Fälschungen gesehen und mit seinem Instinkt die Fälschungen erkannt. Wahrscheinlich hatte der ganze Kunsthandel die Fälschungen erkannt, sie aber nicht entlarvt, weil jedermann einen Skandal auf dem ganzen Kunsthandelsterrain fürchtete.

Die Fälschungen an sich waren nun auch recht gut, aber der Weg ihres Erfolges war doch durch einen Trick erst erreicht worden. Die Fälschungen mußten, ehe sie Italien verließen, einen kolossalen Zoll bezahlen, den alte Kunstwerke an den Staat abliefern mußten, wenn sie nach Amerika gingen; und dieser kolossale Zoll war auf Grund von unbestechlichen Gutachten erlegt worden und war für die Arbeiten, in welchen fast alle berühmten italienischen großen Bildhauer kopiert waren, das beste Gutachten der Welt gewesen. Terrin bewunderte diese Hochstapelei auf dem Rücken des Staates so sehr, daß er nach Venedig kam, um sich den Schauplatz der Ausschiffung von hundert falschen Donatellos, Pisanos und Della Robbias anzusehen.

Terrin vermied es dabei absolut, mit einem der vielen verkappten und offenen Kunsthändler in Berührung zu kommen, welche in Venedig Hotels, Villen und Paläste bewohnten, kam aber durch den damaligen Besitzer der „Daily Post", der als Schützer Ungarns und als Gegner des Vertrages von Trianon nach dem Krieg in Ungarn eine Rolle wie vor dem Kriege nur der heilige Stephan spielte (und jedes Jahr auch als Schützer Venedigs eine Zeitlang dort lebte), zu einer Bridgepartie ins Haus Ponti.

Diese Bridgepartie amüsierte den dicken Herrn mit dem Bluthundgesicht sehr. Er witterte mit seinen kurzen Nasenflügeln in der Luft des Hauses herum, er fand, wenn auch aus anderen Gründen als der Besitzer der „Daily Post", daß Peguy Ponti eine merkwürdig hübsche Frau sei, und besah sich amüsiert, was in diesem Hause alles herumstand.

Das Pontische Haus wurde merkwürdig geführt.

Die Pontis gaben allerdings keine Feste wie die Schwester von Frau Tübinger, über die man, obwohl sie langweilig, aber exklusiv waren, dann von dankbaren Journalisten im „Petit Parisien" lesen konnte, auf der Freitreppe am Wasser hätten zwei Dutzend vergoldete Neger gestanden, und die Hausfrau, Lady Loridan, sei auf einem Elefanten erschienen oder ähnlichen Unsinn — aber die Pontis waren in ihrer Weise mit ihren Bridgeeinladungen nicht weniger hochnäsig.

Im Sommer waren die Besucher ursprünglich meist Yankees, die Europa bereisten, und die Pontis, welche fast ohne Einnahmen waren, bemerkten bald, daß diese Besucher Interesse an Teilen ihres Hauses nahmen. Sie bemerkten, daß dieses

Interesse wuchs, je hartnäckiger sich Ponti weigerte, sich von dem oder jenem Gegenstand zu trennen. Der Geschmack der Besucher war in diesen Dingen sehr verschieden. Manche Besucher verliebten sich in einen Renaissancehelm, andere in eine Wiege aus dem Settecento, andere hätten am liebsten die Halle mit den Steinwappen der Familie Ponti Stück für Stück abgebrochen und am Mississippi wieder aufgebaut.

Peguy hatte bald bemerkt, daß diese Art Besucher beim Bridge verloren, wenn sie mit ihr selber spielten. Und sie hatte die Geschichte mit den Gegenständen, die im Hause herumstanden, bald organisiert. Es standen immer mehr und jedes Jahr andere Gegenstände herum und gingen ab. So war die Lage, als Sir Edward Terrin zum zweiten- und zum drittenmal beim Bridge erschien. Während der Besitzer der „Daily Post“ im Hause Ponti immer verlor, weil es ihn in seiner großen politischen Staatsbeschützerseele genierte, in einem Haus, wo er eingeladen war, zu gewinnen, gewann Sir Edward, ohne mit der Wimper zu zucken.

Als Terrin zum drittenmal im Hause war, ließ er den Besitzer der „Daily Post“ nach dem Bridge allein gehen und blieb noch zwei Minuten für eine Tasse Tee. Peguy wurde kurz darauf ans Telephon gerufen, und Terrin stand mit Ponti allein an der Wand.

Er stand genau mit dem Kopf unter einem Aquarell Leonardos, das der Besitzer der „Daily Post“ an diesem Abend dreimal betrachtet und über das er einmal mit den Fingerspitzen gestrichen hatte. Terrin war dabei eine Idee gekommen. Diese Idee ging davon aus, daß er seine Bilder nicht anpries und nicht ausstellte, und an dieser Methode war natürlich nichts zu ändern. Aber er verlor dabei einen Prozentsatz jener Käufer, die bei der sogenannten „Gelegenheit“ kauften, das heißt Käufer, die gar nicht daran dachten, ein Objekt zu erwerben, es aber eines Tages doch im Sack hatten, nachdem es ihnen bei günstiger Gelegenheit zufällig unter die Augen geriet. Terrin war viel zu ausgeprägt ein Führer in seinem Fach, als daß er nicht immer noch mehr dazu monopolisiert hätte. Er ging sofort auf dieses neue Jagdgebiet los.

„Was kostet dieses Aquarell?“ fragte er, mit der Teetasse

in der Linken, und zog mit der Rechten ein viereckiges Glas aus der Westentasche, das er dicht ans Auge hielt.

Ponti lachte. „Für was halten Sie mich?"

Der große Terrin sah einen Augenblick in die Luft.

„Machen Sie keine Sachen", sagte er kurz. „Das Ding hing vor vierzehn Tagen noch in Mailand. Es hat keine Expertisen und ist nicht echt und im Kunsthandel gar nicht zu verkaufen."

„Was wollen Sie damit eigentlich sagen?" fragte Ponti kühl.

„Na, sehen Sie mal", meinte der große Terrin. „Es gibt im ganzen zwölfhundert Stück Arbeiten, die Zeichnungen mitinbegriffen, von Leonardo, aber in den Katalogen der amerikanischen Sammlungen stehen allein viertausend Stück verzeichnet. Wenn die echt sind, warum soll das Aquarell nicht auch echt sein? Nicht wahr? Leonardo ist ein besonders schlüpfriger Fall. Und der Zeitungsmann kauft das Bild deshalb wahrscheinlich doch. Ich schätze, er geht bis viertausend Dollar. Ich schätze, Sie haben fünfhundert Provision. Das ist verdammt wenig Geld."

„Dieser Ansicht war ich früher auch einmal", sagte Ponti. „Aber leider hat die Welt sich miserabel verändert."

„Selbst wenn dies wahr wäre", sagte der große Terrin, „so ist es doch albern, fünfhundert Dollar in einer Situation zu verdienen, in der man zehntausend verdienen kann. Sie könnten das aber, weil Ihre Methode gut ist. Wie Sie das alles hier arrangiert haben, ist tadellos — aber Sie sind mit zu kleiner Münze zufrieden. Sie machen einen Gedankenfehler, junger Herr. Wenn nämlich jemand einen Leonardo bei Ihnen kauft, der bestimmt falsch ist und nicht einmal Expertisen hat, so tut er das nicht, weil er das Bild haben will, sondern weil er gern in Ihrem Haus verkehrt. Drücke ich mich deutlich aus?"

„Nicht ganz", erwiderte Ponti, setzte sich in einen alten Stuhl und schlug ein Bein über das andere, ohne die Hände aus den Taschen zu nehmen.

Terrin wies mit dem Daumen nach der Tür, aus welcher der Besitzer der „Daily Post" hinausgegangen war.

„Dann müssen wir noch offener reden", meinte der Kunsthändler mit dem Bluthundgesicht freundlich. „Der Zeitungsmann würde in Ihrem Haus auch ein Bild von vierzigtausend Dollar kaufen.“ Terrin steckte den linken Daumen in den Westenausschnitt. „Den Leonardo kauft er natürlich wegen Ihrer Frau. Hören Sie jetzt wohl zu. Es gibt in der ganzen Geschichte des Kunsthandels überhaupt keinen Fall, bei dem der Käufer eines großen Objekts nicht entweder in das Bild oder in den Verkäufer verliebt war. Der letzte Fall ist häufiger, als man denkt. Ziehen Sie aus dem, was ich Ihnen da sage, ruhig die Konsequenz. Ich schätze, sie ist einfach. Der Zeitungsmann würde natürlich lieber ein echtes Bild, das teurer ist, kaufen als einen unechten Leonardo, der billiger ist — so viel Geschäftsgeist dürfen Sie der ‚Daily Post‘ schon zutrauen. Wenn der Leonardo von Terrin wäre“, sagte der Kunsthändler und kreuzte plötzlich beide Arme über die Brust, „dann könnten Sie sechzehntausend Dollar dafür verlangen. Ich bin natürlich kein solcher Schafskopf, einen solchen Wisch mit meiner Firma laufen zu lassen. Verstehen Sie mich?“

Ponti verstand, daß er den kleinen, dicken Mann eigentlich hinauswerfen müsse. Dem stand aber entgegen, daß seine Lage schlecht war, daß die Leute immer weniger Lust zeigten, Geld wegzugeben, daß er den Winter nicht in Venedig erfrieren wollte, daß das Haus Ponti, um anständig zu wirken, ein neues Motorboot brauchte, und daß der Kunsthändler, der vor ihm stand, eine starke Suggestion ausübte.

Ponti witterte eine Chance.

„Um Bilder von Terrin zu verkaufen“, sagte er und legte das andere Bein auf das andere Knie, „müßte ich Bilder von Terrin haben.“

„Davon rede ich ja die ganze Zeit“, sagte Terrin ungeduldig und sah nach der Uhr.

Terrin war ein Menschenverächter. Er verachtete die Pontis, die er zu seinen Zwecken ausnutzte, er verachtete die Hübschheit Peguys, er verachtete den Besitzer der „Daily Post“, der sich von dieser netten Person dazu veranlassen ließ, viertausend Dollar für ein falsches Bild auszugeben, ohne wahrscheinlich etwas Positives davon zu haben. Terrins Menschenverachtung machte ihm so viel Freude, daß er sich nicht einmal die Mühe nahm, sie zu verhehlen. Sie war nicht nur sein Geschäftstrick, wie Menschenliebe der Geschäftstrick anderer Wirtschaftsführer war, sondern sie war seine Natur. Sie war das Organ, das ihm gestattete, sein Machtgefühl rein zu genießen.

„Sie bekommen Bilder", sagte er und steckte die Uhr wieder ein. „Alle Details bereden wir später. Und zwanzig Prozent."

Der große Terrin bewegte sich noch zu Peguy hinüber, um sich zu verabschieden. „Ich habe eine ganz interessante Unterhaltung mit Ihrem Mann gehabt", sagte er lächelnd. „Er wird es Ihnen erzählen. Ich rechne sehr auf Sie." –

An diesen kleinen, dicken Mann und an seinen letzten Satz dachte Peguy jetzt, als sie die Polierstange weglegte und aufmerksam ihre glänzenden purpurroten Nägel besah und dann über die weiß gebliebenen Halbmonde am Nagelansatz hinweg zu ihrem Mann hinaufsah.

„Natürlich rechnet er mit dir", sagte Ponti. „Was suchst du denn?"

„Meinen Lippenstift. Danke. Findest du aber nicht, daß Terrin langsam ein wenig allzuviel auf mich zählt? Bei Sammlern geht es noch, meinetwegen. Aber um Rennfahrern einen Gainsborough zu verkaufen ..." Sie kniff die Augen ironischer zusammen, als man es der Besitzerin dieser engelhaften Augen zugetraut hätte.

Mit diesem Blick sah sie Ponti an, der das Bein auf ihrem Hocker stehen hatte und dessen Tennishemd am Hals offen war, was ihm gut stand.

„Willst du vielleicht ein paar Tips haben?" fragte Ponti, der gespannt zusah, wie Peguy endlich ihren Lippenstift in einer Handtasche fand und vor dem Spiegel damit zu arbeiten anfing.

„Tips?" fragte Peguy belustigt. „Wofür?"

„Du hast doch keine Ahnung von Motorbooten und von Pferdekräften. Diese Kerle haben doch nichts anderes im Kopf. Ich weiß nicht einmal, ob du Namen wie Segrave und Gar Wood überhaupt kennst."

Peguy lachte leise in sich hinein.

„Du meinst, ich sei kein sportlicher Typ, Doll. Glaubst du wirklich, daß sich der alte Zeitungskerl für einen Hering von Golfmädchen begeistert? Und daß der Junge auf etwas hineinfällt, was er alle Tage haben kann?“

„Ich hatte mir wirklich überlegt, ob man nicht lieber Virginia Watts vorschicken sollte“, sagte Ponti betrübt.

„Das wäre die größte Dummheit, die wir machen könnten“, sagte Peguy ruhig.

Sie hob mit der linken Hand einen flachen Spiegel am Griff in die Höhe schräg über sich, um das elektrische Licht besser zu fangen.

„Du verstehst nun einmal nichts von Menschen, Doll“, sagte sie mit halbgeschlossenem Mund. Sie hatte jetzt etwas Ungeduldiges im Ton, so, als ob sie zu einem Jungen spräche, der ihr ein wenig auf die Nerven ging.

„Wieso?“ brummte Ponti gekränkt und gähnte mit geschlossenem Mund, wobei er lautlos seinen gut gewachsenen Brustkasten streckte.

„Weil es genauso unmöglich ist, heute einen Gainsborough wie einen Bahnhof zu verkaufen, wenn niemand da ist, der tatsächlich ein Bild oder einen Bahnhof kaufen will. Heute morgen stand in der ‚Gazetta‘, daß die ‚Sagacia‘ in Mailand in Konkurs gegangen ist. Der Generaldirektor Rezara war der letzte Mann, der ein Bild bei uns gekauft hat. Du mußt dich umstellen, Doll. Die Welt wird immer ärmer. Aber eins ist sicher: Die Leute kaufen nur bei Hausse und nicht bei Baisse. Die paar Amerikaner, die unabhängig davon sind, kaufen Bilder ausgerechnet auch nur, wenn sie müssen. Damit rechnet Terrin. Verstehst du? Bitte tu deinen Fuß weg, ich werde sonst nicht fertig.“

„Zum Teufel, Peguy“, sagte Ponti und tat seinen Fuß von dem Hocker herunter, „an dem Bild hängen für uns zwanzigtausend Dollar.“

„Glaubst du, ich will sie auslassen?“ fragte Peguy mit einem Seitenblick in die Höhe.

„Willst du sie mit Pokern gewinnen?“

„Während du solange nach Florenz fährst und mich allein läßt?“ fragte Peguy ironisch.

Ponti zog sich unter Peguys spöttischem Ton an die Wand zurück, stellte seinen linken Fuß gegen das so heftig diskutierte Bild und sah zu, wie Peguy liebevoll ihre Mundwinkel ausmalte, während sie dabei ihren Mund mit den leicht geschwellten Lippen wie eine Frucht öffnete.

„Ich würde die Amerikaner doch erst einmal an das Bild schleifen", meinte er mißvergnügt. „Terrin rechnet unbedingt mit dir", wiederholte er etwas blöd.

„Na, und du nicht auch?" sagte Peguy, sprang auf und ging auf Ponti zu. Sie faßte mit der rechten Hand seinen Gürtel und sah ihm mit ihren Augen fest in die Pupillen. Ihr Engelsgesicht bekam einen entschlossenen Ausdruck. „Sei ruhig", flüsterte sie. „Natürlich hast du recht, denn du weißt, daß ich es schon mache. Aber ich sehe nicht ein, daß, wenn ich schon alles schaffe, Terrin überhaupt beteiligt wird. Dann will ich auch alles, was ich haben kann, allein haben."

Es dauerte fast eine Minute, bis Ponti das verstand. Dann nahm er seine Hand aus der Tasche und strich eine Locke Peguys, die über ihre Stirn und ihre Augen gefallen war, an ihren richtigen Platz hinter dem Ohr zurück.

„Na, und ich?" sagte er langsam.

Peguy hätte oft viele Möglichkeiten gehabt, ihr Leben abseits von ihrem hübschen Mann erfolgreich zu verbessern. Sie hätte ihn ebensooft, wie sie Gott weiß was für ihn verkauft hatte, verlassen, sich scheiden lassen und sich sehr gut wieder verheiraten können. Sie war kälter, unternehmender und tüchtiger als ihr Mann. Trotz alledem ging aber ein Schauer über ihr Gesicht, als Ponti ihr die Haare zurechtstrich.

„Dummes", sagte sie zitternd und zog ihn am Gürtel an sich. Sie liebte ihn sehr. Sie liebte ihn sogar, weil er dümmer war als sie.

Die Probefahrt

Lynch war von seiner Absicht, Bobbys Boot auszuprobieren, wieder abgekommen. Er sagte seinem Sohn, daß es ihm an dem verabredeten Tag nicht passe. Bobby hatte am folgenden Tag noch einmal daran erinnert, aber Lynch hatte sich wieder entschuldigt.

Im Grunde seines Herzens haßte Lynch auf dem Gebiete der Technik alles, was nicht klaren, volkswirtschaftlichen Zwecken diente. Was hatte es für einen Sinn, aus den Motoren eines Rennbootes Geschwindigkeiten bis zu hundertfünfzig Kilometer und noch mehr herauszupressen, die man doch nie auf richtige Schiffe, welche Frachten und Menschen zu transportieren hatten, übertragen konnte. Für den Automobilverkehr war diese Geschwindigkeit schon ein Drittel zuviel, und ein Auto lief schließlich doch nicht gegen Wasser, sondern rollte nur gegen Windwiderstand. Die großen Ozeankolosse von Schiffen, die jetzt mit fünfzigtausend Tonnen auf der englischen Werft der „Royal Mail Line" lagen, sollten über fünfzig Kilometer in der Stunde machen, und das war sicher schon zuviel. Bei vierzig Kilometer zitterten die großen Schiffe schon abscheulich, und wie mußten sie sich erst abnutzen, wenn sie mit dieser Geschwindigkeit gegen unruhige Dünung anfuhren. Alles in der Technik hatte seine Grenzen, und man sollte vernünftigerweise nicht mehr verlangen, als möglich war, und auf diesem Gebiet der Technik war das Mögliche wohl erreicht. Alles andere war einfach unsolid und Humbug.

Lynch war an und für sich in reizbarer Stimmung. Er war nun bereits ein paar Tage hier, ohne daß etwas geschehen war. Dazusitzen und zu warten gehörte nicht zu seiner Lebensform, und als Lockvogel noch dazu gewissermaßen dazusitzen, war ihm widerlich.

Sosehr er von den Tugenden des frischen Amerika überzeugt war, verfluchte er doch die grauenhafte Art von Öffentlichkeit, welcher das Privatleben drüben ausgeliefert war und deren Opfer er nun selber geworden war. Seine Zeitungen waren daran nicht unschuldig, aber man konnte das allein nicht stoppen, sondern mußte durchhalten.

Zur selben Zeit stand Bobby auf dem Landungsbrett vor der Svan-Werft und half einer Dame in den „Nobody".

„Lehnen Sie den Rücken fest an", sagte er, als er die schmale Gestalt im Gummianzug auf der kleinen Bank neben sich sitzen hatte.

„Ist das in Detroit geradeso?" fragte die junge Dame lachend.

„Was vermuten Sie, das dort anders sein soll, Mrs. Ponti?" fragte Bobby neugierig. „Meinen Sie das Wasser?"

„Ach was", erwiderte Peguy und deutete auf die Werft, „ich meine, daß alles so aufgeregt ist."

Im selben Moment brummte der „Nobody" unter einem entsetzlichen Geheul der Motoren davon. Nach zweihundert Metern drosselte Bobby die Motoren wieder ab, hob die Arme einen Augenblick vom Volant hoch und ließ das Boot auslaufen.

„Die Leute sind so aufgeregt", antwortete er, „weil Phil Wood angekommen ist und in einer halben Stunde auf die Werft kommt, um ‚Miß America 8' auszuprobieren. Das Boot ist tatsächlich mit einem Eilzug heut nacht aus Le Havre gekommen. Ich bin riesig gespannt, wie mein ‚Nobody' das neue Boot aushält. Denn Gar Wood, das ist der Bruder von Phil Wood, hat die beiden Boote konstruiert und hält ‚Miß America' für das allerschnellste Boot, das er gemacht hat. Ich glaube aber trotzdem noch nicht, daß ‚Miß America' den ‚Nobody' schlägt. Macht das Fahren Ihnen Spaß?"

„Klar. Aber Sie brauchen nicht immer so rasch zu fahren."

„Das waren keine siebzig", meinte Bobby. „Es wird erst hinter den hundert schön."

Er sah verliebt auf die neun untersetzten Schornsteine vor sich, die vier Fünftel des Bootsdecks ausfüllten und aus denen die Auspuffgase von 1500 PS zischten.

„Sie dürfen auch hundert fahren", sagte Peguy, „wenn ich nur meine Beine ausstrecken könnte."

„Da müßten Sie eigentlich mit Herrn Patou fahren", lachte Bobby. „Da ist eine Kajüte, wo Sie seidene Kissen und Blumen haben. Aber er macht nur sechzig."

„Komische Leute, diese Franzosen", meinte Peguy. „Mein Vetter Aldo war neulich bei einem Essen, das der Schneider gegeben hat, und hat eine goldene Uhr dabei gewonnen."

„Beim Bakkarat?"

„Nein, beim Verlosen der Tischkarten. Patou hatte Preise bei seinen Tischkarten ausgesetzt. Warum fahren Sie eigentlich nicht?"

„Wenn ich fahre, kann ich mich nicht mit Ihnen unterhalten", sagte Bobby und sah nach Peguy hinüber, was nicht leicht war, denn sie saßen infolge des geringen Raumes dicht nebeneinander. Bobby war ganz in Gummi eingehüllt, Peguy sah überhaupt nur seine Nase. Selbst das Kinn war durch den Gürtel mit Luftsäcken, den sie auch trug, den aber Bobby über die Schultern und um den Hals gelegt hatte, fast verdeckt.

„Sie sind wirklich höflich", nickte Peguy anerkennend. „Was haben Sie für merkwürdige Handschuhe an?"

„Pferdeleder. Geniert es Sie?" Bobby sah auf seine grünen Handschuhe hinunter, die gerauht waren, um den Volant fester im Griff zu haben. „Sie riechen etwas stark."

„Wenn mich der Geruch genierte, wäre ich mit Herrn Patou gefahren", sagte Peguy lächelnd, „obwohl ich natürlich nicht im Ernst mit Herrn Patou fahre."

„Warum?" fragte Bobby. „Wohl, weil der Mann ein Schneider ist? Was sind das für komische Ideen. Der Mann ist in seiner Art dasselbe, was mein Vater auf seinem Gebiet ist."

„Ach nein", sagte Peguy, „das stimmt nun doch nicht. Aber ich will Sie gerne beruhigen. Ich fahre nicht mit ihm, weil ich derart elegante Männer nicht vertrage."

„Sie sind sehr nett", sagte Bobby und errötete ein wenig in der kleinen Gegend um die Augen und die Nase, die zu sehen war.

„Ich denke, jetzt fahren wir wieder etwas", sagte Peguy,

die dem Amerikaner zuzunicken suchte. „Ihr Vater ist ein distinguierter, netter alter Herr, Mr. Lynch."

„Sie passen gut zu ihm", erwiderte Bobby und zeigte seine Zähne. „Ihn langweilt ein Rennboot genauso wie Sie."

„Oh, können Sie ungezogen sein", rief Peguy entrüstet. „Mich langweilt das Boot gar nicht."

„Aber, Mrs. Ponti, ich habe noch keinen Menschen drin gehabt, der nicht innerhalb fünf Minuten zehn Fragen gestellt hätte. Sie haben sich nur für meine Handschuhe interessiert."

„Und Sie für Herrn Patou", sagte Peguy.

„Das ist nicht fair", meinte Bobby betrübt.

„Ich kann das Fragen ja nachholen", lächelte Peguy und runzelte die Augenbrauen mit tiefem Ernst. „Ein wirklich interessantes Boot", flüsterte sie. „Was hat das Ding gekostet, Mr. Lynch?"

„Fünfundzwanzigtausend Dollar", schrie Bobby. „Jetzt fange ich aber wirklich an, loszufahren."

„Habe ich Sie nicht dreimal darum gebeten?"

„Aber jetzt fahre ich über hundert."

„Aber deshalb bin ich doch hergekommen", sagte Peguy ruhig und sah Bobby an.

Wieder färbte sich die Haut in Bobbys Gesicht ein wenig, er zögerte eine Sekunde, und dann ließ er das Gas an. Der „Nobody" schoß mit einem Ruck los, daß Peguy mit den Schultern an die Rückwand fiel und einen Schrei ausstieß. Aber die Motoren brüllten so, daß sie es selber nicht hörte.

Bobby fuhr in dem Lagunensee, der von dem Halbkreis Venedigs und dem Halbkreis des Lido gebildet wurde, die durch Stangen bezeichnete Fahrrinne entlang, an der Riva degli Schiavoni und an der Kathedrale San Giorgio Maggiore, die auf einer kleinen Insel stand, vorbei und näherte sich einer neuen kleinen Insel, auf der ein Palazzo mit vergitterten Fenstern stand.

Peguy fühlte, daß es plötzlich ganz ruhig um sie wurde. Die hämmernden Kolben, die Auspuffventile, die knallenden Zylinder schwiegen. Bobby hielt das Boot, das trotz den gestoppten Motoren noch rasch dahinlief, mit der linken Hand am Volant in der Richtung, während er mit der rechten Hand, weit vorgebeugt, an einer Schraube herumdrehte.

„Es sind immer noch zwei Ventile eingerostet", sagte er sich umdrehend. „Ich muß noch einmal auf die Werft fahren und sie mit Petroleum einspritzen lassen. Aber Sie haben ja keine Antiphone in den Ohren, Mrs. Ponti."

„Haben Sie denn welche?"

„Ich bin an den Krach gewöhnt", sagte Bobby, „und außerdem muß ich hören, was der Motor macht. Aber wenn Sie sich nicht schützen, haut Ihnen der Motor Ihr Trommelfell durch."

Er hielt ihr ein paar Wachskugeln hin, die Peguy aus der Blechschachtel nahm und in der Hand behielt.

„Ach, Mr. Lynch", sagte sie und reckte sich ein wenig, „es ist wirklich ein seltenes Vergnügen, mit Ihnen spazierenzufahren. Man könnte geradesogut taubstumm sein."

„Sie brauchen die Dinger erst in die Ohren zu stecken, wenn wir nachher wieder von der Werft weg sind", sagte Bobby. „Sie sind erst bei über hundert nötig und ich fahre jetzt fünfzig."

Peguy lächelte, und Bobby machte einen Bogen nach der Werft zurück.

Die Reparatur dauerte nur ein paar Minuten. Die Ventile wurden gelockert, mit Petroleum gespritzt und dann mit Gas unter Druck gesetzt, bis sie anhieben. Bobby stand über den Ventilen gebeugt, die wie eine Riesenschar von Heuschrecken zappelten, bis die Arbeit zu Ende war, und als er sich wieder aufrichtete, stand auf dem Steg ein Herr, der mit Peguy sprach.

„Mr. Lynch", sagte Peguy, „dies ist Exzellenz Romano, der Flugwesenminister — er wollte mit Herrn ... wie war der Name?"

„Phil Wood", sagte der Minister.

„Mit Mr. Phil Wood eine Probefahrt machen, aber Ihr Kollege ist schon weggefahren."

„Kommen Sie doch mit mir", sagte Bobby. „Es wird aber sehr eng."

„Das macht gar nichts. Danke schön!"

Der Minister lachte und sprang in den „Nobody“ hinunter. „Ich bin als erster mit einem Geschwader die dreitausend Kilometer von Westafrika nach Pernambuco geflogen“, sagte er mit einem zugleich behäbigen und kraftvollen Organ, „da war es noch viel enger.“

Bobby schüttelte ihm die Hand, was das Boot in ein gefährliches Schaukeln brachte. „Meine Hochachtung“, sagte er respektvoll, „das war eine schöne sportliche Leistung. Da brauchen Sie auch keine Antiphone“, und Bobby steckte die Blechschachtel mit den Wachskugeln wieder in die Tasche.

„Entschuldigen Sie“, sagte Romano, „ich habe es nicht gern, wenn man solche Sachen ausgerechnet ‚sportlich‘ nennt. Um mit zwölf Avions nach Brasilien zu fliegen, braucht man mehr als Mut, ja man braucht ungeheuer viel mehr, nämlich eine Idee. So möchte ich das wenigstens auffassen. Was ist schon Mut? Mut haben wir alle. Und eine sportliche Leistung ist weiter nichts, wenn man etwas Talent dazu hat.“

„Das ist ganz meine Meinung“, sagte Bobby, mit dem Gashebel spielend, „ich fürchte nur, Sie haben mich mißverstanden, weil Sie Amerika mißverstehen.“

„Das glaube ich nicht“, sagte Romano. „Ich habe am Panamakanal die zweihundert Bombenflugzeuge gesehen, die Sie da aufgestellt haben.“

„Ja, ich fürchtete schon, daß Sie das sagen würden“, meinte Bobby betrübt, „das heißt also, daß die Idee, um derentwillen Sie Ihren Geschwaderflug machten, eine kriegerische Idee ist. Wir haben den Panamakanal nur deshalb zehnmal so stark wie Gibraltar gemacht, um diese lebensnotwendige Wasserpfütze für alle Fälle und gegen jede Schweinerei zu schützen. Wir sind eine junge Nation, aber Krieg ist für Amerika ein übler Gedanke. Wir können in der Wirtschaft einen Krieg überhaupt nicht mehr brauchen. Kein Land der Welt, auch England nicht, und vielleicht nicht einmal Amerika könnte bei einem noch so gut gewonnenen Krieg irgend etwas gewinnen, sondern müßte heute verlieren. Krieg ist für Amerika eine genauso antiquierte Vorstellung, wie es die wäre, man müsse wieder, wie man das vor fünfhundert

Jahren getan hat, in eisernen Anzügen herumlaufen. Krieg ist eine scheußliche, altmodische Barbarei, zu der man vielleicht gezwungen wird, wie man vielleicht auch genötigt werden kann, einen Einbrecher über den Haufen zu schießen. Aus diesem Grunde ist der Panamakanal befestigt."

„Und aus diesem Grunde haben Sie Haiti besetzt."

„Aus demselben Grund, Herr Minister. Haiti ist eine Negerrepublik, in der Ordnung herrschen muß. Das hat mit Krieg nichts zu tun."

„Was würden Sie sagen, wenn ich von Albanien so spräche wie Sie von Haiti?" erwiderte Romano. „Und doch ist es ein ähnlicher Fall. Aber reden wir nicht soviel von Politik. Krieg ist eine chemische und technische Scheußlichkeit geworden. Jeder vernünftige Mensch verachtet diese Form der Kriegführung. Aber, was wollen Sie, wenn es um Italien geht, muß ich eine Division Flieger haben, die das Beste sind, was die Welt kennt. Das ist das Neue an unserer ganzen Situation in der Welt. Niemand will heutzutage den Krieg, Mister Lynch, aber jedermann ist so gut darauf vorbereitet wie noch nie."

„Das ist auch meine Meinung", sagte Bobby. „Aber wir ziehen doch in Amerika Handelsverträge vor. Wir haben keine Belastung mit Gefühlen für den Krieg wie Sie. Krieg ist für die Vorstellung eines Amerikaners etwas Dummes, etwas Vorsintflutliches, etwas Lächerliches."

„Das ist richtig", seufzte Romano, „aber da er nun einmal die letzte Karte in der Hand der Nation ist, ist er doch vielleicht nicht nur lächerlich. Wir kommen nicht darum herum. Wir kommen immer auf das Alte zurück. Vielleicht merken Sie sich das, da Sie aus einem Land stammen, das keine Tradition hat: Es gibt nichts, was wirklich neu ist. Übrigens habe ich auch Ihre Befestigungen und Ihre recht kriegerisch aussehenden jungen Leute an der Unterseebootstation in Panama und auf den Flugfeldern des France-Field in Colon am Panamakanal gesehen."

„Verdammt", schrie Bobby, „wir können doch das Eintrittstor zu Amerika nicht den Japanern überlassen."

In diesem Augenblick wurde das Gespräch, das dem neuen

Pazifismus galt, auf eine elementare Weise unterbrochen, denn der Minister, der nur mit einem Teil seines Rückteils wirklich gesessen hatte, rutschte aus und fiel im Fond des Bootes Peguy auf die Füße.

Den Männern kam dadurch erst wieder zum Bewußtsein, daß Peguy anwesend war. Sie hatten es beide vergessen und genierten sich in verschiedener Weise darüber. Romano, indem er ruhig sitzen blieb und mit vergnügtem Gesicht Bobby zuwinkte, ihn da unten zu lassen, während er gleichzeitig versuchte, über Bord zu schauen, was ihm gerade gelang, wenn er sich den Hals fast ausrenkte, Bobby, indem er den „Nobody" so plötzlich losließ, daß er einen Sprung wie ein Lachs machte.

Peguy selbst, die von der ganzen Unterhaltung kein Wort gehört hatte, weil sie die Antiphone in die Ohren gesteckt hatte und geduldig annahm, daß das Laufen der Motoren noch zur Prüfung der Ventile gehöre, griff bei dem Sprung des Bootes nach Romanos Schultern und hielt sich daran fest, was der Minister mit einem dröhnenden Lachen beantwortete, das man allerdings nur sah und nicht mehr hörte.

Bobby war mittlerweile über die halbe Lagune gefahren. Die Fahrrinne in diesem großen See, der fast nur aus Schlamm bestand, war oft nur ein paar Meter breit, und er mußte höllisch achtgeben, nicht auf Grund zu kommen.

Der Minister hielt sich, da er hin- und hergeschleudert wurde, an der Brüstung fest und sah seitlich nur einen riesigen Flügel von Wasser. Peguy glaubte, daß sie jeden Augenblick in den Himmel hinaufgeworfen würde.

Der „Nobody" lief mit einem dumpfen herrlichen Donnern jetzt wieder auf den vergitterten Palazzo zu, der auf der kleinen Insel stand.

Bobby schlug dem Minister auf die Schulter und deutete nach vorn.

Etwas wie eine Kugel, aus der zwei Aluminiumflügel hervorwuchsen, kam auf den „Nobody" zu.

Bobby ließ die Motoren noch stärker laufen. Peguy und er saßen geduckt wie galoppierende Reiter in dem Boot, das kolossale Sprünge vollführte. Auch Romano hatte den

Kopf eingezogen. Die Stöße, die das Boot vom Wasser bekam, waren fürchterlich, aber es flog dabei. Nur wenn die Schraube aus dem Wasser herauskam und in der Luft surrte, bekam das Gebrüll der Motoren einen gefährlichen Zwischenklang.

Nach einer halben Minute drosselte Bobby plötzlich ab.

„Da ist der Kerl", brüllte er Romano zu. Der Gegenstand mit den zwei messerscharfen Wasserflügeln kam direkt auf sie zu und sprang dabei aus dem Wasser heraus und auf das Wasser zurück, als müsse er bei diesem Aufprallen jedesmal in Stücke platzen.

Peguy beugte sich über das Tachometer.

„Immer noch hundertfünf", sagte Romano.

Der „Nobody" fuhr ohne Motor auf das Konkurrenzboot zu. Die beiden Boote kamen aufeinander zu, als wollten sie sich spießen. Auch bei dem andern Boot waren die Motoren abgestellt. Die Lautlosigkeit bei dieser Geschwindigkeit wirkte fast gespenstisch. Bobby hob nun den einen Arm. Das Boot fuhr wie ein Windstoß vorüber. Dann machten beide Boote eine Schleife und fuhren wieder aufeinander zu. Bobby stellte die Motoren ganz leicht ein. Das andere Boot tat dasselbe.

„Phil", schrie Bobby.

„Hallo." Die zwei Kerle drüben saßen, als wären sie angeseilt.

„Guten Tag. Hübsche Reise gehabt? Schön. Alles in Ordnung? Wieviel habt ihr auf das Tachometer bekommen?"

„Hundertfünfunddreißig", sagte Phil Wood und stellte sein Kinn, um Bobby zu sehen, förmlich schräg auf die Schulter.

„Hier hundertvierzig", rief Bobby.

„Allerhand."

„Hallo, Phil."

„Alles in Ordnung. Guten Tag, Herr Minister. Tut mir leid, Sie waren zu spät."

„Sorry", brüllte der Minister. Die Motoren auf dem andern Rennboot schlugen wieder an. Peguy las gerade an dem Bug des andern Bootes die großen weißen Buchstaben „Miß America 8", als die Buchstaben in einer Kaskade von Schaum verschwanden. Das Boot war weg.

„Das war Phil Wood, Mrs. Ponti", erklärte Bobby nun Peguy.

Sie sah ihn dunkel an.

Bobby stellte die Motoren ganz klein.

„Das war Phil Wood", rief er, so laut er konnte.

„Ich glaube, Sie schreien mich an", sagte Peguy, „aber Sie haben mir selbst das Zeug in die Ohren gegeben, daß ich Sie nicht verstehen kann."

Romano lachte, daß er sich die Rippen hielt, als Peguy mit ihren roten Nägeln den Wachspfropfen aus ihrem Ohr herausriß.

„Dies war Phil Wood", flüsterte er, indem er geheimnisvoll die Hand an den Mund legte.

„Meine liebe Mrs. Ponti", sagte Bobby zerknirscht, „was kann ich tun, daß Sie mir verzeihen?"

„Nehmen Sie mir das andere Ding auch aus dem Ohr", sagte Peguy und hielt ihm lächelnd ihr ein wenig zu großes, aber gutgeschnittenes, glatt anliegendes Ohr hin.

„Können wir den Kerl nicht einholen?" fragte der Minister und sah sehnsüchtig hinter „Miß America" her, während Bobby seine grünen, nach Pferd riechenden Handschuhe auszog und versuchte, die Wachskugel mit seinen Fingern aus dem Gehörgang Peguys herauszufischen.

Bobby schüttelte den Kopf. „Nicht um die Welt vor dem Rennen. Sie würden sehen, daß Phil auch sofort stoppen würde, wenn ich versuchen wollte, ihn zu matchen."

„Verstehe ich", sagte Romano, „es muß alles für das Rennen aufgespart bleiben. Brauchen Sie vielleicht ein Messer?"

„Danke, ich habe es", antwortete Bobby und zog das Stück Watte und Wachs aus Peguys Ohr heraus und hielt es in der Luft. „Hat es weh getan?"

„Nein", meinte Peguy, „Sie sollten aber doch andere Handschuhe anziehen."

„Sicher. Wollen wir weiterfahren?" Peguy nickte. Bobby ließ den „Nobody" wieder los und fuhr wieder nach San Giorgio Maggiore zu.

„Fahren Sie, bitte, jetzt etwas langsam", meinte der Minister, als sie in die Nähe der Riva degli Schiavoni kamen. Bobby drosselte ab, und das Rennboot fuhr wieder ohne Gas an der Flotte vorbei, die am Ufer entlang bis an den Dogenpalast lag.

Zu den sieben englischen Torpedobooten und den zwei Kreuzern waren sieben italienische Torpedoboote und vier italienische Kreuzer zu Besuch gekommen. Die englischen Schiffe lagen immer noch eines hinter dem andern. Ihre massiven Schießtürme, die großen ausgeschwungenen Geschützrohre und die schrägen, niederen Schornsteine befanden sich genau vor den Pfeilern, die den Dogenpalast bis in die Höhe hinauf gliederten.

Die italienischen Torpedoboote hatten sich auf der andern Seite bei San Giorgio Maggiore nebeneinandergestellt. Nur ihre sieben scharfen Köpfe waren sichtbar. Die italienischen Kreuzer hatten sich hingegen hinter die englischen an die Küste gelegt. Sie waren etwas heller im Grau.

Der Minister hatte sich aufgestellt. Mit aller Anspannung besah er die kolossalen Maschinen, die Drehtürme, die Stahlsäulen, die herumgeschwungen wurden, die knappen, raubtierhaft geschnittenen Büge, die langen Torpedoläufe. Sein Kinn zog sich zusammen, und seine Augen wurden ganz klein vor Erregung.

„Welcher Typ gefällt Ihnen besser?“ wandte er sich nach einer Weile an Bobby, der die Kriegsschiffe mit mäßiger Neugier betrachtete.

„Die englischen sind, glaube ich, rassiger gebaut“, sagte Bobby, „sind wohl neuere Modelle?“

„Im Gegenteil“, antwortete Romano heftig, „die italienischen sind die neuesten Modelle. Sie sind etwas plumper, aber schmäler, denn es kommt auf die Drehtürme an. Diese Stahltürme funktionieren eine Sekunde rascher als die englischen“, sagte er. „Das entscheidet heute jede Schlacht. Ja“, fügte er nachdenklich hinzu, „das neueste Modell entscheidet.“

Er sah eine Weile verliebt auf die grauen furchtbaren Maschinen und knirschte mit den Zähnen.

„Das war übrigens immer so“, fuhr er fort, ohne den Blick von den Panzertürmen zu lösen. „Francesco Morosini hätte die Türken, welche damals die beste Flotte der Welt hatten, nie geschlagen, wenn er nicht in den Arsenalen von Venedig ein neues Modell von Schlachtschiff hätte bauen lassen. Damals fuhren dann schmale, wendige Dinger, wie Torpedos, auf die viereckigen türkischen Kasten zu, gaben ihnen fünf Breitseiten für eine, die sie erhielten, und retteten damit das Abendland."

„Dann hätte ich das Vergnügen, mit Ihnen zu fahren, einem venezianischen Schiffsmodell zu verdanken?" lächelte Bobby.

„Ohne das neue Modell wäre Europa damals eine türkische Kolonie geworden", sagte Romano kühl.

„Ich möchte sehr gern die Modelle von damals sehen", erklärte Bobby nachdenklich. „Gibt es welche?"

„Ich weiß nicht", sagte Romano, „sicher können Sie im Correr-Museum aber die Verschiedenheit der Typen auf den Seeschlachtbildern genau studieren."

„Das interessiert mich ganz verflucht", nickte Bobby.

„Wenn Sie wollen, zeige ich Ihnen nachher das Museum", sagte Peguy und sah ihn mit ihrem Engelsgesicht an, als sei ihr etwas besonders Herzliches eingefallen. „Ich gehe daran vorbei."

„Sehr lieb", murmelte Bobby.

In diesem Augenblick fuhren sie an einer kleinen weißen Jacht vorbei, einer Nußschale von tausend Tonnen, die für einen Mann in einem Rennboot ein Witz und für einen Mann, der Kriegsschiffe mit den Augen verschlang, ein Nichts sein mußte.

Aber trotzdem sprang Romano auf beide Beine, hob die Hand an die Mütze und grüßte zu einem Mann hinauf, der ebenfalls mit der einen Hand an der weißen Jachtmütze salutierte und mit der andern in die Luft winkte, als wolle er applaudieren.

„Das ist Lapin", erklärte Romano.

Bobby nickte nicht teilnehmender, als er bei den Kriegsschiffen genickt hatte, hob aber doch die Hand an die Schläfe, rief „Hallo" und sah in die Höhe. Er dachte mit Bedauern daran, daß sein Vater nicht die Ansicht des Italieners mitangehört hatte. Solche Ansichten waren schließlich doch wichtiger als die Geschichte mit der Wohnungsnot. Die

Leute wohnten doch ganz gut. Arbeiter in Amerika wohnten besser und gesünder heutzutage, als die führenden Leute in Europa noch vor zweihundert Jahren gewohnt hatten.

Er betrachtete sich den fleischigen, festen Kopf Romanos, dessen Augen stark hervortraten, den großen, üppigen Mund, das feste Kinn und die kleine energische Nase. In diesem Augenblick kam ihm eine Idee.

„Könnte ich nicht mal eines Ihrer Geschwader sehen?" wandte er sich an den Minister.

„Natürlich", sagte dieser geschmeichelt.

„Ich habe gehört, Ferrarin sei hier ... das ist doch der Ferrarin, der zuerst über den Atlantik nach Südamerika flog, nicht wahr?"

Romano nickte. „Das ist unser bester Mann. Eigentlich ist er ja ein Vogel. Er fliegt mit einer Instinktsicherheit, die fast unglaublich ist, mit einem Fingerspitzengefühl für den Gashebel ..." Romano schnalzte mit der Hand. „Ich kann Ihnen das arrangieren. Wie lang sind Sie noch da? Bis nach dem Rennen. Gut, so lange bin ich auch da. Ich lasse Ihnen heute abend oder morgen telephonieren."

„Danke", nickte Bobby zufrieden.

Mittlerweile hatte er eine Schleife gefahren und war an der Spitze der Salutekirche vorbei ein Stück durch den Innenhafen gefahren, der wie ein langer, mit Schiffen vollbepackter Sack zwischen zwei Stadtvierteln von Venedig lag.

Bobby bog aus dem Hafensack nach San Giorgio Maggiore zu, um auf die Svan-Werft hinzuhalten. Kurz darauf lag das Rennboot unter der Nase eines kolossalen Dampfers.

„Sehen Sie doch. Sehen Sie doch", rief Bobby plötzlich und drosselte hastig das Gas ab.

„Was denn?" fragte Peguy, die glaubte, daß er nach einem Flieger zeige.

Auch der Minister starrte in die Luft.

„Sehen Sie doch. Die Dollar-Linie", rief Bobby aufgeregt und streckte den Finger ganz deutlich nach dem Dampfer aus.

Peguy und der Minister betrachteten ziemlich verständnislos den gräßlichen Kasten, der schon seit zwei Tagen mit zweitausenddreihundert Amerikanern hier lag und auf seinem schmutziggrünen Bug große Rostflecken hatte.

Es war ein Schiff jener Flotte, die aus der geschäftsgeschickten Idee eines kleinen Kapitäns namens Dollar entstanden war und dem Zweck diente, große Amerikaner-Karawanen um die Welt herum zu fahren. Auf dem Schornstein war das Dollarzeichen aufgemalt wie bei anderen Schiffen der Anker oder das Kreuz.

Weder Peguy noch der Minister begriffen, weshalb sich Bobby, der die Kriegsschiffe und die belgische Jacht teilnahmslos betrachtet hatte, beim Anblick dieser schwimmenden Hotelkiste so aufregte.

Bobby verschlang den Kasten mit den Augen. „Ein amerikanisches Schiff", erklärte er seinen Passagieren, als ob er noch nie ein amerikanisches Dampfboot gesehen hätte, während die amerikanische Handelsflotte doch so groß war wie die italienische, deutsche, französische und japanische zusammen.

Der Minister, der im ersten Augenblick diesen patriotischen Ausbruch nicht recht hatte unterbringen können, zwinkerte vor Vergnügen mit den Augen Peguy zu.

„Ein großes Schiff", murmelte er höflich und hielt die flache Hand über die Augen.

Eine Weile starrte er nachdenklich den Vierundzwanzigtausend-Tonnen-Kasten mit den häßlichen Weltreiseflecken an. Man darf nie etwas darauf geben, dachte er angestrengt, nie und nie, was die Menschen denken und behaupten. Sie empfinden doch anders, und sie handeln dann doch umgekehrt, als sie reden. Er hatte vorhin recht gehabt, vorhin und immer. Es stak mehr als ein technisches Problem hinter dem Südamerikaflug und hinter seiner Sucht nach dem letzten Modell. Eine richtig gestaffelte Geschwaderdivision entschied heute in vierundzwanzig Stunden eine nationale Auseinandersetzung. Und eine viertel Sekunde rascher als andere funktionierende Schießtürme bei den Kreuzern entschieden ebenso. Es gab letzten Endes wirklich nur eine einzige Entscheidung — und das war eben das neueste Modell.

Der „Nobody" ging in leichter Fahrt durch die Lagune

auf die Svan-Werft zu. Als die Spitze des Boots neben das schwimmende Holzbrett der Werft glitt, sah Peguy auf die Uhr.

„Wir können noch gerade am Correr-Museum vorbeigehen und die Modelle ansehen", sagte sie.

„Sie sind sehr lieb", antwortete Bobby. „Ich brauche nur drei Minuten, um mich umzuziehen und zu waschen."

Eine Unterhaltung in einer Bank und eine Unterhaltung im Museum

Eine halbe Stunde vorher war Williams Lynch, der Bruder John Lynchs, am Lido in dem kleinen Hafen des Hotels in den roten Mahagoni-Wal mit den Messingrippen gestiegen, um nach Venedig zu fahren.

Der dicke Herr mit den festen roten Wangen, dem breiten Kinn und dem Scheitel auf der rechten Seite setzte sich vorsichtig in das Boot. Er hatte eine schlechte Nacht gehabt. Die ganze Nacht hatte er einen Schmerz gespürt, den er nicht lokalisieren konnte. Williams lebte in der ewigen Furcht vor einer Ischias und vor seinen Nieren. Der Zustand, auf Schmerzen zu warten, die sich andeuteten, ohne zu kommen, war das Furchtbarste, was Williams kannte. Obwohl er gesund wie ein Karpfen aussah, ließ er sich deshalb von den Bürofrauen in seinem Pariser Office jeden Morgen bestätigen, daß er gut aussah. Er hatte diese Bestätigung eben nötig, um über die Angst, krank zu werden, hinwegzukommen. Aber er durfte auch keine anderen Aufregungen hinzubekommen, sonst war sein Gleichgewicht sofort wieder gestört.

Williams stöhnte. Er litt entsetzlich unter der Anwesenheit seines Bruders. Er ertrug John auf die Dauer nicht um die Welt. Deshalb saß er auch nicht in New York, sondern in Paris und gab die Kontinentalausgabe der „New-York-Post" heraus – das hatte aber noch einen weiteren Grund. Williams gingen seine Landsleute mehr auf die Nerven als John, der ein fanatischer Amerikaner war. Williams litt schon unter der Nähe von Amerikanern. Im Gegensatz zu John, der ein Panzerbrett darstellte, war Williams etwas wie ein Loch, in das alle Beängstigungen und alle Empfindlichkeiten sich stürzten. Williams war das Gegenteil von dem, was er darstellte. Er war sogar geizig, obwohl er ein Freßsack war.

Sein Sekretär hatte ihm einmal ein paar Wochen lang im Claridge-Hotel abends immer einen Salatkopf auf der Straße kaufen und in der Küche für ihn anmachen müssen.

Lynch war von Williams geschäftlich nicht begeistert, er ließ ihn die Geschäfte in Paris auch nur führen, andere Leute machten sie. Williams in seiner Reizbarkeit und seinen Launen regte Lynch aber an. Lynch ärgerte sich über Williams, sooft er ihn sah ... das reizte Lynch. Williams aber stand in der Anwesenheit Johns die Hölle aus. Johns Anwesenheit ließ ihn zu keinem einzigen richtigen Genuß kommen. Williams transpirierte schon bei dem Gedanken an John. Er konnte John aber nicht schneiden und ihm auch nicht aus dem Wege gehen, und in diesem Fall hier schon gar nicht.

Alles dies senkte seine Stimmung unter Null, als er am Eingang des Hotels Danieli aus der Kajüte kletterte und in die Bar ging, um einen Whisky zu nehmen. Er aß eine Handvoll Salzmandeln und sogar ein paar große, schwarz geröstete Kaffeebohnen, die gratis auf der Anrichte standen, trank auf einen Zug sein Glas aus und ging aus dem Hotelpalazzo hinaus und in das Haus nebenan, das den „Boston-Expreß" beherbergte.

Es war ein kleines Büro, was Williams mißfiel. Sicher war das Büro von Cook größer. So ging es einem immer, wenn man an einer Sache interessiert war. Mißmutig griff er in seine Brusttasche, zog fünf Zwanziger heraus, legte sie an das Gitter, hinter dem ein junger Angestellter stand, und sagte:

„Wechseln Sie hundert Dollar in Lire."

Sodann griff Williams noch einmal in die Tasche, zog ein Scheckformular heraus, schraubte seinen Füllfederhalter auf, unterschrieb den Scheck, schob ihn unter dem Gitter durch und sagte:

„Und hundert Dollar in Traveller-Schecks ebenso."

„Große oder kleine Noten?"

„Große."

Der junge Mann in Hemdsärmeln hinter dem Gitter hatte ein intelligentes Gesicht, einen kleinen blonden Scheitel, blaue Augen und einen winzig niedrigen Kragen. Er sah lange auf Williams, als dieser schrieb, und dann kurz auf den Scheck. Es war ein violetter Traveller-Scheck des „Boston-Expreß", und Williams' Unterschrift war, wie vorgeschrieben, vor den Augen des Beamten vollzogen worden, und die Tinte war noch feucht.

Der junge Mann löschte die Tinte ab, zog die Schublade der Kasse auf und befeuchtete seine Finger. Mit der Geschwindigkeit eines Taschenkünstlers legte er eine Anzahl seidiger Noten vor Williams.

„Dreitausendachthundert Lire", sagte der junge Mann und ließ die Noten noch einmal in unwahrscheinlichem Tempo unter dem Gitter durchfliegen.

Williams rührte sich nicht, sah den jungen Mann eine Weile an und äußerte dann langsam:

„Dreitausendachthundertzwölfeinhalb Lire."

Er betonte das „einhalb" besonders, als ob es gerade auf den Bruchteil besonders ankomme. Er war in Geldsachen genauso präzis wie sein Bruder in der Abfassung der Konferenzbulletins.

„Sie vergessen das Agio", sagte der Angestellte mit den hinaufgekrempelten Hemdsärmeln hochnäsig.

„Sie dürfen kein Agio auf Schecks nehmen", sagte Williams ruhig.

„Wir nehmen es", erwiderte der andere kaltblütig und fing an, in einem Heft zu blättern.

„Sehen Sie sich doch die Unterschrift auf dem Scheck an, ehe Sie dummes Zeug behaupten", sagte Williams nicht etwa lauter, aber ein wenig schärfer als vorher.

Williams hatte viel Vergnügen an Beobachtungen, er besaß sogar, solange das seine Ängste zuließen, einen gewissen Humor. Er dachte, daß der junge Mann, der durch das Spiel der Kapitalkanalisation in gewissem Sinne sein Angestellter war, wie eine angewärmte Eiscreme zusammenlaufen werde.

Der junge Mann tat nicht dergleichen, studierte nur etwas länger als das erstemal die Unterschrift, zog seine Schublade wieder auf und schob mit einer bewundernswerten Geschicklichkeit für zwölfeinhalb Lire Silbergeld unter dem Gitter durch.

„Hier, Mr. Lynch", sagte er, nahm das grüne Billett der

Schlußrechnung und änderte die Quittung. „Das Geld wäre sowieso in Ihre Tasche geflossen."

„Auf großen Umwegen, junger Mann", meinte Williams, „über ein paar hundert Bilanzen."

„Das macht nichts. Ich habe es zu Ihren Gunsten zurückbehalten", sagte der junge Mann hartnäckig. „Ich rechne allen Amerikanern, die hier durchkommen, das Agio auf die Traveller-Schecks zu Ihren Gunsten."

„Beschwert sich denn niemand?"

„Niemand bis jetzt außer Ihnen, Mr. Lynch. Die Amerikaner merken es nicht. Sie sind Kinder. Vorgestern war ein ganzes Schiff da zum Wechseln. Sechshundert Leute. Ich habe über tausend Lire Agio einbehalten. Wollen Sie die Quittungen darüber einsehen?"

Williams schnickte mit dem Kopf, daß er nicht daran denke, dies zu tun. Für wen hielt ihn der amüsante junge Mann denn?

„Woher stammen Sie?" fragte er.

„Aus Boston, Mr. Lynch."

„So, aus Boston", sagte Williams, der sein Geld nachzählte, „Sie erleben scheinbar eine Menge hier."

„Sehr komische Sachen, Mr. Lynch. Sie werden sich schwer vorstellen können, was durchreisende junge Damen, die direkt von drüben kommen, alles zu wissen wünschen. Gestern kamen drei junge, nette Damen von dem Schiff herein und sagten, sie wollten nicht allein, na ja . . . sie wollten nicht allein schlafen gehen. Ich solle es arrangieren. Genauso, als ob sie eine Karte nach Rom bestellten. Etwa achtzehn Jahre jede. Meinten offenbar, das gehöre so dazu, zu Italien, Gondeln und so weiter."

„Na, und haben Sie es arrangiert?" fragte Williams, der seine Banknoten in seine Brieftasche verstaute, wobei er jede gegen das Licht hielt, um das Wasserzeichen zu kontrollieren. Man konnte nicht wissen, ob so ein hundeschnäuziger junger Schuft . . .

„Keineswegs, Mr. Lynch. Dies gehört, denke ich, nicht zu meinem Beruf."

„Na, mein Lieber, Agio haben Sie auch nicht zu nehmen, wenn Sie schon von den Grenzen Ihres Berufes reden wollen."

„Aber nicht für mich, sondern für das Geschäft, Mr. Lynch. Ich denke, wir wollen das auseinanderhalten", sagte der Jüngling mit den blauen Augen und dem ungewöhnlich niedrigen Kragen in Hemdsärmeln ernst. „Vorgestern ... aber ich weiß nicht, ob Sie das interessiert ..."

Williams war eigentlich fertig mit seinem Wechseln und es war kein Grund, länger in dem kleinen Büro, das ihm nicht gefiel, zu bleiben. Aber er blieb doch und nickte leicht mit dem Kinn.

„Vorgestern kamen zwei junge Damen vom Lido herüber, um sich Venedig anzusehen. Sie waren schon vierzehn Tage drüben, hatten aber noch keine Zeit gefunden, herüberzufahren. Sie waren zuerst bei mir, um Geld zu wechseln, und ich traf sie nachher, als ich hier zumachte und auf den Markusplatz ging, wo sie vor der Kirche standen. Eine kam gleich auf mich zu: ‚Was ist das für ein Gebäude?' sagte sie, und die andere sagte rasch, ehe ich etwas sagen konnte: „Sicher ist es das Kasino.' – ‚Nein, das ist es leider nicht', sagte ich, ‚es ist die Markuskirche.' Darauf sahen sie sich einen Augenblick betrübt an; und dann sah die eine auf ihre Armbanduhr. ‚Wissen Sie was', sagte die erste dann, ‚die ‚Lancia' geht in fünfzehn Minuten wieder nach dem Lido, und es ist schon etwas spät. Gehen Sie doch hinein und sehen Sie sich die Kirche innen an, wir sehen sie uns solange von außen an und Sie gehen dann mit bis ans Motorboot und erzählen uns, wie es im Innern war.'"

„Himmlisch", sagte Williams und grinste über das ganze Gesicht. „Sind Sie auch sicher, daß es Amerikanerinnen waren?"

„So sicher wie das Kapital der ‚New-York-Post'", sagte der junge Mann.

Williams grinste noch immer. Fast hätte er vergessen, das heiß umstrittene Silbergeld einzustecken. Er tat es und hob dann zwei Finger bis in die Höhe seiner Brusttasche, was einen Gruß darstellte, und wandte sich nach der Tür zu. Dort blieb er noch einmal stehen, grinste und ging dann schließlich wirklich hinaus.

Er ging in guter Laune über die große Brücke am Seufzerkanal die Riva hinunter. Er hatte das Gefühl, mit diesem Gespräch seinem Bruder eins ausgewischt zu haben. John müßte einmal hierhergelockt werden und solche Geschichten hören.

Williams machte einen feinen, aber entscheidenden Unterschied zwischen Amerika und den Amerikanern. Er war natürlich ein selbstbewußter Amerikaner, leitete ein großes amerikanisches Unternehmen, war stolz auf Amerika — aber die einzelnen Amerikaner fand er abscheulich. Sein Bruder dagegen stellte jeden dieser schreienden Kraftprotze, die jetzt überall die Welt mit ihrer Unbildung überschwemmten, auf einen Sockel wie ein goldenes Kalb.

Williams wagte niemals, John eine solche Geschichte selber zu erzählen, wie sie der junge Mann ihm eben erzählt hatte, aber er hätte Lynch eine solche Geschichte gegönnt. Schadenfroh ging er über die Brücke am Seufzerkanal und überschritt die Piazzetta vergnügt, warf einen Blick auf die Lagune, die mit allen Farben blitzte und voll großer Segelboote und Kriegsschiffe lag, und ging dann quer über den Markusplatz.

Als er am Ende angelangt war, sah er gerade, wie Bobby und Peguy Ponti die Treppe zum Palazzo Reale hinaufgingen.

Williams' gute Laune, die zweihundertfünfzig Meter lang gehalten hatte, fiel im selben Augenblick wieder von ihm ab. Der Anblick der beiden brachte ihm seine miserable Situation ins Gedächtnis, er mußte an Lynch denken, der ihm ein schlechtes Gewissen verursachte, wenn er ihn nur ansah. Lynch saß ihm sofort wieder im Nacken, nachdem er in Gedanken gerade über ihn triumphiert hatte. Und sofort meldete sich der undefinierbare Schmerz in seiner Hüfte.

Williams griff mit der Hand nach seinem Hinterschenkel, um durch Kneifen den Schmerz zu lokalisieren, aber es gelang nicht. Verstört setzte er sich auf einen der unbequemen Eisenstühle von „Florian" mitten auf den Platz in die Sonne und stierte in ein leeres Glas Vermouth, das Bobby vor drei Minuten ausgetrunken hatte . . .

Die Sammlung Correr, in welche Bobby mit Peguy eingetreten, war die Privatsammlung eines Sammlers aus einer guten Epoche. Sie umfaßte nur Gegenstände, die der Geschichte von Venedig angehörten, das einmal ja nicht kleiner als damals London und nicht weniger mächtig als das englische Empire gewesen war.

Die Sammlung Correr war ein mächtiges Geschichtswerk, dessen Kapitel aus Fahnen, Kanonen, Möbeln, Porträts, Globen und Rüstungen bestanden — und das der Staat in seine besondere Pflege genommen hatte, weil diese imperialistischen Reste die Geschichte Venedigs eindringlicher und bequemer priesen als die darüber geschriebenen Werke, die kein Mensch mehr zu lesen die Zeit fand.

Bobby hatte sich innerhalb drei Minuten auf der Svan-Werft tatsächlich aus einer gummierten Taucherrüstung in einen Amerikaner in grauem Anzug zurückverwandelt und lief neben Peguy durch die erste Galerie oder vielmehr, er lief ein wenig hinter ihr.

Sie war ihm in ihrem merkwürdigen Gang immer einen Schritt voraus. Sie ging wie alle Venezianerinnen, die nur den Markusplatz zum Gehen haben, weil Venedig ja sonst nur aus Kanälen besteht, ein wenig nachlässig und ein wenig wie auf der Bühne. Ohne Hut, mit kurzem weißem Rock und rotem Pullover und glatt gekämmtem Scheitel, ging sie ein wenig vor Bobby her, und nur die Ölflecken an ihren weißen Schuhen erinnerten von ihrer Seite her an den „Nobody".

Sie gingen durch eine Galerie, in der sich nur wundervoll gebogene majestätische Stühle und enorme Panneaux mit mittelalterlichen Kavallerie-Attacken befanden.

„Pferdeschlachten interessieren Sie wohl nicht?" fragte Peguy malitiös.

„Sagen Sie das nicht", meinte Bobby und blieb stehen, wobei er sich zweihundert auf ihn gerichteten Lanzen gegenüberbefand. „Das war damals doch noch eine anständige Art, Krieg zu führen. Mann gegen Mann und dazu im Reiten, das heißt, daß man mutig und kunstfertig sein mußte. Da war doch noch ein persönliches Gefühl dabei. Es war wohl etwas Ähnliches, wie wenn man heute mit Zwölf-Liter-Booten um die Hundertfünfzig-Kilometer-Geschwindigkeit fährt."

„Es war wohl doch etwas gefährlicher."

„Sagen Sie das nicht. Bei hundertfünfzig Kilometer Geschwindigkeit gegen den Wasserwiderstand — da ist ein Unfall genau so, als ob Sie hundert Meter aus der Luft auf einen Stein fallen. Reiten Sie eigentlich?"

Peguy schüttelte den Kopf.

„Schade", meinte Bobby.

Peguy ging vor ihm her in den nächsten Saal.

„Warum", fragte sie und sah halb über die Schulter zurück.

„Sie sehen so aus", sagte Bobby nur und blickte an ihrer Figur hinunter.

Der Saal, in den sie gekommen waren, war mit Waffen tapeziert. Es waren überall Schwerter von außerordentlicher Länge und Größe an die Wand so gehängt, wie man gewöhnlich nur Wappenbilder anordnet.

Ein einzelner enormer Säbel war mit einem besonders gedruckten Zettel versehen.

„Was heißt das?" fragte Bobby höflich, da Peguy stehenblieb und er selber kein Wort Italienisch verstand.

„Mit diesem Zweihänder wurden früher die Stiere enthauptet, nachdem auf dem Markusplatz ein Stierkampf abgehalten worden war", sagte sie und sah auf den Platz mit den Kolonnaden hinunter, auf dem gerade die berühmten Taubenschwärme auf Staatskosten gefüttert wurden.

„So", meinte Bobby, „haben Sie einmal einen Stierkampf gesehen?"

„Nein", sagte Peguy, „an den drei Sonntagen, die ich in Spanien war, hat es jedesmal geregnet. Und Sie?"

„Ja", erwiderte Bobby nachdenklich, „ich habe Stierkämpfe gesehen. Trotzdem finde ich, ist Fußball etwas, was uns heute mehr entspricht. Die Engländer, die das Fußballspiel entdeckten, haben übrigens um dieselbe Zeit, als die Stiere hier enthauptet wurden, Bulldoggen mit Stieren kämpfen lassen. Sehen Sie, wenn es auf mich ankäme, würde ich dieses große Schwert lieber verstecken, als mich damit brüsten."

„Brüsten ist doch wohl zuviel gesagt", lächelte Peguy.

„Im Gegenteil", meinte Bobby und trommelte an das

Fenster, das auf den Markusplatz führte, „in Europa brüstet man sich auf Schritt und Tritt mit der Vergangenheit, auch wenn sie noch so brutal ist. Was würden Sie sagen,wenn man etwas Ähnliches in Amerika täte? Es gibt Partien in der amerikanischen Geschichte, die in ihrer Wirkung auf Amerika Ihren Kreuzzügen entsprechen, nämlich die Ausrottung der Büffel und der Indianer. Gott sei Dank hängt man die Skalps bei uns nicht in den Museen auf. Verstehen Sie mich? Ich behaupte, daß Sie sich mit der Verehrung Ihrer Vergangenheit einen Schwindel vormachen. Denn Sie haben mit Ihrer Vergangenheit heute genausowenig wirkliche Verbundenheit wie wir. Das Leben besteht heute aus Stahlwerken, Handelsflotten, Kohlenlagern, Fabriken und aktiven oder passiven Handelsbilanzen und nicht aus Ehre, Rüstungen und Fahnen."

Bobby drehte sich wieder nach dem Saal zu um.

„Wie einfach muß doch alles in Amerika sein", seufzte Peguy amüsiert.

„Ja", sagte Bobby, „es gibt keinen Humbug."

Peguy betrachtete den jungen Mann mit äußerster Aufmerksamkeit, aber mit unbefangenem Gesicht. Die Augenbrauen saßen viel fester unter der Stirn, als es schien, zumal wenn er lachte. Das Kinn war stärker in das Gesicht gespannt, als sie geglaubt hatte. Der junge Mann war viel komplizierter, als sie angenommen hatte, überlegte sie nachdenklich.

„Wer ist denn das?" fragte Bobby stehenbleibend.

„Das ist der Doge Loridan", sagte sie und beugte sich über die Glasvitrine, in welcher sich ein Wachskopf befand, der eines der Geiergesichter aufwies, wie es Päpste und alte erfolgreiche Könige manchmal hatten.

„Er sieht aus wie der alte Rockefeller", meinte Bobby zufrieden. „Wo sind eigentlich die Bilder von den Seeschlachten?"

Peguy machte ihm ein Zeichen mit der Hand, geduldig zu sein, und ging durch sechs große Säle, die durch winzige Türen verbunden waren, wieder einen Schritt vor ihm her. Bobby sah immer mit einem raschen Blick über den Saal. Was darin war, Münzen, Böller, Schmuck, Gonfalonieren, Möbel und sogar die zimmergroßen Lampen, die auf den

Schiffsbugen, von einer Riesenhand hochgehalten, geleuchtet hatten, interessierten ihn nicht. Jedesmal aber, wenn Peguy in die kleine Tür zum Nebenraum trat, glitt sein Blick von diesem Jahrhundertjahrmarkt ab und ruhte interessevoll auf der Rückseite Peguys.

„Nun fängt es an", meinte Peguy und hob den Finger nach einem großen Bild, das einen Seekampf zwischen Genuesen und der Flotte von Chioggia darstellte. Mit einem Blick sah Bobby, daß es ein herkömmliches Schlachtenbild war. Er beugte sich über einen großen Globus, der in der Mitte des Zimmers stand. Die Länder waren darauf mit auf Thronen sitzenden Königen bezeichnet und die Namen der Länder durch ihre Wappentiere — und Amerika, kurz nach der Entdeckung offenbar, hatte eine seltsame Form.

Er kam auf der anderen Seite des Saales jetzt vor das Bild einer Türkenschlacht und machte ein verdrießliches Gesicht. Das Bild zeigte einen Fjord, vor dem in zwei Halbkreisen zwei Flotten von viereckigen Holzschiffen aufgestellt waren, die mit ihren Kanonen aufeinander schossen.

Nur die Fahnen auf beiden Flotten waren anders, sonst wären es dieselben Schiffe gewesen, und man hätte die beiden Flotten einfach tauschen können.

„Das ist eine blöde Seeschlacht", meinte Bobby. „Die Schiffe stehen wie die Schafe nebeneinander und schießen offenbar so lange, bis eins von ihnen untergeht. Haben Sie schon einmal von einem Eskimoduell gehört? Die beiden Gegner schlagen sich abwechselnd dort so lange auf den Kopf, bis ein Kopf kaputt ist."

„Das müßte Ihnen eigentlich gefallen", sagte Peguy und fuhr mit der Hand über ihr Haar.

„Warum?" fragte Bobby gespannt.

„Weil Sie ebenfalls aus einem so einfachen Lande stammen", sagte Peguy.

Bobby sah einen Augenblick in das Engelsgesicht Peguys, das kaum merklich lächelte. Sie ist sehr gefährlich, dachte er.

„Warum machen Sie sich über mich lustig?" fragte er ernst.

„Das tue ich nicht", sagte Peguy weitergehend, „ich habe nur das Gefühl, daß Sie sich mit Ihrer amerikanischen Einfachheit ebenfalls einen Schwindel vormachen. Hier ist das Bild, das Sie sehen wollen."

Bobby sah erst Peguy an, dann das Bild der neuen Seeschlacht. Zuerst wollte er antworten, dann tat er es aber nicht, sondern begann das Bild angestrengt zu studieren. Er ging dabei vor und zurück, stellte sich auf die Seite und ging mit der Nase bis an die Leinwand. Dabei beobachtete er Peguy durch die Wimpern.

„Was steht darunter?" fragte er.

„Eroberung eines Forts durch Morosini."

Peguy gab auf jede Regung genau acht, die in dem Gesicht Bobbys auftauchte. Seitdem Bobby im Hafen die amerikanische Fahne entdeckt hatte, gab er zum erstenmal Zeichen von wirklichem Interesse von sich.

„Tatsächlich", sagte er aufgeregt, „es ist ein neuer Stil. Und nur zehn Jahre liegen zwischen dem Bild von vorhin und diesem da. Die Türken haben noch die viereckigen Schiffskasten — aber die Venezianer haben plötzlich richtige Torpedomodelle. Der Minister hat wirklich recht gehabt. Die Torpedomodelle können nach einer Salve immer rasch wenden und bekommen somit keine Breitseiten. Das ist verdammt interessant."

In seinem Eifer nahm Bobby den Arm Peguys, hakte sich ein und ging mit ihr bis dicht vor das Bild. Sein Arm lag neben dem ihren.

„Aber ein Bootskonstrukteur müßte natürlich ein wirkliches Modell sehen", fuhr er fort und machte einen Schritt auf die Seite, um Peguy ins Gesicht zu sehen. „Langweilt Sie das auch nicht? Es ist sehr lieb von Ihnen, mit mir hier herumzulaufen. Ohne Sie verstände ich überhaupt nichts."

„Von Ihrer Bescheidenheit glaube ich Ihnen kein Wort", sagte Peguy lächelnd. „Ja, wo sind denn die Modelle?"

Sie dachte einen Augenblick nach und ging dann durch die letzten Säle, die am Markusplatz lagen, nach der Rückfront des Palazzo Reale, wo sich die Etage in kleine Kabinette auflöste. Bobby hatte ihren Arm nicht losgelassen, und Peguy, die auf dem Markusplatze, wie das Sitte war, mit Freunden und Verwandten oft ähnlich herumschlenderte, fand das nicht ungewöhnlich. Der Yankee faßte nur ein wenig fest zu.

Wenn etwas mit dem jungen Mann zu machen war, so hing das jetzt daran, ob er mit dem Kriegsschiffmodell etwas Ernstes vorhatte oder nicht. Damit war allerdings noch nicht gesagt, ob er es kaufen wolle, aber gewöhnlich wollten diese jungen reichen Leute immer haben, was ihnen gefiel. Peguy war nicht im geringsten nervös.

Sie ging mit ihrem aufregenden Gang wieder einen Schritt entfernt vor ihm her in das nächste Kabinett.

Bobby hatte vorhin ihren Arm gefaßt, weil er so rasch wie möglich mit Peguy ins reine kommen wollte. Je intimer er mit Peguy war, um so eher kamen die Pontis mit den Briefen heraus. Er hatte beim ersten Sehen Peguys gemerkt, daß sie, so zurückhaltend sie sich auch gab, auf ihn lauerte. Ihm war nur nicht klar, mit welchem Plan die Pontis ihn einfangen wollten, um ihm die Briefe schließlich zu präsentieren. Aber das gab sich schon. Er maß Peguys Figur, die vor ihm herging. Nur nicht verlieben! Sie war verdammt reizvoll – aber kompliziert. Wenn er sich verliebte, wurde er gefressen, wußte Bobby. Aber er wollte ja die Briefe haben und selber fressen. Er lächelte unbefangen mit seinem frischen Jungengesicht vor sich hin.

Sie standen jetzt in einem kleinen Kabinett, das schlecht erleuchtet war. In der Mitte stand ein Glassturz, und in dem Glassturz war ein Schiffsmodell aus Holz aufgestellt, das etwa ein Meter lang war.

„Das ist die Galeere Francesco Morosinis“, sagte Peguy und bückte sich über die Inschrift, die an dem Kasten hing. „Eroberer des Peloponnes. Später Doge. 1684.“

Das Holzmodell war schlank und rassig wie ein kleiner Kreuzer. Dafür, daß es ein Kriegsschiff war, schien es insektenhaft gebaut, niedriger und wendiger als die Dreihundert-Tonnen-Kasten aus Eichenholz, deren Eigenschaft als Kriegsschiffe damals mehr darin bestand, Kanonenkugeln zu ertragen als welche auszuteilen.

Vorne hatte das Schiff eine Art Spieß mit einem Löwen, der auf dem Schiffsschnabel saß. Zur Seite zwei Anker. Auf jeder Seite waren fünfundzwanzig Ruder. Fünfzig große

Ruder im ganzen, die von hundert bis hundertfünfzig Mann geführt worden sein mußten. Drei Maste standen auf dem Deck, jeder Mast mit starken Segeln behängt.

„Das Gleichgewicht .. das Gleichgewicht", flüsterte Bobby aufgeregt. „Daß das Ding dieses Gewicht aushielt, ist genial. Es kommt ja alles nur auf das Gleichgewicht an. Haben Sie es nicht gemerkt, als der ‚Nobody' anfing zu springen?"

„Gott sei Dank habe ich es nicht gemerkt", meinte Peguy, „denn damals habe ich noch nicht gewußt, daß ein Unfall so gefährlich ist, wie Sie ihn vorhin so freundlich schilderten."

„Oh, ich hätte keinen Unfall riskiert, solange Sie im Boot waren", sagte Bobby und fuhr mit seiner Hand von Peguys Oberarm nach ihrem Handgelenk und sah sie einen Augenblick an. Sein Blick sah unbekümmert zärtlich in Peguys Gesicht. Peguy rührte sich nicht.

„Das Gleichgewicht", murmelte Bobby, wieder von dem Boot gefesselt. „Dabei ist das Schiff ganz flach, nur am Heck ein wenig überdacht. Sehr praktisch, aber riskant. Es ist eben alles dem Gewinn an Schnelligkeit im Manövrieren untergeordnet. Es ist bei der Konstruktion alles auf eine Karte gesetzt. Ich muß das doch Phil Wood zeigen."

Begeistert führte er Peguys Hand an den Mund: „Sehr lieb von Ihnen." Er küßte ihr zweimal die Hand. Das zweitemal war es länger, als es eigentlich anging.

„Leider", meinte Peguy, „ist das Modell eine Rekonstruktion."

Sie war sich nicht ganz klar, ob der Enthusiasmus Bobbys ihr oder dem Modell galt, und es war sehr wichtig für sie, das festzustellen.

Sie fixierte Bobby jetzt scharf.

Bobby ließ den Kopf sinken.

„Wie dumm", meinte er. „Wenn es kein Originalmodell ist, kann nachträglich alles mögliche Entscheidende hineinkonstruiert sein, was anfangs nicht da war." Er war sichtlich enttäuscht. Aber Peguy gefiel ihm auch, das war klar.

Peguy sah den jungen Mann jetzt voll mit ihren großen Augen an, aus denen der Blick nie ganz herauskam.

„Wäre Ihnen wirklich daran gelegen, ein richtiges Modell zu sehen?“ fragte sie.

„Aber natürlich. Fürs Leben gern“, sagte Bobby heftig und nahm wieder Peguys Arm. Er interessierte sich wirklich für das Modell. Man konnte damit einen ideenreichen Aufsatz in „The Athlete“ machen. Mit Abbildungen aus der Geschichte und Vergleichen, damals und heute.

Peguy zog langsam ihren Arm an sich. Um ihre Mundwinkel lächelte sie ein wenig, als finde sie das Armanfassen jetzt doch etwas ungehörig.

„Es gibt, glaube ich, nur ein oder zwei Modelle“, sagte sie, auf Francesco Morosinis Kriegsschiff zeigend, „bestimmt weiß ich nur, daß bei Mrs. Leed eines hängt.“

„Es wäre reizend, wenn es sich machen ließe, daß ich es sehen könnte. Ist das eine Amerikanerin?“

„Durch Heirat“, sagte Peguy, „aber ich glaube, es war ihre dritte Ehe. Sie können ihren Lebenslauf in ihren Memoiren nachlesen. Es stehen recht komische Sachen darin. Ich kann aber nicht sagen“, fügte sie nachdenklich hinzu, „ob das Modell Mrs. Leed gehört. Die Besitzverhältnisse sind dort etwas verwickelt. Sie ist eine geborene Bonaparte und hat einen hübschen Besitz in Belluno – schon ein Stück nach den Alpen hin.“

Peguy war durch die vielen kleinen Kabinette zurückgegangen, und Bobby hielt sich dicht hinter ihr.

„Wenn es Ihnen nichts ausmacht und Sie es arrangieren können, würde ich lieber heute als morgen mit Ihnen hinfahren“, sagte er, als sie die Treppe hinuntergingen. „Ich werde mir gleich schon die Memoiren von Mrs. Leed kaufen.“

Peguy blieb stehen, um ihm den Titel zu diktieren. „Nur nicht zu rasch“, lächelte sie, „ich muß das erst organisieren. Ich lasse es Ihnen telephonisch sagen, wenn es Mrs. Leed paßt.“

„Sie sind sehr lieb“, sagte Bobby. „Darf ich Sie nach Hause fahren?“

„Wenn Sie wollen, nehme ich Sie in meinem Boot mit“, sagte Peguy, „es wartet an der Brücke in der Calle

Moise. Das Boot kann Sie dann hinfahren, wohin Sie wollen."

So kam es, daß Peguy Ponti an diesem Tag, der sie erfolgreich, aber auch mißtrauisch stimmte, nach ihrer Fahrt in dem „Nobody" ihren Rennfahrer noch ein Stück in ihrem eigenen Boot spazierenfuhr.

Doll war zum Mittagessen nicht da, sie traf ihn erst beim Tee. Er brachte ihr die Neuigkeit mit, daß er mit Lapin, Kennel und dem Baron B. am Lido gefrühstückt hatte.

„Na, wie war's?" fragte er und legte die Beine auf einen Sessel, während er die Teetasse auf seinen Oberschenkel setzte. „Hast du einen Tip?"

„Mit dem Bild ist es natürlich nichts", sagte Peguy. „Aber ich habe etwas anderes."

Ponti sah in die Höhe, aber sie antwortete nie, ehe er fragte.

„Was?" seufzte er endlich.

„Ein Kriegsschiff."

„Bist du verrückt geworden, Peguy?" Ponti nahm die Tasse in die Hand.

„Natürlich kein richtiges. Ein Morosini-Modell", sagte Peguy. „Man muß eines finden. Ich habe ihm einmal gesagt, daß bei Mrs. Leed eines hinge."

„Bei der Leed?" seufzte Ponti entsetzt.

„Was hast du dagegen?'

„Nichts. Mir fiel nur ein, daß wir einmal die Sandwichs unter einem Stuhl verschimmelt fanden, wo wir sie drei Monate vorher hingestellt hatten."

„Für zwanzigtausend Dollar kannst du dich dem ruhig aussetzen", erwiderte Peguy ruhig. „Du brauchst übrigens gar nicht mitzukommen." Sie dachte eine Sekunde nach. „Es ist überhaupt besser, du kommst nicht mit. Kennel kann das Geschäftliche machen. Oder ich selbst."

„Und die Leed?"

„Aber, Doll", sagte Peguy zärtlich, „sei doch nicht so langsam. Es ist egal, wo wir das Modell aufstellen. Aber die Leed ist doch so taub, daß sie gar nicht hört, was vorgeht."

Ponti warf seiner Frau einen freundlichen Blick zu.

„Ich bin übrigens keineswegs sicher, Doll, daß der Junge auf das Modell im letzten Augenblick reagiert", sagte Peguy als Antwort auf diesen Blick. „Ich weiß nur, daß, wenn er etwas kauft, er das Modell kauft. Aber vielleicht will er etwas anderes."

„So", sagte Ponti und trank seine Tasse aus.

Ein Abendessen auf Deck

Lapin hatte an diesem Morgen gerade ein Schinkenbrot und einen Cinzano im Auf- und Abgehen als Mittagessen zu sich genommen, als er den „Nobody" entdeckte, der auf die Jacht zukam. Er stellte sich sofort hinter einen Ventilator, denn er hatte einen Tag, an dem er nicht mit Menschen zusammensein konnte. In der Nacht hatte er einen schweren Malariaanfall gehabt und viel Chinin gegessen, und nun sauste ihm der Kopf.

Erst als er sicher war, daß die drei Insassen des „Nobody" nicht an Bord kommen wollten, ging er an die Reling vor und grüßte hinunter. Dann schlich er wieder unter das Sonnensegel am Heck zurück und warf sich auf einen Liegestuhl. Wie alle Menschen, die in den Tropen gelebt haben, konnte er stundenlang mit geschlossenen Augen liegen, ohne sich zu langweilen. Es gefiel ihm in dem Hafen von Venedig. Das Schiff lag fast ohne sich zu rühren vor Anker. Wenn Lapin die Augen aufmachte, sah er den Dogenpalast und die Kriegsschiffe davor.

Eine halbe Stunde später wurde er durch den Zweiten Offizier gestört, der, um ihn zu wecken, die Hand auf sein Knie legte und ihm meldete, daß eine Barkasse mit der Tübinger an dem Fallreep liege.

„Nanu", sagte Lapin ärgerlich, denn er hatte verboten, Besuch anzunehmen, und starrte den jungen Offizier an. Als ihm aber dann in seinem von Chinin dröhnenden Kopf aufging, daß die Tübinger da sei, lief er sofort selber ans Fallreep und winkte sie herauf.

Zwei Matrosen standen unten auf der Landeplatte des Fallreeps und hielten die Barkasse mit vorgestreckten Harpunen von der Jacht weg. Nun zogen sie das Motorboot heran und halfen der Tübinger beim Aussteigen.

„Mein Lieber", seufzte sie, als sie auf Deck kam, „Sie machen aus dem Schiffchen ja eine Festung. Wir sind doch nicht in Beira. Sie müssen mir einen Gefallen tun", sagte sie, sich in den Liegestuhl unter dem Sonnensegel werfend, „ich bin in einer schrecklichen Verlegenheit."

Lapin nickte. Sie sah genau so aus. Es war sehr heiß, und weder die Farbe auf ihren Wangen noch auf ihrem Haar widerstand diesem Klima richtig. „Ja, was ist denn?" fragte er freundlich.

„Teddy Rothschild ist heute nacht angekommen und hat mich angerufen. Ich muß ihm jetzt ein Essen geben."

„Der Pariser?"

Die Tübinger nickte stumm.

„Baron Théodore de Rothschild", sagte Lapin, als ob er eine Visitenkarte lese. „Sind Sie verwandt mit ihm?"

Die Tübinger schüttelte den Kopf. Lapin sah, daß ihr vor Aufregung die Schläfen zitterten.

„Ist er an Bord Ihrer Handelsgesellschaft?" fragte Lapin freundlich weiter, obwohl ihm bald der Kopf zersprang.

Die Tübinger drückte beide Handflächen in die Luft zum Zeichen, daß Teddy Rothschild nicht in ihre Kolonialgeschäfte verwickelt sei.

„Aber, Liebe", beruhigte sie Lapin, „dann brauchen Sie ihm doch kein Essen zu geben."

„Natürlich muß ich, er hat mich doch angerufen", erwiderte die Tübinger.

„Aber, Liebe", wiederholte Lapin noch sanfter, „wenn Sie doch gar nichts mit ihm zu tun haben ..."

„Was heißt mit ihm zu tun haben? Kann ich nicht jeden Tag mit dem Haus Rothschild zu tun bekommen? Haben Sie Kaffee auf Ihrem Terrain, Lapin? Nein? Sehen Sie, mein Großvater hatte Kaffeeinteressen in Santos und verlor dabei sein ganzes Geld, weil der Staat Brasilien eine Valorisationskasse einrichten wollte und sie dann nicht einrichtete, weil das Haus Rothschild in seinem Gutachten sagte, die Valorisationskasse sei kein gutes Geschäft. Ich erinnere mich sogar noch an das Jahr, Liebling. Es war 1884. Ich will Ihnen etwas sagen, man kann nie wissen, ob man mit dem Haus Rothschild nicht doch einmal in Verbindung kommt."

„Liebste", sagte Lapin, der plötzlich husten mußte, „das, was Sie erzählen, ist schon etwas lange her. Damals finanzierten die Rothschilds noch wirklich ganze Staaten. Heute finanzieren sie, wenn ich recht unterrichtet bin, nur noch ganz kleine Institute. Hat Teddy Rothschild nicht das neue Theater in der Rue des Urselines . . .? Sehen Sie", meinte er befriedigt, als die Tübinger nickte, „Sie überschätzen die alte, gute Familie Rothschild ein wenig, denke ich. Wenn Sie den ganzen Pariser Besitz des Hauses zusammenlegen, gibt es vielleicht ein Häuserquadrat in Paris. Das ist nicht gerade viel", fügte er mit dem Anflug eines Lächelns, das ihm fast den Kopf vor Schmerz sprengte, hinzu — und er sah einen Augenblick in die Augen der Tübinger mit dem Ausdruck, den nur er und die Tübinger verstanden, mit dem Blick, der kolossale Gebiete umfaßte, die ihm und die ihr gehörten.

Die Tübinger erwiderte einen Augenblick seinen Blick, aber sie war nicht befriedigt. „Ich muß ihm aber doch ein Essen geben, Liebling", sagte sie eigensinnig.

Lapin versuchte durch die Schleier in seinem Hirn diesen Widerspruch aufzuklären. Er sah die Tübinger so scharf an, als nehme er sie aufs Visier. Schließlich fiel ihm ein, daß sie ja Jüdin sei. Kein Volk der Welt hatte ja solchen Respekt vor seinen Dynastien wie gerade die Juden. Die Rothschilds hatten ihnen den Weg in die Höhe frei gemacht, und deshalb wurden sie alle blaß, wenn sie den Namen nur hörten. Aus der Tübinger, die sonst eine prima vernünftige Frau war, sprach jetzt einfach ihr Großvater, der in Kaffee verloren hatte. Lapin starrte eine Weile vor sich hin.

„Nun, dann geben Sie ihm doch das Essen", sagte er uninteressiert.

„Das ist es ja", rief die Tübinger, „ich kann es ihm nicht geben."

„So", machte Lapin, aber er seufzte das Wort mehr, als er es aussprach.

„Deshalb bin ich doch auf Ihr Schiffchen gekommen, Liebling", rief die Tübinger, sich aufrichtend, und nun lief auch ein Hauch von Aufregung über das Email ihrer Wangen. „Sie müssen mir aus der Verlegenheit helfen. Können Sie ihm nicht das Essen geben?“

„Ich?“ fragte Lapin und legte die Hand auf die Brust.

Er war so verblüfft, daß er blinzelte, eine Angewohnheit aus seiner Jugend, die er erst, als er später Großwild jagte, unter heftigen Energieaufwänden beseitigt hatte. Dabei fiel sein Blick auf die Absätze an den Schuhen der Tübinger.

Ein häßlicher Verdacht stieg in ihm auf. Lapin war ein reicher Mann. Er hatte für die Uniformen seiner Offiziere und Ingenieure fünftausend Dollar ausgegeben — er rechnete rasch den Betrag aus, den ein Essen für Teddy Rothschild zu vierzig Gedecken ausmachen würde, und kam auf sechzehntausend Lire, das waren nicht tausend Dollar. Wenn die Tübinger die tausend Dollar auf ihn abwälzen wollte, so war das doch stark. Lapin besah wieder ihr defektes Schuhzeug. Tausend Dollar? Der Kaufmann in ihm fühlte sich heftig angegriffen. Lapin wurde bei dem Gedanken, daß er übertölpelt werden sollte, innerlich ganz hart.

„Aber, Liebe“, fragte er ruhig, „warum geben Sie das Essen denn nicht im Grand-Hotel?“

Die Tübinger schlug die Augen nieder.

„Aber das ist es ja“, sagte sie verlegen, „ich müßte dazu meine Schwester einladen.“

„Ist Frau Loridan zurückgekommen?“ fragte Lapin.

„Nein. Meine andere Schwester, Frau Auerbach-Caponi“, stöhnte die Tübinger.

„Seit wann ist die denn da?“ fragte Lapin, der seinen Verdacht betreffs des Essens, das er zahlen sollte, angesichts der neuen Wendung fallen ließ und innerlich wieder freundlich wurde.

„Seit gestern abend“, erklärte die Tübinger. „Mit ihrem Chauffeur. Er ißt tatsächlich im Speisesaal am Tisch neben ihr.“

„Aber natürlich machen wir dann das Essen bei mir“, sagte Lapin kameradschaftlich und streckte der Tübinger die Hand hin, als hätte er sich mit ihr über eine große Gefahr geeinigt.

„Ist es der farbige Chauffeur?“ fragte er ganz leis, als sie ihm die Hand drückte.

„Ich glaube — ein Abessinier", erwiderte die Tübinger geniert. „Er ist jetzt Sekretär und zieht sich abends um."

Lapin biß die Zähne aufeinander.

„Schade, daß sie nicht einmal mit dem Kerl in die Kolonien kommt", sagte er grimmig. „Ich würde ihn sich ‚umziehen' lehren. Aber natürlich, Liebe", sagte er tröstend, „natürlich machen wir das Essen bei mir."

Er dachte nicht mehr daran, daß es tausend Dollar kostete — er empfand nur, ganz wie die Tübinger, die Erniedrigung, daß ihre Schwester mit einem Farbigen reiste.

Er hatte die Auerbach-Caponi vor zehn Jahren zum letztenmal gesehen, sie war damals schon eine Ruine mit einem Gesicht — wie ein Bild von einem Südseemaler. Lapins Gehirn war zu stark von dem Chinin durchsaust, als daß er geordnet hätte nachdenken können. Die Auerbach-Caponi erschien ihm einen Moment wie ein gläserner Götze, mit einer Art Tiara auf dem Kopf und einem Schleier vor dem Gesicht. Es fiel ihm ein, daß sie eines Nachts den Erzbischof von Paris hatte holen lassen, um ihr Testament für die Kirche zu machen, und daß sie dem edel herbeigeeilten Priester nackt entgegengetreten war — Lapin schüttelte sich.

„Ja, dann machen wir das Essen hier, und das wird furchtbar nett", sagte er noch einmal aufmunternd zur Tübinger.

„Wie gut Sie sind, Liebling", seufzte sie. Ihr einer Schuh balancierte sogleich auf ihrer Zehe, da diese Last jetzt von ihr genommen war.

„Aber das Unglück ist", sagte Lapin kleinlaut, „daß ich vom Essen nicht soviel verstehe. Teddy Rothschild ist doch einer der Männer von dem Klub ... na, wie heißt er?"

„Das mache ich schon alles", sagte die Tübinger lächelnd. „Sie brauchen sich nicht aufzuregen, Liebling. Sie sind ein wenig blaß, glaube ich, wie? Es fehlt Ihnen doch nichts?" fragte sie besorgt.

„Und die Liste", sagte Lapin, mit der Hand ein Zeichen machend, daß ihm nichts fehle — nicht um die Welt hätte er die Malaria zugegeben —, „und die Liste, Liebe. Wen laden wir ein? Sicher wird der Rothschild auch eine Liste schicken, wen er dabei haben will."

„Das mach ich alles", beruhigte ihn die Tübinger, die, nachdem sie wußte, daß sie ihre Schwester nicht einzuladen brauchte und das Essen doch geben konnte, einen Ton wie eine Gouvernante hatte.

„Die Lynchs müssen dabei sein", fiel Lapin ein.

„Gewiß, Liebling", erwiderte die Tübinger zerstreut. Sie konnte kaum mehr sitzen bleiben.

„Und die Tischordnung?" warf Lapin ein, der ganz verfallen aussah.

„Schellen Sie doch einmal dem Obersteward. Da kann ich alles mit ihm gleich durchgehen", sagte die Tübinger zuversichtlich und balancierte auch den zweiten Schuh auf den Zehen. Sie wurde mit jeder Sekunde gesünder und zufriedener. „Ich denke", erläuterte sie, indem sie die Hände im Schoß faltete, „wir machen es so, daß wir eine einzige große Tafel decken. Da kann nichts passieren, wenn im letzten Moment jemand kommt, an den man nicht gedacht hat. Es ist ja ein Schiffchen, und da ist eben alles improvisiert, was man macht. Wenn's nur nicht regnet, Liebling."

Sie versuchte nach oben zu sehen, aber der Himmel war durch das Sonnensegel abgedeckt.

„Ich glaube nicht, daß es regnet", tröstete sie Lapin, der überhaupt nur noch rot sah. Er hatte in der Nacht zwei Gramm Chinin genommen und am Morgen noch ein Gramm. Manchmal kam es ihm vor, als ob sein Schädel eine pfeifende Granate sei. „Ich glaube, das Wetter hält", sagte er, indem er ebenfalls versuchte, nach oben zu sehen.

Der Obersteward erschien in einem weißen Leinenanzug, dessen Kragen er auf der Treppe rasch noch geschlossen hatte. Er hatte etwas von einem liebenswürdigen Mädchenhändler — wie alle Oberstewards, die eben immer halb Offizier und halb Kellner sein müssen. Er hielt die Hand fest, aber mit einem leichten Lächeln, an die Mütze.

Die Tübinger nahm ihr Lorgnon heraus und besah ihn eine Weile von oben bis unten.

Dann nickte sie mit dem Kopf und steckte das Lorgnon wieder ein.

„Bleiben Sie ruhig liegen, Sie Armer", wandte sie sich Lapin zu. „Sie sehen wirklich angegriffen aus. Ich gehe mit dem Mann selber in die Pantry hinunter und spreche alles mit ihm durch. Ich mache das sowieso lieber allein. Es wird wahrscheinlich ziemlich lange dauern, und das langweilt Sie auch. Wenn ich fertig bin und Sie schlafen, fahre ich ohne Adieu zu sagen fort. Ganz wie zu Hause. Ich schicke Ihnen noch ein Pyramidon herauf, Liebling."

Damit erhob sie sich, nickte Lapin ein paarmal zu und ging mit schlurfenden Schuhen nach dem Vorderteil der Jacht. Der Obersteward, der gewogen und im richtigen Gewicht befunden worden war und das fühlte, ging wie eine eitle Robbe, die Mütze etwas schräg in der Stirn, dicht hinter ihr her.

Lapin sprang auf, um die Tübinger zu begleiten, aber drei Gramm Chinin waren stärker als seine Energie. Er setzte sich wieder, sah gerade noch die sieben scharfgeschnittenen Köpfe der italienischen Torpedoboote, die Bug an Bug ihm gegenüberlagen, und schlief fast sofort mit einem beruhigten Ausdruck ein.

Die Tübinger hatte, als sie den Obersteward wie ein Pferd auf einer Auktion lorgnettiert hatte, nur die eine Idee im Kopf gehabt, ob er es fertigbringen würde, die vier Leute, auf die es ihr ankam, nämlich Lapin, sie, Lynch und Rothschild, so zu setzen, daß sie zusammensaßen — auch wenn keine Tischordnung gemacht würde.

Dies wurde nun lange besprochen, die Tübinger ließ sich sogar die Stewards zeigen, die das Meisterstück im gegebenen Moment fertigbringen sollten. Sodann sprach sie mit dem Küchenchef. Dann fuhr sie an Land, um zu erfahren, wen Teddy Rothschild, der trotz seines lustigen Namens eine Glatze hatte und hoch in den Fünfzig war, dabeihaben wollte. Den Rest des Tages telephonierte sie. Schließlich hatte sie alles beisammen.

Die Leute, die sie einlud, interessierten sie alle nicht, aber schicklicherweise mußten sie dabeisein, um einen gewissen

Stil durchzuführen. Was Teddy Rothschild gewünscht hatte, waren harmlose Leute, die er bei sich hatte. Alte Leute aus der französischen Monarchie, mit langen weißen Schnurrbärten, und ein paar Amerikaner. Teddy kam aus Marseille, wo jedes Jahr ein Essen im „Chapon fin" stattfand, wozu hundertzehn Gedecke gelegt wurden für seinen Freßklub, der jedes Jahr eine andere Finesse dabei ausheckte. Teddy hatte ein Dutzend von diesen Freßsäcken in Marseille eingeladen, mit ihm zu fahren, und da waren sie nun. Tadellose Leute, deren Phantasie nur mit ihrer Leidenschaft für Küchenzusammenstellungen beschäftigt war.

Dazu hatte die Tübinger Romano und Mrs. Watts und den Flieger Ferrarin eingeladen und einen Italiener, der mit dem Haus Savoyen gerade noch verwandt war. Kennel hatte sie gestrichen. Auch Charly Parma hatte sie geopfert, obwohl sie ihn gern mochte. Sie war sich nicht klar, ob die Zusammenstellung Charly mit Teddy Rothschild ging. Vielleicht fand Teddy den Kleinen wunderbar — vielleicht machte er am andern Tag ihr aber auch Vorwürfe, daß sie ihn mit einem Deklassierten zusammengesetzt hatte, wenn vielleicht eines der alten royalistischen Skelette, die bei ihm waren, sich nicht wohl bei Charly fühlte. Manche Leute machten ja vor Charly noch Knickse auf der Straße und fanden, daß ein Nachkomme Ludwigs des Frommen durch republikanische Gefängnisstrafen nur geehrt würde — andere Leute fanden wieder, man solle Charly übers Knie legen. Immerhin — es war besser, er blieb weg.

Hingegen lud die Tübinger die Amerikaner sehr umsichtig ein, nicht nur die drei Lynchs, sondern auch den Stab und sogar Blank. Das war überaus demokratisch und gefiel den Amerikanern sicher. Außerdem fragte bei Amerikanern kein Mensch, woher sie kamen und was sie seien. Wenn sie einmal in der Gesellschaft eingeladen waren, behandelte sie jedermann merkwürdigerweise ja wie Leute aus ganz alten europäischen Häusern.

Schließlich hatte Lapin noch telephonieren lassen, ein Baron B. solle eingeladen werden. Die Tübinger ging selbst ans Telephon und rief ihn am Lido an. Sodann rief sie noch einmal den Lido an und lud den Captain Arnstruther ein. Es war nämlich sonst kein Engländer dabei. Segrave hatte abgesagt, und sie fand, wenn sie schon den Amerikanern gegenüber weitherzig sei und ihre Sekretäre mit einlade, dann könne sie es auch bei den Engländern sein. Sir Richard Arnstruther war Tennistrainer am Lido. Sein Vater hatte aber im Kabinett Lloyd George gesessen. Im Grunde ihres Herzens mißachtete die Tübinger diese ganze Gesellschaft, die heute etwas war und morgen nichts mehr. Aus lauter Verachtung lud sie sich noch einen Tennisspieler ein, dessen Name im Gotha unter Dynastieadel stand. Immerzu, dachte sie. Immerzu. Es kam schon nicht mehr darauf an.

Dann kam der Abend mit dem Essen.

Um halb acht Uhr war die Tübinger schon auf der Jacht. Lapin war guter Laune. Er hatte die Malaria und das Chinin ausgeschlafen und den ganzen Tag geboxt und mit Wurfspeeren geübt. Nur gebadet hatte er nicht. Meerwasser war nicht gut für überstandenes Fieber.

Um acht Uhr kamen die ersten Motorboote.

Lynch wunderte sich, als er um halb neun präzis an der Insel Giorgio Maggiore vorbeifuhr, daß vor der Insel eine Privatjacht lag, die am Mittag erst festgemacht haben mußte. Sie hatte eine amerikanische Fahne am Heck.

„Blank, wissen Sie, wer das ist?"

„Wahrscheinlich ist das die Jacht von Baron Rothschild", sagte Blank.

„Ganz großes Boot?" wandte sich Lynch an Bobby. Der Junge taxierte, indem er geradeaus sah, ohne die Stirnhaut zu bewegen.

„Dreitausend Tonnen, Pa", sagte er langsam, „aber altes Modell."

„Wie kommt der Franzose dazu, mit amerikanischer Flagge zu fahren?" sagte Lynch. Er sah genauso vor sich hin, wie Bobby es getan hatte, ganz ruhig und freundlich, und taxierte ebenfalls rasch. Die neue Jacht Vanderbilts, die in Deutschland gebaut worden war, hatte dreitausendfünfhundert Tonnen. Sie hatte ihn fast zwei Millionen Dollar gekostet und kostete ihn jährlich zweihunderttausend Dollar

Unterhaltung. Auf französisch ausgedrückt, hieße das, vier bis fünf Millionen Francs im Jahr. Daß das der europäische Reichtum noch konnte! Lynch war nachdenklich, als der Messingwal sich mit einer sanften Schleife in die Harpunen der Matrosen begab, die ihn an das Fallreep heranzogen.

Die Tübinger stand oben am Ende der von elektrischen Lichtern erleuchteten Treppe in einem schwarzen Abendkleid und einer papageienschönen Bemalung. Sie trug eine Art silbernen Turban, der nur die roten Büschel über den Ohren herausließ, im Gesicht hatte sie viele Arten von Rosa aufgelegt, an den Fingern Smaragde, und um den Hals und am Turban viele Brillanten als Schmuck. So dick, so orientalisch und so sympathisch mußten die Frauen des Sultans von Zansibar ausgesehen haben, dem das Stück Ostafrika früher gehört hatte, das jetzt ihrer Handelsgesellschaft unterstand.

Sie empfing zusammen mit Lapin, der über der Smokinghose und dem steifen Hemd ein weißes, leinenes Dinnerjackett trug und sich Mühe gab, zu lächeln, wenn er jemand die Hand gab, was ihm aber infolge seiner breiten Backenknochen schlecht gelang.

Die Tübinger hatte das „Allerlei" aus Ministern, Fliegern, Tennisspielern und Dynastieadel auf acht Uhr geladen, und das „Allerlei" war, wie sie erwartet hatte, kurz vor halb neun eingelaufen. Die beiden Cliquen, auf die sie wirklich gespannt war, die Lynchs und Rothschilds, hatte sie auf halb neun gebeten – und sie kamen dicht hintereinander genau um halb neun.

Gerade waren die beiden Barkassen mit den Freunden Teddy Rothschilds angekommen, als der Messingwal mit den Amerikanern kam.

„Sehen Sie", flüsterte sie Lapin zu, „ich habe Ihnen ja gesagt, wer pünktlich ist und wer nicht. Daran kenne ich immer meine Leute. Nun geben Sie nur auf den Obersteward acht, wenn er einen Korbstuhl anfaßt. Der ist für Teddy. Und sie selber bugsieren dann Lynch an seinen Stuhl. Zeigen Sie aber nachher um Gottes willen das Elefantenhaar nur Teddy. Nicht den Yankees."

Damit eilte sie auf die Amerikaner zu, die das Fallreep

heraufkamen. Fünf Minuten später war alles bekannt gemacht. Das Deck war mit Fahnenwimpeln aller möglichen Nationen nach dem Lande hin zugehängt. Eine kleine, angenehme Brise kam von San Giorgio Maggiore herüber.

Die Tübinger nickte jetzt Lapin zu und wandte den Kopf nach dem Obersteward. Dieser faßte einen Stuhl an, drei Stewards legten die Finger auf drei andere Stühle. Lapin zog die rechte Hand aus der Hosentasche, nahm John Lynch beim Ellbogen und sagte: „Na, kommen Sie essen."

Zwei Minuten später saß Lapin neben der Tübinger. Lynch saß ihnen gegenüber neben Teddy Rothschild. Es war ausgezeichnet gelungen.

Die Tübinger warf nunmehr einen Blick auf den Rest. Wie saß das „Allerlei"? Romano saß neben dem jungen Lynch, gut. Auf der andern Seite saß Williams Lynch — und auf dessen Seite war ein Amerikaner aus Rothschilds Gesellschaft. Recht gut. Mit dem Essen konnte nun nicht mehr viel passieren. Das Menü war ganz einfach hergerichtet. Nur Spezialitäten, wie es sie in den kleinen venezianischen Restaurants gab. Melonen mit rohem Schinken. Gekochte Scampikrebse. Geflügellebern, mit Majoran geröstet. Und dann ein paar Schnepfen, die ihr der Italiener, der mit dem Haus Savoyen verwandt war, am Tag vorher geschossen hatte. Teddy würde nichts gegen die Zusammenstellung sagen können, das Essen war wirklich einfach und nichts daran gekünstelt.

Die Tübinger warf Lapin einen freundlichen Blick zu. Sie war zufrieden. Liebevoll überflog sie die Köpfe Lynchs, Rothschilds und Lapins. Wilhelm der Zweite hätte nicht zufriedener sein können, wenn er den Zar von Rußland, den König von England und den Kaiser von Österreich zusammen auf dem „Meteor" um sich bei Tisch gehabt hätte.

Die Tübinger genoß dieses ihr Essen nun auf ihre Weise. Sie lehnte sich zurück, rührte nichts an und erholte sich von den Strapazen, die es ihr gemacht hatte, drei der einflußreichsten Leute der Welt an ihrer Tafel zu haben. Wer unter den Tisch geschaut hätte, würde gesehen haben, daß ihr rechter Schuh ruhig und sanft auf ihrer Zehe schaukelte.

Lynch war hundeschläfrig. Er hatte sich an die Meerbäder gewöhnt und schlief daher jetzt so gut wie noch nie. Das hatte seinen Grimm, ruhig sitzen und warten zu müssen, ob etwas passierte, sehr besänftigt. Er fand dieses Badeleben langweilig, aber gesund.

Im Kopf war Lynch jedoch trotz der Müdigkeit hell wie nur je. Mit einem raschen Blick musterte er den hageren, trockenen Mann neben sich, der wie ein Bürobeamter aussah. Das war also ein Rothschild.

Lynch kannte alle großen Vermögen und ihre Geschichte ganz genau. Er kannte auch die Konstruktion dieser Vermögen und die Form, wie sie durch die Ausnutzung von großen Zeitkonjunkturen entstanden waren. Staatsanleihen waren seinerzeit die geniale Idee der Rothschilds gewesen. Was waren Staatsanleihen heute schon eine unsichere Sache geworden! Die Rothschilds hatten aber auch schon das Transferproblem so um achtzehnhundertzwölf herum gelöst. Kolossale Köpfe waren diese alten Rothschilds immerhin gewesen. Und dieser Mann hier, mit dem haarlosen Schädel und der langen blassen Nase und dem Giraffenkopf, war also auch ein Rothschild. Lynch aß ein Stück Schinken.

„Warum fahren Sie eigentlich mit der amerikanischen Flagge?“ fragte er seinen Nachbarn.

„Das ist ein wenig verzwickt“, sagte Rothschild, der eine Melone schälte. „Die Flagge ist noch von meinem Vorganger da.“

„Ach – die Jacht gehört einem Amerikaner?“ sagte Lynch gedehnt. Er mußte an die Jacht Vanderbilts denken. Der europäische Reichtum hielt also doch keine fünf Millionen französische Francs für die Unterhaltung einer Jacht im Jahr mehr aus. Im Instinkt hatte er also recht gehabt. Im Instinkt war er übrigens natürlich gegen diese überflüssige Jachthalterei.

„Nein“, sagte Rothschild lächelnd, „ursprünglich ist es ein englisches Schiff und gehört dem Herzog von York. Der hat es an einen Amerikaner vermietet, und der hat es mir für zwei Monate abgetreten. Da ich Amerikaner an Bord habe, habe ich die Flagge hängenlassen.“

„Sehr höflich", meinte Lynch. „Wer hat die Jacht vor Ihnen gehabt?"

„Mr. Mortimer Schiff", erwiderte der Franzose.

„Das ist aber interessant." Lynch legte einen Moment die Gabel hin. „Ihr Haus hat doch die ersten Bahnen in Europa gebaut, nicht wahr? Die französische Nordbahn war eine große Idee, und sie ist, wenn ich nicht irre, heute noch in Ihrer Hand. Das Haus Kuhn, Loeb & Co., an dessen Spitze Mr. Mortimer Schiff steht, hat ebenfalls weitausgedehnte Eisenbahninteressen. Man kann sagen, daß es die meisten Bahnen in Amerika besitzt. Da haben ja zwei Kollegen dasselbe Schiff." Lynch räusperte sich. „Wir sind übrigens auch Kollegen, Sie und ich", fügte er hinzu.

„Ja", sagte Rothschild dunkel.

„Ich rede von dem Informationsdienst Ihres Hauses. Ihr Urgroßvater Nathan hat den Ausgang der Schlacht bei Waterloo durch seine Korrespondenten vierundzwanzig Stunden früher gewußt als die englische Regierung. Das ist doch historisch und war ein großes Geschäft. Man muß immer rascher sein als die anderen. Das ist fast der einzige Vorteil, den es gibt."

„Gewiß", sagte Teddy Rothschild. Er machte seine Serviette auf, in der die geschälten Krebse serviert wurden, und roch daran.

„Und wenn man diesen Vorteil, schneller zu sein, ausübt, wird man immer Einfluß haben", fuhr Lynch fort. „Aber Macht zu behalten, ist noch schwerer, als sie zu erobern." Er sah auf den Giraffenkopf des Rothschild hinab, der mit der Nase zu essen schien. „Ich habe es immer als eine besondere Weisheit Ihres Hauses betrachtet, daß es seine Macht zu bewahren suchte und das auch besonders menschlich tat. Salomon Rothschild ließ sich, wenn er Staatsanleihen ausgab, vertraglich versichern, daß mit dem Geld keine Kriege geführt werden durften. Sehr vernünftig. Und daß er diese Idee durchsetzte, sehen Sie, das ist wirklich Macht."

„Tatsächlich", sagte Teddy Rothschild, „Sie kennen unsere Geschichte besser als ich."

Lynch fixierte seinen Nachbar verblüfft.

Warum hat mich Percy nicht darauf aufmerksam gemacht, dachte er, daß mit diesem Rothschild eine vernünftige Unterhaltung nicht zu führen ist? Der Mann ging ja auf nichts ein — ja, es haftete in seinem Kopf offenbar kein Wort von dem, was Lynch sagte. Warum war es nicht möglich, sich mit diesem Vertreter des ältesten Finanznamens, den Europa wohl hatte, auch nur über seine eigene Familiengeschichte zu verständigen? Dumm konnte der Mann doch nicht sein. Wenn nichts an ihm und in ihm wäre, so wäre sein Haus doch längst durch die Finanzkrisen entzweigeschossen. Heutzutage hielt auch der Glanz eines noch so großen Namens keine wirtschaftlichen Belastungen aus, wenn die Besitzer des Namens keine Riesen waren.

Lynch fiel ein, daß Teddy ein Theater besaß, und er machte noch eine letzte Anstrengung, mit diesem Thema dem Mann näherzukommen.

„Sie haben, wie ich höre, jetzt ein Theater gebaut", sagte Lynch.

Teddy schob seinen Teller beiseite. Er war fertig mit den Krebsen.

Einen Augenblick starrte er den Amerikaner mit seinem blassen Auge an.

„Es kostet mich achtzehn Millionen Francs", sagte er dann langsam.

Lynch nickte. Er hatte selber viele Kinos und einige Theater. Er überschlug rasch, wieviel Plätze in dem Theater sein mußten, um die Zinsen von achtzehn Millionen Francs, also etwa dreiviertel Millionen Dollar, zu decken. Er kam zu kolossalen Zahlen. Er hatte in den letzten Tagen den Namen Teddy Rothschild nur immer im Zusammenhang mit dem Theater gehört, so daß er annahm, hier müsse doch etwas von der Energie des Namens Rothschild sich offenbaren — er kam aber mit den errechneten Zahlen nicht ins reine. Soviel konnte doch kein Mensch in Europa für einen Platz zahlen.

„Ist es ein großes Haus?" fragte er. „Ich habe selbst ein paar Theater."

„Ach nein, es ist ein ganz kleines Theater", sagte der Rothschild mit dünnem Lächeln. „Ich mache darin Experimente mit der neuen Literatur und mit neuen Bühnenmalern. Es ist kein Geschäft. Es macht mir nur Spaß."

„Dem Sozius von Mr. Mortimer Schiff, der Ihnen Ihre Jacht vermietet hat, hat es auch Spaß gemacht, eines Tages die Metropolitan-Oper in New York zu kaufen", sagte Lynch trocken, „aber er hat ein sehr gesundes Geschäftsunternehmen daraus gemacht."

„So", meinte Baron Théodore Rothschild uninteressiert.

„Jawohl", sagte Lynch und griff in die Tasche, „und ich glaube, daß die Metropolitan-Oper ein Haus mit guten Leistungen ist."

Er war jetzt innerlich fertig mit den Rothschilds. Die Gründung der ersten Aktiengesellschaften, die Erfindung der Staatsanleihen, die ersten Eisenbahnen — was waren das für Ideen gewesen. Er hatte vermutet, aus seinem Nachbar etwas herauszulocken, als er mit Theater anfing — vielleicht hatte der Mann vor, den Städtebau zu reformieren und den Luftverkehr —, zum Teufel, es war aber nichts als Spielerei, was der Mann da machte.

Lynch zog aus der Tasche ein viereckiges Lederetui, klappte es auf, legte das oberste Blatt Papier gerade und machte eine Notiz. Diese Notiz hatte mit dem Haus Rothschild nicht das geringste zu tun. Sie betraf eine seiner Revuen, und zwar die über Elektrizität. Obgleich diese Notiz seinen Nachbar nicht das geringste anging, köpfte ihn Lynch damit. Er strich das Haus Rothschild damit aus seinem Gedächtnis. Lynch steckte das Lederetui wieder ein, als ob er allein an dem Tisch säße, streckte seine vom Meerwasser angenehm müden Beine unter dem Tisch aus und sah auf seinen Teller, auf dem ein Lebergericht stand, das für seine Begriffe entsetzlich roch.

In diesem Augenblick beugte sich ein Mann, der links neben Williams saß, zur Seite und fragte diesen:

„Sind viele Amerikaner da?"

„Ich weiß nicht", sagte Williams. „Sind Sie selbst Amerikaner?"

„Gewiß", sagte dieser, „Mr. Hill. Ich bin mit Mr. Mortimers Schiff herübergekommen, und als Mr. Rothschild die

Jacht übernahm, bin ich auf dem Schiff geblieben. Bin mit Mr. Rothschild im gleichen Klub."

„Gratuliere", sagte Williams und sah seinen Nachbarn einmal richtig an. Es war ein gemästeter, rötlicher Herr mit einem Gummiball als Kopf und daran befestigten spitzen Ohren.

Williams räusperte sich, was er tat, wenn er sich ärgerte.

„Meinen Sie nicht", fuhr der dicke Mann fort, „daß man etwas sagen muß, ich meine eine kleine Rede. Ich täte es gerne, aber ich habe Angst, mich zu blamieren."

„Warum?"

„Es sind Amerikaner da", sagte Mr. Hill geheimnisvoll. „Vor den anderen Leuten ist das ja egal. Aber ich blamiere mich nicht gern vor Amerikanern. Sehen Sie, ich habe ein großes Geschäft..."

„In was?" fragte Williams sanft.

„In Seife. Hill & John, St. Louis. Und es sind noch andere Amerikaner da, die große Geschäfte haben. Zum Beispiel rechts von Ihnen neben dem Mann in Uniform, noch drei Köpfe weiter — ich kenne ihn von Photographien, das ist Mr. Lynch von der ‚New-York-Post'."

Der Gummiball schnaufte vor Wichtigkeit und Begeisterung, den Besitzer der „New-York-Post" zu kennen.

„Sie haben Mr. Lynch richtig erkannt", sagte Williams kühl, „es ist mein Bruder."

„Oh", sagte der Gummiball mit einem Gesicht, als sei ihm ein Mast auf den Kopf gefallen. Aber ehe er sich darüber im klaren war, ob er sich entschuldigen müsse, daß er Williams Lynch nicht nach Photographien erkannt hatte, oder ob er sich nur freuen müsse, einen hundertprozentigen Amerikaner neben sich zu haben, hatte Williams sich zu Romano hinübergedreht. Mr. Hill sah nur noch die linke Hüfte seines Nachbarn, nach der hin und wieder dessen Hand wie unter einem Schmerzgefühl zuckte.

„Ist der Mann neben Ihnen nicht Brasilianer?" fragte Romano.

„Nein", sagte Williams, „die sehen anders aus. Die haben alle Negerblut, und Negerblut..., das ist wohl das einzige

Schlimme, was man dem Manne neben mir leider nicht nachsagen kann."

„Er sieht einem Mann ähnlich", erklärte Romano, „den ich in Pernambuco kennenlernte und der Kaffee hatte, im großen. Seit ich mit dem Geschwader in Brasilien war, interessiert mich das Land."

„Nein", erwiderte Williams, „dieser Mann hier hat Seife, wie er mir gestand. Aber Kaffee ist nicht besser. Kaffee liegt sehr schlecht."

„Alles liegt schlecht."

„Nicht ganz", meinte Williams, „Gummi ist besser."

„Mit Gummi haben alle Leute einmal angefangen – alle Geschäftsleute so wie hier ..." Romano nickte mit dem Kopf um den halben Tisch herum, wo Rothschilds Amerikaner saßen. Diese Bewegung begeisterte Williams. Seine Hand hörte auf, nach der Hüfte zu zucken.

„Mit Gummi – gewiß. Aber die meisten haben mit Zucker aufgehört." Plötzlich kannte Williams alle Leute am Tisch. „Sehen Sie den dritten Mann da drüben. Mr. Wood aus Argentinien hatte zuerst allen Gummi hinter Sorata in Bolivien und verdiente Unsummen damit. Sehr ungesunde Gegend. Indianer, die das machen. Jetzt hat er Zucker in Nordperu. Ganze Länder voll Zucker. Daneben der große Blonde ist Mr. C. L. Guildmaster aus Chile. Die Guildmasters wurden im Krieg ihren Zucker nicht los, sie bekamen keine Säcke, um ihn zu verladen. Ließen die Ernte liegen. Vier Jahre lang die Ernte von, sagen wir, einem Gebiet wie Südfrankreich. Dann war der Krieg zu Ende und es waren hundertfünfzigtausend Tonnen Zucker. Und nun stieg der Preis für Zucker von vier Pence auf fünfundzwanzig Pence. Kolossale Vermögen, die dabei gemacht wurden. Daneben sitzt Woolf. Er saß sein Leben lang auf Kuba über den Zinnerzen. Endlich fingen die Zinnerze an, zu haussieren. Nun ist er Gast bei dem Baron Rothschild. Der kleine Mann mit dem gelben Fleck unter dem linken Auge ist Mr. Campbell Mayer. Er hat alle Toiletten in der Untergrundbahn von New York gemietet. Das ist ein Riesengeschäft, auch wenn es komisch klingt. Es ist ein so bedeutendes Geschäft, daß die Leute immer sagen, wenn Frau Campbell Mayer in einem ihrer berühmten Abendkleider erscheint: ‚Wie finden Sie die Toiletten von Mrs. Campbell Mayer?'"

Williams lachte still vor sich hin.

„Das sind ja alles Nordamerikaner", meinte Romano mit einem unklaren Lächeln.

Williams nickte. Über wen sonst ärgerte er sich denn den ganzen Abend?

„Ich dachte, es sei vielleicht ein Brasilianer dabei", erklärte Romano. „Ich interessiere mich besonders stark für Brasilien. Brasilien hat uns jetzt viele Flugzeuge abgekauft. Es ist ein Land, zwanzigmal so groß wie Italien, aber nur etwa ebenso bevölkert wie Italien. Ich dachte . . ."

Was der Flugwesenminister bezüglich Brasiliens dachte, konnte er nicht mehr sagen, denn am andern Ende des Tisches ging gerade Mrs. Watts in Flammen auf.

Ihre Zigarette war ihr auf das Kleid gefallen, und dieses Nichts von einem Kleid brannte in derselben Sekunde, und Virginia lief gerade nach der Reling, um ins Wasser zu springen. Noch ehe sie aber die Brüstung erreichte, hatte der Tennisspieler Graf L. sie eingeholt und ihr mit einem einzigen Ruck das Kleid vom Leib gerissen.

Sie stand dicht neben der Tübinger da und lachte aufgeregt, während der Kleiderfetzen neben ihr am Boden lag und noch brannte. Ihr Lachen war zwar hysterisch, aber trotzdem frisch wie alles an ihr. Nur ihre Kleidung war ein wenig bescheiden. Strümpfe hatte sie keine an. Aber eine seidene Hose, Gott sei Dank, und ein wenig Hemd.

Williams war der einzige, der aufgesprungen war, während die anderen alle entsetzt zugeschaut hatten, wie die berühmte hübsche „Seekadettenschule" in Brand geraten war.

„Holen Sie mir doch meinen Mantel", rief Virginia Williams zu und fuhr mit den Armen in der Luft vor ihrem Oberkörper herum, als ob sie schwimme. Williams benahm sich auf den Befehl hin sonderbar. Erstens wußte er nicht, wo der Mantel von Mrs. Watts war, und zweitens blieb er, Gott weiß warum, mit hervorstehenden Augen vor ihr stehen.

„Williams“, rief Lynch.

Im selben Augenblick kam die Tübinger von ihrem Stuhlboden aus in die Höhe, ergriff den Schal, der hinter ihr über der Stuhllehne hing, und legte ihn Virginia um die Schultern.

„Setzen Sie sich, Kindchen“, sagte die Tübinger gutmütig, „es ist ja gut abgegangen. Feuer bringt Glück.“ Und sie streckte ihren Zeigefinger nach einer Flocke Ruß aus, die auf Virginias Brust hing, und ließ das Schwarz sorgsam an ihrem Finger kleben, um auch etwas von dem Glück zu haben. Glück konnte man immer brauchen.

„Danke schön“, lachte Virginia Watts und zeigte ihr Raubtiergebiß unter den üppigen Lippen. „Ich hätte ja ruhig auch ohne den Schal bleiben können. Ich bin ja den ganzen Tag nicht anders angezogen. Die Beine deckt er sowieso nicht zu. Ich wollte ja nur gern meinen Mantel haben, weil da vielleicht ein Taschentuch drin ist. Habe ich vielleicht eine schwarze Nase?“

„Nein, Mrs. Watts“, sagte die Tübinger etwas kühler, „Ihre Nase ist ganz in Ordnung. Hier haben Sie einen Spiegel.“ Damit kehrte sie an ihren Platz zurück. Gut, dachte sie, daß ich den Mann aus dem Dynastieadel eingeladen habe. Solche Leute waren, wenn sie auch, zwar nicht für Geld, aber immerhin, na ja, vor Zuschauern Turniere spielten, doch manchmal zu etwas gut. Sehr gut für solche Sachen. Besser als Amerikaner zum Beispiel.

Von den Amerikanern hätte sie kein Mensch heute abend davor behütet, daß morgen in den Zeitungen stand, der Liebling des englischen Publikums sei bei ihrem Diner verbrannt. Die Tübinger mochte im Grund ihres Herzens die Yankees nicht um die Welt leiden. Mit Ausnahme von Lynch, vor dem sie Angst hatte. Und der schließlich, so oder so, doch zu ihm gehörte, zu Lapin, Rothschild und zu ihr. Zu dem engeren Kreis. Zu den Leuten, die etwas zu sagen hatten in der Welt. Sie war fast gerührt und fing daraufhin an, sich sogar mit Lynch etwas zu unterhalten.

Virginia Watts unterhielt sich in der Zwischenzeit am andern Ende des Tisches damit, vermittels des Spiegels der Tübinger festzustellen, ob sie von ihrem Ohrlappen angefangen bis zu ihren Kniekehlen etwas von dem Brand abbekommen habe. Die Stimmung war an diesem Teil des Tisches ziemlich lustig.

„Gestatten Sie, daß ich mir erlaube, Sie etwas zu fragen?" wandte sich der große und hagere Captain Arnstruther, der in dieser Ecke saß und bis jetzt vor sich hingegrübelt hatte, nun an Blank, der neben ihm saß. „Spielen Sie Tennis?"

„Ja. Aber ich habe wenig Zeit", erwiderte Blank. „Ich bin der Sekretär von Mr. Lynch."

„So. Sie dienen", sagte der Engländer. „Ich tue das auch, mein Herr. Seit Monaten suche ich hier jemand, der ebenfalls dient."

„Sie sind Engländer, vermute ich", sagte Blank, „ich dachte, daß nur die Deutschen nach diesem Krieg dienen. Was tun Sie denn?"

„Ich bin der Tenniseinpeitscher am Lido. Also, Sie sind Deutscher. Um so besser. Waren Sie im Krieg?" Sir Richard Arnstruther fragte für sein ruhiges und überlegenes Äußeres etwas hastig.

„Ich war im Krieg", sagte Blank. „Als Flieger."

„Schade. Aber es macht nichts. Ich war im Graben, im Dreck. Doch ich wollte Sie etwas fragen."

„Nun?"

„Wenn Sie sich so die Welt anschauen, wie sie aussieht für Leute, die heute dienen — ich diene gern, mein Herr —, wenn Sie sich die Welt also anschaun, wie sie so ist, zwölf Jahre nach dem Frieden ... wissen Sie dann, wofür wir gefochten haben?"

„Nein", erwiderte Blank.

„Und Sie haben dann wohl auch das Gefühl, daß die Menschen, die nach einem solchen Krieg leben, keinen", er senkte die Stimme ans Ohr seines Nachbarn, „keinen Scheißdreck wert sind?"

„Das Gefühl habe ich so ziemlich", meinte Blank langsam.

„Wollen Sie mir die Hand schütteln?" fragte der Captain.

„Gern." Sie schüttelten sich eine Weile die Hand.

„Müssen mal auf die Plätze herunterkommen. Sind Sie starker Spieler?" fragte Arnstruther.

„Mittel“, meinte Blank ausweichend.

„Viele Flugbälle?“

„Es geht so.“

„Ich muß Sie darauf aufmerksam machen, ich schneide den Stopball, der hinter das Netz geht, leicht an. Es gibt Leute, die das nicht in Ordnung finden, darum sage ich es stets vorher.“

„Es ist nach meinem Empfinden eine ganz idiotische Forderung, daß man Bälle nicht anschneiden soll“, sagte Blank. „Ich schneide hin und wieder sogar den Aufschlag.“

„Gut“, sagte Sir Richard Arnstruther, „dann kommen Sie einmal. Es wird schon gehen.“ Damit griff er zur Gabel, um seinerseits die Leber zu essen, die für seine Nase nicht besser roch als für die von Lynch. Es war aber nur der Majoran, der seinen und Lynchs Geruchssinn störte.

Baron B. war in der Tischordnung nicht unter die Maßgeblichen einbezogen worden, obwohl sein Name vor dreißig Jahren zu den bekanntesten Finanznamen in Deutschland gehörte und eng mit dem größten deutschen Staatsmann, soweit es sich wenigstens um Finanzdinge handelte, verbunden war. Aber es gab nach dem Frieden von Versailles keine deutsche Finanz mehr. Und ein Name, der einmal in der Finanz geglänzt hatte und es nicht mehr tat, war nach dem Krieg noch weniger wert als ein Name, der in der Geschichte geglänzt hatte und es nicht mehr tat. Warum sollte ein solcher Name bei einem Essen an erster Stelle berücksichtigt werden, wo selbst ein Nachkomme Ludwigs des Frommen nicht eingeladen wurde? Die Tübinger kannte den Namen des Baron B. nicht einmal genau. Kein Mensch behielt die Namen von gefallenen Größen mehr. Infolgedessen hatte Baron B. einen bescheidenen Platz in der Ecke gefunden, wo das „Allerlei“ aus Sportgrößen und Dynastieadel und Yankees saß.

Baron B. wandte sich, als der Engländer sich jetzt zögernd aber hartnäckig seinem Teller zuwandte, überrascht an Blank. „Sind Sie wirklich Deutscher? Und Sekretär von Lynch? Sind Sie der Flieger, der zum erstenmal von Columbia über Mittelamerika nach Cuba und Florida flog? Wir sollten das nämlich einmal finanzieren“, erläuterte er sein Wissen, „aber, wovon?“ Er zuckte die Achseln. „Wir können ja nicht einmal in Deutschland etwas finanzieren. Fliegen Sie nicht mehr?“

Blank zuckte die Achseln und sah dabei in die Gegend, wo Lynch saß.

„Ich diene da vorn“, sagte er. „Lynch hat mich nicht zum Fliegen engagiert.“

„Sie hätten in Deutschland bleiben sollen“, sagte Baron B. ärgerlich. „Unsere besten Leute wandern eben aus.“

„In Deutschland gab es nichts zu fliegen für mich“, erwiderte Blank. „Es war kein Geld für die Linien da, die ich projektierte, und in Deutschland hätte kein Mensch mich als Sekretär engagiert. Ich hätte einfach nichts zu essen gehabt. Vielleicht verstehen Sie das nicht, aber es ist so.“

„Na —“, meinte Baron B. „Sie hätten mit Kunstfliegen ein hübsches Geld verdienen können.“

„Halten Sie mich für einen Hanswurst?“ fragte Blank erstaunt. „Fliegen hat doch nur Sinn, wenn ein reeller, gesunder Zweck dahintersteckt wie bei meiner Postlinie über Mittelamerika nach Florida. Dadurch kam die Post aus Peru drei Wochen früher nach Europa.“

Blank schüttelte den Kopf.

„Es ist noch etwas anderes, weshalb ich ganz gern im Ausland bin“, fuhr Blank langsam fort. „Wenn ich in Deutschland bin, erscheint es mir immer als eine kleine Provinz voll Tratsch, Geschrei, Dummheiten und Kleinkrämerei. Wenn ich aber außerhalb Deutschlands bin, dann ist Deutschland ein ganz anderes Land. Dann sieht man seine großen Schiffslinien, seine Waren, seine Industrie, seine gute Organisation. Dann ist alles erstklassig, zumal wenn man es mit anderen Nationen vergleicht. Nehmen Sie mir es nicht übel, ich schaue mir Deutschland heutzutage lieber aus der Entfernung an.“

„Das sagen alle Auslandsdeutschen“, erklärte Baron B. verstimmt. „Sie sind alle heimlich in das Deutschland von 1910 verliebt und tun dem armen Deutschland von heute unrecht, das es zehnmal schwerer hat als das bequeme Deutschland von damals. So einfach ist es mit der Liebe zu Deutschland nicht, wie die Auslandsdeutschen es machen. Ich hätte auch schließlich mein Vermögen beizeiten in der Schweiz anlegen können, statt es zu vier Fünftel in Deutschland zu verlieren. Aber die zwanzig Jahre Krieg und Inflation und Wirtschaftskrise auf dem Unglücksschiff Deutschland zusammen mit den anderen Deutschen möchte ich nicht missen. Das bindet, auch wenn man dabei zahlen muß."

„Sie hatten eben etwas, um zu zahlen", meinte Blank bitter.

„Ich habe es mir nicht leichtgemacht", erwiderte Baron B. „Ich war einer der wenigen Freiwilligen, die seinerzeit den Hererokrieg in Südwest mitgemacht haben. Nein, mein Lieber, die Deutschen haben kein Solidaritätsgefühl gegen Deutschland. Sie sind nicht fair gegen Deutschland. Wenn Deutschland ihnen nicht paßt, dann werfen sie Deutschland auf den Abfallhaufen."

„Meine Hand will ich mir abschlagen lassen, wenn ich Deutschland dabei nützen kann", sagte Blank erbittert. „Ich rede ja nicht von Deutschland, sondern von den Deutschen. Die Deutschen sind an ihrem Elend schuld. Nicht Deutschland selbst."

„Die armen Deutschen." Baron B. schüttelte den Kopf. „Sie sind an allem schuld in der Welt — selbst an Deutschland. Haben Sie eigentlich kein Gefühl dafür, wie schlecht es allen Deutschen geht?"

„Sie könnten es aber besser haben", äußerte Blank ergrimmt. „Wenn die Deutschen einen Funken Weltverstand hätten, ginge es ihnen gut."

„Sie sind wie alle Deutschen", sagte Baron B. resigniert. „Sie sagen, die anderen Deutschen seien schuld. Sie sind wie alle Deutschen ein ewig Unzufriedener."

„Aber ich bin es nicht aus Quengelei, weiß Gott", sagte Blank, „sondern weil ich ein Stück Welt kenne. Ich bin als erster Mann über die Urwälder von Zentralamerika und über den Atlantik nach USA geflogen — und ich weiß, was ich sage."

„Ja, Leute wie Sie wissen immer, was sie sagen. Aber sie ziehen es vor, im Ausland zu dienen. Wissen Sie, was Sie sind? Sie sind ein Landsknecht."

„Das bin ich", erklärte Blank finster. „Deutschland hat uns hinausgeworfen."

„Mensch", erwiderte Baron B. verzweifelt, „wenn sechzig Millionen Menschen in Deutschland noch zu essen finden, warum hätten gerade Sie nichts finden sollen?"

„Wenn Sie 1919 in meiner Haut gesteckt und meine Ideen gehabt hätten, würden Sie das nicht noch einmal sagen", erwiderte Blank achselzuckend.

Diese Unterhaltung wäre endlos so weitergegangen wie jede Unterhaltung zwischen anständigen Deutschen über Deutschland, wenn nicht Baron B. als der Einsichtigere auf diesen Satz Blanks nicht mehr geantwortet hätte. Auch er wandte sich der Leber auf seinem Teller zu. Sie war nicht mehr ganz warm. Dafür liebte Baron B. aber den Geruch von Majoran.

Bei der Tübinger in der anderen Ecke wurden bereits die Schnepfen serviert. Sie hatte sich eine Weile mit Lynch unterhalten, indem sie sagenhafte Dinge von Amerika, das sie nicht kannte, behauptete, welche Lynch aber keineswegs widerlegte, sondern nur mit kleinen Jas und Neins und Hms beantwortet hatte. Jetzt beschloß sie endlich auch etwas zu essen, nahm sich eine halbe Schnepfe und wandte sich Teddy Rothschild zu.

„Wie war's in Marseille, Teddy?" fragte sie, indem sie ihren eigenen Handrücken tätschelte.

Baron Théodore Rothschild richtete sich auf und sah die Tübinger aufmerksam an. „Sehr nett", sagte er dann. Darauf neigte er sich wieder über den Schnepfenkopf.

„Hattet ihr dieses Jahr wieder eine ‚Frucht des Jahres' preisgekrönt?" fuhr die Tübinger fort.

„Natürlich", erwiderte Teddy und ließ seinen Schnepfenkopf fahren. Er richtete sich wieder auf. „Dieses Jahr war die gemästete Himbeere auf der Tagesordnung. Sie war wirklich so groß wie eine Pflaume."

Teddy spreizte Daumen und Zeigefinger und hielt sie hoch, um den Umfang der Himbeere anzugeben. Lynch sah mit Erstaunen, daß der Rothschild ganz lebhafte Bewegungen haben konnte.

„Ach“, erwiderte die Tübinger, die jetzt ihren Oberarm massierte.

„Sehr kurios serviert“, fuhr Teddy fort. „Zuerst wurde die Beere mit einer Zange in den Mund gelegt. Direkt aus dem Korb auf die Zunge. Und dann kam schon jemand, der sie einem mit einer Spritze hinunterbeförderte.“

„Mit einer Spritze?“ rief die Tübinger entsetzt.

„Man kann auch sagen, mit einer kleinen Dusche“, erläuterte Teddy Rothschild seine Erzählung.

„Nein, wie komisch“, beugte sich die Tübinger über den Tisch vor, soweit das ging, ohne ihre Schuhe aus der Balance zu bringen, „wie verrückt . . . was war denn in der Dusche?“

„Ich vermute“, sagte Rothschild und schloß das eine Auge, „daß es Sekt mit etwas Angostura-Bitter war.“

„Ja, aber, Teddy“, rief die Tübinger jetzt, „wie haben Sie denn da etwas von der Himbeere schmecken können?“ Sie war ziemlich alteriert.

Rothschild öffnete das eine Auge wieder und lächelte wohlwollend.

„Aber, meine Liebe, das war doch sehr einfach. Man mußte die Beere eben erwischen, während sie gerade über den Gaumen floß.“ Er machte eine Bewegung mit dem Handgelenk, die so rasch war, wie sie ihm niemand zugetraut hätte.

„Wenn Sie sich nur nicht verderben bei so raschem Essen, Teddy“, sagte die Tübinger mit bekümmertem Wohlwollen. „Zu rasch und zu kalt, das sind zwei schreckliche Gefahren beim Essen. Die Amerikaner trinken auch alle zu kalt. Sie sollen fast alle magenleidend sein. Nicht wahr, Mr. Lynch?“

„Hm“, sagte er, „ich habe davon noch nichts gehört“, und sah die Tübinger mit seinem kalten, taxierenden und ins Leere gehenden Blick einen Augenblick an, so daß sie eine Sekunde lang richtig fröstelte.

„Ja, und das Gürteltragen, das Gürteltragen soll die jungen Amerikaner auch magenleidend machen“, fuhr sie unbeirrt fort und wandte sich über den Tisch hinüber zu Bobby, der mit Romano sprach, „habe ich nicht recht, daß die jungen Leute in Amerika durch die engen Gürtelschnallen alle magenleidend sind?“

„Leider kann ich Ihnen meinen Magen nicht über den Tisch hinüberreichen", sagte Bobby lachend.

„Lachen Sie nur ruhig, junger Mann", sagte die Tübinger und klatschte behäbig ihren linken Handrücken mit den Polstern der andern Hand. „Man wird ja erleben, wer recht hat."

Der Marineminister beugte sich amüsiert an Bobbys Ohr.

„Ferrarin trägt übrigens auch Hosenträger", sagte er gedämpft. „Für große Strapazen ist es tatsächlich besser, wenn der Bauch frei bleibt."

Die beiden waren den ganzen Morgen mit Ferrarin einmal über den Apennin und einmal an die Alpen geflogen.

„Haben Sie übrigens gesehen, daß Ferrarin wirklich besser als ein Vogel fliegt?" fuhr Romano fort. „Jeder Vogel würde vor einem Bergzacken oder einem Gebäude im Zickzack nach der Seite ausbrechen, wenn er von oben darauf herunterstößt . . . Ferrarin fährt aber seine begonnene Schleife fertig und steigt in derselben Schleife wieder hoch. Dazu ist jeder Vogel zu feig und zu ungeschickt. Wir fliegen heute tatsächlich bereits besser als die Vögel. Kein Vogel startet bei einer Sturmstärke, in der wir durchaus noch aufsteigen. Kein Vogel landet bei einer Windstärke, bei der wir noch landen können — abgesehen von den Albatrossen, die dann hoch über dem Sturm in der Luft bleiben. Keinem Vogel ist es bis jetzt eingefallen, Loopings zu fliegen. Und dann fliegen die Vögel ja sehr langsam, die meisten kommen nicht über sechzig Kilometer, und dreißig ist schon ein guter Durchschnitt für sie. Wir können aber heute mit einigen Maschinen schon tausend Kilometer die Stunde fliegen. Jeden Raubvogel, den Sie mir zeigen, hetze ich in ein paar Stunden so kaputt, daß er mit einem Herzschlag herunterfällt. Ich brauche dazu nicht einmal Hosenträger anzuziehen", fügte er grinsend hinzu. „Sie brauchen übrigens nicht zu denken, daß alle Leute in Italien so idiotisch sind, wie es Ihnen hier vielleicht scheinen könnte." Romano machte eine Bewegung, die ziemlich um den ganzen Tisch herumlief.

„Leider sind ja mehr Amerikaner als Italiener hier", sagte Bobby durch die Zähne.

„Ich mache keine Witze", meinte der Minister ernst. „Es tut mir verdammt leid, wenn die Reisenden ein Land nur nach dem bißchen Oberschicht beurteilen, das sie zu sehen kriegen. Sicher meinen viele Amerikaner, Italien bestehe aus Bridgespielern und Antiquitätenhändlern — dabei hat dieses Gesindel mit der wirklichen Nation gar nichts zu tun. England besteht genausowenig nur aus blödsinnigen Fußballenthusiasten, und Deutschland aus Bankiers, die ihr Geld in Strömen ausgeben. Wissen Sie, was der große Unterschied zwischen dem Aufmarsch eines Volkes im Frieden und dem Aufmarsch eines Volkes im Krieg ist? Im Krieg stehen die besten Leute meist an der Front. Aber im Frieden ist es umgekehrt. Da sind die guten Leute hinter der Front. Man sieht sie nicht."

Romano hatte erregt und dazu leise gesprochen, und das hatte ihn fast heiser gemacht.

„Ein Gesetz brauchte ich", bellte er, „ein geschickt gemachtes Gesetz, um alle Nichtstuer in die Kolonien schicken zu können ..."

So leise er das gesagt hatte, spitzte Lapin plötzlich die Ohren. Er hatte das Wort Kolonien gehört, und zum erstenmal an diesem Abend interessierte ihn ein Gespräch. Aber die Kerle, die das Glück hatten, sich so vernünftig unterhalten zu können, saßen zu weit. Ärgerlich, daß er bei Teddy und Lynch sitzen mußte, mit denen er sich nicht unterhalten konnte, schaute er in die Gegend, wo Dinge besprochen wurden, an denen sein Herz wirklich hing.

„Hören Sie mal", wandte sich Bobby aufmerksam an den Minister, „wenn Sie Ihre Antiquitätenhändler verbannen wollen, warten Sie noch ein wenig, bitte. Ich habe noch etwas von ihnen zu bekommen."

„Will man Ihnen was verkaufen?" sagte Romano ärgerlich.

„Das auch. Aber ich habe noch eine kleine Erpressungsgeschichte zu erledigen, an der mir viel liegt."

Romano schloß die Augen wie ein Löwe, dem ein Scheinwerfer ins Gesicht fährt. „Was?" knurrte er dunkelrot vor Ärger. „Sie werden erpreßt?"

„Ich nicht — wir", antwortete Bobby und sah sich nach Lynch um.

„Wieso?“

„Haben Sie Kartotheken über die Leute, die zu besonderen Zeiten Italien verlassen?“ fragte Bobby, dem ein Gedanke kam.

„Natürlich. Warum haben Sie mir diese Sache nicht bereits gesagt?“

„Wir wollen sie natürlich nicht in der Öffentlichkeit haben. Das ist doch der Witz.“

„Öffentlichkeit?“ wiederholte Romano. „Wenn Sie mir etwas anvertrauen, nachdem ich Sie gebeten habe, mit mir zu fliegen! Meinen Sie denn, ich lade jedermann ein? Ich habe Segrave noch nicht aufgefordert.“

„Es ist sehr lieb von Ihnen, so freundschaftlich mit mir zu reden“, sagte Bobby. „Es handelt sich darum, daß Briefe von Williams, meinem Onkel – die übrigens gar nicht schlimm sind –, in den Händen von Leuten sind, die ein Geschäft daraus machen. Ich fürchte, es sind Italiener.“

Romano unterbrach ihn mit einer Bewegung. Er blähte die Nasenflügel vor Erregung auf. „Stop“, flüsterte er heftig. „Wir hatten doch ausgemacht, daß ich morgen um sechs Uhr früh mit Ihnen die Rennstrecke fahre. Holen Sie mich um halb sechs. Dann besprechen wir alles. Verdammt noch einmal“, knurrte er, riß aus dem Gürtel einen Bleistift und machte sich eine Notiz auf seine linke Manschette, die aus dem Ärmel heraussah.

„Noch eins“, sagte Bobby leise, „diese Briefe muß ich haben, nicht etwa mein Vater oder Williams. Das ist wichtig.“

Als hätte die Tübinger geahnt, daß dies das einzige Gespräch an diesem ganzen Abend war, das Sinn und Zweck gehabt hatte, hob sie, kaum daß Bobby diesen Satz gesagt hatte, die Tafel auf.

Der Kaffee wurde im Stehen gereicht. Eine halbe Stunde später fingen die ersten Motorbarkassen auf der Backbordseite der Jacht an, ihre Motoren anzuwerfen.

Romano ging zuerst. Er wurde von einer entzückenden Barkasse abgeholt, mit einer großen Fahne am Heck und vier Matrosen in kurzen weißen Jacken und schräg sitzenden, runden Leinwandhüten. Er sprang mit einem Riesensatz vom Fallreep auf das Deck, und das Motorboot knallte davon. Dann fuhr Lynch mit seinem Wal davon.

Die Tübinger stand am Fallreep und sagte ihren Gästen gute Nacht. Lapin stand neben ihr und preßte die Lippen zusammen, um nicht zu gähnen.

„Sehen Sie, Liebling", sagte die Tübinger zu ihm, „die Leute haben sich gut unterhalten." Sie hatte von dem „Allerlei" viele Komplimente bekommen, und sie war auch selber überzeugt, daß es herrlich gewesen war.

Teddy Rothschild blieb, nachdem er sich bedankt hatte, noch eine Sekunde bei ihr stehen.

„Wissen Sie, wen ich heute mittag zum Tee auf dem Markusplatz getroffen habe?" sagte er freundlich und zog das linke Auge angestrengt zu. „Ihre Schwester, Frau Auerbach-Caponi. Sie ist ja ein wenig komisch mit ihren Hüten, aber eine toll interessante Frau. Sie war mit dem kleinen Charly Parma zusammen. Wir haben uns gut unterhalten. Wie schade, daß ich sie heute abend nicht getroffen habe."

Die Tübinger lächelte mit der Beherrschung einer Königin, die, auf dem Thron sitzend, einen Schuß in den Bauch bekommt, drei Sekunden lang, während denen Teddy Rothschild ihr die Hand drückte. Dann fuhr sie blitzschnell herum. Lapin stierte vor sich hin. Gott sei Dank, er hatte nichts gehört. Jetzt erst wurde sie grün vor Ärger.

„Liebling", sagte sie zu Lapin, als das Rothschildsche Motorboot mit einem weißen Schaumstreif vor dem Bug an der Jacht vorbeischoß, „es war wirklich ein wundervoller Abend und ein Erfolg für Sie. Ich bin nur froh, daß Sie Teddy das Elefantenhaar nicht gezeigt haben. Teddy hatte doch zu seltsame Leute bei sich. Die Amerikaner, die mit ihm kamen, waren doch arg, fanden Sie nicht?"

„Ich fand sie sehr nett", erwiderte Lapin, der etwas neidisch an die Unterhaltung über Kolonien dachte, „aber ich glaube, es war wirklich ein sehr hübscher Abend."

Er küßte der Tübinger die Hand und brachte sie selber das Fallreep hinunter an ihr Motorboot. Er war aufs äußerste besorgt, daß sie richtig und bequem saß und gut mit der Barkasse von der Jacht abkam — obwohl dieser Abend, den sie ihm aufgeredet hatte, ihn tödlich gelangweilt hatte.

Lynch ließ, ehe er an den Lido fuhr, den Wal noch einmal durch den Hafen fahren, um etwas frische Luft zu bekommen. Auf dem Rückweg trieben sie mitten in der Lagune Mrs. Watts in einem Boot auf, das im Dunkeln lag, ohne manövrieren zu können. Williams sprang auf, als er sie in dem Licht des Suchers erkannte, zog den Hut und bat sie, in den Wal zu steigen.

„Sie sind ein Genie", sagte er. „Nur ein Genie kann ein so hübsches Boot auf einer so glatten Strecke kaputt machen."

Virginia kam in ihrer merkwürdigen Toilette herüber.

„Es ist nicht gerade ein hübsches Boot, sondern der alte Kasten von Pontis, den ich mir geliehen habe", sagte sie in ihrer frischen Weise, und Williams sah mit Vergüngen ihre festen Zähne in dem Halbdunkel.

„Haben Sie sich unterhalten?" fragte John Lynch beim Weiterfahren seinen Sekretär, der neben ihm saß.

„Danke", erwiderte Blank, „ich habe einen früheren Kollegen getroffen."

„So", sagte Lynch.

„Den englischen Tennistrainer", erklärte Blank gelassen. „Wir haben an denselben Abschnitten gegeneinander gekämpft."

„So", sagte Lynch schlafrig. „Es ist aber Zeit, daß mit den Briefen jetzt etwas passiert."

Fitznow sucht Partner

Am nächsten Morgen fuhr Bobby mit Romano die Rennstrecke im „Nobody" ab. Sie kamen zeitweise auf hundertfünfzig Kilometer, im Durchschnitt machte der „Nobody" etwas über hundertneunundvierzig Kilometer. Obgleich Bobby mit dem Minister die Briefgeschichte genau besprochen hatte, ging er, sobald er wieder im Hotel war, ans Telephon und rief Peguy an, um sich mit ihr wegen des Schiffsmodells zu verabreden. Er wollte in dieser Geschichte tun, was er tun konnte, und er wollte es rasch tun, um so bald wie möglich in den Besitz der Briefe zu kommen. Peguy lud ihn auch gleich zum Frühstück ein, um dann mit ihm auf das Landhaus von Mrs. Leed bei Belluno zu fahren.

Während Bobby im kleinen Palais Ponti am Kanal frühstückte, ging Fitznow am Lido auf der Terrasse des Hotels auf und ab. Er hatte sich vor vier Tagen zu dem Tennisturnier, das gleichzeitig mit den Motorbootschlachten stattfand, gemeldet, fünfundzwanzig Lire Nenngeld gezahlt und eine Karte für die Zuschauertribünen erhalten. Am Tag vorher hatte er sich nun mit einer Muschel einen Schnitt in die Wade beigebracht, hatte sich verbinden und auf Grund der Wunde aus der Nennliste wieder streichen lassen. Er brauchte die Wunde, um seine fünfundzwanzig Lire Nenngeld wiederzuerhalten und die Eintrittskarte für die Tribünen behalten zu dürfen. Das war das erste Geschäft in dieser Sache.

Sodann hatte Fitznow sich heute morgen auf Grund eines Aufsatzes, den er über seine Möbel in einer kleinen Kunstzeitschrift veröffentlicht hatte, eine Pressekarte für die Tribünen verschafft und seine andere Einlaßkarte, die hundertfünfundzwanzig Lire für die Woche kostete, für sechzig Lire verkauft. Das war das zweite Geschäft. Sechzig Lire Verdienst stimmten Fitznow vergnügt, obwohl diese Summe in der Umgebung des Hotels eine Kleinigkeit war, zum Beispiel kostete eines der in langer Flucht nebeneinander aufgebauten Badehäuser unter der Terrasse pro Tag sechzig Lire. Aber für Fitznow waren, trotz seinem Douglas-Fairbanks-Lächeln, seinem schönen blauen Jackett, dem offenen Sporthemd und den hellen Hosen, sechzig Lire eine große Summe. Er hätte sie nie für eine Badekapanne ausgegeben, zumal er für diese Summe zwei Tage in seiner kleinen Pension in einem winzigen Gartenhaus auf dem Lido leben konnte. Aber trotzdem bewohnte Fitznow eine Badekapanne für sechzig Lire am Tag auf der rechten Seite, mit einer noch niedereren Nummer als Lynch. Das kam jedoch dadurch, daß Fitznow viele Leute kannte. Wenn er am ersten Tage am Lido auftauchte, ging er ärgerlich die lange Reihe der Badehäuser entlang, und sooft er Bekannte traf, rief er: „Hallo, eine scheußliche Schweinerei. Keine Kapanne in der ersten Reihe ist mehr frei.“ Darauf sagte dieser oder jener gutmütig: „Bitte ziehen Sie sich vorerst bei mir aus.“ Oder: „Na, wenn Ihnen meine Kapanne recht ist, sie ist zu Ihrer Verfügung.“ Fitznow nahm dann zögernd an und blieb für immer und sparte sechzig Lire am Tag.

Kein Mensch hätte geglaubt, wenn man ihn auf der Terrasse auf und ab gehen sah, daß er nicht im Hotel wohnte, daß er seine Kapanne nicht zahlte und daß er eben ein mitgebrachtes Butterbrot an einer heimlichen Stelle verzehrt hatte, um das Mittagessen zu sparen, das ebenfalls sechzig Lire (das waren immerhin drei Dollar) kostete.

Fitznow hatte am Morgen in Venedig Ricci wieder getroffen, mit dem er auf der Jacht Lapins von Biarritz angekommen war, und hatte den Jungen mit den blauen Augen, der ihm so gut gefiel, sofort für den Abend zum Essen bei La Vida eingeladen.

La Vida war ein einfaches italienisches Lokal und lag abgelegen auf einem riesigen Campo und galt in seiner Art für ausgezeichnet, aber Fitznow, der kein Geld hatte außer seiner kleinen Offiziersrente und außer dem, was er an kleinen Kunstgeschäften verdiente, gab nicht gern Geld für Einladungen aus.

Er ging deshalb auf und ab und überlegte, wen er zu diesem Essen noch einladen könnte, der erstens nicht störte, zweitens dem blauäugigen Jungen imponieren sollte und drittens gleichzeitig zahlte. Diese Überlegung war ziemlich schwer.

Wenn Fitznow auch kein Geld hatte, so besaß er viel Phantasie. Mit Hilfe der Phantasie kam er über vieles hinweg, was das Leben unangenehm machte. Er überlegte jeden Tag zum Beispiel, ob er mit dem Motorboot für fünf Lire direkt aus dem Bauch des Hotels über die Lagune in den Bauch des Hotels Danieli fahren solle oder ob er die elektrische Bahn den Lido entlang und dann die Dampferfähre nach Venedig für fünfzig Centesimi nehmen solle. Fitznow hatte zwar noch nie das Motorboot genommen, aber er überlegte sich trotzdem diesen Fall jeden Tag von neuem, und er fand jedesmal einen neuen Grund, das Motorboot „chichi" zu finden und es nicht zu nehmen.

Wenn zum Beispiel eine Dame namens Mme. de Beaumont einstieg, fand Fitznow das Motorbootfahren in dieser Gesellschaft „chichi", denn Mme. de Beaumont hatte wie ihr Mann, ehe sie in Paris vermögend geworden war, Schönberger geheißen und diesen Namen dann übersetzt.

Es genügte aber auch, daß die Prinzessin Polignac in das Motorboot stieg, um Fitznow in die Trambahn zu scheuchen. Denn die Princesse de Polignac war eine geborene Singer. Fitznow war zwar der Enkel einer badischen Prinzessin und der Neffe zweier Exzellenzen, von denen einer in den Kriegsberichten eine Rolle gespielt hatte, aber er war bürgerlich, auch wenn er ein Wappen über seinem Namen auf der Visitenkarte führte — und gerade deshalb haßte er alle Existenzen, welche sich in die Sphäre der Großen dieser Welt einschlichen, ohne dazu klipp und klar legitimiert zu sein.

Seine Verehrung für die Großen dieser Erde war weibisch, altmodisch und unpraktisch. Fitznow bezog, vielleicht beeinflußt durch seine Abkunft und durch seine kunsthistorischen Studien, seine Verehrung nämlich fast nur auf die Abkömmlinge ganz alter und dynastischer Familien. Dies war deshalb nicht geschickt, da diese Leute gewöhnlich kein Geld hatten, nette alte Möbel und Statuetten zu kaufen, die Fitznow an der Hand hatte, aber diese Neigung war das einzig Leidenschaftliche und Gewisse an Fitznow. Die neuen mächtigen Leute verachtete er hingegen durch die Bank, auch wenn er sich manchmal zu seinem Leidwesen herabließ, ihnen alte Stühle zu verkaufen.

Seine Phantasie erlaubte es ihm auch, seinen Dreizimmerstall in Florenz als ein kleines Schloß mit Kunstgegenständen zu schildern. Er trug stets Photographien von den Interieurs bei sich, auf denen hübsche alte Möbel und Statuetten geschickt gruppiert waren. Er sprach mit einer behutsamen Verehrung dabei von seinem kleinen „Chateau". Das Wort schon stimmte ihn festlich, genau wie es für ihn nichts Festlicheres als ein großes Abendessen gab. Wenn in einem großen Haus eine Einladung war, zu der er nicht geladen war, legte er sich zu Bett, damit man nicht merkte, daß er übergangen war.

Fitznow blieb also stehen und sah auf die Uhr. Zwei. Er runzelte die schöne Stirn, die braun und fest über seiner kühnen Nase und dem ovalen Gesicht mit dem guten Kinn und dem ausdrucksvollen Mund stand.

Das Meer war so blau und so weit gespannt wie selten. „Die Hügelhänge von Bellosguardo und Fiesole waren so voll Bläue nie", fiel ihm ein. Hieß es Bläue oder Blüte? überlegte er. Bläue war besser, schien es ihm. War der Vers von Oscar Wilde oder von der Browning? Es beschäftigte ihn eine Sekunde. Dann zog er wieder die Uhr. Er mußte zu einem Entschluß wegen der Einladung für den Abend kommen. Plötzlich hatte er eine Idee.

Er ging durch die Hotelhalle, stieg in den Lift und fuhr in den zweiten Stock, dort ging er den Korridor hinunter, suchte eine Nummer, klopfte an die Tür und trat einen Schritt zurück. Die Tür öffnete sich im Spalt, das Gesicht eines weißhaarigen Kammerdieners erschien halb.

„Darf ich hineinkommen, Prinz?" rief Fitznow.

„Wen darf ich melden?" fragte der Kammerdiener, ohne darauf zu achten, daß Fitznow über seinen Kopf hinweg schon ins Zimmer gesprochen hatte.

„Wer ist es denn, André?" rief eine Stimme von innen,

die so klang, als ob der Besitzer dieser Stimme sich gerade mit einem harten Handtuch frottiere.

„Fitznow", rief der Besucher freundlich durch den Spalt. Der Kammerdiener drehte sich um, schloß die Tür und öffnete sie gleich wieder.

„Monseigneur läßt bitten", sagte der alte Mann kalt. Fitznow trat ein. Charly saß auf dem Bettrand in einem Hemd, das er gerade übergezogen hatte, und kämmte seine Haare.

„Setzen Sie sich nicht auf diesen Stuhl", sagte Charly, ohne aufzublicken, „er ist noch naß. Ich komme grad aus dem Bad."

Fitznow setzte sich auf einen andern Stuhl, von dem der Kammerdiener rasch ein paar Grammophonplatten wegnahm.

„Ich will Sie nicht aufhalten, Prinz", sagte er und zeigte sein herrliches Gebiß unter dem kleinen Schnurrbart, „haben Sie heute abend etwas vor? Ich habe ein kleines Essen, ganz klein, nur drei Personen, bei La Vida ..."

„André, sieh nach, ob ich frei bin", wandte sich Charly an den Kammerdiener, der in einer Schublade Wäsche suchte. „La Vida ist doch bei den großen Häusern mit den Barockgiebeln, nicht wahr – ich meine, ich wäre einmal dort gewesen." Er errötete plötzlich ohne sichtbaren Grund. „Häuser mit Barockgiebeln sind gewöhnlich gemütlich", fügte er hinzu, während er nach Andrés Manipulationen hinstarrte.

„Wundervoll gemütlich", bestätigte Fitznow. „Ich habe ein kleines Barockhaus in der Nähe von Hannover. Einen solchen barocken Giebel gibt es in ganz Würzburg nicht. In der Halle laufen die Grenzen von vier Staaten durch und sind an die Wand gezeichnet. Ich lasse nur Kerzen darin brennen, wenn ich ein kleines Jagdessen habe. Sie sollten sich Deutschland einmal ansehen, Prinz."

Charly legte den Kamm hin und griff nach der Bürste. „Deutschland?" erwiderte er gedehnt. „Denken Sie, vorgestern abend wurde mir ein Graf Kinsky in der Markuskirche vorgestellt, es war schon dunkel, ich konnte nicht richtig sehen. Um nett zu sein, denn er grüßte mich sehr liebenswürdig, sagte ich alles, was ich auf deutsch kann, ‚Guten Morgen'.

Da drehte sich eine verschleierte Dame neben mir um und rief ‚Fi donc, un boche' . . . ich habe gehört, es sei die Witwe Dumas gewesen. Ich kann Ihnen gar nicht sagen, wie ich die Franzosen hasse. André", wandte er sich an den Kammerdiener, der mit einem Buch in der Hand vor der Tür stand, „hast du es gefunden?"

„Ja, Monseigneur", sagte der Kammerdiener ruhig und überreichte Charly das Notizbuch.

Charly hielt das Buch erst weg, dann ganz nahe ans Auge. „Es tut mir schrecklich leid", sagte er jetzt, „ich kann leider nicht. Ich muß mich immer zu Tode langweilen, während die anderen Leute nette kleine Essen abhalten." Er sah Fitznow an, und Fitznow bemerkte, daß Charly heftig schielte.

„Schade", murmelte er und lächelte sein Fairbanks-Lächeln, so, als ob er etwas verschlungen habe, was ihn die Welt plötzlich wie einen kostbaren Bissen erblicken lasse.

„André, die Strümpfe", rief Charly und streckte sein nacktes linkes Bein in die Höhe. „Sie ahnen nicht, wie ich die Franzosen hasse", wandte er sich in die Richtung, wo Fitznow saß. „Zuerst haben sie mich ausgenutzt wegen meinem Vetter und mich siebenmal zu ihm geschickt, und dann haben sie mich ausgewiesen."

„Ausgewiesen?" staunte Fitznow. „Wegen welchem Vetter?"

„Nicht wegen dem Vetter", berichtigte Charly, „wegen kleinen Jungens. Ich hätte in einem Haus mit kleinen Jungens mich amüsiert. Verstehen Sie?"

Fitznow nickte.

„Aber vorher hatten sie mich mit allen möglichen Sachen immer zu meinem Vetter geschickt, der von diesen Sachen gar nichts wissen wollte. Mein Vetter war nicht für die politischen Dinge, die ich ihm bringen sollte, weil sein Minister damals nicht dafür war, wie hieß er doch? Einerlei . . . nachher haben sie aber von Paris aus meinem Vetter beigebracht, sie müßten mich ausweisen wegen der Drogen, die ich nehme. Verstehen Sie. Wegen Kokain – und wegen der kleinen Jungens . . . als ob das nicht jedermann täte, nicht wahr? Und mein Vetter hat ihnen beigestimmt."

„Welcher Vetter?" fragte Fitznow.

„Welcher ... Alfons der Dreizehnte." Charly streckte dem weißhaarigen Kammerdiener das rechte nackte Bein zu, und André rollte mit den Handflächen einen Strumpf über die Zehen.

Fitznow saß da wie Douglas Fairbanks in seinem bekannten Film, in welchem er auf dem Zaubermantel über Bagdad hinfliegt.

„Ich habe Ihren Vetter einmal kennengelernt", äußerte er.

„Ich bedauere das", versicherte Charly mit ungeahnter Energie. „Ich bin vollkommen verkracht mit ihm."

„Das tut mir leid", flüsterte Fitznow, ohne die Lippen zu bewegen.

„Mir auch", erklärte Charly, dem André gerade ein Strumpfband über das Knie streifte. „Sogar die Bayern schicken mir, wenn ich in München durchfahre, einen Adjutanten an die Bahn. Aber mein nächster Vetter läßt mich nicht nach Spanien kommen und aus Paris ausweisen. Und gibt mir nur viertausend Schweizer Franken Rente im Monat."

„Damit kann man nicht viel machen, Prinz", sagte Fitznow mitleidig.

„Ich könnte schon etwas damit machen", meinte Charly, „aber ich darf doch nichts machen, sonst nimmt man mir noch die viertausend Franken. Ich möchte gern ein eigenes kleines Orchester dirigieren. Darf ich nicht. Und was ich sonst möchte, das geht leider nicht der Umstände halber. Ich möchte nämlich gern fliegen, aber die Apparate sind zu teuer. Und dann würde ich gern Filmschauspieler. Aber, Sie sehen ja selbst, mein eines Auge sitzt viel tiefer als das andere. Was ist, André?"

André hatte versucht, Charly, der immer noch auf dem Bettrand saß, ein Paar kurze Unterhosen anzuziehen. Er kniete dabei, hielt aber dann inne, zog die Unterhosen wieder aus und hielt sie gegen das Licht.

„Das Monogramm, Monseigneur", erinnerte der Diener.

„Richtig", bestätigte Charly und fing vor Verlegenheit an, sich an der Nase zu kratzen. „Es ist besser, man hat Unterhosen ohne Monogramm an."

„Monseigneur hat seine Erfahrungen gemacht", erinnerte mit einer leisen Ermahnung der Diener noch einmal, indem er eine Schublade aufzog.

Charly griff nach dem Notizbuch.

„Ja, es tut mir leid", sagte er, zu Fitznow gewandt, während er das neue Paar Unterhosen betrachtete, „ich muß den Abend mit Frau Auerbach-Caponi essen." Er machte mit dem linken Augenlid ein paar sonderbare Bewegungen, die eine Verabschiedung vorstellen mochten.

„Ich habe Sie hoffentlich nicht aufgehalten, Prinz", lächelte Fitznow, und wieder schien es, als wolle er die Welt vor Wonne wie einen Pudding zu sich nehmen. Charly fing wieder an, sich die Haare zu bürsten.

„Im Gegenteil", sagte er freundlich, während Fitznow zur Tür ging. Als Fitznow draußen war, wandte sich der Infant zu André.

„Hast du den Namen von diesem Typ da verstanden?"

„Nein", flüsterte André, „darf ich Monseigneur nun bitten, etwas zu lüpfen?"

Charly stand widerwillig von der Bettkante auf, und André führte diesen Teil der Unterhose da hin, wo er hinkommen mußte.

„Kenne ich den Mann?" fragte Charly. „Man muß so vorsichtig sein mit Leuten, die man nicht genau kennt. Du erinnerst dich, in Paris ... Man weiß nie, ob es nicht Gauner sind. Ich dachte, ich hätte den Namen schon einmal gehört."

„Vielleicht", tröstete der Kammerdiener, „fällt Monseigneur der Name wieder ein." Und der weißhaarige Mann bückte sich tief, um den Nachkommen Ludwigs des Frommen jetzt einzuladen, in seine Hosenbeine hineinzutreten.

Fitznow fuhr im Lift bis direkt auf den Motorbootkai. Er hatte zwar Charly nicht zu seinem Abendessen bekommen, aber er hatte eine Unterhaltung gehabt, die ihm Rückgrat gab. Für ihn war Charly, und wenn er zehnmal eine Hotelrechnung nicht bezahlt hatte und dafür abgeurteilt worden war, eine Persönlichkeit, die ein solcher Irrtum nicht degradieren konnte.

Auf der Straße über Fitznow schellte in dem Augenblick,

während er auf den Landeplatz der Motorboote hinter dem Hotel trat, eine elektrische Bahn. Er sah ihr einen Augenblick lang verächtlich nach. Dann musterte er das Motorboot, das zur Abfahrt tutete. Aber er bewegte sich nicht, und das Boot fuhr ab.

In diesem Moment kam Virginia Watts aus dem Hotel heraus. Sie trug ein Kleid, das viele kleine Blumenmuster hatte und nur knapp über ihre Knie reichte. Fitznow sah weg, um sie nicht grüßen zu müssen. Für seinen Geschmack war sie eine Kokotte. Und so einen Mulattenkopf wie Virginia hatte eine Lady einfach nicht zu haben. Er machte ein paar Schritte und drehte sich um.

Virginia zog einen antilopenfarbigen Handschuh an und winkte mit dem andern einem Privatmotorboot.

Fitznow machte daraufhin doch ein paar Schritte auf sie zu.

„Sie haben ein entzückendes Kleid an", sagte er und schielte nach dem Privatboot. „Die Hügelhänge von Bellosguardo und Fiesole sahen solche Blüte nie", zitierte er und zeigte seine Zähne. Seine Zähne waren mindestens so schön wie die von Virginia. „Blüte" war diesmal richtiger, dachte er und küßte ihr den Handschuh. „Kennen Sie das Gedicht von Oscar Wilde? Es erinnert so an Ihr Kleid."

Virginia schüttelte den Kopf. „Ich kenne von Oscar Wilde nur ‚Lady Windermeres Fächer'", äußerte sie und zog den andern Handschuh an.

„Ich mag das Stück auch gerne", sagte Fitznow, der eine dunkle Erinnerung an den Titel hatte.

Das Privatboot legte an die Holzmole an, und Virginia warf einen raschen Blick über Fitznow. Er sah recht nett aus.

„Wollen Sie mitfahren?"

Fitznow sah auf die Uhr.

„Gern."

„Dann aber fix", rief Virginia und sprang ins Innere. Fitznow war für ihren Geschmack nicht mehr jung genug. Aber er hatte Bewegungen und eine Art zu sprechen, die sie liebte. Ihr Geschmack waren nun einmal Siebzehnjährige.

„Wenn Sie Lust haben", sagte sie, als das Boot aus dem Kanal in die Lagune ratterte, „können Sie mit zu Mrs. Leed fahren. Peguy und den jungen Lynch treffen wir in Mestre."

„Wo ist das Haus von Mrs. Leed?"

„In Belluno."

„Furchtbar gerne", sagte Fitznow und sah an seinem Anzug hinunter. Es ging. Und der junge Lynch — er schätzte diese jungen Yankees vorbei, aber vielleicht . . . Fitznow griff nach seinen Möbelphotographien. „Mrs. Leed ist doch eine Bonaparte?" erkundigte er sich.

„Und wie —", erwiderte Virginia dunkel.

Das Motorboot fuhr rasch an der Insel San Lazzaro vorbei, deren Zypressen steil über der farbigen Lagune standen. Eine halbe Stunde später landeten sie, nachdem sie Venedig durchfahren hatten, in Mestre. Bobby und Williams Lynch, Peguy und, zu Fitznows Ärger, Kennel standen am Kai und begrüßten sie.

„Da brauchen wir noch ein Auto", bellte Kennel, noch ehe das Boot festgemacht hatte. „Nein, wie kommen Sie denn hierher?" schrie er zu Fitznow hinunter.

„Na, wie Sie, im Motorboot", erwiderte Fitznow ironisch.

Kennel pflanzte seinen kurzen Athletenkörper, der in einem hellgrauen Anzug stak, auf und machte alle miteinander bekannt.

„Wir fahren an der Garage vorbei und nehmen meinen Wagen noch mit", sagte darauf Bobby. Virginia und Kennel blieben auf den Trittbrettern stehen, als er den Wagen Williams' anwarf und ein Stück damit zurückfuhr.

„Und wie geht es Ihrer lieben Frau?" fragte Kennel plötzlich und schob sein Gesicht über den Wagenrand nach dem Gesicht von Fitznow hin.

Fitznow ärgerte sich grün über diese Frechheit, denn Kennel wußte natürlich genau, daß er nicht verheiratet war. Er gab überhaupt keine Antwort. Kennel erwartete sie auch gar nicht. Als sie in die Garage kamen, warf Kennel einen Blick auf Fitznows Hosen. Ein Glück für Fitznow — sie waren diesmal nicht gestreift.

Die Amerikaner stiegen jetzt mit Peguy Ponti aus und in den andern Wagen ein. Williams kam aber wieder zu seinem Wagen zurück. „Darf ich ihn fahren?" fragte Virginia.

Williams überlegte einen Augenblick. Er musterte ängstlich seinen hübschen Wagen. Dann musterte er die Tennisspielerin. Schließlich bekam er einen aufgeregten Blick und lächelte.

„Schalten Sie aber vorsichtig", sagte er und setzte sich neben Virginia.

„Platz nehmen", brüllte Virginia Kennel und Fitznow an, denn Bobbys Wagen war bereits losgebraust. Als alle saßen, fuhr Virginia ebenfalls los.

„Kennel, Sie sind heute so fein", sagte Virginia nach einer Weile mißbilligend, im Spiegel über ihren Kopf Kennels graue Erscheinung betrachtend. „Man möchte Ihnen stundenlang eine herunterhauen."

Fitznow fühlte sich wunderbar gerächt. Er empfand eine richtige Zuneigung zu Virginia, obwohl sie eine Frau war.

„Daß Sie mir die Hand nicht vom Volant nehmen", sagte bei dieser Drohung Williams, der neben Virginia saß, und berührte dabei freundlich, aber fest ihr Knie, was hinter ihm die beiden nicht sehen konnten.

„Gerade, wo Sie eben ihre Hand hingelegt haben, Mister Lynch", sagte Virginia sofort laut, „genau über dem Knie, wollte mir in Biarritz eine Dame eine Tätowierung anbringen — ich habe sie aber gejagt. Ist es wahr, daß Segrave einen goldenen Pfeil auf dem Arm tätowiert hat, Kenn?"

Williams nahm seine Hand enttäuscht zurück.

Kennel nickte: „Charly hat auch eine. Eine Schlange, die eine Maus jagt. Fragen Sie ihn aber nicht danach, denn die Maus ist an einer delikaten Stelle. Was würden Sie dazu sagen, wenn ich mir einen Windhund auf den Arm machen lasse?"

„Ich empfehle Ihnen eher ein Stachelschwein", erwiderte Virginia.

„Auch gut", meinte Kennel gelassen, „aber dann eines, das Tennis spielt."

„Ich nehme die Finger nicht vom Steuer", sagte Virginia mit einem Blick auf Williams' Hand, die wieder einmal etwas zuckte. „Keine Angst, Mr. Lynch, ich schalte wie Butter."

„Apropos, Butter", sagte Fitznow, „kennen Sie das Telegramm, das Frau Levy-Grenaud an ihren Mann geschickt hat?"

Sie fuhren seit einer halben Stunde auf der Ventimiglia-

Autostraße aus der Ebene in die Ausläufer des Gebirges hinein. Links und rechts der Straße standen entzückende Villen mit Figuren auf den Ziegeldächern, auf den Torbogen und auf Postamenten, welche sich in den Gärten erhoben. Göttinnen versuchten da, aus ihrem Marmor in Lauben zu fliehen, und Götter traten überraschend aus dem Gebüsch heraus — Nymphen eilten auf ihren Sockeln über den Rasen — ja selbst aus der Malerei an den Fronten vieler Villen stiegen farbige Figuren heraus in das Gebiet der Springbrunnen und der Hecken, um sich mit dem Göttergesindel aus Marmor zwischen den Agaven und Palmen einen vergnügten Spätsommertag zu machen.

„Welches Telegramm?" frug Virginia und suchte in ihrem Spiegel das Gesicht Fitznows.

„Die Levy-Grenaud wollte gern den kleinen Palazzo Desdemona kaufen", erzählte Fitznow, „und schickte ihrem Mann nach Paris ein Telegramm, er solle ihr den Scheck dafür senden. Der Mann telegraphierte ihr zurück: ‚Komm lieber nach Paris. Ich kaufe dir den Justizpalast.'"

„Aber was hat das mit Butter zu tun?" fragte Kennel.

„Der Mann der Levy hat während des Krieges mit Butter gehandelt", sagte Fitznow. „Er hat vermutlich sehr gut damit gehandelt, denn früher verkaufte er, glaube ich, Füllfederhalter."

„Nein", sagte Kennel, „keine Füllfederhalter, sondern kleine Napoleon-Bronzen."

„Nun — bronzene Napoleon-Figuren bekommen Sie heute in Fülle zu sehen", beruhigte Virginia das Gebell Kennels. Sie zog plötzlich die Bremse an einem Parkeingang dicht hinter Bobby. „Die Leed ist ja eine Bonaparte."

„So", sagte ihrerseits Peguy, als Bobby die Bremsen knirschen ließ, „das ist das Haus von Mrs. Leed." Sie streckte die Beine lang aus und sprang dann aus dem Wagen. „Wir trinken erst Tee mit Mrs. Leed und dann sehen wir Ihr Schiff an. Haben Sie die Memoiren von Mrs. Leed gelesen?"

Bobby zog einen weißen Staubmantel aus und warf ihn in den Wagen.

„Ja", erwiderte er nachdenklich, „ich habe allerdings nicht

alles verstanden. Ich werde Sie später danach fragen. Da ist etwas mit einem silbernen Hemd ..."

Peguy lachte und strich sich ihr löwenfarbiges Haar unter der Baskenmütze hinter den Ohren zurecht. Sie hatte ihren weißen Staubmantel noch über dem roten Pullover und dem kurzen, hellen Rock an und hielt den Spiegel etwas krumm, weil sie auch noch die Tasche unter den Arm klemmte.

Virginia kam mit den beiden anderen an ihren Wagen heran und nahm Peguy unter den Arm.

„Bitte, sei intelligent und hilf mir ein wenig", flüsterte Peguy Virginia zu, als sie zusammen durch das Parktor traten.

Virginia nickte, aber nicht mit voller Aufmerksamkeit. Sie sah starr nach dem Tennisplatz im Park, wo ein junger, hübscher Mann mit einer jungen Dame Tennis spielte. Peguy lächelte. Es schlug in Virginia immer wie Feuer ein. Der Mann war ihr Typ, halb Seekadett, halb Katze, mit blauen Augen und weichen, schmeichelnden Bewegungen. Peguy wollte sich zu Kennel umdrehen, um mit ihm einen Blick des Amüsements über Virginia zu wechseln.

Aber sie sah plötzlich in das Gesicht Fitznows, der hinter ihr stand und mit demselben Ausdruck nach dem Tennisplatz starrte wie Virginia Watt. Fitznow hatte Grund dazu. Der Tennisspieler war Ricci, den er zum Abendessen bei La Vida eingeladen hatte.

Das Schiff hängt bei der Bonaparte

Mrs. Leed war Peguys Telephongespräch falsch ausgerichtet worden oder sie hatte es falsch verstanden. Sie fühlte sich nicht wohl und lag in ihrem Schlafzimmer, ließ aber Peguy zu sich bitten. Peguy forderte Bobby auf, mit zur Leed in ihr Schlafzimmer zu kommen, während die anderen mit der Nichte der Leed und Ricci, die ihre ziemlich schwache Tennispartie unterbrachen, sich daran machten, das Haus zu besichtigen.

„Sie müssen schrecklich schreien", sagte Peguy, als sie am Ende eines langen Korridors im Parterre in das Schlafzimmer der Leed eintraten. Sie hörte hinter sich einen tiefen Atemzug. Das war Bobby, der unter einem dumpfen Blumengeruch, der ihm entgegenprallte, fast erstickte.

„Wie schade, daß wir uns mißverstanden haben", sagte Peguy und bewegte sich auf die Leed zu, die am Ende des riesigen Zimmers auf einem Dagobert-Diwan ruhte, ähnlich wie die Recamier auf dem Bilde von David, nur hatte sie auf den Beinen eine Pelzdecke, während der Oberkörper gerade aufgerichtet war.

„Es macht gar nichts, meine Liebe", sagte die Leed.

Sie bewegte die Lippen nicht beim Sprechen, aber der Ton, mit dem sie sprach, kam wie aus einer leeren Benzinbüchse. Auf dem Kopfe trug die Leed eine weiße, schlecht sitzende Perücke. Ihr Gesicht war eine graue Ruine, in welcher die Nase des dritten Napoleon saß. Sie hatte auch den Schnurrbart des Kaisers. Offenbar schnitt sie ihn mit der Schere täglich ab, aber der Mund war zu tief eingefallen oder ihre Augen waren zu schlecht, um diese Prozedur genau machen zu können. Wenn Bobby ihre Memoiren nicht gelesen hätte, wäre er nie auf den Gedanken gekommen, diese Frau könnte eine Vergangenheit haben.

Er sah sich in dem Raum um. Nichts als Blumen. Das Schiff hing nicht da.

Peguy küßte der Mumie die Hand und gab ihr dabei ein Stück Papier, das die Alte, ohne darauf zu blicken, in der Hand behielt. Darauf legte Peguy ihren Kopf wie ein Vogel schräg auf die Schulter.

„Nein, was für ein herrliches ‚Saut de Lit' Sie anhaben", sagte sie in dem Ton, mit dem man einem fünfjährigen Kind seinen Bären lobt.

Die Mumie versuchte zu lächeln, es zuckte aber nur über dem Kinn, während die Augen gläsern blieben. Dann schaute sie auf ihre rote Bettjacke hinunter.

„Es ist doch nur ein kleines ‚Deshabillé', meine Liebe", sagte sie und bewegte die Hand mit furchtbarer Koketterie.

„Aber Sie haben die große Kette an", fuhr Peguy in demselben Ton fort und setzte sich auf den Rand des Diwans. Sie nahm den mächtigen unteren Teil einer Perlenkette in die Hand, die siebenmal um den Hals der Mumie geschlungen war. Das Schloß der Kette bildete ein großer Rubin. „Ist es nicht unpraktisch, zu einer solchen hübschen Kette einen Rubin zu tragen?" fragte Peguy weiter. „Sie können die Kette dann doch nur zu Rot anziehen."

Das halbe Lächeln zuckte wieder gespenstisch über den eingestürzten Mund der Leed.

„Aber gar nicht, Kindchen. Man kann den Stein in dem Schloß auswechseln", sagte sie. „Ich habe einen Saphir und einen Smaragd für Blau und Grün." Das Skelett ihrer Hand spielte mit der Kette.

„Wie nett", rief Peguy. Sie ließ den Rubin los und stand auf. „Das ist Bobby Lynch."

Die Ruine sah statt auf Bobby auf das Papier in ihrer Hand. Dann richtete sie ihren Blick zum erstenmal auf Bobby. „Guten Tag, Mr. Lynch", sagte sie. Bobby schüttelte ihr die Hand. Er hätte genausogut einer Toten die Hand geben können. „Hatten Sie eine hübsche Fahrt?" fragte die Leed. „Die Straße nach Belluno ist schön, nicht wahr?"

Bobby sah nach dem Fenster. Er hätte alles mögliche gegeben, wenn er es hätte öffnen können. „Eine famose Strecke", sagte er und lachte.

Die Leed folgte mißtrauisch seinem Blick. „Es ist ein altes Haus", sagte sie dann, „aber ohne Ratten."

Bobby grinste. „Eine großartige Autostrecke", schrie er, sich an Peguys Ermahnung erinnernd.

Die Mumie nickte.

„Nächst den Kommunisten gibt es nichts Unangenehmeres als Ratten."

Bobby warf Peguy einen Blick zu.

„Wir halten Sie jetzt nicht länger auf", sagte Peguy, sich über die Alte beugend, „aber es wäre doch schrecklich, wenn Sie nicht zum Tee kommen könnten. Ich habe noch andere Gäste, die Sie gerne sehen möchten."

Mrs. Leed atmete tief. „Ich will einmal sehen, Kindchen", sagte sie. „Meine Nichte ist ja da und Herr Ricci, der mit ihr Tennis spielt."

Als Peguy zur Tür hinausging, hörte sie hinter sich wieder den tiefen Atemzug, den Bobby ausstieß. „Ich glaube, ich habe Ihre Lunge überschätzt", wandte sie sich mitleidig herum.

„Sagen Sie mir", fragte Bobby, „warum hat sie denn alles verstanden, was Sie sie gefragt haben — und ich habe doch fünfmal so laut geschrien wie Sie und sie verstand immer: Ratten?"

Bobby war sprachlos.

„Alles Theater", sagte Peguy und zerschnitt mit zwei Fingern etwas in der Luft. „Sie hat natürlich gewußt, daß wir kommen. Sie haben ja gesehen, wie sie sich in die Reihe gemacht hat. Das mit dem ‚Saut de Lit' sage ich jedesmal, und deshalb weiß sie die Antwort. Das mit der Kette ebenso. Sie ist natürlich falsch. Es ist doch komisch, wenn so alte Damen noch so eitel sind. Sie hört einen Kanonenschuß nicht, aber sie gesteht das nicht ein. Haben Sie den Zettel gesehen, den ich ihr gab, und auf dem stand, daß Sie Lynch heißen? Jetzt wollen wir einmal sehen, was Virginia mit den anderen angefangen hat. Kennen Sie den jungen Mann, der vorhin draußen Tennis gespielt hat?"

„Nein.“

„Ich dachte“, meinte Peguy, „weil er an seiner Mütze das Abzeichen der Compagnia della Vela trägt — des Segelklubs?“

Bobby schüttelte den Kopf. „Ich bin ja Motorbootfahrer.“

Peguy blieb einen Augenblick an der Tür zur Halle stehen. „Welche Zeit haben Sie heute morgen gehabt?“ Sie sah auf ihre Schuhspitzen, die sie dabei ein wenig in die Höhe hob.

„Darüber darf man am Vorabend des Rennens nichts sagen“, erwiderte Bobby lächelnd.

„Zu niemand?“ fragte Peguy und fixierte etwas, das sich über Bobbys Schultern befand.

„Zu niemand“, wiederholte Bobby. Ihre Blicke trafen sich einen Augenblick, prüften sich und gingen in die Luft. Die Briefe werden teuer werden, dachte Bobby. Peguy war von einer ruhigen und sanften Sachlichkeit, deren Kampfwert er richtig einschätzte. Sie sah um so aufreizender hübsch aus. Der rote Pullover ohne Ärmel grenzte wundervoll ihre gelbbraune Haut am Hals und an den Schultern ab.

Peguy machte ein paar Schritte in die Halle hinein. Bobby hatte einen Augenblick lang das Gefühl, daß sie auf das Schiffsmodell zusteure und daß die Auseinandersetzung nun komme, aber Peguy ging plötzlich wahllos weiter.

„Also, morgen früh starten Sie“, sagte Peguy. „Fahren Sie mit Romano?“

„Nein, mit Blank“, antwortete Bobby, der einen Tisch mit napoleonischen Waffen musterte. Er warf Peguy, die um den Tisch herumging, einen Blick zu. „Mögen Sie Romano?“

„Sehr“, meinte sie flüchtig und sah auf die Uhr. „Wollen wir rasch noch durchs Haus gehen? Wir treffen dabei auch die anderen. Die Leed kommt bestimmt zum Tee. Sie ist so neugierig, daß sie wahrscheinlich schon in zehn Minuten da ist.“ Peguy nickte Bobby zu und ging mit ihrem saloppen Gang und mit entzückend schlenkernden Knien eine Treppe hinauf, die in den ersten Stock führte.

Die anderen waren jedoch keineswegs im Haus . . .

Virginia sagte sofort, als sie die Art und Weise sah, mit

welcher Fitznow Ricci begrüßte, die Besichtigung des Hauses habe Zeit bis nach dem Tee.

„Sie haben ja Gummisohlen, Fitznow“, meinte sie mit einem Blick, der nicht mehr so gutmütig war wie der Blick vor drei Stunden, als Fitznow so anmutig von ihrem Kleid gesprochen hatte. „Da können wir ein paar Bälle im Vierer mitschlagen. Wir haben sowieso unterbrochen“, wandte sie sich an Ricci.

„Das wäre reizend“, meinte Ricci errötend, als Virginia ihm lachend ihre Zähne zeigte.

„Es wäre wunderschön“, sagte die häßliche, aber junge Nichte der Leed, die es viel himmlischer fand, mit einer berühmten Spielerin wie Virginia auf ihrem Platz herumzulaufen, als mit einem der vielen jungen Männer, die täglich zu Besuch da waren.

Fitznow spürte plötzlich, was ihm drohte.

„Ich kann leider nicht“, sagte er und zuckte die Achseln. „Ich habe wegen meiner Fußverletzung bereits zum Turnier streichen müssen.“

„Ach was“, ging Virginia in ihrer frischen Art über seinen Einwand weg, „Sie werden doch kein Frosch sein. Spielen Sie auf meiner Seite, ich helfe Ihnen schon.“

Sie half ihm allerdings. Sie gab eine richtige Vorstellung. Wenn sie sprang, flatterte ihr Blumenkleid hoch über ihre Knie, auch ihre Schenkel waren so braun wie ihr Gesicht. Sie sprang sehr viel, aber immer zwischen Fitznow und seine Bälle. Schon nach fünf Minuten hatte sie Fitznow als Tennisspieler lächerlich gemacht.

Fitznow bemerkte, daß Ricci über seine ungeschickte Situation ein paarmal lächelte. Das häßliche junge Mädchen lachte sogar einmal laut. Fitznow sah zornig seinen Traum von dem Abendessen mit Ricci, bei dem er in besonderem Glanz erscheinen wollte, versinken.

Virginia legte ein immer mehr absonderliches Spiel hin. Jeder Ball, den sie gab, war ein Kompliment für Ricci, ein geschnittenes und gestopptes Ballkompliment, das angenehm für Ricci placiert war. Es amüsierte sie besonders, wenn Ricci sich Mühe gab, sie mit einem raffiniert gesetzten Flugball zu umspielen. Dann nahm sie diesen Ball doch noch im letzten Moment Fitznow weg und zeigte Ricci, daß sie mit seiner Spielerei machen konnte, was sie wollte.

Fitznow atmete auf, als das Mädchen kam und zum Tee rief.

„Es war schrecklich lustig? Nicht wahr?“ sagte die Nichte der Leed, als sie die Rackets zusammenstellten.

„Sehr“, stimmte Fitznow bei und lächelte, wie Douglas Fairbanks in einem Film gelächelt hätte, in dem man ihn fünf Minuten nach einem Armbruch gezwungen hätte, auf den Händen zu laufen.

Mittlerweile waren Kennel und Williams durch das Haus, das stark einem Museum glich, gebummelt und waren wieder in die Halle gekommen, kurz nachdem Bobby und Peguy die Halle verlassen hatten. Kennel, der Williams zum erstenmal allein für sich hatte, folgte ihm wie ein kräftiger Hecht einem großen Karpfen.

In der Halle hatte die Leed ihre Haupterinnerungen ausgestellt. Aber der Ausstellung mangelte ein gleichmäßiger Stil. In einem Glassturz befand sich ein herrliches Sèvres-Service, das einmal speziell für Bonaparte hergestellt worden war. In dem Glassturz daneben aber standen Teller aus ganz ordinärem Material, die Frau Leed nur gekauft hatte, weil irgend etwas aus der Familiengeschichte des Kaisers darauf gemalt war. An der Wand hingen Krüge, deren Vorderseite den Kopf des dritten Napoleon darstellte — und auf einem Brett stand eine Sammlung von Salzfässern in Form der Vendôme-Säule.

Vor dem Fenster nach dem Park stand auf einem Tisch, in das Violett der napoleonischen Farbe eingehüllt, die Totenmaske Bonapartes von Antommarchi.

Williams blieb davor stehen, besah sie eine Weile und schaute dann von der Gipsmaske weg in den Park. Er sah über die Sträucher hinweg mit einem langen Blick auf den Tennisplatz.

Williams' Blick streifte dort über Virginia, deren Körper beim Schlag eine erstaunliche Biegsamkeit besaß, traf den Himmel, verweilte wieder lange auf Virginia, kehrte dann in die Halle zurück, wo über seinem Kopf eine liegende nackte Frau hing, deren Maler mit besonderer Liebe die vollendete

Form ihrer Rückseite dargestellt hatte, ging wieder auf den Tennisplatz und heftete sich dann von neuem an die Totenmaske auf dem Tisch.

„Bleibt verdammt wenig übrig“, sagte Williams und tippte mit dem Finger auf die Maske.

„Richtig“, meinte Kennel. „Es geht der Leed recht schäbig. Ich verstehe gar nicht, wie sie das große Haus hier halten kann.“

„Nein – ich meine den Ruhm und so ...“, meinte Williams und sah wieder nach dem Tennisplatz. „Sehr hübsche Person“, sagte er voll Anerkennung. Kennel war seinem Blick, der sich von der Maske erhoben hatte, gefolgt, war aber ein wenig zu hoch geraten und hielt an dem Bild.

„Ich glaube, Lady Hamilton hat das für einen Liebhaber malen lassen“, erklärte er. „Sie war verflucht eitel auf ihren Popo. Gutes Bild.“

Williams hob nun auch den Blick nach dem wirklich schönen Hinterteil der Lady Hamilton. Er betrachtete es eine Weile ohne Interesse. Dann sah er wieder nach dem Tennisplatz und nickte.

„Wenn das Bild Ihnen gefällt“, sagte Kennel und steckte die Fäuste in die Tasche ... „die Leed, wie gesagt, ist vielleicht froh, wenn jemand es haben will.“

Kennel sprach außerordentlich anerkennend von der bemitleidenswerten alten Leed.

Williams legte, ohne sich umzudrehen, die linke Hand auf die Schulter Kennels. „Ich will es nicht haben“, sagte er ruhig. Er deutete auf den Tennisplatz. „Für wie alt halten Sie Mrs. Watts?“

„Vierundzwanzig“, schätzte er und kniff die Augen zu. „Sie könnte aber auch achtzehn sein.“ Donnerwetter, dachte er. Seine Augen glänzten wie die eines Raubfischs, der vorbeigezielt hat, aber einen neuen ungeheuren Fang sieht.

Er trat neben Williams, klemmte sich an die Wand, beugte sich über die Totenmaske Bonapartes und sah in den Park. „Fast alle Tennisspielerinnen sind zäh wie Leder“, sagte er und schnalzte mit der Zunge. „Aber die Watts ist tadellos. Trainiert, aber saftig.“ Er schnippte mit dem Daumen und dem Zeigefinger in die Luft. „Prima.“

In diesem Augenblick stoppten die Tennisspieler ihren Satz und kamen auf das Haus zu. Fast gleichzeitig erschienen auch Peguy und Bobby mit Mrs. Leed. Peguy blieb mit der Leed noch einen Augenblick stehen und schrieb ihr etwas auf. Dann stellte sie vor. Fitznow kam als vorletzter vor Kennel. Das ließ ihn wieder etwas aufatmen.

Der Tee war aufregend langweilig, Virginia verschlang Ricci, der von Zeit zu Zeit wie ein Mädchen errötete, mit den Blicken. Bobby war mit seinen Gedanken dabei, Peguys Taktik zu durchgrübeln. Williams fand es in dem Raum, in dem der Tee getrunken wurde, kühler als in der Halle. Es standen hier noch mehr Blumen als anderswo um eine Fontäne herum, und Williams fuhr von Zeit zu Zeit mit der Hand nach seiner linken Hüfte, wo er einen unbestimmten Schmerz spürte.

Fitznow belegte, während er den Blickwechsel zwischen Ricci und Virginia sah, die Tennisspielerin in seinem Innern mit allen Schimpfnamen, die er kannte, nannte sie „Kindermord“ und „Seekadettenschule“ und überzeugte sich selbst zum hundertsten Male davon, daß sie im Grunde nur eine Kokotte sei. Er dachte dann einmal daran, im Anblick der vielen Blumen das Gedicht wieder zu rezitieren, das davon handelte, aber die Leed war ja taub. Es hatte keinen Sinn, die Unterhaltung an sich zu reißen. Außerdem fand er es „chichi“, daß die Bonaparte einen Yankee geheiratet hatte. Sie hätte Bonaparte bleiben müssen, um für Fitznow Nimbus zu haben. Fitznow überließ sich nach diesen Erwägungen besseren Gedanken. Er besaß ja in seiner Phantasie nicht nur ein Jagdhaus bei Hannover, in dem vier Landesgrenzen zusammenliefen, sondern er besaß auch einen Kammerdiener Schnapp und einen blau-rosa abgesetzten Buick. Dieser Buick hieß Betty. Mit Schnapp und Betty machte Fitznow herrliche Reisen, wenn das Leben um ihn herum unangenehm wurde. Er trank also seinen Tee und fuhr mit ihnen los.

Nur Kennel war zufrieden. Daß der dicke Yankee auf Virginia scharf war, das erfüllte ihn ziemlich ganz und gar. Er überlegte sich, wie man diese Situation steigern könnte. Das Haus der Leed fand er übrigens originell. Was darin herumstand, war allerdings blödes Zeug. Wer bekam aber dieses blöde Zeug zu sehen? Wenige Leute. Wer hatte schon einen Totenkopf Josephine Bonapartes auf einer Schuhschnalle gesehen? Frau von Goldschmidt-Wassermann etwa? Frau Kathinka etwa? Eine von den Hatzfelds vielleicht? Keine von ihnen natürlich. Man sah doch wieder, wie provinziell im Grund Berlin war. Sein Auge fiel auf Fitznow, und Kennel bedauerte dabei, daß dieser international unmögliche Bursche denselben Vorzug genoß wie er selber. Warum kam Fitznow eigentlich nie nach Berlin? überlegte er wieder. Irgend etwas mußte da doch nicht stimmen. Er nahm sich vor, sich jetzt einmal wirklich danach zu erkundigen. Kennel erinnerte sich wieder der gestreiften Hosen. Wenn ich Portier im Exzelsior wäre, dachte Kennel, würde ich, wenn dieser Kerl ankäme, nach dem Personaleingang zeigen, ‚Escalier de service, Monsieur'. Kennel beugte sich vor Vergnügen über diesen Einfall zurück. Da fiel das gläserne Auge der Leed auf ihn.

„Wie finden Sie meine Blumen?" fragte sie und versuchte zu lächeln, aber das wirkte, als fange sie an zu sterben.

„Ich muß sagen, ich habe noch nie so viele Blumen gesehen", bellte Kennel, so laut er konnte.

Die Leed nickte. „Es ist meine einzige Leidenschaft geblieben, Blumen zu haben. Es hört ja alles einmal auf. Die Menschen können alles verlieren, ihr Geld, ihre Gesundheit und ihre Stellung. Aber die Blumen bleiben. Trinken Sie einen Whisky?" wandte sie sich an Williams. Er nickte. „Es ist lange her, daß ich in Amerika war", setzte die Leed hinzu, „es gab damals noch keine Kühlräume in den Schiffen und die Herren tranken den Whisky warm. Sie können bei mir aber einen kalten bekommen."

„Whisky macht ein gutes Gewissen", sagte Williams weise.

„Spielen Sie Bridge?" fragte die Leed.

Williams nickte wieder.

Frau Leed wandte den Kopf nach der Seite, wo zwei Foxterriers hereingekommen waren.

„Vielleicht spielen Sie aber gern hoch?" sagte die Leed. „Ich spiele immer nur um zehn Centesimi."

Williams grinste. Er spielte auch nicht höher.

„Mister Irving meint in der Bridge-Review auch, daß dies ein Einsatz ist, der unter anständigen Leuten der richtige ist", setzte die Leed hinzu. Sie winkte dem Mädchen, das Geschirr wegzunehmen. Die Foxhunde benutzten jetzt die Gelegenheit, als Mrs. Leed aufstand, an ihr in die Höhe zu springen, und warfen dabei eine der kleinen Vendôme-Säulen voll Salz vom Tisch. Fitznow hob die Säule auf und stellte sie wieder hin.

„Danke", sagte Mrs. Leed. „Die Hunde haben keinen Sinn für Tradition. Aber wo sollten sie ihn her haben? Die Menschen besitzen diesen Sinn ja auch nicht mehr. Aber die Hunde sind wenigstens treu. Wollen Sie mit meiner Nichte und Mr. Lynch an meinem Tisch spielen?"

Fitznow verbeugte sich und sah voll Kummer, daß Virginia mit Ricci wieder auf den Tennisplatz ging. Peguy machte ihrerseits jetzt Bobby ein Zeichen, und die beiden gingen durch die Halle in den Garten.

„Es tut mir leid, daß Sie soviel schlechte Luft einatmen müssen", sagte sie.

„Aber Sie sind es doch, die das Opfer bringen", antwortete Bobby höflich. „Ohne Sie würde ich das Modell ja gar nicht sehen können."

„Was ist das schon für eine Mühe", meinte Peguy lächelnd. Es lag schon etwas Abendstimmung über dem Park und die frischen Blumen fingen nun an, mit aller Kraft zu duften.

Beide gaben sich die größte Mühe, so unbefangen wie nur möglich zu sein. Bobby hatte natürlich gemerkt, daß ihm mit dem Modell irgendeine Falle gelegt werden sollte. Er war bereit, das Modell zu kaufen, aber er mußte Peguy dabei in eine Situation bekommen, die es ihm möglich machte, mit ihr ohne Umstände über die Briefe sprechen zu können. Peguy schloß die Tür zu einem Gartenpavillon auf und ließ Bobby eintreten. In dem Zimmer standen an den Wänden herum Palmenkübel und ein paar Gartenfiguren. Dazwischen ein halbes Dutzend ausgestopfte Störche.

„Sonst hängt das Schiff in einem Glassturz drüben gegenüber von Napoleons Kopf. Haben Sie übrigens gesehen, daß mitten auf dem Teetisch vorhin die Totenmaske von Mme. Létizia, Bonapartes Mutter, lag? Sie konnten es wahrscheinlich nicht sehen, weil zuviel Heliotrop drauf lag. Violett ist ja die bonapartistische Farbe, falls Sie diese Tatsache nicht kennen. Ich habe Ihnen das Modell hierher hängen lassen, damit Sie es in Ruhe anschauen können."

Das Modell hing an einer Schnur mitten in dem Pavillon von der Decke herunter.

Peguy beobachtete Bobby voll Aufmerksamkeit.

„Das ist wirklich ein merkwürdiges Haus", sagte Bobby unbefangen, nachdem er mit einem flüchtigen Blick das Modell betrachtet hatte, und lehnte sich an die Tür. „Haben Sie vorhin bemerkt, daß über dem WC der Personaltoilette im Korridor noch ein kaiserliches ‚N' angebracht ist?"

„Pfui", lächelte Peguy. Sie gab dem Boot einen Stoß, daß es wie ein Luftschiff im Kreis durch die Luft flog. „Das ist also das richtige Modell des Kriegsschiffs Francesco Morosinis. Bonaparte bekam es von dem Senat von Venedig geschenkt. Deshalb ist es im Besitz der Leed. Sie hat die Briefe darüber in ihrem Safe."

Bobby machte drei Schritte bis dicht an die Schnur und hielt das herumfliegende Schiff fest. Es war in der Tat das genaue Abbild des Modells, das Bobby seinerzeit im Correr-Museum gesehen hatte. Vorne der Spieß mit dem Löwen, der auf dem Schiffsschnabel saß. Drei Maste auf dem Deck. Geschnitten wie ein rassiger Kreuzer. Die Wanten ausgezeichnet knapp gezogen und scharf heruntergedrückt. Ein richtiges Kriegsschiff. Es sah hochgradig gefährlich aus.

Peguy schaute seinem Studium stumm zu. „Riechen Sie einmal daran", sagte sie mit komischem Stirnrunzeln.

„Ich rieche nichts", sagte Bobby grinsend. Er sah Peguy mit einem Seitenblick an. Ihr sanftes, ruhiges Gesicht veränderte sich nicht die Spur. Nur ihre Augen waren wie immer etwas grau verschleiert. Peguy schien nicht die geringsten Anstrengungen machen zu wollen, etwas Entscheidendes zu sagen.

„Hören Sie", sagte Bobby sachlich, „ist das Modell zu kaufen?"

„Das ist möglich“, sagte Peguy gelassen. „Ich glaube, hier ist alles zu kaufen.“

„Haben Sie einmal gefragt, was es kosten soll?“

Peguy zog die Lippen amüsiert in die Höhe.

„Wie soll ich denn wissen, daß Sie das Ding kaufen wollen?“

„Hören Sie, Peguy“, sagte Bobby bestimmt, „tun Sie mir den Gefallen und gehen Sie nachher gleich zur Leed und fragen Sie in meinem Namen, was das Ding kosten soll.“

Darauf griff er Peguy an beiden Schulterblättern und zog sie an sich. Sie machte vor Überraschung die Augen zu. Als Bobby sie an sich preßte, fühlte er, trotz ihrer Beherrschung, daß sie Herzklopfen hatte. Einen Augenblick war sie steif. Dann lockerte sich ihr Körper und fühlte sich entzückend an. Bobby dachte mit aller Anstrengung an die Briefe, als er spürte, daß Peguys Lippen sich öffneten, dadurch behielt er den Verstand. Peguy entzog sich ihm langsam und löste sich los.

„Tun Sie das bitte nicht wieder“, sagte sie ruhig, drehte sich um und ging durch die Tür ins Freie. Sie wartete, bis Bobby draußen war, und schloß die Tür wieder zu.

Die Leed hatte gerade ihre letzte Karte in der Hand, als sie eintraten.

„Mr. Beewood ist in der Bridge-Review der Meinung“, sagte sie zu Fitznow, „daß eine Partie mit drei Assen anders gespielt werden muß, als wie Sie sich eben die Mühe machten. Haben Sie noch ein As?“

„Hier“, sagte Fitznow und legte einen König auf den Tisch.

„Darf ich Sie einen Augenblick sprechen, Mrs. Leed?“ sagte Peguy und deutete auf die Halle.

„Kennst du Ricci?“ fragte Virginia, als Peguy dann wieder zurückkam und die Wagen schon vorfuhren.

„Nein“, seufzte Peguy, „er sieht allerdings jemand ähnlich, aber ich komme nicht darauf, wem.“

„Er ist reizend“, sagte Virginia und eilte hinunter, um eine Organisation in Gang zu bringen, die weder Williams noch Fitznow gefallen konnte. Virginia setzte Ricci nämlich neben sich und Williams und Kennel hinter sich in den Fond ihres Wagens, während sie Fitznow großmütig an Peguy und

Bobby abgab. Es war schon ziemlich dunkel, als die Wagen endlich losfuhren.

Bobby fuhr wieder voraus. Zuerst sprachen weder Peguy noch er.

„Nun, was soll das Ding kosten?“ fragte Bobby nach einer Weile und legte seine rechte Hand auf die Finger Peguys.

„Die Leed will fünfundzwanzigtausend Dollar“, sagte Peguy und sah, ohne ihre Hand zurückzuziehen, auf den Volant, den Bobby nur mit der Linken dirigierte.

„Das ist sehr teuer“, erwiderte Bobby. Er steuerte den Wagen gerade durch ein paar Kurven.

„Finde ich auch“, meinte Peguy. „Das habe ich auch der Leed gesagt. Aber sie meinte, es sei eben eine große Seltenheit.“

„Aus Holz“, sagte Bobby. Er mußte seine Hand hochnehmen, denn sie fuhren in die Lichter von Feltre ein, in dessen Straßen viele Ochsengespanne standen. An der Brüstung eines Gartenrestaurants über ihnen standen ein dutzend Offiziere und grüßten. Ein alter Platz mit einer Säule und einer großen Treppe, dann glitt das Auto wieder in die Dunkelheit. Bobby fuhr eine Weile mit höchster Geschwindigkeit.

„Heute abend ist doch das Whoopee-Fest im Hotel“, wandte er sich an Peguy und ließ den Wagen auf sechzig Kilometer heruntergehen. „Und Sie gehen natürlich hin.“

„Gewiß“, nickte Peguy.

„Also, hören Sie. Ich nehme das Modell für Zwanzigtausend und unter zwei Bedingungen.“

Rasch faßte er nach Peguys Hand. Jetzt spürte er, daß sie Herzklopfen hatte.

„Welche Bedingungen?“

„Daß ich das Modell heute abend noch bekomme. Und —“

Sie nickte. „Und?“

„Daß Sie es mir auf mein Zimmer bringen.“

Eine Weile antwortete Peguy nicht. Ihr Puls wurde in seiner Hand von Schlag zu Schlag langsamer.

„Gut“, sagte sie schließlich ruhig. „Und die Briefe wollen Sie auch heute abend schon?“

„Welche Briefe?“ fragte Bobby rasch.

„Die Briefe, welche die Echtheit des Modells garantieren“,

sagte Peguy mit einem leisen Lachen. „Ich vertrete doch jetzt Ihre Interessen."

„Natürlich", erklärte Bobby, der einen Moment verwirrt war. „Ich schicke Ihnen nachher den Wagen, um die ganze Sache abholen zu lassen."

Peguy gab ein klein wenig den Druck zurück, den Bobbys Hand auf der ihren ausübte.

Gleichzeitig atmete sie, ganz langsam, damit es nicht auffiel, in einem fast unendlichen Atemzug die Spannung von vierzehn Tagen aus. Dafür zogen sich ihre Augenbrauen fest zusammen. Es fiel ihr ein, daß Fitznow hinter ihnen saß. Aus Vorsicht schaute sie sich um, konnte aber nur seine Umrisse entdecken.

Fitznow ahnte nicht, daß im Wagen hinter ihnen Virginia gerade von ihm sprach.

„Schöne Luft", sagte sie, mit der Nase schnuppernd, zu Ricci. „Wollen Sie nachher mit mir zu Nacht essen, ehe Sie zum ‚Whoopee' an den Lido fahren?"

„Überaus gern", sagte Ricci und nahm vor Verlegenheit seine Jachtmütze ab und starrte auf die Kokarde seines vornehmen Segelklubs. „Aber ich habe mich bereits mit Fitznow bei La Vida verabredet."

„Mit Fitznow?" fragte Virginia und erlaubte sich eine sehr häßliche Betonung. „Wollen Sie es mir überlassen, das zu ordnen?"

„Natürlich", äußerte Ricci sanft.

„Aber wir essen dann in der Taverna", sagte Virginia. „Und ich nehme Sie in meinem Boot dann gleich mit an den Lido. Sie können sich bei mir kostümieren."

Bei der nächsten Kurve spürte Ricci, daß Virginias Knie an das seine gedrückt wurde. Es blieb auch dort. Er spürte besonders deutlich, wie fest und warm es war, weil Virginia an dieser Stelle ja nichts anhatte.

Bobby war dem Wagen Virginias weit voraus. Er fühlte, während er über die weiße Landstraße fuhr und den Wagen immer wieder in neue Kurven hineintrieb, eine merkwürdige Frische über sich kommen. Bobby war gesund, kräftig, trainiert und dazu intelligenter als viele, die das andere auch waren. Aber das Gefühl, das ihn jetzt überkam, brachte ihm ein Selbstvertrauen, das er noch nicht kannte. Er spürte, daß er auf dem Weg zu einem Wendepunkt in seinem Leben war.

Dabei fielen ihm die Memoiren der Leed wieder ein. Die Leed war mit einem Amerikaner verheiratet gewesen, der in ihrem Haus in Florenz vor einem Kamin von Della Robbia eine Eismaschine hatte aufstellen lassen und einer Diana in seinem Schlafzimmer selber einen Kleiderhaken durch die Brust schlug. Zur selben Zeit war die Leed die Freundin Eduards des Siebenten gewesen. Schwer vorstellbar heute, aber in ihrem Buch stand darüber eine Menge. Den Briefen nach, die sie abdruckte, mußte sie wirklich reizvoll gewesen sein. Sie hatte einmal, als sie Eduard in Marienbad traf und als ihre Koffer an der Grenze hängengeblieben waren, ein Billett an ihn geschrieben: „Ich habe nicht einmal ein Nachthemd. Dabei besitze ich eins in meinem nicht angekommenen Koffer extra für Dich, in dem ich aussehe wie ein Fisch im Schatten." Der König hatte darauf geantwortet: „Komm nur. Es macht nichts. Ich schenke Dir eins aus kaltem Silber."

Bobby mußte plötzlich lachen.

„Was ist?" fragte Peguy leise.

„Ich habe etwas nicht verstanden in den Memoiren der Leed", antwortete Bobby. „Wir sprachen heute mittag schon einmal davon. Der König schrieb ihr, als sie ihm mitgeteilt hatte, sie hätte kein Hemd — erinnern Sie sich? —, er wolle ihr ein Hemd aus kaltem Silber schenken. Was heißt das wohl?" Er drückte Peguy fest die Hand.

„Ich glaube, es heißt: ein Scheck", erwiderte Peguy ruhig.

Am Kai in Mestre warteten sie eine Weile, bis der Wagen, den Virginia führte, ankam.

Virginia hatte vor dem Einsteigen in das Motorboot eine kleine Unterhaltung mit Fitznow, infolge deren sich Fitznow entschloß, nach dem Lido zu fahren. Virginia und Ricci wurden in der Nähe der Taverna abgesetzt. Dann fuhr der Wal in den Kanal und legte an der kleinen Treppe an, die in das Haus Ponti führte.

Peguy hörte den Wal sich den Kanal hinauf nach dem Rialto

zu entfernen, als sie oben in das Zimmer trat, in dem der Gainsborough jetzt hing und wo wegen der Hitze die Fenster weit auf den dunklen Kanal hinaus offenstanden.

Doll saß am Tisch und aß Spaghetti. „Entschuldige, Peguy", sagte er, „daß ich angefangen habe zu essen. Ich wußte nicht, ob du kommst." Er sah Peguy ins Gesicht. „Nun?"

„Er will das Modell haben", erwiderte Peguy, „aber er will die zwanzigtausend Dollar nicht nur für ein Stück Holz bezahlen."

Sie ging ans Fenster und schaute auf das Wasser hinaus, auf dem nur zwei Gondeln mit kleinen Lampen plätscherten. Erst an der Ecke hinter dem Rialto näherte sich ein Vaporino.

„Du mußt jetzt gleich nach Mestre fahren", sagte Peguy, sich umdrehend, „dort wartet der Yankeewagen auf dich. Du fährst damit zur Leed und holst das Modell und bringst es mir dann an den Lido. Laß mich herausrufen. Und fahr dann wieder hierher. Ich nehme mir ein Zimmer und bleibe die Nacht drüben."

„So", sagte Doll langsam und stand auf. Er ging mit seinen langen, hübschen Schritten, mit den Sohlen etwas schleifend, auf die andere Seite des Tisches, ging quer durch das Zimmer, kam wieder zurück und ging bis ans Fenster, wo Peguy lehnte. Er faßte sie am Gürtel, zog sie an sich und suchte ihren Mund. Als er ihn fand, stöhnte Peguy . . .

Der Wal war mittlerweile mit seiner außer Bobby durchaus unzufriedenen Besatzung über die Lagune gefahren und legte am Motorbootkai des Hotels an. Zur gleichen Zeit legte auf der andern Seite des Holzstegs das Motorboot an, das den Halbstundenverkehr zwischen Venedig und dem Hotel abpendelte. Blank stieg zur gleichen Zeit wie Bobby auf die kleine Mole.

„Gibt es etwas Neues?" fragte Bobby, dem durch den Kopf schoß, daß Blank vielleicht auf eigenes Konto Entdeckungen in der Briefsache gemacht haben könnte. Es war nicht wahrscheinlich, denn die Taktik seines Vaters und des Sekretärs war ja auf Zuwarten eingestellt. Blank schüttelte den Kopf.

Vor ihnen ging Williams die Treppe hinauf, rechts von ihm Fitznow und links Kennel.

„Warst du mit diesen beiden Leuten zusammen?" fragte Blank.

„Vermutlich", antwortete Bobby. „Hast du etwas gegen sie?"

„Gegen den einen — nein", erwiderte Blank, auf Kennel zeigend, „das ist ein übler Hund, der für Geld alles macht — er bläst für Geld durch seine Reithose hindurch ein Streichholz aus. Aber der andere ..."

„Ja", machte Bobby.

„Der andere ist aus einer alten deutschen Familie. Zu einer solchen Familie zu gehören, ist eine der wenigen guten Sachen, die es in der Welt gibt. Und wenn da einer schäbig wie der da vor die Hunde geht, sollte man ihn lieber aus Mitleid erschießen."

„Immerzu", meinte Bobby lächelnd und blieb stehen, um in das Schreibzimmer zu gehen. „Also morgen früh ist Start. Bist du aufgeregt?"

„Ein wenig", gestand der Landsknecht und sah zornig auf seine Schuhe.

„Moment, Blank", redete ihn Williams an, als er zum Lift gehen wollte. Williams nahm ihn am Ellbogen. „Wissen Sie eigentlich, daß Bobby mit der jungen Ponti herumläuft?"

„Zum Teufel", sagte Blank grob, „sagen Sie das doch Ihrem Bruder. Der hat ja verboten, daß man dem Jungen etwas von der Sache sagt."

Er machte sich ärgerlich von Williams los und sah gerade noch, wie Fitznow das Hotel nach der Straße zu wieder verließ. Blank ahnte nicht, welches Talent dazu gehörte und welche Energie Fitznow täglich aufbringen mußte, um den Anschein zu erwecken, daß er im Hotel wohne.

Auf der Terrasse

Um zehn Uhr fing auf der einen Hälfte der Meerterrasse vor dem Hotel Meyer-Davis-Jazz aus New York an zu spielen. Auf der andern Seite fing Eduardo Biancos argentinische Kapelle gleichzeitig an, und von dem Steg, der wie ein halb Kilometer langes Armband in das Meer hinauslief, spielte Carlinis italienische Jazzband zur Terrasse hinauf.

Scheinwerfer kreuzten sich am Himmel. Eine kupferrote Sonne ging auf dem Wasser auf, und hausgroße erleuchtete Schwäne fuhren vor ihr auf und ab. Es war sehr warm. Die Terrasse war voll Trubel, das Essen war vorüber, und die Aufführungen begannen eine halbe Stunde später, gerade als Virginia mit Peguy und Ricci und dicht hinter ihnen Charly und Frau Auerbach-Caponi von Venedig in den Motorboothafen kamen.

„Charly", sagte die Auerbach-Caponi, als sie an der Brüstung der Terrasse einen Tisch zu zweit gefunden hatten, „sehen Sie doch einmal auf dem Programm nach, was für ein Motto das Fest eigentlich hat? Vernünftigerweise sollte man auf solche Sachen ja nicht gehen. Was hat es für einen Sinn, die Gräfin St. Phalle einen Tanz aufführen zu sehen, den jedes Ballettmädchen sicher besser kann? Aber es interessiert mich doch, zu sehen, wie meine Schwester einen Wohltätigkeitsball aufzieht."

„Whoopee ...", las Charly von seinem Programm ab. „Ich weiß nicht, was das heißen soll."

„Das wird den meisten Menschen ebenso gehen. Aber das ist echt Tübinger. Whoopee ist ein Kriegsschrei von Negerstämmen, wissen Sie. Die Tübinger meint natürlich, daß jedermann versteht, was sie selber angeht ... mit ihrem Stück Afrika. Ein Negerkriegsschrei als Motto für ein Wohltätigkeitsfest. Mir scheint aber, alle Leute hätten sich angezogen, als ob das Motto ‚Laster' geheißen hätte. Finden Sie das nicht schrecklich armselig, Charly? Was haben Sie eigentlich an?" fragte sie, Charly mit dem Lorgnon von oben bis unten betrachtend. „Stellen Sie etwa auch ein Laster dar?"

Charly hatte blaue Hosen und Tennisschuhe an und ein grünes Hemd ohne Kragen. Auf dem Kopf saß der Rand eines steifen Hutes.

„Ich weiß nicht", sagte er verwirrt unter dem starren Blick der Auerbach-Caponi, von deren Gesicht er auch aus der Nähe nur den glasigen narkotischen Schein der Augen hinter ihrem Schleier sah. „Ich habe es mir nur gemütlich gemacht. Die Tübinger habe ich seit acht Tagen nicht gesehen."

„Ich habe sie heute mittag getroffen", sagte die Auerbach-Caponi. „Mit einer Dame aus England. Ich habe mir den Namen nicht gemerkt."

„Mrs. Watts", sagte Charly. „Sie ist ganz nett."

„Sie finden alles nett, Charly", sagte die Auerbach-Caponi mitleidig.

„Keineswegs", wandte Charly ein, „aber finden Sie es etwa nicht sehr nett, daß Mrs. Watts keine Strümpfe trägt?"

„Ich habe ihr nicht auf die Beine gesehen", antwortete die Auerbach-Caponi. „Ich schaue diesen jungen Dingern nicht einmal ins Gesicht. Ich finde diese Generation so bedrückend langweilig. Schön sind sie nicht. Gescheit sind sie auch nicht. Sie dürfen alles und haben daher von nichts etwas Rechtes. Und was ist schon daran, einen Wagen lenken zu können!" Sie zuckte die Achseln. „Sehen Sie, Charly, es regt mich immer auf, wenn ich das Gesicht meiner Schwester sehe. Es ist immer dasselbe fleischige Gesicht. Es ist nichts darin. Sie hat nichts erlebt. Es ist dasselbe Gesicht wie vor zwanzig Jahren. Sie hat nicht einmal einen Liebhaber. Und wenn sie mich sieht, hat sie immer ein schlechtes Gewissen, ich weiß nicht warum — aber wahrscheinlich eben darum, weil sie nichts erlebt. Sie machte gleich eine dumme Bemerkung wegen Achmed — Sie wissen, Charly, das ist mein Sekretär. Es ärgert sie, daß er braun ist. Ich habe ihr gesagt: ‚Du hast eine kalte Nase, Liebling. Seit wann übst du die Liebe nicht mehr aus?' — ‚Seit einem Jahrhundert', sagte sie ärgerlich. ‚Und wenn ich dich ansehe, weiß ich auch, daß ich recht habe.' Das ging wieder gegen Achmed und gegen das Kokain. Das ging gegen die Geschichte mit dem Erzbischof von Paris und alles mögliche, Charly. Es war schon richtig, aber es war deshalb doch dumm. Es sollte heißen, ich sei eine alte Frau, ich bin auch eine alte Frau und bin es gern. Wenn ich drei Stunden mir die Backen jeden Morgen elektrisch peitschen ließe wie die Tübinger und schon dreimal die Gesichtshaut mir hätte kürzen lassen, sähe ich noch besser aus als sie. Ich habe es nicht einmal nötig. Aber ich finde es so angenehm, alt zu sein. Man darf sich nur nicht dagegen wehren. Dann ist es ein traumhafter Zustand. Es ist wirklich alles Schwindel, was man vom Vorteil des Jungseins sagt. Aber die Menschen sind fast alle zu dumm, das einzusehen." Die Auerbach-Caponi sah auf das Meer hinaus. Sie war die einzige Dame, die nicht maskiert war, aber mit ihrem hohen Goldhelm von Hut, an dem ihr dichter Schleier hing, den fast niemand je gelüftet gesehen hatte, wirkte sie phantastischer als die kostümierten Leute, die auf der Terrasse tanzten. „Haben Sie einmal darüber nachgedacht, Charly", fuhr sie fort, „wie dumm die Menschen sind?"

„Ich glaube, ich habe darüber nachgedacht", antwortete Charly zögernd. Er wurde immer ängstlich, wenn er etwas so direkt gefragt wurde. „Ich glaube wirklich", fügte er hinzu.

„Sie glauben alles, Charly. Sie glauben auch, wenn man Ihnen sagt, die Auerbach-Caponi hätte einen weißen Neger auf die Welt gesetzt."

„Oh", sagte Charly.

„Oder, daß ich mit einer Zigarre im Mund gestorben wäre. Haben Sie einmal über das Laster nachgedacht, Charly?"

„Bestimmt", sagte Charly. „Ich hatte in Lyon einmal eine nette Unterhaltung darüber."

„In Lyon . . .?"

„In Lyon", sagte Charly. „Es ist eine riesige Geschichte. Kennen Sie Cintra?"

„Cintra . . .?"

„Ich sagte Ihnen doch, daß es eine riesige Geschichte ist", seufzte Charly mutlos. „Cintra ist eine Burg bei Lissabon, wo die fünfzig Wappen an die Wand gemalt sind, welche die alten portugiesischen Familien darstellen. Davon war eines das Wappen von Pinto. Ich war mit Pinto befreundet und Pinto war ein Freund von Frank Harris und Paul Morand. Wir tranken sehr viel in Cintra, und eines Tages unterhielt sich Pinto darüber, was dagegen zu machen sei, und dabei sagte er: ‚Es gibt in Lyon einen Mann, der ist ein magnetischer Heilkünstler. Er legt seine Hand auf einen Holzvogel und dann ist man die Geschichte los, die man los sein will. Und so.‘ Auf dem Weg nach Paris fuhren wir damals nach Lyon. Ich mag Lyon nicht, aber wir fuhren hin und gleich von der Bahn zu dem Mann. Es war ein ganz brutaler Mann. Neben ihm stand der Holzvogel. Der Mann war aber kein wirklicher Herr, sondern ein Mann mit einem Bart. ‚Haben Sie wirklich Laster, mein Herr?‘ fragte er mich. Ich konnte ihn gar nicht ansehen, so unsympathisch war er mir. ‚Ich habe, glaube ich, keine Laster‘, sagte ich. ‚Im Augenblick leide ich nur darunter, daß mir die Martini-Cocktails sehr gut schmecken.‘ Der Mann sah mich scharf an. ‚Das werden Sie gleich los sein‘, sagte er. Dann legte er die Hand auf den Holzvogel. Dann zahlte Pinto. Aber seitdem schmecken mir die Martini-Cocktails noch viel besser.“

Charly schwieg, erschöpft von dieser langen Geschichte.

„Nein, Charly, Sie haben nicht darüber nachgedacht, was das Laster ist“, sagte die Auerbach-Caponi. „Ich weiß es, daß Sie es nicht getan haben, denn ich habe mein ganzes Leben darüber nachgedacht. Es gibt nämlich amüsantere Dinge, als sein Leben lang über das Laster nachzudenken.“

„Das glaube ich“, sagte Charly. „Wenn ich einen Aeroplan hätte, würde ich auch ein anderes Leben führen.“

„Das glaube ich nicht, Charly. Sie würden nur das Genick brechen. Aber finden Sie nicht auch, wie lächerlich es zum Beispiel ist, daß die Leute hier alle irgendwelche Laster darstellen, die sie gar nicht haben? Verstehen Sie mich?“

„Ich denke doch“, murmelte Charly.

„Sie verstehen mich sicher nicht“, meinte die Auerbach-Caponi trocken, „sonst würden Sie nicht den Finger in die Nase stecken. Das tun Sie seit zwanzig Jahren, wenn Sie nicht nachdenken wollen. Sie brauchen den Finger jetzt nicht aus dem Gesicht zu nehmen – mich geniert nichts, was natürlich ist, Charly. Es geniert mich viel mehr, daß alle diese kostümierten Leute etwas anderes vorstellen, als sie sind."

Die Auerbach-Caponi musterte, während sie sprach, mit ihrem Lorgnon die Masse Menschen, die für hundert Lire Eintritt und auf persönliche Einladung hin in irgendeiner Verkleidung auf der Terrasse tanzten.

Spada tanzte vorüber mit einer Halskrause in der Art Tintorettos. Der Minister Titulescu als Nero im Smoking, mit Rotweinflecken auf dem Hemd, Kennel als Gondoliere. Fitznow als Türke Gentile Bellinis mit Schellen am chinesischen Hut. Die kleine Levy-Grenaud als Gattin Justinians, ein byzantinisches Diadem um den Kopf, den lesbischen Knabenkopf wie ein Mosaik starr bemalt. Virginia Watts als nackter Puck, mit einem kleinen Bündel Stroh um die Hüfte, aber mit echtem Schmuck um den Hals. Peguy Ponti als Nonne mit einer Zigarette im Mund. Williams Lynch als Blaubart. Die „scheue Braut" als schöne Helena ...

„Alle diese Leute sind so lächerlich", sagte die Auerbach-Caponi, „weil sie bestimmt nur ordinäre kleine Laster haben, sich aber hier so stellen, als ob sie außerordentliche, großartige Laster hätten. Das beweist, daß sie ihre Laster nicht beherrschen, sondern daß sie von ihren Lastern beherrscht werden – und das ist etwas Erbärmliches. Finden Sie nicht, Charly, daß alle diese maskierten Leute hier viel harmloser aussehen, als sie aussehen, wenn sie in ihren Straßenkleidern auf dem Markusplatz sitzen. Wenn sie in ihren Alltagskleidern auf dem Markusplatz sitzen, sehen sie entsetzlich gefährlich aus. Ich glaube, Sie wissen gar nicht, wie gefährlich die Menschen sind."

„Das weiß ich", erwiderte Charly bitter, „sonst säße ich jetzt in Paris."

„Aber Sie wissen nicht, was das Laster ist, Charly", sagte die Auerbach-Caponi leise. „Es ist etwas sehr Trauriges. Wenn man älter wird, sieht man, daß es nichts ist. Macht ist alles, Charly. Mein Leben lang habe ich meine Schwester Tübinger verachtet. Sie hat nichts von dem wirklichen Leben gehabt. Ich habe dagegen alles mitgenommen. Ich bereue nichts davon. Es war sehr schön. Die Tübinger hat heute noch keine Ahnung vom Leben. Sie hat keinen einzigen Rausch, den es gibt, kennengelernt. Sie ist zu reich, um sich auch nur gut amüsiert zu haben. Aber sie hat Macht. Sie hat das einzige, was nicht vergeht. Alles andere schwindet hinweg. Was hat die Leed – was habe ich im Grunde noch? Aber die Tübinger hat wirkliche Macht. Darum beneide ich sie."

„Ach", sagte Charly und sah auf das Meer hinaus, wo ein Feuerwerk aus dem Wasser hochzischte, „ich wäre schon zufrieden, wenn ich nur ein kleines Orchester hätte."

„In Ihrer Familie", erwiderte die Auerbach-Caponi aufstehend, „hat man allerdings ja auch lange genug Macht gehabt, um ihrer einmal müde werden zu dürfen. Kommen Sie mit in die Bar?"

Charly nickte und sagte nichts mehr. Er rückte seinen Hutrand zurecht und trottete hinter der Auerbach-Caponi her. Die Unterhaltung war länger gewesen, als er es gewohnt war. Sie hatte eine halbe Stunde gedauert. Er sah auf die Uhr. Es war zwölf. Die Unterhaltung hatte ihn auch restlos müde gemacht. Sie war dabei aber nur eine ganz bedeutungslose Unterhaltung an diesem ereignisvollen Abend gewesen.

Kennels Zwischenspiel

Um zwölf Uhr in dieser Nacht saß Peguy am Tisch der Tübinger auf der Terrasse und wartete auf das Modell. Um dieselbe Zeit fuhr Doll aber noch mit dem Wagen des jungen Amerikaners und einem kleinen Paket neben sich von Belluno her aus dem Gebirge heraus durch Feltre. Im selben Augenblick schlenderte Virginia mit Ricci einen halben Kilometer lang den Laufsteg des Hotels entlang ins Meer hinaus. Und in der gleichen Sekunde gab die Tübinger am Schmuckstücksafe der Direktion ihren Schmuck ab, der Direktor sah auf die Uhr, quittierte und schloß den Safe endgültig.

Um zwölf Uhr in dieser Nacht schlief Lapin auf seiner Jacht. John Lynch schlief oben im Hotel. Blank und Bobby schliefen ein paar Zimmer von ihm entfernt. Sir Henry Segrave und Phil Wood schliefen eine Etage tiefer.

Lapin hatte mit Baron B. auf Deck allein gespeist, sich über Malaria unterhalten und sich um zehn Uhr, glücklich, allein zu sein, gelegt.

Segrave und Phil Wood hatten ihre Maschinen nachgesehen und sich mit dem tiefen Gefühl der Beruhigung zu Bett gelegt, das sich am Vorabend von Tagen bei ihnen einstellte, an denen sie entweder krepieren oder einen Weltrekord machen könnten.

Blank hatte seine Post nachgesehen und sich dann schlafen gelegt, wie ein Automat schlafen geht. Lynch hatte den einzigen Brief mit italienischer Marke, der in dem Postpaket war, vorher geöffnet und hatte sich mit besonders grimmiger Ruhe zum Schlafen gelegt, ohne den Brief Blank zu zeigen.

Bobby hatte sich ausgerechnet, daß das Modell nicht vor halb zwei im Hotel sein konnte, hatte seinen Wecker auf ein Uhr gestellt und sich um zehn Uhr hingelegt, um drei Stunden zu schlafen. Er brauchte acht Stunden Ruhe. Wenn er eine

Stunde für den Besuch Peguys rechnete, blieben ihm bis sieben Uhr in der Frühe dann noch fünf Stunden. Er konnte aber ruhig bis halb neun schlafen. Um zwölf Uhr war er trotz dem Feuerwerk schon im besten Schlaf.

Um zwölf Uhr ging Kennel in seinem Matrosenanzug, wie ein Paradepferd, mit etwas abstehenden Ellbogen durch die Klubsessel der Halle in die Bar. Die Bar war vollgepfercht mit jungen Amerikanern, die nicht tanzten, sondern tranken und Poker spielten. Kennel verbrachte eine Stunde mit der gleichen Tätigkeit. Um viertel zwei hatte er fünf Side-Car-Cocktails, vier Whiskys und eine halbe Flasche Sekt getrunken und 37 englische Pfund gewonnen. Waren etwa 180 Dollar. Oder 730 Mark. Oder beinahe 3300 Lire.

Er legte die Karten hin, ging an den Bartisch, trank ein Glas Wasser und schlenderte nach dem Ausgang zu. Einer der jungen Amerikaner ergriff ihn an der Gondoliereschärpe und suchte ihn zur Revanche zurückzuschleifen.

Kennel gab ihm einen Stoß, zog seine Schärpe fest und ging weiter.

„I like your cheek", riefen die empörten Amerikaner hinter ihm her.

„Keep your hair on", antwortete Kennel grob von der Tür aus.

Nur immer draufgeben diesen Burschen, dachte Kennel, als er auf den Lift zuging, um zu seinem Zimmer zu fahren. Könnte der Bagage passen, ihn wieder auszuplündern. Er spielte in der Tasche mit den Papierscheinen. Wer würde diese Kerle denn schon anschauen, wenn sie nicht mit Geld gespickt wären? Wo kamen sie denn her, diese Flegel? — Sollten froh sein, ihr Geld in guter Gesellschaft verlieren zu dürfen. Er hatte fair und glatt gespielt.

Der Lift hielt. Kennel stieg aus und ging mitten auf dem Läufer den Korridor entlang. Während er den Korridor entlangmarschierte, fing er an zu pfeifen. Aber er hörte nach drei Takten wieder auf.

Drei Zimmer vor ihm hatte ein junges Mädchen seine Tür aufgemacht und wollte gerade auf den Gang schlüpfen. Das Mädchen hatte Kennel noch nicht gesehen, da sie nur nach der andern Seite geschaut hatte. Kennel überlegte gerade, daß sie wohl nach der Toilette eilen wollte, als das Mädchen ihn sah. Sie hatte einen dünnen Kimono über dem Hemd. Sie erschrak so, daß sie stehenblieb. Kennel hatte im Nu die drei Schritte gemacht. Das Mädchen hielt fröstelnd und etwas verschlafen die Klinke in der Hand.

„Halt, mein Süßes", sagte er unverschämt, steckte die Hände in die Taschen und den Fuß zwischen die Doppeltür.

Das Mädchen war vielleicht siebzehn Jahre und zitterte richtig vor ihm. In der Regel hielt Kennel junge Mädchen für das Überflüssigste in der Welt und machte sich aus ihnen soviel wie aus feuchtem Lehm. Jetzt reizte es ihn, daß er, der alle Menschen im Hotel kannte, das Mädchen noch nicht gesehen hatte und daß das Kind zitterte. „Waren Sie auf dem Ball?" fragte er nachlässig.

„Ich durfte nicht", antwortete das Mädchen scheu. „Meine Eltern hatten es mir verboten."

„Schlafen die Eltern schon?" fragte Kennel leise.

„Sie sind heute mittag nach Rom gereist", sagte das Mädchen und versuchte die Tür zu öffnen, um hineinzuschlüpfen. „Sie kommen übermorgen wieder."

„Und da sind Sie wirklich nicht auf den Ball gegangen?" fragte Kennel interessiert.

„Nein. Lassen Sie mich", sie machte die Tür auf und zog sich in ihr Zimmer zurück. „Ach, lassen Sie mich", flüsterte sie verstört, als Kennel mit einiger Gewalt sich hinter ihr her drängte.

Kennel drückte sie mit Gewalt an sich. Sie wurde rot und wehrte ihn mit der Hand gegen seine Brust ab. „Dummheit", flüsterte Kennel, „sei nicht blöd, Kind." Ihr Arm ließ etwas nach, sie wurde blaß.

„Tun Sie mir nichts."

„Nein."

Kennel fühlte sich plötzlich sehr geschmeichelt. „Bitte, tun Sie mir nichts."

„Ich tu dir doch nichts." Kennel nestelte an ihrem Kimono.

„Ich bin ein junges Mädchen", flüsterte das Kind verzweifelt.

„Du bist wirklich süß", stammelte er und hob sie hoch.

Kennel fing mit einmal richtig Feuer. Seine Eitelkeit wurde in dem Augenblick, in dem er das Mädchen hinschmelzen spürte, heftig getroffen, glaubte er doch zutiefst in seinem Herzen daran, daß jede Frau ihren Tarif hätte, nicht gerade in der gröbsten Form ... aber er war doch fest überzeugt, daß jede Beziehung zu einer Frau mit entsprechendem Aufwand zu erreichen sei. Deshalb erschütterte es ihn, daß ein junges Mädchen, um das er nicht geworben hatte, sich in ihn, einen Mann in mittlerem Alter, plötzlich verliebte. Ihre Abwehr war nicht ernst. Er spürte, wie verrückt sie unter seinen Liebkosungen wurde.

Seine Liebesangelegenheiten standen ja nicht im Vordergrund seines Wesens. Dazu war er viel zu primitiv und viel zu praktisch. Er liebte nur Beziehungen wirklich, die ihm ein ungefährliches Relief gaben. Am liebsten hatte er Beziehungen zu Frauen, die irgendein Mächtiger der Erde vorher gehabt hatte und um die noch die Luftschicht der bedeutenden Rolle, die der Vorbesitzer spielte, hing. Er bildete sich ein, daß ihn diese Beziehungen interessant machten und ihn den Leuten gleichstellten, die sich einen derart teuren Spaß erlauben konnten. Er nahm auch an, daß ihn diese Beziehungen zu einem tollen Kerl machten, während sie, in einer Zeit, in der es außer für sehr alte Männer und für sehr junge Mitglieder von dynastischen Häusern überhaupt keine bezahlten Frauen mehr gab, ihn eigentlich nur komisch machten. In allen geschäftlichen Dingen des Lebens stand Kennel wie ein Bullenbeißer da, hob seinen dicken Kopf mit den Fischaugen und knurrte wissend in die Luft. In seinen Liebesangelegenheiten war er voriges Jahrhundert. Aber auch das nützte ihm in gewissem Sinn.

Jetzt, als ein Mädchen, das fast noch ein Kind war, ihm eine stürmische Verliebtheit entgegenbrachte, obwohl er es nicht mit Geld und Geschenken gereizt hatte, wurde seine Eitelkeit mächtig angeregt.

Seine Einbildung stieg, zumal er guter Laune war. Das Kind gehörte überdies nicht zur guten Gesellschaft. Es gab also keine Komplikationen für ihn. Außerdem konnte man dann die Sache auch gelegentlich erzählen. Sehr lustig, sehr nett. Das Kind war wirklich süß. Kennel verlebte eine angenehme halbe Stunde.

Kennel war eine halbe Stunde lang sehr glücklich.

„Adieu, Engel", sagte er nachher zärtlich, legte seine Nase an den Haaransatz des Kindes und ging langsam und aufrecht hinaus. Gern hätte er wieder gepfiffen. Das ging aber leider doch nicht.

Als er fast an der Tür war, hörte er eine fragende Kinderstimme im Rücken: „Und mein Geschenk?"

„Wie?" Er blieb stehen und bekam einen puterroten Kopf.

„Mein Geschenk", sagte das Kind mit einer, ach Gott, wie wenig mädchenhaften Stimme.

Erschüttert drehte Kennel sich jetzt um.

„Aber du bist doch ein junges Mädchen. Deine Eltern sind doch in Rom."

„Warum sollte ich deshalb kein Geschenk haben?" sagte das Kind geschäftlich ruhig.

Kennel wurde blaß. Seine Eitelkeit erhielt einen furchtbaren Schlag, einen Schlag von der Stärke, wie er ihn selber kaum im Leben je versetzt hatte. Er fühlte, daß er hineingelegt worden war. Und wie. Aber Kennel war ein harter Kämpfer.

„Hier." Er faßte nach der Tasche am rechten Oberschenkel, zog eine Anzahl Papiere heraus, blätterte genau und nahm einen Schein. Den Rest steckte er wieder ein. „Hier." Er reichte dem Mädchen den Schein.

Sie nahm ihn, sah ihn genau an, lächelte spöttisch, und legte ihn, ohne ihn mehr anzusehen, auf den Tisch.

Es war ein Schein von fünfzig Lire.

„Das sind zweieinhalb Dollar", sagte sie und kniff die Augen ein.

„Gewiß", sagte Kennel, der ebenso rasch die Valuta umrechnen konnte wie das Arbitrage-starke Mädchen.

„Was meinen Sie wohl, was ich damit anfangen kann?"

„Sie können sich Trauben dafür kaufen, mein Kind", meinte Kennel freundlich.

„Was fällt Ihnen ein? Ich habe einen Freund, der mir

fünftausend Lire im Monat zahlt", fuhr das Mädchen auf.

„Dann kann ich die fünfzig Lire ja wieder nehmen", sagte Kennel liebenswürdig und ging so rasch mit dem Schein in der Hand aus dem Zimmer hinaus, daß er das Mädchen damit völlig überraschte.

Sie lief ihm an die Tür nach, besann sich aber und hatte wohl eine Menge Gründe dafür, auf dem Gang keine Szene zu machen. Wütend, aber leise (was nur eine berufsmäßige Kokotte gleichzeitig sein kann) schloß sie die Tür.

Kennel fing draußen auf dem Gang wieder an zu lächeln. Die Sache machte ihm plötzlich einen Riesenspaß. Auch sein Selbstgefühl war jetzt wieder gehoben. Wenn man die Geschichte so, wie sie war, erzählte, war sie doppelt gut. Man erschien in der Geschichte zuerst ein wenig albern, aber das sah bescheiden aus und schadete nichts — am Schlusse war man doch der Kluge.

Mädchen aus guter Familie, überlegte er grimmig. Na, Eltern in Rom — das würde sie sobald nicht vergessen, seine Abfuhr. Geschah ihr recht, daß sie reingefallen war. Das kam davon, wenn man etwas vorgab, was man nicht war. Kennel spitzte die Lippen — das war doch ein witziger Abschluß. Kennel lachte vor sich hin. Wie war vorhin der Marsch der New-Yorker Revue gewesen ... „Fifty millions frenchmen can't be wrong ...", und er fing, mitten auf dem Gang, wieder da zu pfeifen an, wo er vorhin aufgehört hatte.

In diesem Augenblick erlebte Kennel etwas Denkwürdiges. Aus einer Tür auf der rechten Seite schoß Virginia Watts im Pyjama heraus und in eine Tür ihr gegenüber hinein. Das war etwa zehn Zimmer entfernt von dem Platz, auf dem Kennel soeben sein Pfeifen eingestellt hatte.

Kennel hörte, wie Virginia zweimal Peguys Namen in das Zimmer hineinrief, das Licht anknipste, sich umsah, die Tür wieder zuwarf und dann, mit den Augen die Nummern der rechten Korridorseite kontrollierend, auf ihn zulief.

Fünf Meter vor Kennel riß sie eine der Türen des Lynchschen Appartements auf. Kennel hörte, wie sie rief: „Peguy, es ist etwas passiert." Kennel überlegte sofort, daß Virginia also wissen mußte, daß Peguy bei dem jungen Lynch war.

Es ärgerte ihn, denn es war eine Sache, bei der er wieder übergangen worden war. Er machte rasch drei Schritte und sah in die offene Tür hinein.

Peguy und der junge Lynch standen mitten im Zimmer. Die „Seekadettenschule" lehnte kreideweiß mit geballten Fäusten an der Wand.

„Was ist passiert?" fragte der junge Lynch.

„Meine Kette –" Virginia griff mit einer Faust an den Hals, dann schlug sie mit der Faust dreimal unter ihr Kinn. Die Tränen kamen ihr vor Wut.

„Gestohlen?" fragte Peguy, die ein großes Paket in der Hand hatte. Sie war in ihrem Nonnenkostüm, das sie über einem weißen Abendkleid trug, während der junge Yankee einen Schlafrock anhatte.

Der junge Lynch sah auf die Uhr.

„Zwei", stellte er fest. Sein Blick traf Kennel. „Kommen Sie herein", sagte er nicht sonderlich freundlich. Dann nahm er den Telephonhörer. „Direktion", rief er, als es im Hörer knackte. Mit der linken Hand machte er dabei die Tür zu, die Kennel hatte offenstehen lassen. „Ja, Lynch", sagte der junge Amerikaner jetzt. „Mrs. Watts ist eine Kette gestohlen worden. Sie kommen am besten herauf. Ins Zimmer von Mrs. Watts – jawohl." Er drehte sich herum. „Es ist praktisch, wenn wir hinübergehen", sagte er dann. „Sie können das Paket ruhig da liegenlassen, Mrs. Ponti."

Erste Überraschung

Bobby war etwa eine Stunde vorher, als der Hebel an seiner Reiseuhr dumpf schnarrte, aufgestanden. Er ging darauf ins Nebenzimmer unter die Dusche, trocknete sich ab, zog seinen Bademantel an, kämmte sich und sah auf die Uhr. Zehn Minuten nach eins.

Er überlegte noch einmal scharf. Wenn Peguy jetzt mit dem Holzmodell kam, so war das von Peguys Seite eine Erpressung. Das Ding hatte überhaupt keinen Wert. Er war bereit, zwanzigtausend Dollar für das Schiff zu zahlen, wenn Peguy von den Briefen anfing. Wenn sie zugab, die Briefe zu haben, zahlte Bobby für die Briefe dann nichts mehr. Das war seine Strategie gegen die Falle, die man ihm gelegt hatte. Auch mit dem doppelten Preis wären die Briefe noch ein gutes Geschäft für ihn. Wenn Peguy nur anfing, über die Briefe zu diskutieren, dann hatte er sie schon. Bei dem kleinsten Beweis, den er in der Briefsache in die Hand bekam, hatte er die ganze Gesellschaft, die hineinverwickelt war, erbarmungslos in der Hand.

Er ging in seinem Zimmer auf und ab. Blank und sein Vater schliefen, nur durch den Salon getrennt, neben dem ehrgeizigen jungen Mann, der ruhelos auf und ab ging.

Nach einer halben Stunde klopfte es an der Tür. Bobby ging an die Klinke und machte sie auf. Peguy kam ohne einen Schatten von Vorsicht herein. In der linken Hand trug sie eine Pappschachtel und stellte sie auf den Tisch.

„Es hat ein wenig lang gedauert“, sagte sie. „Warum waren Sie nicht unten?“

„Ich habe Vorrat geschlafen“, meinte Bobby grinsend. „Ich muß morgen früh den ‚Nobody‘ fahren. Sie sind ja noch im Kostüm. Wollen Sie einen Whisky nehmen?“

Peguy knotete, während er den Whisky eingoß, das Paket

auf. „Ohne Soda", rief Peguy ihm über die Schulter zu und hob den Deckel ab.

„Ich finde es so schade", sagte Bobby, während er das Glas hinstellte und dabei die rechte Hand auf ihre Schulter legte.

„Daß ich mich so für Sie abmühe?" fragte Peguy über die Achsel.

„Nein – daß ich etwas Bestimmtes nicht tun darf", sagte Bobby seufzend. Er warf einen Blick in die Pappschachtel, die nun offen war. „Wie lieb von Ihnen."

Das Schiffsmodell lag in der Schachtel, mit Holzwolle umgeben. Der Löwe auf dem Schiffsschnabel war sogar in Watte eingepackt und sah nur mit dem Schwanz heraus. Eine hübsche Publikation in dem „Athlete", dachte Bobby, wenn man einen neuen Kreuzer daneben photographiert. Aber zwanzigtausend Dollar war doch ein wenig teuer für das Holz allein.

„Warum haben Sie eigentlich das Kostüm noch an, Peguy?" fragte er, während er das Schiff aus der Holzwolle herausnahm, in die Höhe hob und betrachtete. Es war wirklich alt.

„Die Kleidungsfrage gehört eigentlich nicht zu den Bedingungen, die Sie stellten", sagte Peguy mit einem schrägen Blick. Das kurze Stück Nonnentuch lag viel mehr kokett als verhüllend auf ihrem nackten Hals und schnitt das lange weiße Kleid am Knie reizvoll ab. Peguy hatte den Kopf zurückgelegt. Der Mund stand etwas offen. Die Lippen waren feucht. Die Augen betrachteten den jungen Amerikaner amüsiert.

„Schade, daß ich nie weiß, ob Sie ironisch sind oder nicht, Peguy", meinte Bobby und zog den Gürtel seines Bademantels fest. „Hat die Leed die Zwanzigtausend akzeptiert?"

Peguy nickte und zog ihren Lippenstift heraus. Sie drehte sich nach dem Spiegel um und schraubte das Rot aus dem Metall.

„Schön, dann machen wir gleich das Geschäftliche", sagte Bobby. Er hob eine Handtasche auf den Tisch, schloß sie auf und zog ein Scheckbuch heraus.

„Soll ich den Scheck auf Mrs. Leed ausstellen?" fragte er, während er sich setzte und seinen Federhalter herausschraubte.

„Auf Mrs. Leed. Natürlich."

Bobby füllte das Scheckformular auf die Chase National Bank of the City of New York aus, während Peguy ihre Oberlippe mit dem roten Pomadestift bestrich.

„So, Peguy", unterbrach er sich, ehe er den Namen unterschrieb. „Sie wollten mir noch die Briefe mitbringen."

„Einen Augenblick." Peguy legte den Kopf auf die Schulter und machte den linken Mundwinkel fertig.

„Hier." Sie griff in die Tasche der Kutte und holte eine Papierrolle heraus, die mit einem breiten Gummiband verschlossen war. Sie drehte sich um, reichte Bobby die Rolle und wandte sich wieder dem Spiegel zu, um den rechten Mundwinkel vorzunehmen.

Bobby löste den Gummi, riß die Papierrolle ab und öffnete die Rolle. Das Papier der Briefe war dick, alt und grau. Er versuchte zu lesen. Es war italienisch und französisch. Nicht die Schrift Williams'.

„Das sind doch nicht die Briefe, Peguy."

Etwas in seiner Stimme ließ Peguy einen Augenblick aufhören.

„Natürlich. Sehen Sie doch nach. Es sind zwei Schenkungsurkunden. Ich habe sie selber noch einmal auf meinem Zimmer angesehen."

„Reden wir ernst", sagte Bobby ruhig. „Sie wissen doch genau, daß ich nicht diese Briefe meine."

Peguy wandte sich langsam um. Langsam drehte sie den Lippenstift wieder in die Hülse.

„Welche Briefe meinen Sie denn?"

„Wir wollen doch kein Theater machen."

„Wollten Sie denn andere Briefe haben?" fragte Peguy kühl.

„Ja", erwiderte Bobby ungeduldig. „Sagen Sie, was sie kosten."

„Wir mißverstehen uns offenbar", meinte Peguy und drehte sich noch einmal nach dem Spiegel zu. Ihre Unterlippe war noch blaß. Sie gab ihr zwei Striche. „Ich weiß von keinen anderen Briefen."

Diesen Widerstand hatte Bobby nicht erwartet. Er hatte einen Grad der Intimität mit Peguy erreicht, der nicht zu übertreffen war, aber es hatte nichts genutzt. Die Briefe sollten also sehr teuer werden, viel teurer, als er vermutet hatte. Er hatte eine sehr starke Gegnerin vor sich.

Einen Augenblick stutzte Bobby. Er verstand, daß es jetzt aufs Ganze ging. Er wollte unter allen Umständen Klarheit haben. Die Briefsache mußte jetzt auf der Stelle geordnet werden. Er sah Peguys Augen unter ihrem löwenfarbigen Haar ihn mit verschleierter Ironie anblicken. Katze, dachte er und faßte sie am Arm.

„Sie wissen von keinen anderen Briefen?" fragte er lächelnd und suchte Peguy an sich zu ziehen.

In diesem Augenblick erzitterte die Tür hinter ihnen unter einem Stoß. Peguy machte einen Schritt zurück. Bobby sah, daß sie erschrak. In der nächsten Sekunde kam Virginia ins Zimmer. Eine viertel Minute später mußte Bobby Kennel einladen, hereinzukommen. Bobby ging stirnrunzelnd ans Telephon, sobald er wußte, was vorgefallen war.

Während er mit dem Direktor telephonierte, überlegte Bobby blitzschnell eine Menge Dinge. War das mit der Kette ein Bluff? Kaum. Weder Peguy noch Virginia hatten ein Interesse daran, die Verhandlungen jetzt zu stören. Wenn jemand hätte stören wollen, hätte das nur Ponti sein müssen, der hütete sich aber wohl, einen Skandal zu machen. Italien war doch nicht Amerika in diesen Dingen.

Hatte aber vielleicht Peguy die Briefe wirklich nicht? Ihrem Gesicht war wie immer gar nichts anzumerken. Oder hatte Williams ihm womöglich in Pas Auftrag eine Falle gestellt, als er den Verdacht auf die Pontis lenkte? Hatten die Pontis eventuell mit den Briefen gar nichts zu tun? Bobby biß sich einen Augenblick auf die Lippen. Es flirrte ihm vor den Augen. Aber Blank! dachte er dann. Blank! Der hätte sich an dieser Falle gegen ihn nie beteiligt ...

Bobby mußte jetzt etwas lauter ins Telephon sprechen. Nein – dachte er, es stimmte schon. Die Pontis waren verdächtig. Sie hatten von vornherein einen Plan gegen ihn gehabt, und er hatte sie ermutigt, indem er auf die Pontis einging. Zuerst mit dem Gainsborough, den er kaufen sollte ... und dann mit dem Schiffsmodell – und warum war Peguy so glatt nachts zu ihm gekommen? Doch nur, weil sie etwas mit ihm vorhatte — genau wie er mit ihr. Ihre beiden Absichten kreuzten sich überall — sie wollte die Briefe möglichst teuer verkaufen und er wollte sie möglichst billig haben ... aber sie war ein viel härterer Gegner, als Bobby gedacht hatte. Peguy hatte natürlich die Briefe. Aber sie hob sie bis zur letzten Sekunde auf. Bobby warf einen Blick in das Gesicht seiner Gegenspielerin. Schön — aber undurchdringlich. Bobby hängte den Hörer wieder ein.

Peguy sagte gerade: „Aber wie konnte dir die Kette denn gestohlen werden, wenn du im Zimmer warst?"

Virginia sah aus, als fühle sie sich durch die Frage verspottet.

„Ich schlief doch", brummte sie unwillig.

„Es ist das beste, wir gehen jetzt auf Ihr Zimmer", wandte sich Bobby an Virginia. „Der Manager kommt gleich herauf."

„Du hast eine komische Art, mir zu helfen", sagte Peguy ärgerlich leise zu Virginia, als sie neben ihr über den Korridor ging.

„Und ich? Kann ich ahnen, daß man mir zwanzigtausend Dollar stiehlt?" gab Virginia empört zurück.

„Das tut mir ja auch leid", meinte Peguy, „aber warum hast du mir deshalb für vierzigtausend kaputtgemacht?"

In Virginias Auge wachte etwas wie Verständnis dafür auf, daß sie etwas angerichtet hatte.

„Wenn du gefragt wirst", flüsterte Peguy, „dann sage, bitte, wenigstens, daß du nach der Entdeckung zuerst mich geweckt hast und daß wir zusammen Bobby geweckt haben. Sonst gibt es noch einen Skandal, weil ich in Bobbys Zimmer war."

Virginia nickte vor sich hin und zog die Oberlippe tief das Kinn hinunter und führte sie wieder über die Unterlippe in den Mund. Sie fühlte, daß sie eine Dummheit gemacht hatte. „Ich war so wütend", sagte sie, indem sie Peguy am Arm faßte.

Sie war einen Augenblick niedergeschlagen. „Entschuldigen Sie, Bobby", sagte sie, als sie an ihrer Tür standen, „daß ich Sie überfallen habe."

„Warum denn nicht?" sagte Bobby. „Ist das Ihre Tür?"

„Ja, das ist die Tür", erwiderte Virginia und machte sie auf. In dem Augenblick, in dem sie das Zimmer sah, wurde sie vor Wut wieder rot. Virginia war ein guter Kerl, hatte sich ohne finanzielle Vorteile seinerzeit scheiden lassen, gab ihr Geld ohne Bedenken aus und war nicht geizig — aber sie war verliebt in ihren Schmuck. Sie war verliebter in ihren Schmuck als in ihre Siebzehnjährigen. Sie gab Geld aus für diese delikate Neigung — aber keinen Schmuck. Ihr Schmuck war vielleicht das einzige, was sie wirklich liebte. Darum war sie vor Wut außer sich, als sie die Tür aufmachte. Sie haßte den Kerl, der ihr die Kette gestohlen hatte, wie die Pest.

„Haben Sie denn irgend etwas gemerkt?"

„Nur die Tür gehen — da war die Kette schon weg", sagte Virginia. Ihre Augenbrauen waren böse zusammengezogen.

„Schauen Sie sich nicht um. Es sieht abscheulich aus."

Das Zimmer war ein lustig von Virginia durcheinandergeworfenes Gemisch von Kleidern, Tennisspannern, Flaschen und Schuhen.

Peguy machte alle Lichter an. Virginias Bett stand mit dem Kopfende genau am Türeingang. Peguy schüttelte den Kopf. Es klopfte an der Tür.

„Man muß gleich das Hotel sperren, Direktor", sagte Bobby, als in diesem Augenblick der Manager eintrat. Für Manager berühmter Hotels gab es kein Negligé. Sie werden in Cut und gestreifter Hose geboren. Der Direktor, die linke Hüfte noch stärker als sonst aus Hochachtung für die Großen dieser Welt herausgedreht, hatte über den Pyjama Hose und Rock gezogen. Den Kragen und die Krawatte hielt er vor Aufregung in der Hand.

„Hatten Sie die Kette den Abend an?" fragte er Virginia, während er Bobby beruhigend zunickte.

„Natürlich."

„Es tut mir aber sehr leid, daß Sie die Kette nicht im Safe abgegeben haben. Die Versicherung kommt leider nicht dafür auf, wenn Sie den Schmuck mit aufs Zimmer nehmen."

„Darüber werde ich mit Ihrem Generaldirektor reden",

sagte Virginia ärgerlich. „Warum machen Sie den Safe um zwölf Uhr zu, wenn Ihr Fest bis morgens früh dauert?“

Der Manager prallte zurück, als sei eine Pistole vor ihm abgeschossen worden. Er zählte in der Erinnerung nach, wer bis zwölf seinen Schmuck abgegeben hatte. Von der Tübinger bis zur „scheuen Braut“ jedermann. Er seufzte. Mit den Großen dieser Erde war einfach zu arbeiten. Sie waren gewöhnlich wie Kinder, befolgten die Vorschriften, hatten Vernunft und sahen ein, was man ihnen sagte. Man konnte doch nicht jede Nacht einen Direktor als Vertrauensmann bis zum Morgen an dem Stahlfach sitzenlassen.

Aber das Zeug, das um die Großen herum war, wo man nicht wußte, waren es Kokotten oder Trinkgeldkellner oder Damen und Gentlemen, dieses Gesindel, das man grüßen mußte und das unnachsichtig, unverständig und arrogant war, das war nicht zu belehren, es war widerlich. Schon machte er eine Bewegung des Protestes mit dem Kopf, der den kleinen assyrischen Bart trug, als er auf Bobby sah. Sofort bändigte er, was er zu sagen vorhatte, tief in seinem kragenlosen Hals. Lynch war ein Großer dieser Erde. Der Manager lächelte, als ob er zu einem Kind spräche.

„Sind Sie auch wirklich sicher, daß die Kette weggekommen ist? Schmuckstücke finden sich ja sehr oft wieder.“ Er hatte unzählige Fälle im Kopf.

„Noch schöner“, sagte Virginia, die den Haufen Kleider und Tennisutensilien durcheinanderwarf. „Ich habe die Kette in meiner Handtasche neben meinem Bett liegen gehabt. Die Tasche ist noch da.“ Virginia warf die Tasche über den Tisch aufs Bett. Sie war wieder ein Teufel.

„Haben Sie auf jemand Verdacht?“ fragte Bobby ruhig.

„Ich weiß doch nicht, wer in dem Hotel wohnt.“

Der Manager wurde unter den Blicken, die ihn trafen, ängstlich.

„Können Sie das Hotel nicht durchsuchen lassen?“ fragte ihn Peguy.

Der Manager sah Peguy wie ein Gespenst an. Die Pontis gehörten nicht zu den Großen dieser Erde, aber sie grenzten recht nahe daran, näher als diese weiße Negerin, die wie eine

Verrückte das Zimmer durcheinanderwarf. Aber er hätte sie gern gefragt, was sie wohl sagen würde, wenn man sie nachts weckte und fragte, ob sie eine Kette gestohlen hätte.

„Es ist klar, daß es jemand war, der im Hotel wohnt", sagte Bobby. Der Manager überschlug die Leute, die auf dem Gang wohnten. Er wurde totenblaß.

„War Ihre Tür zugeschlossen?" fragte er Virginia.

„Selbstredend. Aber jedermann kann doch so ein Schloß öffnen", sagte sie wütend und hieb die Türklinke ein paarmal herunter und herauf.

„Und Sie schliefen?"

Virginia nickte. „Aber ich habe niemand erkannt, als die Tür zuging und ich wach wurde."

„Manager", sagte nun Bobby, „gehen Sie bitte an das Telephon und lassen Sie das Hotel absperren und durchsuchen."

„Das hat nicht den geringsten Sinn, Mr. Lynch", erklärte der Direktor, fest entschlossen, dies unter keinen Umständen zu tun. „In der Zeit, die verflossen ist, können hundert Menschen das Hotel verlassen haben."

„Dann telephonieren Sie der Polizei", meinte Bobby trocken.

Schweißtropfen erschienen auf der Stirn des Direktors. Er überlegte. Bei 1000 Dollar hätte er, weil der junge Lynch dabei war, aus eigener Machtvollkommenheit den Versicherungsfall für das Hotel eintreten lassen können. 1000 Dollar waren besser als ein Skandal und viel besser als Polizei im Haus. Das ging auf Konto Unkosten. Oder Repräsentation.

Der Direktor lächelte bitter und sah auf Bobbys nackte Knöchel. Aber es handelte sich um mehr — er kannte die Kette der Watts. Er schätzte vorsichtig auf 15 000 Dollar. Er überschlug rasch die Frequenz des Hotels im Monat August, überschlug die Ausgaben der Großen dieser Erde, die im Hotel wohnten, er überschlug die Bilanz und die Abschreibungen . . . Unmöglich. Er war nur ein Angestellter. 15 000 Dollar waren 15 000 Dollar.

Ein resignierter Schatten ging über seine Nase und über seine Mundwinkel. Dann knickte er die linke Hüfte ein und schob die rechte Schulter nach vorn, während er den Kopf zurücknahm.

Langsam ging er darauf mit dieser etwas angestrengten Bewegung, die er den Großen dieser Erde entgegenbrachte, auf Bobby zu und an ihm vorbei auf den Telephonkasten hin, um eine der unsympathischsten Handlungen vorzunehmen, die es für ihn gab.

Er hielt, während er sprach, seinen Kragen immer noch in der Hand – und er sah in ihn hinein, wie wenn der Kragen ein Telegrammformular sei, das er ablese, als er nach einigen Zwischenverbindungen dem Präfekten in Venedig selbst ins Bett mitteilte, einer englischen Dame sei eine Kette von 15 000 Dollar gestohlen worden.

Zweite Überraschung

Während der halben Stunde, die es dauerte, bis der Untersuchungskommissar aus Venedig ankam, erzählte Virginia zehnmal die Details, wie sie den Diebstahl entdeckt hatte. Sie erzählte immer dasselbe, und Kennel stellte dieselben Erwägungen an. Peguy betrachtete nachdenklich die Tennisspielerin. Dieses nervöse Gerede war in der Regel nicht ihre Art. Warum war Virginia so fahrig? Peguy fand, daß etwas in dieser Sache nicht stimme. Dabei interessierte sie diese Angelegenheit höllisch wenig. Sie wünschte vielmehr, die Besprechung wäre schon vorüber, um ihre eigene Angelegenheit in Ordnung zu bringen, die Virginia mit ihrem Knalleffekt unterbrochen hatte.

Peguy war nicht wütend auf Virginia, auch nicht auf die Unterbrechung. Sie rechnete mit allen Dingen, die ihr in die Quere kommen konnten, spielte mit ihren Fingern und betrachtete aufmerksam den Kopf Bobbys, der an der Unterhaltung über die Möglichkeiten des Diebstahls und die Möglichkeit, daß die Tür doch nicht verschlossen war, nicht besonders leidenschaftlich teilnahm.

Eigentlich sah er aus wie alle Amerikaner, so breit, so scheinbar sicher, so kindisch, so gewandt und so unberührt. Er sah eigentlich aus wie aus Gummi. Mit einem Allerweltsgesicht – wie in einem Geschäft bestellt und gemacht, hübsch, aber nicht besonders. Und doch war hinter dieser glatten Yankeestirn etwas, das nicht zu der Aufmachung, zu dem Gummiformat paßte, etwas, das Peguy nicht gefiel und das sie unsicher machte. Etwas Undurchsichtiges.

Peguy sah nach der Tür.

In der Tür stand ein junger Mann. Hinter ihm stand der Direktor. Er lud die vier Leute in einen leeren Salon ein, der auf demselben Gang lag. Der Manager hatte den Kommissar dort schon hineingeführt. Vor der Tür standen vier Carabinieri.

Der Kommissar saß an einem kleinen Tisch. Auf dem Tisch stand ein Telephon und eine Flasche Mineralwasser. Am anderen Ende des Zimmers standen Stühle, auf die der Manager hinwies. Sie setzten sich alle. Der Kommissar war ein Mann, der offenbar sehr klein und schmal war, sein Kopf war aber, wenn auch haarlos, ein großer, blasser, fest ausgearbeiteter und imposanter Kopf. Er hatte keinen Hals und eine hochstehende rechte Schulter.

„Mrs. Watts", sagte er annehmbar englisch, suchte rasch mit den Augen und faßte Virginia mit dem Blick. „Sie haben vor etwa einer Stunde eine Kette im Wert von fünfzehntausend Dollar aus Ihrem Zimmer, während Sie schliefen, gestohlen bekommen?"

„Von zwanzigtausend Dollar", verbesserte Virginia.

„Sie hatten die Kette vorher getragen und beim Schlafengehen ausgezogen, das Zimmer verschlossen und die Kette in Ihrer Handtasche neben das Bett gelegt. In die Schublade?"

Virginia zögerte, ehe sie nickte.

„In welche Schublade?"

Virginia hob über diese Frage die Augenbrauen hoch.

„Finden Sie, daß es zwei Schubladen in einem Nachttisch gibt?"

„Gewiß", sagte der Kommissar ruhig. „War es die obere?"

„Ja", meinte Virginia achselzuckend.

„Sie haben ein Geräusch gehört und wurden davon wach. Wie war das Geräusch?"

„Die Tür ging zu."

„Davon wurden Sie wach. Haben Sie sonst nichts gehört? Sie könnten vielleicht beim Aufwachen noch etwas empfunden haben?"

Virginia zog die Augenbrauen zusammen. Sie dachte eine Weile angestrengt nach.

„Es stimmt", sagte sie langsam. Ihre Unterlippe schob sich vor. Die Augen schlossen sich beinahe vor Anstrengung, genau nachzudenken. „Es stimmt. Ich habe etwas wie Schellen gehört." Sie schlug das rechte Bein rasch über das linke.

„Mit wem waren Sie zuletzt zusammen?"

Virginia hob das rechte Bein herunter und warf das linke rasch über das rechte. Ohne Nachdenken sagte sie sofort:

„Mit Mr. Ricci."

„Wohnt Mr. Ricci im Hotel?" Der Blick des Kommissars erreichte den Manager, der den Kopf schüttelte. Der Kommissar machte sich darauf Notizen und ließ sich den Namen buchstabieren.

„Kennen Sie Mr. Ricci schon länger?" wandte er sich an Virginia.

Virginia zog den Mund spitz nach vorn. „Er ist Klubmitglied in der Compagnia della Vela."

Die Antwort machte weder durch ihre unpräzise Art noch durch ihren lässigen Hochmut irgendeinen Eindruck auf den Kommissar.

„Brachte er Sie bis ans Zimmer?" fragte er weiter.

„Solche Fragen beantworte ich nicht", richtete sich Virginia empört auf.

„Ich habe gesehen", fiel Peguy ruhig und auf italienisch ein, „daß Mrs. Watts sich von Ricci am Lifteingang in der Halle verabschiedete."

Der Richter sah einen Moment Peguy in die Augen, dann stäubte er mit der linken Hand, an der zwei Finger fehlten, etwas von seinem blauen, zweireihigen Rock.

„Mrs. Watts", fuhr er fort, „Sie haben sich von Ricci unten am Lift verabschiedet. Welche Zeit war das?"

„Halb eins."

„Die Kette wurde kurz vor zwei gestohlen. Sie haben niemanden im Verdacht?"

Virginia breitete die Arme aus und zog die Schultern in die Höhe.

„Und warum haben Sie die Kette nicht um zwölf noch in den Stahlschrank unten abgelegt?"

„Ich kann doch nicht nackt herumlaufen", antwortete Virginia ärgerlich mit rotem Kopf.

Nur Bobby lachte. Der Kommissar bewegte sein Gesicht nicht, nahm einen Zettel, notierte etwas und drückte auf eine Schelle. Ein großer Carabiniere kam herein.

„Lassen Sie das in den Anmelderegistern nachsehen", sagte

der Kommissar und deutete auf das eine Blatt. „Das andere ist für Silvio."

„Sie brauchen um die Kette nicht zu fürchten", wandte sich der Kommissar an Virginia. „Ich habe die Grenzen sperren lassen. Und in Italien selbst sind die Perlen jetzt nicht mehr verkäuflich."

Bobby machte plötzlich die Beobachtung, daß der Kommissar im Unterschied zu anderen Menschen die Augenlider nie senkte. Deshalb wirkte das nie blinzelnde Gesicht unheimlich. Gute Organisation, dachte er. Hoffentlich hatte der Mann auch an die Häfen gedacht. Unangenehmer Kerl, aber wohl tüchtig.

„Sie geben sich viel Mühe um die Kette", murmelte Virginia, die ihren Ärger über die Art der Fragerei des Kommissars einen Augenblick verbiß. Es imponierte ihr stark, daß wegen ihrer Kette die Grenze gesperrt wurde. Der Begriff Grenze hatte für sie etwas Gewaltiges. Hätte man das in England auch getan? Gesperrt sicher nicht.

„Nicht nur wegen Ihrer Kette", sagte der Kommissar sarkastisch. In diesem Augenblick konnte er trotz seiner Ruhe das Gefühl der Verachtung nicht ganz verbergen, das er dieser Art Ausländern gegenüber hatte, die er verhören mußte. Er zeigte zum erstenmal ein scharfes Lächeln, das in den Augenwinkeln aufzuckte und erlosch.

„Es ist meine Pflicht, dafür zu sorgen, daß nicht gestohlen wird. Hat jemand ein Kostüm mit Schellen angehabt?" fuhr er fort und sah den Manager an. Der Direktor sah Kennel an, welcher neben ihm saß. Kennel bekam eine herrliche Idee.

„Fitznow", gab er an. Der Kommissar ließ sich den Namen buchstabieren. „Wohnt er im Hotel?" Der Manager schüttelte den Kopf.

„Das ist ein Irrtum von Ihnen, Direktor", sagte Kennel von oben herunter. „Ich sehe Fitznow täglich seine Post abholen."

„Aber er wohnt nicht bei uns", erklärte der Manager beleidigt.

„Na, der Direktor wird es wissen", meinte der Kommissar mit einer Handbewegung und schellte. „Beide sofort", wandte er sich an den großen Carabiniere, der eintrat. Der Mann salutierte mit der Hand an der schrägen Hochländermütze. „Jawohl“, brüllte er mit einer Stimme, die einen General erschreckt hätte, und stürzte wieder hinaus.

„Wie heißen Sie?“ wandte sich der Kommissar an Kennel und schenkte sich ein Glas Wasser ein, ohne davon zu trinken. „In welchem Verhältnis stehen Sie zu der Sache?“ frug er weiter, als Kennel seinen Namen buchstabiert hatte.

„Ich kam den Gang entlang, als gerade Mrs. Watts die Gräfin Ponti weckte.“

„Und dieser Herr?“ Das nicht blinzelnde Auge des Kommissars schien zum erstenmal Bobby zu entdecken. Da sprang aber der Manager ein. „Mr. Lynch“, erklärte er und erhob sich dabei ein wenig. Er rückte seinen Stuhl dabei nach links, als wolle er sich zwischen den Kommissar und den Amerikaner werfen.

„Sie weckten also Mr. Lynch“, wandte sich der Richter an Kennel.

„Nein. Die Damen weckten ihn. Ich kam gerade dazu.“

„Sie sahen, wie Mrs. Watts die Gräfin Ponti weckte, und beide weckten dann Mr. Lynch?“ Der Kommissar sah von einem Gesicht zum andern. „Wo kamen Sie selbst her?“

„Aus der Bar.“

„Wann waren Sie aus der Bar weggegangen?“

„Kurz vorher.“

Etwas mußte den Kommissar stören, er trank Wasser und sagte: „Sie müssen das eventuell später beschwören. Überlegen Sie sich genau, wie lange das vorher war.“

Kennel wurde krebsrot. „Etwa eine halbe Stunde“, sagte er mühsam.

„Darf ich Sie fragen, wo Sie in der Zwischenzeit waren?“ fragte der Kommissar.

Alle sahen mit einemmal, wie Kennel seinen Gurgelknopf vier- oder fünfmal verschluckte. Kennel begriff, daß er im Zuge war, in eine Falle zu gehen, wenn er jetzt nicht höllisch aufpaßte. Es sah sonst, bei Gott, so aus, als ob er in die Sache mit der Kette verwickelt würde. Sich jetzt nur nicht treiben lassen. Nie geschoben werden — immer selber schieben, und wenn das Wassereimergesicht da vorne am Tisch noch so unverschämt fragte.

Er sprang auf, spreizte die Arme ab, lächelte ähnlich schief wie ein Boxer, der dem Publikum vorgestellt wird, und war schon vorne am Tisch. Er stützte beide Arme auf die Kante und neigte sich bis dicht an das Ohr des Kommissars. Eine Weile flüsterte er auf den Richter ein. Er grinste dabei, als mache es ihm Mühe, nicht laut zu lachen.

„Welche Nummer?“ fragte der Kommissar.

Kennel nannte die Nummer vom Zimmer des Mädchens, dessen Eltern nach Rom gereist waren. Nun hatte das Luder noch eins weg. Es überlief ihn direkt warm, wie glänzend er diese Sache jetzt zu seinen Gunsten gedreht hatte. Es ließ sich auch noch dazu erzählen. Er grinste den Kommissar an.

„Ich muß das mit der Nummer natürlich nachprüfen“, sagte der Kommissar ohne einen Anflug von Humor. Er hatte im Ton etwas von Geringschätzung, die nicht zu überhören war.

Sein Blick fiel auf den Manager. „Es fällt mir übrigens ein“, erklärte Kennel plötzlich, „daß auch einer von den Amerikanern ein Kostüm mit Schellen angehabt hat.“

„Wer?“ Bobby erhob sich.

„Der dicke Mann bei Wood“, erklärte Kennel, der sich wieder setzte. Vergnügt sah er Bobby an. Nun hatte er den Schlag auch noch auf die Amerikaner weitergegeben.

„Es handelt sich offenbar um den Mechaniker von Phil Wood“, wandte sich Bobby an den Kommissar. „Es ist Ihnen vielleicht nicht bekannt, daß morgen früh ein Weltrekord mit Motorbooten gefahren wird um den Preis des Königs von Italien. Der Mann muß mitfahren. Sie können ihn ruhig schlafen lassen. Ich bürge dafür, daß er ein anständiger Kerl ist.“

Der Kommissar trank zum zweitenmal Wasser.

„Lassen Sie den Mann herbringen“, sagte er zu dem Direktor.

„Über diese Handlung wird der amerikanische Botschafter wohl eine Anfrage an Sie richten“, erklärte Bobby erregt. So waren also die Italiener wirklich. Holten einen unschuldigen Mann wegen eines absurden Verdachts aus dem Bett, obwohl der Mann auf ihre Einladung am nächsten Tag ein weltberühmtes Rennen machen sollte. Er beschloß, es Romano zu erzählen.

Der Kommissar winkte dem Manager.

„Wenn in irgendeinem Lande der Welt etwas gestohlen wird", sagte der Kommissar, „so gibt es für die Justiz weder anständige Kerle noch Botschafter, sondern nur die Pflicht, die Schuldigen festzustellen." Er sagte das in verbindlichem Ton, aber seine Stimme klang dabei spöttisch. Da kamen die Amerikaner herüber, dachte er, und meinten, sie könnten kommandieren, wie sie wollten, und wollten auch noch die Justiz hindern. Sie sollten auf Eisen beißen. Der Kommissar stützte das Kinn in die Hand und spielte mit der andern Hand an dem Verschluß der Mineralwasserflasche. Er überlegte dabei, daß er, wenn er wollte, alle Anwesenden verhaften lassen könnte, denn es war klar, daß an jeder Aussage etwas nicht stimmte.

Die Tür ging jetzt auf, und der Mechaniker Phil Woods, ein dicker, zappeliger Bursche mit entzündeten Augen, wurde hereingebracht. Mit einer ungeheuren Mechanikerhand hielt er vor der Brust einen weißen Bademantel zusammen, der ihm sichtlich nicht gehörte. Die Haare hingen ihm wie einem Pony ins Gesicht.

Der Richter drehte sich zu ihm herum und sagte freundlich: „Verzeihen Sie, wenn ich Sie wecken lassen mußte. Seit wann schlafen Sie schon?"

„Seit zehn Uhr", erwiderte der Mechaniker. Seine entzündeten Augen suchten irr auf den anderen Gesichtern. Er war voll Kummer, daß ihm in einem fremden Land etwas Derartiges passieren mußte — daß er nachts von Soldaten geweckt und dann auch noch gefragt wurde, wie lange er schlafe.

„Und Sie sind durch nichts geweckt worden seither?"

„Doch, Sir — durch diese Dreckskerle", erklärte der Maschinist mit einem grimmigen Blick auf die Carabinieri, die zum Glück nicht verstanden, wie stark sie eben durch diesen struppigen Ausländer entehrt worden waren.

„Ich danke Ihnen", sagte der Richter, ohne sich durch

das Lächeln auf ein paar Gesichtern ablenken zu lassen. „Ihr Name ist Bennet. Bitte, gehen Sie wieder."

„Vermissen Sie etwas bei Ihren Sachen?" fragte der Kommissar darauf Bobby, während der Mechaniker hinausstiefelte.

„Außer meiner Nachtruhe nichts", erwiderte Bobby.

Der Kommissar wurde jetzt angeklingelt.

„Natürlich. Gleich", sagte er in den Hörer. Er wandte sich darauf an Virginia. „Sie hörten also Schellen, wurden wach, hörten die Tür gehen, machten Licht und standen auf? War die Tür da wieder abgeschlossen?"

„Nein", erwiderte Virginia.

„Sie kontrollierten also gleich. Sie dachten auch gleich an Ihre Kette. Warum eigentlich?"

„Warum? Würden Sie nicht an Ihre Brieftasche denken, wenn bei Ihnen eingebrochen würde?" fragte Virginia mit deutlichem Hohn.

„Sie dachten also an Diebstahl", konstatierte der Kommissar wie für sich und war dann eine Weile still.

Dann schellte er. Daraufhin kam Fitznow herein. Man sah es ihm direkt an, daß er aus dem Bett geholt worden, mit einem Gummimantel bekleidet und im Anhänger eines Motorrades durch den Staub herbeigejagt worden war.

Der Kommissar stellte seine Personalien fest, notierte Fitznows Wohnung und nahm dann den Telephonhörer hoch.

„Ja", antwortete er, „fahren Sie gleich hin. Silvio soll an den Klub telephonieren. Privatwohnung natürlich. Branca selbst. Natürlich."

Fitznow grüßte unbefangen und mit einer eigentlich ungehörigen Eitelkeit die Anwesenden. Es kam ihm keine Sekunde die Vorstellung, daß er in einer üblen Lage war. Er war hierin beneidenswert naiv und hätte jeden Menschen für verrückt gehalten, der ihm etwas Kriminelles zugetraut hätte. Er haßte außerdem die Öffentlichkeit gar nicht. Der junge Yankee und die Ponti waren ja auch bei dem Verhör. Kennel war allerdings eine peinliche Nuß und der „Kindermord" – er sah einmal aufmerksam hin. Was war mit der Watts?

Eine Witterung kam ihm, als sei er plötzlich die Hauptperson in dieser Affäre, und durch ihn werde etwas Wichtiges entschleiert werden. Es schien ihm, als ob der Richter und alle Anwesenden sich um ihn gruppierten. Er sah sich wie die Schauspieler, die er im Theater beneidete, weil in den Programmen stand, sie bezögen ihre Wäsche, ihre Socken, ihre Hüte von diesen und jenen Häusern. Fitznow empfand eine heftige Wollust – wenn auch nur im Pyjama –, vor der Öffentlichkeit zu stehen. Er bemerkte gar nicht, daß schon bei der Angabe seiner Adresse Kennel die Zähne wie ein Bullhund knirschen ließ.

„Wollen Sie mir erklären", fragte der Kommissar, „was Sie, der Sie gar nicht im Hotel wohnen, im dritten Stock zu tun hatten?"

„Ich suchte einen Bekannten, der mit mir fortgehen wollte", erklärte Fitznow.

„Woher wußten Sie, daß Ihr Bekannter sich im dritten Stock befand?"

Fitznow warf einen sonderbaren Blick auf Virginia, die auf den Boden schaute. Er lächelte unbefangen, wußte aber, daß nun die Rache für die Entführung des Jungen und das entgangene Essen bei La Vida in seine Hand gegeben war.

„Ich sah, wie er Mrs. Watts im Lift hinaufbegleitete."

„Der Herr, mit dem Sie nach Hause gehen wollten, begleitete Mrs. Watts im Lift in den dritten Stock?" wiederholte der Kommissar. „Er hieß?"

„Ricci", erklärte Fitznow.

Wieder läutete das Telephon. Der Kommissar hörte eine Weile, dann murmelte er etwas und hängte wieder ein.

Peguy sah ungerührt zum Fenster hinaus, wo es hell wurde. Virginia rieb ihren linken Knöchel, als hätte sie einen plötzlichen Bluterguß. Der Kommissar sah sie nicht an.

„Ricci", wiederholte er langsam. „Hatte er Schellen am Kostüm?"

Fitznow nickte. Er hatte ihm selber eine von seinem Pagodenhut an den Ärmel gesteckt.

„Kennen Sie Ricci schon länger?" fragte der Kommissar.

„Gewiß", erklärte Fitznow eifrig, „er ist ein guter Freund von mir."

„Das tut mir leid", äußerte der Kommissar und stand auf. „Ich habe ihn eben verhaften lassen. Er hat Ihre Kette im Augenblick, als die Leute bei ihm hereinkamen, zum Fenster hinausgeworfen", wandte er sich an Virginia. „Übrigens gibt er einen andern Platz an, wo er sie gefunden hat, als Sie", sagte er sarkastisch. „Sie können die Kette morgen auf der Präfektur bekommen."

Er stand noch eine Sekunde vor seinem Tisch, ging dann ans Fenster und öffnete es. Die Morgenluft kam stark und salzig herein. Die Sonne war aufgegangen. Belogen hatten sie ihn alle, dachte der Kommissar. Natürlich hatte die Person den Kerl auf dem Zimmer gehabt. Und der Kerl hieß nicht Ricci. Wie leicht diese Leute auf einen Hochstapler hineinfielen. Wenn sie das Zeichen von dem Segelklub sahen, in den der Bursche auch nicht einmal hineingerochen hatte, glaubten sie schon an seine Legitimation. Es stieß ihm übel auf. Mit seiner zu hohen rechten Schulter, seinem fehlenden Hals und seinem großen, weißen, imposanten Gesicht, in dem die Augen nicht blinzelten, ging er aus dem Zimmer. Er hörte gerade noch den Pfiff eines Dampfers. Die ersten Schiffe fuhren schon wieder aus, nachdem er sie zwei Stunden lang gestoppt hatte. Er nickte befriedigt über seine gute Organisation.

Der Manager begleitete ihn hinaus. Seine Gefühle waren dabei geteilt. Er war dem Kommissar dankbar – aber er haßte die Polizei. Snob – dachte der Manager, widerlicher Snob, und verbeugte sich dankend am Lift.

Als der Direktor wieder in das Zimmer zurückkam, schellte gerade das Telephon. Er hängte den Hörer ab und hörte zu, dann winkte er Bobby heran. „Exzellenz Romano will Sie sprechen", sagte er und schob die rechte Schulter vor.

Bobby dachte rasch nach. „Kann ich in einem andern Zimmer sprechen?"

„Umschalten auf Office", sagte der Manager in den Hörer. „Kommen Sie." Er führte Bobby über den Gang auf das Office des Korridors.

Bobby nahm in der engen Kabine dort den Hörer ab. Au seiner Armbanduhr war es vier Uhr. Was wollte der Minister mitten in der Nacht – wo er doch wußte, daß Bobby morgen zu fahren hatte? „Hallo."

„Lynch? Bobby Lynch? Ja. – Hören Sie", sagte im Hörer die Stimme des Ministers, die im Draht ganz dünn klang, „ich bin geweckt worden wegen der Schweinerei da draußen bei Ihnen, weil die Schiffe am Ausfahren gehindert werden mußten. Da ich erfuhr, daß Sie auf sind, wollte ich Ihnen noch etwas sagen, was Sie interessiert. Ich habe nämlich Ihre Briefe. Hallo – hören Sie . . .? Ja, ich erzähle Ihnen alles morgen. Essen Sie doch mit mir nach dem Rennen."

„Nicht abhängen", rief Bobby, so rasch er konnte, „hören Sie mich? Ja? Sie haben die Briefe richtig? Ja. In der Hand? Eine Sekunde noch – Sie geben sie, bitte, nicht meinem Vater, nicht wahr – nur mir. Danke schön. Ja, gewiß. Ich bin verdammt müde."

„Ich auch, hol's der Teufel", sagte die Stimme des Ministers.

„Moment, noch einen Moment", rief Bobby in den Hörer. „Man hat mir ein Modell angeboten von einer Galeere, Sie wissen schon, von Morosini. Aus Holz. Kann ich das aus Italien ausführen?"

„Nein", sagte die Stimme des Ministers. Dann lachte die Stimme, und dann war sie weg.

„Verdammt, verdammt", sagte Bobby, als er wieder hineinging.

Er gähnte ein paarmal heftig hintereinander. Das war doch stark.

In dem Untersuchungszimmer hatte sich inzwischen Virginia etwas von dem Wutanfall erholt, den die Bombe des Kommissars in ihr ausgelöst hatte. Zuerst war sie zornig auf den Kommissar und dann rasend auf Ricci geworden. Vor Wut fing sie an zu lachen, als ihr die anderen gratulierten, daß die Kette wieder da war. Dann setzte sie sich neben Peguy und ließ die Unterlippe nachdenklich hängen.

„Ich glaube, ich bin schwer hineingefallen", sagte sie und richtete ihre Augen träumerisch an die Decke.

„Ich glaube auch", nickte Peguy. „Wo war die Kette nun eigentlich?"

„Du kannst dir denken, daß ich dem Kerl, wie er immer danach fragte, gern hinter die Ohren gehauen hätte", flüsterte Virginia. „Ich hatte sie in den Nachttopf gesteckt. Aber Ricci, das Biest, war schlauer, als ich dachte. So ein gerissener Junge."

Peguy fiel etwas ein.

„Jetzt weiß ich auch, warum Ricci mir so bekannt vorkam." Sie klopfte mit dem Zeigefinger auf die Stirn. „Ich kenne ihn von Rom her. Er hieß damals nur anders. Als er von Rom weg war, stellte es sich heraus, daß sein Appartement mit lauter Gegenständen ausgestattet war, die er auf Privateinladungen mitgenommen hatte. Ich glaube, du mußt in Zukunft doch etwas vorsichtiger sein."

„Ich glaube auch", stöhnte Virginia. „Aber er war ein so netter Junge." Sie leckte nachdenklich die Oberlippe. „Die Geschichte wird ihm mindestens drei Jahre Gefängnis kosten. Was? Ich bin jetzt aber müde", setzte sie hinzu und breitete die Arme aus, streckte die Beine, und mit dieser Bewegung stellte sich der Ausdruck in ihrem Gesicht wieder ein, der frische Ausdruck, mit dem sie, jederzeit zufrieden mit dem Leben, ansonst ihre weißen Zähne zeigte.

„Kinder", sagte Virginia aufstehend, gerade als Bobby hereinkam, „ich bin ganz allein schuld an der Schweinerei, die euch allen den Schlaf gekostet hat, und bitte euch alle um Entschuldigung. Auch Sie", wandte sie sich an den Manager und machte ihm eine kleine Verneigung. „Vergessen Sie Ihren Kragen nicht." Sie reichte dem Manager, der übersehen hatte, daß er kragenlos war, und das steife Stück Leinen auf einem Stuhl liegengelassen hatte, den Kragen, als ob sie Miß Ryan nach einem Turnier, in dem sie von ihr besiegt worden war, strahlend die Hand über das Netz reiche.

Alle waren jetzt furchtbar müde.

Virginia ging mit Fitznow und Kennel neben sich den Korridor nach rechts hinunter. Kennel kam durch die Gegenwart Fitznows wieder nicht dazu, ihr zu erzählen, daß Williams ein scharfes Auge auf sie geworfen hätte, weshalb er knurrend in seiner Zimmertür verschwand. Fitznow nahm mit dem Gefühl einer befriedigten Rache von Virginia an ihrer Zimmertür Abschied. Sie behandelte ihn jetzt gnädiger als am Abend in Mestre.

Peguy ging mit Bobby nach der linken Seite des Korridors. Beide waren hundemüde. Bobby gähnte in einem fort und hielt, während die linke Hand in der Tasche seines Bademantels stak, die rechte Hand dauernd vor den Mund. Peguy ließ sich nicht das geringste anmerken. Obwohl sie am Umsinken war, spannte sie alle Energie noch einmal aufs äußerste an.

„So", meinte sie ruhig, als sie an Bobbys Zimmer kamen, „nun können wir endlich unser Geschäft fertigmachen." Sie strich ihr löwenfarbiges Haar aus dem Gesicht.

Bobby hatte die Klinke in der Hand.

„Sie haben sich schrecklich viel Mühe gegeben, Peguy", meinte er, „ich schäme mich direkt. Aber ich habe mir die Sache anders überlegt. Ich nehme das Modell nicht."

Als Peguy diesen Ton hörte, sah sie einen Moment auf den Boden.

„Warum?"

„Ich habe gehört, daß ich es nicht aus Italien ausführen darf."

„Wann haben Sie das gehört?"

„Vor fünf Minuten am Telephon. Von Romano."

Er blickte Peguy scharf ins Gesicht und sah, daß sie unbefangen wie immer lächelte. „Da wird das Modell eben wieder in den Leedschen Familienschatz zurückkehren müssen", sagte sie. „Geben Sie mir das Paket wieder heraus."

Bobby nickte. Als er die Klinke aufdrückte, wurde Peguy eine Sekunde lang blaß. In dieser Sekunde versank vor ihr die Sorglosigkeit der nächsten Monate, das neue Motorboot, es versanken zwanzigtausend Dollar, der Winter in Paris, es versank alles mögliche Angenehme und Wichtige und es versank Dolls hübsches, zufriedenes und verliebtes Gesicht.

Aber nach Ablauf dieser Sekunde war Peguy wieder ruhig. Sie lehnte sich an die Wand des gegenüberliegenden Zimmers und wartete, bis Bobby ihr die Schachtel aus dem Zimmer herausbrachte.

„Gute Nacht, Bobby", sagte sie, „schlafen Sie schön und morgen früh alles Gute."

Bobby sah ihr, die Hände in den Taschen des Bademantels, erstaunt und aufmerksam nach.

Als Fitznow um die Ecke des Korridors bog, um die Treppe hinunterzugehen, traf er mit Charly zusammen, der gerade aus dem Lift stieg. Charly hatte einen Mantel an und hatte außerdem seinen schönen Hut auf der Lagune verloren.

Er hätte Fitznow sicher nicht erkannt, wenn dieser nicht die Arme vor Begeisterung ausgebreitet hätte.

„Kommen Sie mit", sagte Charly, „Sie wissen sicher etwas, erzählen Sie mir." Er ging etwas schwankend nach seinem Zimmer zu. „Man hat mich über eine halbe Stunde vor dem Hotel am Motorbootkai warten lassen. Das ganze Hotel war abgesperrt. Erzählen Sie bitte — wer hat denn nun die Kette der ‚Seekadettenschule' geklaut?"

Charly war aufgekratzt und lachte über das ganze Gesicht. Die Sache machte ihm Spaß, obwohl er eine halbe Stunde im Freien deshalb hatte warten müssen.

Er blieb an seiner Tür stehen und klopfte. Dann trat er einen Schritt zurück. Die Tür öffnete sich und der alte Kammerdiener stand angezogen auf der Schwelle. Er hielt die Augen auf, aber er schlief trotzdem noch. Mechanisch trat er heraus und ließ die beiden ein.

„Na also, wer war's?" fragte Charly, indem er geschwind seinen Mantel auszog und den Gürtel aufmachte. Er warf sich in einen Stuhl und hielt dem Kammerdiener seine Beine hin, während er selbst das grüne Hemd über den Kopf zog.

„Ein gewisser Ricci, Prinz", erwiderte Fitznow und setzte sich leger auf den Bettrand des kleinen Infanten. Charly lief ins Nebenzimmer, wo er die Dusche andrehte. „Ich glaube nicht, daß Sie ihn kennen", rief Fitznow ihm in das Badezimmer nach.

„Wissen Sie, was ich heute nacht gehört habe", sagte Charly, der die Dusche schon wieder abgedreht hatte, „mein Vetter Alfons XIII. hat vier Millionen Pfund in englischen

Banken deponiert und große Grundstücke gekauft. Der Admiral Beef hat es mir erzählt. Kennen Sie Beef? Er hat im Krieg ein Geschwader kommandiert, ich glaube an den Dardanellen, und jetzt sammelt er Bilder, das heißt, er kauft und verkauft Bilder. Ich glaube, daß das ein gutes Geschäft jetzt ist. Jedermann verkauft eben Bilder. Was meinen Sie dazu, daß ich auch anfange, Bilder zu verkaufen?"

„Ich möchte Ihnen dringend abraten, Prinz", stammelte Fitznow entsetzt. „Es ist im Grunde doch ‚chichi', mit Bildern zu handeln, auch wenn es Gott und die Welt jetzt tut."

„Sie meinen wohl, ich sei zu dumm", sagte Charly, der in einem hellblauen Pyjama ins Zimmer kam und auf das Bett zuging. „Setzen Sie sich lieber da drüben hin. Ich dachte nur, wenn ein englischer Admiral das tut, warum sollte ich ..." Er murmelte vor sich hin, kroch unter die Bettdecke und streckte sich. „André, den Schirm", rief er dem Diener zu, der an der Tür stand, mit weißem Haar und weit ins Gesicht hereinhängenden weißen Augenbrauen. „Wahrscheinlich ist es auch sehr schwer ...", murmelte Charly und schob sich den grünen Tennisschirm vor die Stirn, weil ihn das Licht an den Augen schmerzte.

„Im Gegenteil, Prinz", versicherte Fitznow mit allem Scharm, indem er lächelte, wie Douglas Fairbanks im gleichen Fall am Bett eines Nachkommen Ludwigs des Frommen gelächelt hätte, „es ist entsetzlich leicht, mit Bildern zu handeln. Es paßt nur nicht zu Ihnen."

„Unsinn", knurrte Charly, „zu mir paßt alles, was zu einem anderen Menschen auch paßt. Warten Sie", sagte er mit einem richtigen Ausdruck von Haß, „es wird noch alles für mich möglich sein, wenn der Admiral recht hat. Die Dynastie Habsburg und Bourbon hat eine Menge Kronen verloren. Die von Frankreich, von Navarra, von Neapel, von Sizilien, von Parma. Es stand immer nur noch Spanien. Wenn der Admiral aber recht hat, dann ist mein Vetter Alfons in einem Vierteljahr ein Mann, der wie ich ohne Krone spazierengeht. Vielleicht wird man ihn auch aus Paris ausweisen und er kann mit unserer letzten Krone im Koffer in England Polo spielen. Haben Sie ihn einmal spielen sehen? Er spielt sehr gut. Er fährt auch ausgezeichnet Auto. Er wäre sicher ein guter Rennfahrer geworden. Verstehen Sie, daß man mich da nicht einmal fliegen läßt?"

Charly starrte vor sich hin.

„Wie sagten Sie, hieß der Mann, der die Kette gestohlen hat?"

„Ricci", wiederholte Fitznow. Charly überlegte.

„Wie sah er denn aus?"

„Nicht aufregend."

„Wohnte er im Hotel?"

„Nein — in einer kleinen Pension."

„In einer kleinen Pension", knurrte Charly schläfrig. „Ach, lieber Herr, wenn Sie wüßten, wie gern ich in einer kleinen Pension wohnte. Stimmt es nicht, André?"

Als sein Name genannt wurde, hoben sich bei dem alten Diener an der Tür die weißen Augenbrauen, ein Paar Augen erschienen, die einen Moment nachdachten, und dann öffnete sich der Mund.

„Wie Monseigneur sagten", flüsterte der Greis, der steckensteif im Stehen schlafen konnte.

„Aber wenn ich in eine kleine Pension zöge — sehen Sie", fuhr Charly etwas lebhafter fort, „sofort würden die verdammten republikanischen Zeitungen in der ganzen Welt wieder schreiben, ich sei ruiniert. Dabei habe ich nichts gegen die Republik, aber sie würden es trotzdem schreiben und noch alles mögliche Häßliche dazu — denn unsereiner ist ja vogelfrei. Und dann bekäme ich Telegramme von einem gewissen Hof, der ja heute noch ein Hof ist, aber, wie der englische Admiral in London gehört hat, in einem Vierteljahr keiner mehr ist. In den Telegrammen stehen häßliche Dinge. Sie schließen, daß ich standesgemäß wohnen muß. Sie, lieber Freund, ahnen nicht, wie kotzlangweilig es ist, standesgemäß zu wohnen und zu leben — mit einer so kleinen Rente dazu noch. Habe ich recht, André?"

Der Diener bekam einen Schlag wie von einer Hochspannungsleitung.

„Wünschen Sie den Tee?" fragte er. Diesmal war er gründlich eingeschlafen.

„Ach was, André, ich rede nicht von Tee. Von einem Feigengarten oder einem Olivengarten rede ich – was ist eigentlich hübscher? Mit einer kleinen Villa drin. Was sagen Sie dazu?" wandte er sich an Fitznow, den er einen Augenblick vor Ärger über den Diener ganz vergessen hatte.

„Ich?" bekräftigte Fitznow und machte mit dem Arm eine Bewegung, wie sie Douglas Fairbanks in dem berühmten Duell in den „Drei Musketieren" machte. „Ich schwärme für kleine, entzückende Bungalows. Sie müssen mich einmal besuchen, Prinz. Wir haben denselben Geschmack. Ich wohne selber in einer kleinen Villa in der Via Farinari. Villa Rosa. Mitten zwischen Rebspalieren."

„Nicht möglich", starrte Charly seinen Besuch an. Er richtete sich, obwohl er es sich schon zum Schlafen bequem gemacht hatte, noch einmal hoch und riß die Augen auf, als ob Fitznow den Kohinoor-Diamanten aus der Tasche gezogen hätte. „Villa Rosa", wiederholte er und fing an, sich mit dem Zeigefinger an der Nase zu kratzen. „Sagen Sie, wo hatte die ‚Seekadettenschule' eigentlich ihren Schmuck aufbewahrt?"

„In ihrem Nachttopf, Prinz", antwortete Fitznow geniert.

André erwachte endgültig, so lachte Don Charly.

„Hören Sie", sagte er, Fitznow die Hand reichend, nachdem er sich ausgelacht hatte, „wollen Sie heute abend bei La Vida mit mir zu Nacht essen? Um neun. Gut."

Fitznow ging strahlend hinaus. Manchmal war es wirklich gut, wenn man Pech hatte, dachte er. Ganz gut, daß es mit Ricci nichts geworden war. Ricci war ja ein hübscher Junge, aber was recht war, war recht. Wer stahl, war erledigt. Da gab es keine Sentimentalität. Aber die Vorsehung war doch nett und entschädigte einen, wenn sie einem etwas nahm. Fitznow ging die Treppe hinunter, indem er sich die Vorsehung nicht viel anders als eine freundliche Pensionsvorsteherin vorstellte.

„André", rief Charly mißtrauisch, als Fitznow draußen war, „die Auerbach-Caponi hat so lange mit mir geredet, daß mein Gedächtnis völlig erloschen ist. Ich kann mich auf keine Namen mehr besinnen. Weißt du, wie der Typ hieß, der eben hier war?"

„Nein", erklärte André höflich und demütig.

„Dann ist es doch besser", meinte Charly mißmutig, „du läufst ihm rasch nach und sagst wieder ab. Ich hätte mich an eine pressante Abhaltung erinnert. So Leute, deren Namen man nicht kennt — du erinnerst dich an Paris ... nichts als Unannehmlichkeiten. Ach nein", murmelte er, als André draußen war, mit einem halb schlafenden, halb vor Glück verklärten Mund, „daß Don Alfonso in einem Vierteljahr aus Madrid hinausgeschmissen werden wird. Vielleicht erschießen sie ihn sogar ..."

Fitznow kam, gerade als er die Halle erreichte, noch in die Schußlinie des alten Dieners, der sich kaum mehr auf den Beinen halten konnte. Er kam damit zum zweitenmal an diesem Tag um einen Lieblingstraum. Aber er litt nicht lange daran. Er dachte an Betty und an Schnapp, während er durch den Morgen auf den Motorbootkai hinunterging, und an das Haus bei Hannover, in dessen Dach vier Landesgrenzen ineinanderliefen ... und an die Vorsehung, an die er so schwärmerisch glaubte und die ihm auch, obwohl er es noch nicht ahnte, einen großen Triumph noch vorgemerkt hielt.

Vom Motorbootkai stieg Fitznow die Treppe nach der Landstraße in die Höhe, um der Villa Rosa, Via Farinari, zu Fuß entgegenzuwandeln. Er wußte schon nicht mehr, daß er vor einer Stunde dieselbe Straße im Beiwagen eines Polizeimotorrades gefahren war. Er warf noch einen Blick von der Straße hinunter, sah gerade Peguy Ponti in ihr Motorboot steigen und setzte pfeifend seinen Weg fort.

Als Peguy über die Lagune nach Hause fuhr, einen kleinen Koffer und eine Pappschachtel neben sich, hörte sie von drei Seiten das schrille Kurz-Lang-Kurz, mit welchem die Dampfer ihre Ausfahrt anzeigen. Die Sonne war aufgegangen, und die Lagune war farbig wie eine Papageienherde.

Peguy hielt am Haus Ponti, machte das Boot fest, nahm die Schachtel und den Koffer und ging ins Haus hinauf. An der Tür zu Dolls Schlafzimmer wartete sie einen Moment, hielt den Atem zurück, lauschte und ging dann, den Atem lang und gepreßt ausstoßend, in ihr Schlafzimmer. Sie schlief gleich ein.

Als sie wach wurde, saß Doll auf dem Rand ihres Bettes. Sie schaute auf die Uhr neben sich. Elf. Sie hatte fürchterlich lang geschlafen.

„Hast du das Schiff noch?“ fragte Doll gespannt. Sein braunes, hübsches Gesicht, das der gelbe, ärmellose Pullover und das offene weiße Sporthemd einrahmten, war unruhig.

„Es war nichts, Doll“, schüttelte Peguy den Kopf und sah auf Dolls Nägel. „Der verfluchte Yankee hat mich hineingelegt. Ich weiß nicht ganz, warum.“

„Du hast das Schiff noch?“ fragte Doll nervös.

Peguy machte eine dünne Handbewegung nach der Ecke, wo der Pappkarton stand.

„Gott sei Dank“, sagte Doll. „Ich habe einen Liebhaber, der fünftausend mehr zahlt. Wir hatten das Ding dem falschen Mann angeboten.“

Peguy wurde einen Moment wieder blaß.

„Wer will es denn haben?“ fragte sie schwach.

„Ich traf heute morgen an der Riva diesen Belgier, dem die kleine Jacht gehört. Wir unterhielten uns eine halbe Stunde über die Boote, die da lagen. Na, ich sage dir, ich habe in meinem Leben keinen Kerl gesehen, der so vernarrt in Kriegsschiffe ist. Er war ganz außer sich, als ich ihm das Modell anbot.“

Peguy war eine gescheite Person. Sie war viel gescheiter als ihr Mann, der aber nicht häßlicher war als sie. Sie hatte sich vierzehn Tage abgemüht wie eine Theaterintrigantin. Und nun kam Doll, grinste und hatte den Erfolg auf der flachen Hand. Peguy sog, während sie mit ihren Fingern Doll in die Haare faßte, die Luft, die von ihm ausging, tief und langsam ein. Dann atmete sie zum drittenmal in diesen Tagen lang und feierlich und diesmal deutlich aus.

Es war auch so gut. Nur das Geld mußte herbei. Das nächstemal würde sie es wieder schaffen. „Komm!“ sagte sie und zog ihn an den Haaren an sich.

Gespräch unter Fachleuten

An demselben Morgen, dem Morgen des Rennens der Zwölf-Liter-Klasse, spielte der englische Trainer Captain Richard Arnstruther um neun Uhr auf den roten Plätzen neben dem Lidohotel mit Miß Hudson, einer amerikanischen Dame, bekannt unter dem Namen „scheue Braut".

Wenn Sir Richard anschlug, sah er jedesmal, daß in der Nacht neben den Tennisplätzen ein hoher Mast errichtet worden war, auf dem ein kleiner viereckiger Kasten stand. Um diesen Kasten herum staken viele große Fahnen.

Um viertel nach neun fiel dem Trainer bald der Schläger aus der Hand, denn in der Luft über ihm erhob sich, in der Nähe des Kastens, ein scheußlicher brüllender Ton. Ein paar Sekunden später heulte die Stimme aus dem Kasten über die Plätze und den Strand die Nachricht, daß der Prinz von Piemont, der italienische Kronprinz, soeben am Bahnhof von Venedig angekommen sei. Solange der Kronprinz die Stufen des Bahnhofs hinunterschritt, um sich in den Palazzo Reale und später auf das Rennen zu begeben, behielt Sir Richard sein Racket geistesabwesend in der Hand.

Als das Geschrei in der Luft abbrach, klemmte der Trainer das Racket zwischen Oberarm und Rippen und sagte: „Wenn es Ihnen recht ist, Miß Hudson, brechen wir ab."

Obwohl sie eine ganze Stunde mit dem Trainer spielen wollte und nur eine halbe bis jetzt gespielt hatte, sagte Miß Hudson gefällig: „Wie Sie wollen, Mr. Arnstruther. Gehen Sie auf das Rennen?"

Miß Hudson war eine Amerikanerin, über die mehr geredet wurde, als ihre bescheidene Figur eigentlich hergab. Die „scheue Braut" war ein zierlicher, sanfter Mensch, aber kein eigentlich hübscher, kein sportlicher und kein besonders interessanter Mensch. Sie war sportlich sogar ohne jedes

Talent und in ihrem Wesen zeitweise genausogut energisch wie unbestimmt. Sie war jedoch klug und selbst für amerikanische Zustände ein sehr vermögendes Mädchen. Infolge ihres Vermögens war sie zehnmal mit nicht unbekannten Persönlichkeiten verlobt gewesen und infolge ihrer Klugheit hatte sie diese Verlobungen aus Angst, nur des Geldes halber verlobt zu sein, im letzten Moment wieder aufgelöst. Sie war darüber achtundzwanzig Jahre alt geworden, hatte ihre Erfahrungen gemacht – und begann im Schatten dieser Angst vor den Männern, die sie liebten, zu altern.

„Ja, Miß Hudson, ich gehe nachher auf das Rennen", antwortete der Trainer. „Ich muß Segrave in ‚Miß England' sehen. Wir waren auf dem College zusammen, Segrave und ich. Gehen Sie nicht hin?"

„Ach, Mr. Arnstruther", sagte Miß Hudson und blinzelte in die Sonne, „ich verstehe nichts von Motorbooten und den Berechnungen und den Klassifizierungen. Und nur auf die Tribüne gehen, das mag ich nicht. Der Platz kostet hundert Lire, und ich mache mir nichts aus Leuten, die hundert Lire ausgeben, nur um auf einer Tribüne zu sitzen und einer Sache zuzusehen, von der sie nicht mehr verstehen als ich."

„Ganz meine Ansicht, Miß Hudson", sagte der Trainer herzlich, „ganz meine Ansicht. Aber Major Segrave hat mir ein Billett geschenkt. Guten Morgen."

Er verabschiedete sich und ging in die Tennisbar, um ein Sodawasser zu trinken. Als er heraustrat, stieß er auf Blank, der am Strand auf und ab gegangen war, um Percy zu suchen.

Blank sah auf die Uhr. Er hatte zehn Minuten Zeit.

„Wollen Sie spielen?" fragte der Trainer überrascht.

„Habe leider keine Zeit", meinte Blank. „Schade. Wie gefällt Ihnen denn der Betrieb hier?"

„Furchtbar", sagte Captain Arnstruther, „widerlich", und in seinem kühnen, scharfen, englischen, von der Sonne zu Leder gebrannten Gesicht erschien ein Ausdruck von Todtraurigkeit. „Ich habe mir lange überlegt, wie Sie dieses Leben in dieser Gesellschaft aushalten. Es ist ja nicht menschlich, was ich sage. Aber wie soll man auf menschliche Ideen hier kommen, es ist wirklich nicht menschlich; aber man sollte das Gesindel doch auf dem Markusplatz, einen neben den anderen, aufhängen."

Sir Richard hielt den Strohhalm, mit dem er sein Sodawasser getrunken hatte, zwischen den Lippen und kaute darauf.

„Vermutlich hat Ihnen jemand fünf Lire Trinkgeld gegeben", meinte Blank gutmütig. „Sie müssen die Leute mehr en canaille behandeln."

Der Trainer sah Blank scharf an.

„Sie mißverstehen mich, Blank", sagte er heftig. „Glauben Sie nicht, daß auch nur ein Mensch hier wagt, mich schlecht zu behandeln. Im Gegenteil — sie fressen mir aus der Hand. Aber das ist es ja. Zigarette? Bitte — es sind Virginias. Ja, wenn die Leute übel zu mir wären, das würde mich noch amüsieren. Aber daß diese Leute reizend zu mir sind, daß sie aber in ihrem Charakter dabei übel sind, das macht mich kaputt."

„Mir ist es umgekehrt gegangen. Ich kann mich nur erinnern, daß mich jedermann, wenn er es konnte, übel behandelt hat, sobald ich in einer sozialen Position war, in der man es mich spüren lassen konnte."

„Verzeihen Sie — ich wollte etwas anderes sagen, aber ich komme gleich darauf zurück", sagte der Trainer und zündete die Zigarette an. „Sie waren Deutscher nach dem Krieg — und das machte damals alle üblen Instinkte frei. Einem Deutschen gegenüber fühlte jedermann sich groß, und einem Deutschen bewies jeder gern seine eigene Unanständigkeit. Ich denke mir, daß Sie das mit der Verachtung hingenommen haben, wie es sich gehört. Aber ich, sehen Sie — ich bin Engländer, und mein Vater war Kabinettsminister bei Lloyd George während des Krieges. Und diese Hundegesichter, denen ich jetzt diene, behandeln mich, als ob ich ein Kabinettsminister sei und nicht ein Tennistrainer. Ist das nicht widerlich? Wenn Sie Engländer wären, Blank, so würden Sie empfinden, daß man mir damit dasselbe Elend antut, das man Ihnen antat, als man Sie wegen Ihrer deutschen Abstammung miserabel behandelte. Ja, wie man mich behandelt, das ist noch viel elender, ich diene doch auch, wissen Sie ... Wie man Sie behandelt, das ist doch gar nicht diskutabel und reicht gar nicht bis an Sie heran — aber was man mir antut, das ist doch eine verfluchte Schweinerei von ganz verlogenen, miserablen Menschen. Es ist eine widerliche Generation in der Welt nach diesem Krieg. Zigarette?"

„Richtig", sagte Blank und zündete die Zigarette an, „es ist eine be-eiste Zeit, um dienen zu müssen. Aber finden Sie nicht, daß Dienenmüssen jetzt das Schicksal der meisten guten Leute in Europa ist? Man ist arm geworden. Man ist kleingemacht worden. Man hat den Magen hingehalten und hat ihn eingeschlagen bekommen."

„Und von was für Leuten", knurrte der Trainer mißmutig. „Sehen Sie die jungen Leute an; ich rede gar nicht von den alten, ich interessiere mich nur für die jungen Leute. Ehre kennen sie nicht. Kameradschaft verstehen sie nicht. Gentlemen sind sie keine. Vater und Mutter sind für sie ein Witz. Treue ist ihnen eine Legende. Tüchtig sind sie auch nicht. Affen und Wechselfälscher. Und nicht einmal ein Hirn." Sir Richard Arnstruther lachte. „Oder haben Sie mal einen unter diesen jungen Leuten gesehen, der etwas im Kopf hat?"

„Außer Autofahren und Tennisspielen nichts", meinte Blank lachend. „Dienen wir weiter", sagte er bös.

„Schade, daß Sie keine Zeit zum Spielen haben", erklärte der Engländer. Blank sah auf die Uhr.

„Leider nicht", sagte Blank, „ich fahre mit Bobby Lynch das Rennen auf ‚Nobody'."

„Schade", sagte Arnstruther aufrichtig betrübt, „ich hätte Ihnen gern meine guten Wünsche mitgegeben. Aber verstehen Sie, ich bin mit Segrave befreundet, und meine Sympathie ist natürlich für ihn."

Blank lachte vergnügt. „Kommen Sie mit hinauf?" Er wies nach dem Hotel.

„Nein — aber darf ich Sie etwas bitten?"

„Gern."

„Aber ich fürchte, ich nehme Ihnen Ihre Zeit."

„Sicher nicht."

„Machen Sie mir den Hemdknopf am Hals zu", sagte Arnstruther beinahe schüchtern. „Nach dem Spielen sind meine Hände etwas ungeschickt. Und vielleicht haben sie jetzt noch eine Zigarette. Meine sind fertig. Danke, nein, es macht nichts, daß es keine Virginias sind. Bleiben Sie ruhig, ich habe Feuer. Wenn Sie also mal zum Spielen kommen, brauchen Sie kein Racket mitzubringen. Ich habe einen Haufen. Guten Morgen."

Dreiviertel Stunden später trat Blank aus der Ankleidekabine der Svan-Werft in Venedig.

„Bist du fertig?" rief Bobby. Blank schrie, er sei es. Eine Minute später kam auch Bobby aus seiner Kabine.

„Die alte Suppe. Der Riemen knotet sich nicht", brummte Bobby und suchte mit den Fingern an seinem Rücken herum.

Beide steckten in einem Anzug, der aus einem Stück bestand, dessen weite Hosen hermetisch an den Knöcheln abgeschlossen waren und dessen Blusenteil sich fest an den Oberkörper anlegte.

Über den Schultern hatten sie, einmal rechts und einmal links unter den Achseln durchlaufend, Riemen, an denen kleine Luftsäcke festgemacht waren. Auf dem Kopf saßen ovale Hauben, die wie Messing glänzten und das Kinn umspannten und einbanden. Um den Hals trug Bobby ein gelbes, Blank ein rotes Seidentuch. Das war die Farbe von „Nobody".

„Das lernst du nie", sagte Blank gutmütig und knöpfte Bobbys Luftkissenriemen am Rücken fest.

Sie sprangen in den Wal, kletterten aus dem Wal in den „Nobody" und blieben darin stehen.

„Los, los", murmelte Bobby.

Zwei Männer zogen mit ihrer Gondel den „Nobody", der an die Gondel festgeknotet war, aus dem Werftschuppen. Der „Nobody", der mit sechzig Kilometer Geschwindigkeit ansprang, hätte, wenn Bobby ihn in dem Schuppen losgelassen hätte, die ganze Werft mit einem Sprung zusammengeworfen.

Gerade als die scharfe Nase des „Nobody“ aus dem Schuppen auf die Lagune hinauskam, glitt draußen ein anderes Rennboot vorbei. Ein großer, schlanker, schöner Mann mit einem kühnen Pferdegesicht, aber wenig Haaren stand darin und hob den Zeigefinger der rechten Hand bis an die Schulter zum Gruß.

„Guten Morgen, Sir Henry“, antwortete Bobby auf Major Segraves stummen Gruß. Segrave hatte den Motor abgestellt.

„Ist Phil schon draußen, Mr. Lynch?“ fragte Segrave, der sein Boot in einer anderen Werft liegen hatte.

„Vermute.“ Bobby setzte sich.

Der Engländer nickte stumm mit dem Kopf und setzte sich auch. Er legte die Hände auf seine Knie und sah zu, wie Bobby anfuhr. Als Bobby Gas gab, warf Segrave „Miß England“ ebenfalls an, wandte aber die Nase des Boots nach der andern Seite. Wieder vermieden die beiden Fahrer vor dem wirklichen Start auch nur die Möglichkeit eines zufälligen Rennens.

Im Augenblick, als Bobby Gas gab, flog Blank gegen die hintere Bordwand des „Nobody“. Obwohl sie abgepolstert war, bekam er einen Schlag wie mit einer Eisenstange.

Der „Nobody“ heulte vor Wonne und stürmte in die Lagune. Bobby wollte aber die Zylinder sich langsam erwärmen lassen und nahm ihm das Gas auf ein Minimum wieder ab, soweit ein Minimum bei einem so hochgezüchteten Motor möglich war. Unwillig aber elastisch knallten die Ventile dumpf vor sich hin — ein reibungsloses Band von Tönen, in dem kein Stück fehlte.

Bobby und Blank hörten mit der höchsten Aufmerksamkeit eine Zeitlang den Detonationen zu, mit derselben Aufmerksamkeit, mit welcher ein Arzt, beim Perkutieren, den Brusttönen eines Menschen zuhört.

„Hoffentlich haben wir nicht verölt“, murmelte Bobby.

„Scheint nicht so“, meinte Blank, der den Rauch aus den Auspuffrohren genau beobachtete.

Der Motor baffte weich, als ob er auf Gummi läge, vor sich hin. Bobby hatte den Kopf auf die Schulter geneigt.

Die Töne waren glatt und voll. Nicht zuviel Öl und nicht zuwenig. Ein wohliger, satter Singsang.

„Schaut Pa wirklich zu?"

„Auf der Tribüne."

Bobby probierte die Zündung ein paarmal.

„Er ist schon hingegangen", fügte Blank hinzu. „Gib, bitte, nachher nicht zu plötzlich Gas. Mein Rücken ist etwas angegriffen." Er zog sich den Gummihelm ein wenig vom Kinn herunter.

„Also jetzt." Bobby warf den Hebel hoch. Die vielen Ventile fingen an wie ein Käferschwarm zu summen.

Der „Nobody" kam wieder in Fahrt. Er schoß mit zwei silbernen Wasserflügeln vor sich her über die Lagune nach der Rinne zu, wo es zwischen dem Lido und dem Festland aufs offene Meer hinausging.

Bobby probierte alle Gangarten durch, solange sie die Lagune hinaufheulten, ging aber nie bis an die Grenze dessen, was man einem Motor zutrauen darf. Während Bobby die Fahrtlinie betrachtete, die Balancierung des schmalen Bootes durchführte und die Hebel und den Volant bediente, betrachtete ihn Blank von der Seite.

Es fiel ihm der Skandal ein, der in der Nacht im Hotel war.

„Hast du eigentlich genug geschlafen?" fragte er.

Bobby grinste ihn an und nickte. Wie alle Menschen, die mit Maschinen intim sind, schlief Bobby nicht sehr gut, aber er konnte traumlos und wie ein Toter schlafen, wenn es nötig war. Er war völlig frisch.

Er hielt die schmale Fahrrinne in der Lagune genau ein. Eine Unzahl Gondeln und kleiner Motorflöhe flogen vorbei. Die englischen und italienischen Torpedoboote und Kreuzer folgten. Das Schiff der Dollarlinie war abgefahren. Statt zwei Jachten ankerten jetzt drei im Hafen. Draußen lagen zwei riesige englische Linienschiffe, die nicht einfahren konnten.

Bobby verfolgte genau und blitzschnell jeden Ruck des „Nobody", den Einfluß, den die kleinste Welle von einem vorbeifahrenden Vaporino oder einer Segelbarke auf sein Gleichgewicht hatte.

Er registrierte wie eine Kassenmaschine den Einfluß des

Windes, den Einfluß einer Wolke, die vor die Sonne kam, den Einfluß einer unmerklichen Druckbewegung mit dem Daumen an einem Hebel, den Einfluß eines Zitterns am Volant, den Einfluß der Schraube, wenn sie beim Sprung aus dem Wasser fuhr und in der Luft rotierte, auf den Gang des „Nobody“ — und dachte doch dabei, daß er zu Mittag mit Lynch reden werde.

Die Ausfahrt aus der Lagune kam.

Draußen schimmerte es hin und wieder silbrig.

„Wenn das Meer bewegt ist, haben wir nichts zu lachen“, brüllte Blank. Bobby nickte.

Bobby nahm etwas Gas weg. Der „Nobody“ fuhr durch die Rinne zwischen Venedig und dem Lido in die freie Adria hinein.

Dann warf Bobby das Boot rechts herum. Der „Nobody“ fuhr nun den ganzen Lido hinauf. Schon kamen die ersten Bojen. Es waren jetzt noch zwei Kilometer bis zum Start vor dem Hotel.

Die Bahn für das Rennen war mit Bojen genau abgesteckt. Sie war ein mächtiges langes Oval. Hin und zurück jedesmal über zwei Kilometer und die runden Partien in den Bogen immer vierhundert Meter. Das schlanke Oval lag mit weißen, gelben und roten Fahnenbojen glänzend auf dem blauen Wasser.

Das gab fünf Kilometer Umfahrzeit etwa, dachte Bobby. Es war ein komisches Gefühl, an denselben Bojen jetzt gemütlich vorbeizufahren, an denen man im Rennen wie die Pest wieder vorbeischießen mußte.

„Ist Segrave hinter uns?“

Blank sah sich um.

„Noch nicht.“

Phil Wood war mit „Miß America“ wohl schon am Start. Da waren schon die Tribünen, am Ende des Stegs, der vom Wasser aus lächerlich dünn aussah. Lynch stand wahrscheinlich schon oben und überlegte, wie sinnlos doch ein Boot von zwölf Litern wie der „Nobody“ sei, weil man seine Geschwindigkeit nicht auf Fünfzigtausend-Tonnen-Schiffe übertragen könne. Bobby grinste.

„Habt ihr eigentlich noch was gehört in der Briefsache?" schrie Bobby Blank ins Ohr.

Blank schüttelte verwundert den Kopf.

Bobby nahm das Gas weg. Sie hörten beide auf das Murmeln des Motors.

„Läuft gut, der alte Junge", sagte Blank.

„Klar."

Bobby nahm das Gas ganz weg. Zehn Meter vor dem Viereck, mit dem der Steg hundert Meter im Meer drin endete, schoß der „Nobody" vorbei. Bobby grüßte mit beiden Händen in der Luft rasch nach der Tribüne hinauf.

Minister oder Bankier?

Lynch stand wirklich auf der Tribüne. Allerdings dachte er nichts von dem, was Bobby mutmaßte.

Pudding hatte bei der Konferenz am Morgen, an der auch Percy teilgenommen hatte, im Hinblick auf Ereignisse in anderen Ländern erklärt, Diktatur oder nicht sei nicht wichtig, sondern es komme nur auf den Charakter des Volkes an. Es gebe Rassen, für deren Blutdruck, Klima und Ernährungsformen eben Diktaturen immerhin nicht unbedingt falsch seien.

Lynch, dem das Wort Diktatur einen Stoß in die Leber gab, fand Archies Theorien schlau aber unrichtig. Wo käme man hin, wenn man die Staatsidee danach richten wolle, was die Untertanen essen — Fleisch, Gemüse oder Mehlzeug? Ganz komisch, dachte Lynch, der sich an Archies Blatternarben und seine lange Nase erinnerte, aber doch ein geographischer Witz. Man mußte diesen Pudding einmal in New York ausprobieren.

Was Lynch über die fremden Staatsformen dachte, war dadurch beeinflußt, daß er jede Staatsform mit der amerikanischen verglich, die für ihn das größte Weltwunder war. Die amerikanische Staatsform hätte ihn vernichten können und er hätte sie mit seinen letzten Herzschlägen gepriesen.

Dazu war seine Frau eine Livingston gewesen, von den schottischen Livingstons, die mit den Douglas' verwandt und fast Prätendenten waren. Einer der Livingstons war auf der berühmten „Mayflower" nach Amerika geschwommen, und zwei seiner Nachkommen hatten die amerikanischen Unabhängigkeitsakte unterzeichnet. Lynchs Stellung zur italienischen Staatsidee war daher nicht unvoreingenommen.

Lynch konnte etwas, was wenige Leute können. Er konnte zugleich für die Allgemeinheit und für seine Privatperson denken. Während er also über die italienische Staatsform nachdachte, beschäftigten ihn seine eigenen Angelegenheiten – denn er war wegen seiner privaten Sachen schließlich hergekommen.

Lynch hatte den Brief in seiner Tasche stecken, den er gestern abend, als Blank weg war, erhalten hatte. Über den Brief hatte er nach der Konferenz mit Percy gesprochen. Der Brief war aus Italien gekommen. Er hatte die dreifache Auszahlung verlangt wie früher. Die Kerle hatten sich also hypnotisieren lassen. Lynch war befriedigt über das Resultat, es bewies, wie richtig seine Taktik war. Er hatte nicht umsonst hier herumgesessen. Die Kerle näherten sich.

Lynch machte die Hände auf und wieder zu und knirschte vergnügt mit den Zähnen. Der Poststempel war aus Florenz – aber das besagte nichts. Die Auszahlung war in London verlangt.

Lynch hatte mit Percy nur den nächsten technischen Schritt beraten. Man durfte nichts tun, was die Sache verdarb, man mußte die Leute in die Klammer hineintreiben. Die Leute mußten jetzt noch deutlicher und plastischer werden. Darüber waren sie sich beide einig. Percy kabelte den Betrag nach London, aber mit der Einschränkung, daß er nicht weiter überwiesen werden dürfe, sondern nur mit Quittung auslieferbar sei. Vermutlich wurde diese Einschränkung von London sofort nach Italien zurückgekabelt, und die Leute unternahmen dann wieder etwas oder änderten die Taktik. Was sie auch taten, es gab eine Spur.

Über die Verfolgung der Spur waren sich Percy und Lynch nicht einig. Percy wollte Blank sprechen und Bobby dabeihaben. Bobby lehnte Lynch sofort ab. Warum hatte Percy den Jungen dabeihaben wollen? Aus welchem Grund? grübelte Lynch ein paar Sekunden. Mit Blank wollte er dann zu Mittag sprechen. Percy war weiter dafür, jetzt jemand beizuziehen, der ihnen von italienischer Seite helfen konnte, die Spur aufzudecken.

Lynch hatte hingegen Bedenken, sich in dieser Sache irgend jemandem in die Hand zu geben. Er wollte die Kerle, die ihm drohten, mit der Drohung, sie ins Zuchthaus zu schaffen, kaputtmachen. Das machte kein Aufsehen. Percy fand diese Taktik zu kompliziert und nicht massiv genug. Aufspüren und gleich aufs Trapez feuern! Die Italiener, die Macht hatten, waren doch angenehme Leute. Percy verbürgte sich dafür, daß sie ihren Apparat diskret und tadellos spielen lassen würden. Er suchte Lynch zu beweisen, daß es für die Italiener eine hübsche Propagandasache sein werde, ihm beweisen zu können, wie sehr die italienische Regierung gegen Korruption gerichtet sei und wie rasch sie funktioniere.

Lynch verschloß sich dieser Logik nicht, obwohl er immer nur „Unsinn" geantwortet hatte. Die Überlegung machte ihn aber unwillig. Er gab sich nun einmal nicht gern aus der Hand. Aber je länger er darüber nachdachte, um so mehr schien es ihm unerläßlich, den Weg zu nehmen, den Percy verlangt hatte. Da Lynch gleichzeitig allgemein und gleichzeitig privat denken konnte, schlug er langsam seine privaten ärgerlichen Gegeneinstellungen beiseite und fing an, mit reinen Vernunftsgründen zu überlegen, an wen man sich wohl am besten wenden werde. Das gab ein neues Problem. Jemand aus der Umgebung des Hofs? War umständlich und nicht sein Fall. Politiker? Die wollten sicher etwas dafür haben. Zumal diese Faschisten! Lynch kam zu keinem rechten Resultat und sah sich mit seinen kalten Augen auf der Tribüne um.

In diesem Augenblick schaute alle Welt nach links aufs Meer, wo ein pfeifendes und brüllendes Geheul sich näherte.

Lynch stieg auf seinen Stuhl. Zuerst sah er nur Percy, der gerade über den Steg auf die Tribüne zukam, nachdem er die Kabel weggeschickt hatte. Dann drehte Lynch den Kopf nach dem Meer. Da kam Bobby also. Lynch nahm sein Glas. Aber bis er es eingestellt hatte, war der „Nobody" schon an der Tribüne. Bobby hob die Hände hoch. Warum trug der Junge immer diese grünen Handschuhe? Lynch beschloß, es ihm einmal zu sagen, und stieg wieder vom Stuhl herunter.

Er machte das Programmheft auf und winkte Percy, zu ihm herüberzukommen. Zwischen den Seiten des Programms lagen kleine quadratische gelbe Zettel. Lynch zog seinen Bleistift, machte eine Notiz und begann dann das Preisausschreiben zu lesen. Nach ein paar Zeilen bemerkte er, daß er eine falsche Seite aufgeschlagen hatte. Das war ja nicht der Preis des Königs und die Bedingungen dafür, sondern der Preis einer Schiffahrtsgesellschaft.

Jetzt hoben alle Leute wieder die Hälse und Lynch kletterte auf seinen Stuhl hinauf.

Er hatte leider keinen Platz an der Brüstung mehr bekommen. Als er oben stand, sah er, daß Bobby eine Schleife gemacht hatte. Es sah fast aus, als wolle der Junge das Boot unten an den Balken, auf denen die Tribüne im Wasser stand, landen — da machte der „Nobody" einen plötzlichen Sprung und ging mit hundert Kilometer Geschwindigkeit vom Platz weg auf die Startboje zu.

Der „Nobody" gab dabei solche Schüsse aus seinen neun Auspuffrohren von sich, daß eine Anzahl Damen, die in ihren Badepyjamas neben Lynch auf den Stühlen standen, sich die Ohren zuhielten. Donnerwetter, Blank, dachte Lynch, mußte der Kerl Ohren haben.

Er hatte jetzt die Ausschreibung für den Pokal des Königs gelesen. Der Text gefiel ihm nicht und er machte eine Notiz. Was hieß schon, den Pokal gewinne die „nationale Autorität", deren Mitglied ihn dreimal hintereinander gewinne? Es war hier doch schließlich ein Rennen um einen Weltrekord, an dem Amerika teilnahm — warum schrieb der Text nicht klar, daß das betreffende Volk oder der betreffende Klub den Pokal gewinne.

Lynch sah sich einmal um, ob auf dem Steg, wo wie eine Allee die Flaggen der beteiligten Nationen wehten, die amerikanische gut hing. Sie hing hinter den beiden italienischen der spanischen gegenüber. Spanien — drollig. Er dachte an den Krieg, in dem Amerika diesem Land die Knochen im Leib zerschlagen hatte. Kuba! Lynch lächelte bei dem Gedanken, daß ein Land wie Spanien gewagt hatte, Amerika anzugreifen. Heute würde selbst England das nicht wagen, ohne nach drei Monaten in Stücke geschnitten zu sein.

Er sah auf das Programm zurück und stieg dabei von

seinem Stuhl wieder herunter. Also dreimal mußte einer den Pokal hintereinander gewinnen. Da konnte er ja sein ganzes Leben darum rennen. Verrückt! Und warum eigentlich? Um zwei Sekunden rascher zu sein als Phil Wood aus Detroit, ein Chauffeur zu Wasser?

Lynch hielt von den Sportsleuten zu Wasser nicht mehr als von den Boxern. Er fand diese Rekordleute komisch. Er ließ sich in dieser Ansicht durch nichts beirren, obwohl er in seinen Zeitungen sehr viel Raum für diese verachteten Leute hergab. Die Sportbegeisterung war für das Volk nicht schädlich. Im Gegenteil. Ein Volk, das nicht mehr religiös war, hatte Ventile nötig, um sich zu begeistern — und Lynch hatte gar nichts dagegen, daß Boxen und Fußball ein solches Ventil waren. Deshalb schätzte er aber wie alle vernünftigen Leute, die in USA. etwas zu meinen hatten, diese Box- und Fußballeute noch lange nicht besonders ein.

Ja, so war es — und sechsmal mußte der Junge also die abgesteckte Strecke fahren? Etwa dreißig Kilometer ... wie hoch stand denn der Weltrekord? Hundertfünfzig etwa. Das arithmetische Mittel aus den sechs Runden mußte also etwas höher sein als hundertfünfzig ... Humbug.

Wenn das so weiter ging mit dem Rekordschwindel, so dachte in fünf Jahren niemand von den jungen Leuten mehr daran, etwas in seinem Beruf zu taugen, sondern jedermann dachte nur daran, schneller zu sein als die anderen. Der Sport hatte dann seinen Sinn als Ventil verloren, überlegte Lynch mißbilligend, der Sport war dann ein Götze geworden. Lynch haßte Götzen, am meisten aber dumme und sinnlose Götzen.

Ich fürchte, dachte er, beklommen seinen Gedankengang auf Amerika hinwendend, sie ziehen in der ganzen Welt jetzt nach dem Krieg eine oder zwei recht unseriöse Generationen heran. Zum erstenmal in seinem Leben nahm Lynch an einem solchen Rennen teil, und zum erstenmal ärgerte es ihn aus allgemeinen Gründen, daß Bobby dabei war.

Er merkte, daß Percy grüßte, und sah ebenfalls auf die Seite.

Romano ging in einer weißen Leinenuniform mit Schnüren und einer weißen Mütze mit goldgestickter Borte, die Hand an dem Mützenschild, vorbei.

„Na – wird Bobby es machen?" rief er, mit den Augen zwinkernd.

„Keine Ahnung", erwiderte Lynch dem Minister.

„Wollen so machen", rief Romano und hielt beide Daumen nach oben, während er in die Extraabteilung der Tribüne ging, die nur durch einen Balken und drei Bretter von dem andern Teil getrennt war und nicht größer als der Inhalt eines elektrischen Bahnwagens war.

Lynch sah dem Minister einen Augenblick lang nach. Romano hatte in dem jungen, rotbäckigen, fleischigen Gesicht ein Paar blaue, farblose, spöttische Augen. Nicht Lynchs Geschmack. Zu robust in einem Sinn, wie ein Amerikaner „robust" nicht liebte – zu sehr aufs Ganze gehend – zu direkt. Mit solchen radikalen Heißspornen machte man über kurz oder lang schlechte Geschäfte. Sie wünschten auch sicher politische Gefälligkeiten, wenn man sie um einen Gefallen bat. Und politische Gefälligkeiten konnte Lynch niemandem in der Welt erweisen außer ein paar Leuten in Amerika.

Lynch hustete in die flache Hand. Romano kam nicht in Frage, um wegen der Briefe mit ihm zu reden. Da war auch noch die Fliegerei mit Bobby. Was der Minister nur an dem Jungen fand? Nicht zu machen, dachte Lynch und sah in die Sonderabteilung hinein, wo Romano Hof hielt.

Neben Romano stand der englische Admiral, dem draußen die Linienschiffe gehörten. Man sollte doch mehr amerikanische Kriegsschiffe in die europäischen Häfen schicken, überlegte Lynch. Es machte doch auf die Leute einen kolossalen Eindruck, große Panzerschiffe zu sehen. Er wandte sich an Percy herum, um es diesem zu sagen, aber Percy war gerade dabei, einen Mann zu begrüßen, der ebenfalls auf die abgesperrten sechzig Quadratmeter Raum zuging.

Lynch drehte Percy wieder den Rücken, um ihm Zeit zu lassen, den Kerl abzuwimmeln, und da er im gleichen

Augenblick ein Motorboot anknattern hörte, kletterte er auf seinen Stuhl.

Zu seinem Erstaunen legte ihm Percy trotz dieser Maßnahmen die Hand auf den Oberarm und sagte: „Mr. Lynch, ich möchte Sie gern mit dem Herzog von Montenevoso bekannt machen. Sie kennen ihn unter dem Namen D'Annunzio."

Lynch drehte sich herum und sah einen Mann in hellem Anzug vor sich stehen. D'Annunzio hielt eine Jachtmütze in der Hand. Sein Kopf glich vollständig einem Ei. Lynch hatte noch nie einen so haarlosen und so ovalen Schädel — aber auch noch nie so merkwürdige Augen gesehen. Das eine Auge schien falsch zu sein, das andere aber imponierte Lynch sehr.

Lynch hatte D'Annunzio noch nie gesehen, aber er kannte Bilder von ihm. Vor dem Krieg hatte D'Annunzio ihn wenig interessiert. Lynch verstand kein Italienisch, interessierte sich nicht für Oden und noch weniger für Theaterstücke, in denen auf einen an einen Baum gebundenen Heiligen Pfeile geschossen wurden. Ebensowenig hatte er Notiz davon genommen, daß der Autor dieser Stücke gelegentlich am Strand von Venedig nackt auf einem Schimmel herumgeritten war.

D'Annunzio hatte ihn und seine Presse erst gefesselt, als er 1915 aus Frankreich nach Italien zurückgekehrt war und Italien in den Krieg geführt hatte. Er hatte dann viele Bilder von ihm gesehen, als Rittmeister, als Flieger, im Stab Cadornas und als Eroberer von Fiume nach dem Krieg, als D'Annunzio den istrischen Hafen für Italien gerettet hatte, obwohl Europa ihn den Serben geben oder internationalisieren wollte.

Lynch hätte D'Annunzio nach diesen Bildern nicht erkannt, denn das merkwürdige Auge des jetzt beinahe Siebzigjährigen war auf keinem Bilde mitphotographiert worden — und ohne diesen Blick war das Gesicht D'Annunzios schmal und rassig, aber trotz dem merkwürdigen Schädel nicht charakteristisch.

Lynch bückte sich ein wenig, um dem Dichter die Hand zu reichen.

„Die Startsignale sind noch nicht aufgezogen. Mr. Lynch", sagte der Italiener, „Sie brauchen sich noch nicht auf den Stuhl zu stellen. Es dauert noch ein paar Minuten. Der Kronprinz ist auch noch nicht da." Er traf mit einem blitzschnellen Blick Percy. „Sie waren vor vier Jahren bei mir in Cargnacco, nicht wahr?"

„Mr. Lynch schickte mich für die ‚New-York-Post' nach Villa Vittoriale. Ich war damals das erstemal am Gardasee. Es war zur Aufführung Ihrer ‚Gioconda'. Sie haben ein sehr gutes Gedächtnis, daß Sie sich an mich erinnern", fügte Percy in seiner bescheidenen Art hinzu.

„Ich habe ein sehr gutes Gedächtnis", sagte D'Annunzio, indem er Lynch ins Auge sah. „Ich habe Mr. Percy auch am 4. Mai 1915 im Bahnhof von Florenz gesehen, als ich wieder nach Italien kam."

Percy nickte. Das Gedächtnis des Dichters imponierte ihm, der alle Kursbücher der Welt im Kopf mit sich trug, außerordentlich. Er überlegte sich rasch, was er damals gekabelt hatte. Amerika war damals ja gegen den Eintritt in den Krieg gewesen.

Lynch war von seinem Stuhl wieder heruntergeklettert und betrachtete das gelbe, eingefallene Gesicht des Italieners. D'Annunzio gab sich offenbar die größte Mühe, hinreißend liebenswürdig zu den Amerikanern zu sein, aber sein Blick behielt immer einen Ausdruck von fanatischem Hochmut.

„Ich habe Ihnen noch einmal einen Korrespondenten gesandt", sagte Lynch nun trocken. „Das war nach Fiume, im Dezember 1920. Ihre Landsleute, die Soldaten des General Giardino, die Ihr Minister Giolitti gegen Sie geschickt hatte, haben ihm zwei Kugeln ins Bein geschossen. Wir zahlen ihm heute noch eine Rente."

D'Annunzio lachte.

„Ich bekam am gleichen Tag einen Schuß. Ich erinnere mich auch an Ihren Korrespondenten. Er hieß Wells oder Webbs, ein großer blonder Mann. Er war kurz vorher aus Paris ausgewiesen worden. Neulich sprach ich mit einem französischen Staatsmann noch über ihn. Mit . . ." D'Annunzio runzelte die Stirn, der Name fiel ihm nicht ein. „Webbs hatte damals ein Dokument bei Ihnen veröffentlicht, das den Franzosen nicht paßte und das wahrscheinlich nicht ganz korrekt in seine Hände gekommen war, das er aber nach dem französischen Gesetz ruhig veröffentlichen konnte. Trotzdem wiesen die Franzosen ihn aus. Sehen Sie, so sind die Franzosen. Sie schreien an allen Ecken der Welt nach Freiheit, nicht wahr, und wenn es ihnen nicht paßt mit der Freiheit, dann machen sie von der Macht Gebrauch — und zwar im brutalsten Sinn."

„Na — brutal", meinte Lynch, „sie haben ihn nur ausgewiesen. Ich hätte das an der Stelle der Franzosen auch getan, obwohl ich ihn damals natürlich gedeckt habe. Die Dokumente waren gestohlen worden, es war keine saubere Sache. Die Franzosen waren wirklich nicht grad brutal. Vierundzwanzig Stunden Frist haben sie ihm gegeben und eine Freikarte."

„Sehr höflich", nickte D'Annunzio, „aber doch brutal. Glauben Sie denn, daß man Macht überhaupt anders ausüben kann als mit Brutalität? Das ist es ja gerade, was die Macht von der Kunst unterscheidet. Wenn die Kunst brutal sein könnte, hätte ich, das garantiere ich Ihnen, mit der Kunst Fiume für mein Land erobert. Aber ich mußte die Eroberung, weil die Macht stärker als die Kunst ist, mit einem Freikorps machen. Und ein Freikorps ist auch brutal, denn es wird dabei geschossen."

„In Amerika ist man anderer Ansicht", meinte Lynch und schüttelte ärgerlich den Kopf. „Der junge Rockefeller, der wahrscheinlich der wichtigste von den fünf wirklich einflußreichen Leuten in USA. ist, hat sich ziemlich ganz und gar dafür eingesetzt, seine Finanzmacht dazu zu gebrauchen, die Kluft zwischen den Arbeitern und den Leuten vom Großkapital zuzuschütten. Haben Sie schon einmal von der ‚American Management Association' gehört, die er gegründet hat? Ich empfehle Ihnen, sich die Statuten einmal schicken zu lassen. Sie sind gar nicht brutal. Und Henry Ford, na, das ist der reichste Mann in USA., Sie sollten einmal nach Detroit fahren und sehen, daß er tatsächlich für zweihunderttausend Arbeiter eine soziale Organisation hingestellt hat, die etwa ein Paradies ausdrückt, wenn man sich ein Paradies zwischen Fabriken und Krankenhäusern vorstellen kann. Sehr menschlich alles. Gute Wohnverhältnisse, sage ich Ihnen. In Amerika versucht man heutzutage, wenn man Macht hat, sich die Macht in einem gesunden Maß selber wieder aus den Händen zu nehmen und sie der Allgemeinheit in Form von anständigen Lebensverbesserungen zuzuführen . . . statt sich Kugeln in die Arme und die Beine damit zu schießen."

Lynch hatte ziemlich lang gesprochen, er wäre jetzt gern wieder auf seinen Stuhl hinaufgeklettert und hätte der Unterhaltung damit ein Ende gemacht. Wenn Teddy Rothschild so von Kunst mit ihm gesprochen hätte wie D'Annunzio, hätte er es vielleicht verständlich gefunden, vielleicht sogar präzis. Aber von D'Annunzio wunderte es ihn doch. Er erinnerte sich dessen, was er über die Aufführungen und die Inhalte seiner Stücke gelesen hatte. „Gioconda", „Sebastian", „Francesca von Rimini". Sentimentale Sachen. Nichts Reelles. Sensationen mit Poesie!

„Ganz schön", erwiderte D'Annunzio und fuhr sich mit der Hand über die Stirn, „aber Sie hatten keine Provinzen, die Sie zurückerobern mußten. Der Mensch ist ein schicksalgebundenes Wesen und sein nächstes Schicksal ist nun einmal seine Nationalität und seine Geschichte. Bei Fiume galt es, eine Gelegenheit rasch auszunutzen, wie sie mein Land seit Jahrhunderten nicht hatte. Und da waren eben meine Bücher keine Tanks und meine Theaterstücke keine Kriegsschiffe. Leider nicht. Nein, Mr. Lynch, Kunst ist das Schönste, was es gibt, aber nicht das Wichtigste. Kunst kann nur vorbereiten und Ideen in Schwung bringen. Überall, wo Entscheidungen fallen müssen, hat die Kunst schon ihre Grenze. Wissen Sie, was das Schrecklichste in einem Leben wie dem meinen war, das vierzig Jahre sich der Kunst gewidmet hatte?"

„Ich weiß es nicht", murmelte Lynch und sah nervös nach dem Steg, auf dem eine geschlossene Gruppe von Leuten herankam.

„Das Schrecklichste war, als ich sah, daß ich mit der Kunst

hilflos war, weil ich keine Macht hatte, die Ziele, die ich mir mit der Kunst gesteckt hatte, zu erreichen. Die scheußlichste Ohnmacht der Welt ist es, im entscheidenden Moment ohne Macht zu sein. Da läuft am deutlichsten die Grenze zwischen der Kunst und der Wirklichkeit. Nun, ich habe mich allerdings auch nicht um diese Grenze gekümmert. Ich bin ruhig darüber weggegangen. So habe ich auch mein Freikorps ausgebildet und bin damit nach Fiume gefahren. Das Freikorps war damals wichtiger als eine Ode."

Lynch trippelte ungeduldig auf den Absätzen.

„Sind Sie dessen so sicher?" fragte er spöttisch.

„Sehen Sie die Geschichte an", erwiderte D'Annunzio gelassen, „sie gibt mir doch auf jeder Zeile recht. Erinnern Sie sich an die Aufführung der ‚Gioconda' bei mir in der Villa Vittoriale?" wandte er sich mit einem blitzschnellen Blick an Percy. „Ich mußte das Stück im letzten Moment um die Hälfte kürzen, sonst hätte es die ganze Nacht gedauert."

Percy nickte. Er war mitten in einer Überlegung, wie man am raschesten vom Lido nach Konstantinopel käme, und stieg in Gedanken gerade in Brindisi in ein Flugboot nach Athen.

„Es war eine schöne Nacht", sagte Percy dunkel.

„Und eine schöne Aufführung", fügte D'Annunzio hinzu, „eine Aufführung unter einem Himmel von Tiefblau und voll von Sternen. Die ganze Presse der Welt hat damals darüber geschrieben. Aber war es ein wirklicher Erfolg? Ist dieser Erfolg nicht schon verstorben? Ach, ich habe doch nur einen einzigen Erfolg gehabt in meinem Leben. In Fiume."

D'Annunzio hob seine breite Jachtmütze in die Höhe und sah einen Augenblick hinein. „Jetzt fällt mir auch ein, wer der Politiker war, mit dem ich über Webbs damals sprach. Er hieß Briand."

D'Annunzio, der jeden Korrespondenten Lynchs nach Jahren noch mit Namen kannte, wenn er ihn einmal gesehen hatte, sprach den Namen Briand so deutlich akzentuiert aus, als bestände die Möglichkeit, daß die Amerikaner ihn noch nicht gehört hätten.

Lynch machte sich, als D'Annunzio mit einem Blick auf die Uhr sich in die abgetrennte Koje der Tribüne begab, gleich wieder Gedanken über Europa. Es verblüffte ihn auf die Dauer immer mehr, welch gewaltigen Geltungstrieb er unablässig in Europa antraf. Er sah in ein Tempo und einen Machthunger bei den wichtigen Personen hinein, der ihm außerordentlich unlogisch und ungesund, ja ausgesprochen fieberhaft erschien, zumal wenn er auf der andern Seite an Rußland dachte.

Das Schlimmste war für ihn dabei, daß alles, was diese Leute dachten, ohne wirkliche Vernunft war, sowie man es aus den Grenzen herausnahm, in denen es ausgesprochen wurde. Lynch schüttelte den Kopf.

Gleichzeitig dachte er an seine Brieftasche. Damit war es nicht besser. Es war doch dummes Zeug von Percy, zu wünschen, daß er seine wichtigsten Privatdinge Menschen anvertraute, die solche persönlichen Ansichten über Vernunft, über Recht und über Unrecht hatten. Leute mit solchen Ansichten würden ihn glatt ans Kreuz schlagen für ihre Interessen. Ausgeschlossen ...

Lynch schüttelte noch einmal den Kopf. Er beschloß, lieber an die Finanzleute zu denken, mit denen er über die Sache sicher besser reden könnte. Bankiers waren nicht hysterisch und hatten gewöhnlich nicht derart national bornierte Ansichten wie die Politiker. Sie hatten nicht die unangenehme Art an sich, gleich politische Bedingungen und Bindungen bei der Hand zu haben. Bankiers waren Leute, die bei ihren Sachen blieben und Geld eben Geld und Sache eben Sache sein ließen und nicht eine verrückte Philosophie damit ausbrüteten. Gefälligkeiten waren mit ihnen leicht zu regeln. Es gab da nur Sachlichkeit und man verstand sich infolgedessen.

Es wurde Lynch ganz warm bei dem Gedanken an den sympathischen Stand der Bankiers, so viele Kerle er auch unter ihnen kannte, die gerne jedes Genick brachen, das sie bekommen konnten. Aber es handelte sich dabei doch um vernünftige Dinge, um Einflüsse, um Majoritäten, um Geltung fundierter und reeller Art. Lynch dachte an Eisenbahnaktien, an Petroleumaktien und an Grammophon- und Zeitungskonzerne. Er dachte an seine Anfänge bei Cerro de Pasco. Es wurde ihm dabei immer wohler.

Er beschloß, sich wirklich unter den Finanzleuten einmal umzusehen, und kletterte wieder auf seinen Stuhl hinauf.

Schwarze Signale

Im selben Augenblick stiegen über Lynchs Kopf fünf dicke, schwarze Korkkugeln in die Luft. Gleichzeitig wurde am Strand die „Marcia Reale" gespielt.

Die Gruppe auf dem Steg kam nun näher auf die Tribüne zu. Unter der Tribüne sprang gerade ein Motor an, als wolle er das Holzgerüst in die Luft sprengen. Lynch sah, wie der erste der fünf untereinander hängenden Korkballone eingezogen wurde, und kontrollierte seine Uhr. Es war eine Minute seit der Hissung der Signale verflossen.

Er drehte sich wieder dem Meer zu. Segrave war mit „Miß England" nun auch erschienen. Der Motor des Engländers sang viel höher als die amerikanischen. Er gefiel Lynch eigentlich besser, und das ärgerte ihn. Aus der Ferne glichen sie großen Flugzeugdetonationen. Flugzeugmotoren hörte Lynch aus unbegreiflichen Gründen lieber als alle anderen.

Die drei Boote, „Miß America", „Miß England" und „Nobody", fuhren jetzt alle drei wie irrsinnig in großem Bogen um die Startboje auf dem Wasser herum.

Jede der schwarzen Korkkugeln, die auf der Tribüne gehißt worden waren, bedeutete eine Minute. Die Rennboote gingen im fliegenden Start los und mußten also, wenn die fünfte schwarze Kugel sank, möglichst nahe beim Start sein. Sie mußten dabei auf der höchsten Tourenzahl sein, deshalb peitschten sie das Wasser um die Boje mit der viereckigen weißen Fahne wie zu Tod geschossene Walfische.

Lynch konnte wieder rückwärts nach dem Steg sehen. Er konnte es ja, weil es noch fast vier Minuten bis zum Start waren. Die Gruppe mit dem Kronprinzen kam näher.

Zwanzig Meter vor ihr kam eine andere Gruppe von Männern mit gelben Schuhen und so grünen, saloppen

Hüten, wie es sie ähnlich salopp und ähnlich grün selbst in Volksstücken kaum gab, mit gewaltigen Spazierstöcken und mit einer biederen Gangart, genau so, wie sich vielleicht die Phantasie eines Negers einen harmlosen Spaziergänger vorstellt.

Lynch kannte diese Gesellschaft, sie war international, man sah sie in jedem Land. Sie hatten überall die gleichen biedermännischen Bewegungen und dazu stechende Blicke. Detektive. Sie stellten sich auf der Tribüne in einem Haufen zusammen und tauschten Redensarten aus, die ihnen für ein Motorbootrennen unauffällig zu sein schienen, wie: Herrliches Wetter heute... Oder: Teufel nochmal, wieviel Fahnen... Einer von ihnen rief seinen Fox: „Nobi — hierher."

Lynch sah sich den Mann mißmutig an. Nobi? Das ging doch zu weit. Lynch hatte den General Nobile nicht gerade für einen Helden gehalten und er fand es unnütz, mit einem Ballon von äußerst unsicherer Lenkbarkeit nach dem Nordpol zu fliegen, solange die Wohnungsnot das brennendste Problem auf der Welt blieb. Aber es ging doch zu weit, die Hunde nach dem General zu nennen, weil er Unglück gehabt hatte. Mehr als Unglück war ihm nicht vorzuwerfen.

Lynch empfand wieder, wie unbalanciert Europa war. Erst hatte man den Luftschiffgeneral mit einer lächerlichen Ekstase gefeiert — und nun war sein Name gut genug für einen Straßenköter. Die Menschen waren Lynch hierzulande zu exaltiert. Sie hatten ein Entweder-Oder auf der Stirn. Es fehlte für sein Gefühl die ruhige, klare Mittelklasse, das, was er als den richtigen Bürger eines Landes empfand.

Da war doch Amerika ein anderes Land! Ganz ohne Hysterie! Voll Entwicklungsmöglichkeit, übersehbar wie ein Eisenbahnzug, der auf den Schienen sitzt und läuft — alles wundervoll unaufregend, gemäßigt, klar im Klima und in der Konstruktion, ein Land wie ein Aquarium... man konnte es unter Glasscheiben leben und atmen sehen.

Lynch ärgerte sich einen Augenblick über Williams, der dieses Amerika als korrupt, ideenlos und dumm hinstellte. Williams war nicht der Mann, einen Blickpunkt zu haben,

Williams hatte nur Gefühle und sah am Kernpunkt einer Sache immer vorbei. Der Kernpunkt Amerikas war seine Gleichgewichtslage. Auf die Stabilität kam heute alles an — trotz aller Wallstreet-Paniken. Nur aus der Stabilität der Masse heraus gab es eine folgerichtige Entwicklung.

Lynch ließ sich nicht blenden, weder durch Dinge, die tadelnswert waren in Amerika, noch durch Enthusiasmus für Dinge, die zu sehr gelobt wurden. Sein Land hatte Balance. Es hatte Fehler. Aber es lag richtig. Das war die Hauptsache.

Lynch konnte sehr rasch denken, wenn seine Gedanken einen Nebenweg einschlugen. Er hatte eine viertel Minute an Amerika gedacht. Jetzt ging die zweite schwarze Kugel über ihm herunter. Es waren noch drei Minuten bis zum Start.

Die Leute um ihn herum fingen an zu klatschen. Lynch stieg aus Höflichkeit von seinem Stuhl herunter. Es gingen jetzt ein paar Leute in schwarzen Escarpins mit Dreispitzen und goldenen Ketten an ihm vorbei. Mittelalter — er fand das lächerlich. Waren wohl Diener des Präfekten. Es sah komisch aus zwischen den nackten Beinen der Sportsleute und den engen Pyjamahosen der Damen.

Jetzt ging aus der abgesperrten Abteilung ein Herr in blauem Jackett mit einer weißen Jachtmütze und einem grauen Spitzbart heraus und dem Kronprinzen entgegen. Obgleich er geradeaus sah, erkannte er Lynch und grüßte. Lynch erkannte ihn ebenfalls, es war Spada, der Direktor des Banco di Roma, der reichste Mann Südeuropas, der für seine Verdienste zur Rettung der italienischen Valuta vor kurzem einen hohen Titel bekommen hatte. Lynch sah ihm in die Augen und betrachtete dann sein Profil.

War das nicht vielleicht ein Mann, mit dem man reden konnte? Er überflog in Gedanken die Bilanz von Spadas Bankinstitut. Hatte es politische Interessen? Kolonialinvestierungen? Irgend was in Südamerika? Oder in Tunis — wegen der Franzosen? Es fiel ihm nichts ein. Lynch betrachtete das graue, massige Gesicht mit den festen Wangen und der langen gekrümmten Nase mit steigendem Wohlgefallen. Dann zog er seine karierte Reisemütze ab.

Spada hatte den Kronprinzen begrüßt und ihm die Hand gegeben. Sie gingen vom Steg auf die Tribüne. Nun eilte auch Romano heraus und schüttelte dem Kronprinzen die Hand.

Lynch sah sich den Kronprinzen an, der an ihm vorbeiging. Er war sehr groß und hatte eine ungewöhnlich gute Haltung. Er hielt sich gerade, aber nicht steif und hatte tiefe, dunkle, hübsche Augen. Der Kronprinz gefiel ihm. Lynch setzte seine Mütze wieder auf.

Das Volk hier war richtig enthusiasmiert — aber war das wirklich Volk? Lynch dachte nach. In England war die Krone sicher auch beliebt, obwohl sie viel weniger zu sagen hatte als ein amerikanischer Präsident, der oft recht unbeliebt war. War die monarchische Idee doch vielleicht mehr als ein historischer Schnörkel? Dann hätte Pudding recht. Pudding hatte sicher nicht recht.

Lynch beschloß, sich nicht durch optische Dinge beeinflussen zu lassen und über die Frage nachzudenken. Es fiel ihm nämlich schwer, sich vorzustellen, daß er eventuell Bürger in einem monarchischen Staat sein könne. Das war die Schwierigkeit für sein Urteil, empfand er.

In diesem Augenblick fiel die dritte schwarze Kugel über ihm.

Er wollte gerade wieder auf seinen Stuhl hinauf, als ihn Romano am Arm faßte.

Lynch sah gerade noch, daß Major Segrave draußen auf dem Meer mit „Miß England" um die Startboje brummte und dann eine Volte nach rückwärts schlug, da sagte Romano dicht an seinem Ohr: „Wo stecken Sie denn, Mr. Lynch — warum kommen Sie denn nicht herein?" — und zog ihn in die abgesperrte Abteilung, in die hinein der Kronprinz verschwunden war.

Lynch wollte Percy noch etwas sagen, aber kaum hatte Romano ihn untergefaßt, sah sich Lynch auch schon dem Kronprinzen gegenüber. Der Kronprinz befand sich mitten in einem Kreis von Leuten, die alle dastanden, als sollten sie gleich mit Namen aufgerufen werden. Neben ihm stand auf der einen Seite Spada und der englische Admiral. Auf der anderen Seite die Tübinger in einem Hut wie ein Doppeldecker.

Lynch zog jetzt seine karierte Mütze ab, als Romano seinen Namen nannte.

„Guten Tag, Mr. Lynch", sagte der Kronprinz und gab ihm fest die Hand. „Ich sehe immer gern Amerikaner." Er machte eine halbe Bewegung nach rechts, und nun stand er mit Lynch an dem Geländer der Tribüne. In seinem Tonfall war ein ganz bestimmter Scharm, der für Klugheit sprach. Lynch nickte.

„Ich danke Ihnen, Königliche Hoheit."

Lynch sah an dem Kronprinzen vorbei jetzt zum erstenmal die ganze Rennstrecke hinunter.

„Ihr Sohn fährt ja mit", meinte der Kronprinz und legte die Unterarme auf das Geländer. „Ich glaube, die Bedingungen für das Rennen sind viel zu hoch. Ich bin die Strecke neulich einmal mit Sir Henry gefahren. Ich fürchte, es wird heute kein Weltrekord gemacht."

„Eure Königliche Hoheit verstehen hiervon wohl mehr als ich", erklärte Lynch.

„Wieso?" Der Kronprinz wandte ihm das Gesicht zu. „Der Weltrekord steht doch bei etwa hundertfünfzig Kilometer Durchschnittsgeschwindigkeit. Gar Wood hält den Weltrekord damit – aber der Rekord ist in Detroit bei ruhigem Wasser ausgefahren. Schauen Sie sich das Meer hier doch an. In der ruhigen Lagune hat Segrave nur hundertachtundvierzig erreicht. Wie soll man in dem bewegten Wasser nun mehr herausbekommen?"

Lynch sah auf dem blauen Wasser im Hintergrund überall kleine weiße Flecken.

Aha, das Meer. Lynch verstand nun das Problem.

„Man hätte natürlich in der Lagune fahren müssen", erklärte der Kronprinz weiter. „Da gab es wenigstens eine Chance, den Weltrekord zu brechen. Hier im Meer kriegt man nie ein besonderes Resultat fertig. Ich will das meinem Vater sagen. Er hat ja den Pokal gestiftet."

Lynch nickte ein paarmal. Die Ruhe des jungen Mannes gefiel ihm.

„Was denken Sie, daß Ihr Sohn herausfährt?“ fragte der Kronprinz.

Lynch war von dieser Frage überrascht.

„Ich habe mich nicht darum gekümmert, Königliche Hoheit“, sagte er und zuckte die Achseln.

Der Kronprinz veränderte sein Gesicht nur ein wenig, aber er hatte einen nachdenklichen Zug im Auge, als er den Amerikaner ansah. Es beschäftigte ihn vielleicht, was das für eine Mentalität und was für ein Mann das da neben ihm wohl war, der so unwissend und teilnahmslos am Start seines Sohnes stand. War das nur die Mentalität eines andern Mannes oder die eines andern Kontinents? Was sollte diese Interesselosigkeit bei einem Manne bedeuten, der doch eine riesige Öffentlichkeit mit seinen Zeitungen darstellte und der genau wissen mußte, daß es sich bei dem Start um einen kleinen, aber immerhin um einen Weltruhm handelte?

Der leichte Schatten flog aus dem Gesicht des Kronprinzen wieder weg. Vielleicht hatte das schöne Gesicht auch an etwas anderes gedacht.

„Jetzt geht es gleich los“, sagte der Kronprinz, „wollen Sie sich nicht setzen, Mr. Lynch?“ Er wies auf einen Stuhl und wandte sich Spada zu, der einen Schritt von ihm entfernt stand. Spada stieg, als der Kronprinz ihn ansprach, auf einen Stuhl und sah in die Höhe. Lynch sah auch in die Luft.

Die letzte der großen schwarzen Korkkugeln wurde heruntergehißt.

Spada hatte eine Pistole in der Hand und hob sie hoch. Er sah dabei nach unten und lächelte etwas ungeschickt und ironisch. Die Pistole gefiel ihm nicht.

Aus der Pistole kam zuerst ein dünner Knall und dann stieg eine Rakete heraus, an der ein langer Rauchfaden hing.

Alle Welt schaute nach der Startboje auf dem Meer. Nur Lynch beobachtete Spada. Er sah ihn mit seinen kalten grauen Augen an und blieb an ihm hängen. Er sah, wie Spada mit der Pistole umging. Das war sein Mann.

Zwölfzylinder im Meer

In dem Augenblick, als die Rakete aufstieg, stießen die drei Boote ein wahnsinniges Gebrüll aus.

Bobby fuhr gerade hinter dem Start an der Boje mit der weißen Fahne vorbei und mußte jetzt wieder wenden, um zu starten. „Miß America" war gerade, als der Schuß fiel, fünfzig Meter hinter dem Start im Wenden begriffen. Segrave allein hatte freie Bahn. Er kam mit „Miß England" auf zwanzig Meter Entfernung mit höchster Tourenzahl auf freier Strecke gegen die Startboje zugebraust und konnte als erster ins Rennen gehen.

Major Henry Segrave passierte richtig die Boje zuerst und wurde mit den Stoppuhren genau gebucht. Die Startboje lag etwa fünfzig Meter von der Tribüne weg, und neben der Startboje lag ein kleines Motorkanu mit den Schiedsrichtern.

Lynch regte sich etwas auf, denn er wußte nicht, welche Gesetze ein fliegender Start hatte, und glaubte, daß, wer zuerst über die Boje ging, diesen Vorsprung auch angerechnet bekomme.

Bobby kam aber immerhin glänzend herum. Obwohl er das Gas abgedrosselt hatte, warf er den „Nobody" richtiggehend um die Kurve und trieb ihn noch vor Phil Wood ins Rennen hinein. Er war also zweiter.

Kurz vor der Startboje gab er dem „Nobody" Vollgas. Das Boot bäumte sich unter dem Schlag, den das Gas ihm versetzte, aber als der „Nobody" mit der Nase auf der Höhe der weißen viereckigen Fahne war, ging er mit Kanonenschlägen los und der aufbrummenden „Miß America" davon.

Der „Nobody" lag dreißig Meter vor „Miß America". Und Segrave lag mit „Miß England" ungefähr auch dreißig Meter vor dem „Nobody". Von diesen dreißig Metern holte

Bobby sofort zwanzig auf. Es sah aus, als ob der „Nobody" „Miß England" einfach fressen werde.

Das war ein Irrtum. Sir Henry kam mit seinem englischen Motor langsamer in Tourenzahl als die Amerikaner. Denn als er die Hälfte der einen Seite der Rennstrecke gemacht hatte, verminderte sich die Distanz nicht mehr. Nach tausend Metern Fahrt entlang den Bojen mit den kleinen roten Fahnen kam Bobby nicht weiter auf.

Dagegen blieb „Miß America" noch weiter hinter Bobby zurück. Phil Wood hatte bereits am Anfang Fehlzündungen gehabt und war, im Boot stehend und an etwas schraubend, an der Startfahne vorbeigekommen.

Lynch schaute, als die Boote beinahe zwei Kilometer weg waren und unten jeden Augenblick in den ovalen Bogen einbiegen mußten, um zurückzukehren, nach Percy aus. Er nickte beifällig. Percy stand, obwohl er dadurch selber nichts sah, am Eingang der abgeteilten Partie der Tribüne und hielt das Fernglas, das Lynch haben wollte. Lynch winkte mit beiden Armen, und Percy kam zu seinem Herrn herein.

Nun ging das erste Boot in den Bogen . . . es war auch im Glas ziemlich weit weg. Der Bogen war mit gelben Fahnenbojen abgesteckt. Lynch beobachtete, wie das erste Boot, das in den Bogen kam, sich jetzt in Breitseite zu ihm legte. Es war Segrave. Er sah, daß der Engländer sich umdrehte und in der Kurve nach seinen Verfolgern ausschaute. Lynch hatte gelesen, daß das bei Pferderennen Unsicherheit bedeutete. Es konnte aber bei einem Motorrennen auch genausogut das Gegenteil bedeuten.

Jetzt kam das zweite Boot. Es war der „Nobody". War er aufgerückt? Schwer in der Kurve zu beurteilen. Vielleicht ein klein wenig. Beide lagen jetzt mitten in dem Bogen. Es sah aus, als ob nur vier Meter zwischen ihnen seien. „Miß America" war weit hinter ihnen. Jetzt bog erst Segrave und dann Bobby aus dem Bogen des Ovals in die Längsstrecke von zwei Kilometern, die wieder nach dem Start zurückführte. Jetzt waren wieder rote Fahnen an den Bojen.

Lynch dachte nach. Sechsmal mußten sie dieses Oval ausfahren. Dreißig Kilometer. Das war noch lange.

Er kletterte wieder auf seinen Stuhl, obwohl er dicht an der Brüstung saß, aber er sah besser von oben. Die Boote wurden immer größer und kamen auf ihn zu.

Halb rundlich, halb wie ein Pfeil zugespitzt, wälzten sie sich in einem kolossalen Drehschwung aus dem Wasser, peilten los, sprangen, fielen aufs Wasser zurück, und jedesmal, wenn die Schraube aus dem Wasser herauskam, klirrte es, als bräche ein Eisengerüst.

Sie steuerten direkt auf die Startboje zu. Nun kamen sie dicht heran, von Wassergarben umfegt, hinter sich eine silberne Kreisfontäne streuend und ihr dunkles, pausenloses „U" herausbrüllend.

„Wie weit liegen die beiden auseinander?" fragte Lynch zu Percy hinunter, ohne das Glas wegzunehmen.

„Acht Meter", meinte Percy.

Jetzt fuhr Segrave an die Startboje heran, er schnitt sie beinahe und fegte wie ein Fisch gekrümmt um sie herum. Dicht dahinter Bobby. Es waren wirklich etwa acht Meter. Bobby hatte unterwegs also wieder aufgeholt. Nun heulte Segrave an der Tribüne vorbei. Und dann Bobby. Zwischen zwei Wassergarben hob er die Hand hoch.

Einen Augenblick stockte der Atem in dem „Nobody". Dann bäumte er sich, kurz hinter der Tribüne, wie ein Wolf, der einen Schuß bekommen hat. Dann ging er los mit einem Geknall, das einfach vor sich herbrüllte: Weg! Der „Nobody" ging mit einer raubtierartigen Verwegenheit vor.

„Er hat noch Reserven", sagte Percy.

„Gut so", sagte eine andere Stimme. Lynch drehte sich um. Der Kronprinz nickte ihm zu. Lynch griff an seine Mütze.

Die beiden Boote schäumten in der zweiten Runde die Lidostrecke wieder an den roten Bojen entlang hinunter und wurden kleiner. Jetzt kam erst Phil Wood mit „Miß America" an der Startboje an. Er fuchtelte mit den Armen, als er die Tribünen passierte. Seine Ventile arbeiteten nicht melodisch ... wie ein Kinderklavier. Pech, dachte Lynch und sah den beiden kleiner werdenden Booten, dem „Nobody" und der „Miß England", nach. Dann nahm er das Glas ab.

Der Kronprinz sprach gerade eifrig mit einem der jungen Offiziere, die um ihn herumstanden. Lynch sah an der Art, wie er mit dem Kinn deutete, daß er dem Offizier einen Auftrag erteilte, der auf die andere Seite der Tribüne gerichtet war, wo nicht reserviert war.

Lynch sah von seinem Stuhl aus den Offizier drüben bei Lady Chardy halten und ein paar Worte mit ihr flüstern.

Lady Chardy war eine so schöne und eine so regelmäßig schöne englische Dame, wie sie England selten hervorbringt. Sie kam aber, obwohl sie der Typus einer aristokratischen Engländerin mit großer gewölbter Stirn war, nicht aus einem alten Stall, sondern hatte als Mannequin angefangen, wo Lord Chardy sie bei Chanel in Paris kennengelernt hatte. Sie war der Abgott aller Modejournale. Ihr Scharm war ein wenig tragisch umwittert. Sie war blond und hatte ausgebuchtete Backenknochen, was dem Gesichte etwas von sinnlicher Stärke gab, ein Ausdruck, der überlegen, aber auch demütig wirkte.

Dazu blaue, verschleierte Augen. Sie hatte eine schöne Figur, Beine, die ganz vollkommen waren, nicht zu dünn, wie fast alle Frauen sie nach dem Krieg hatten, aber auch nicht männlich. Sie konnte mit diesen Beinen aufgerichtet und leicht in den Hüften gehen wie niemand sonst an diesem Strand. Sie war eine wirkliche Dame.

Sie war aber nicht so schön wie ihre Bilder in den Modejournalen. Sie war eines der Modelle, die im Leben einfach sind. „Chaque grande dame est toujours simple“, hatte Chanel zu ihr gesagt, als sie achtzehn war. Nun war sie zweiunddreißig und mehr als einfach.

Sie trug am Strand Kittel ohne Taille. Lord Chardy war vor zwei Jahren gestorben und Lady Chardy war arm wie eine Kirchenmaus. Sie verbarg es nicht. Sie war im Begriff, wieder zu Chanel zurückzukehren, wenn auch nicht als Mannequin, so doch als Angestellte.

Lynch hatte sich nicht die Spur um die Chardy gekümmert, aber er war ihr drei- oder viermal begegnet, und Lynch war ein zu guter Beobachter, um nicht zu sehen, daß sie ihre Armut zeigte. Das fiel ihm auf, weil seiner Erfahrung nach die Hälfte aller Menschen nach dem Krieg durch Hochstapelei und Betrug den Eindruck zu erwecken suchte, daß sie nicht arm sei. Die Chardy wohnte in einem gemieteten Zimmer in Venedig und kam mit dem Fährendampfer und der Straßenbahn und hatte ein Badehaus in der zweiten Reihe, wo sonst nur die eingeladenen Tennisspieler zweiten Ranges saßen. Sie hatte außerdem Lynch nie darum gedrängt, ihr Bild in seinen Zeitungen veröffentlichen zu lassen. Lynch wurde täglich bestürmt, dies für Gott weiß wen alles zu tun. Notizen und Bilder waren nicht nur für Männer, sondern auch für Frauen jetzt bares Geld. Die Chardy hatte nie auch nur eine Andeutung gemacht. Lynch nickte.

Der Offizier brachte die Chardy eine Viertelminute, nachdem der Kronprinz auf sie gedeutet hatte, herein, und sie stand eine Weile mit dem Rücken zu Lynch mitten in dem Kreis, der den Thronfolger umgab.

Der Kronprinz kam plötzlich mit einem Stuhl in der Hand auf Lynch zu.

„Hören Sie, Mr. Lynch", sagte der Kronprinz, „darf ich Sie bitten, Ihren Stuhl ein wenig auf die Seite zu setzen. So", meinte er, als Lynch heruntergestiegen war, „Lady Chardy hat nämlich keinen Stuhl auf der Tribüne mehr gefunden", und schob den Stuhl, den er in der Hand hatte, in die Lücke neben dem von Lynch.

Die Chardy stand in einem ihrer weißen Kittel ohne Strümpfe neben ihm. „Setzen Sie sich, meine Lady", lud der Kronprinz mit einem lustigen Gesichtsausdruck ein. „Sie gehen jetzt zu Chanel, und da müssen Sie sicher viel stehen."

„Sie sind sehr nett", sagte die Chardy und betonte das „sehr".

„Ich muß Sie jetzt leider allein lassen", bedauerte der Kronprinz mit einem ironischen Blick nach der Seite. „Darf ich mich den Mittag zum Tee in Ihre Kapanne einladen? Ich möchte gern wieder einmal mit Ihnen plaudern."

„Ich glaube, es macht Ihnen noch mehr Spaß", lachte die Chardy mit ihrem dunklen Organ, „die Tübinger damit zu ärgern, weil sie Ihnen erzählt hat, daß sie mich nicht mehr einlädt, seitdem es gewiß ist, daß ich zu Chanel zurückgehe. Es wäre ja auch schrecklich für sie, sich von mir dort beraten zu lassen und abends mit mir zusammen essen zu müssen."

„Sie wollen mich also nicht haben?" fragte der Kronprinz.

„Aber natürlich, gern", sagte die Chardy einfach.

„Um halb fünf. Ich bringe meine Schwester mit, die den Mittag von Rom kommt. Sie wird sich mit Ihnen über ihre Pyjamas unterhalten. Finden Sie nicht auch die Damenhosen übertrieben eng?"

Die Chardy nickte. „Ich finde fast alles übertrieben, was die Pariser herausbringen. Ich trage es ja auch selber nicht. Aber Sie sehen ja, wie alle Welt darauf vernarrt ist."

„Voran die, denen es nicht steht", meinte der Kronprinz und sah wieder nach der Seite, wobei er das eine Auge etwas zukniff. „Sie haben recht, es ist, glaube ich, mit allen Dingen im Leben so. Die Damen verhalten sich zu den Moden wie die Völker zur Politik. Ich weiß nicht, ob das auch Ihre Meinung ist, Mr. Lynch. Aber ich würde mich glücklich schätzen, wenn sie es wäre. Vielleicht sehe ich Sie in Rom, wenn Sie hinfahren."

Er winkte mit der Hand ein wenig und ging zu seinem Kreis zurück.

„Er ist nett", sagte die Chardy. „Welches ist eigentlich Ihr Sohn, Mr. Lynch?"

Lynch fand die Demonstration des Kronprinzen auch außerordentlich nett. Sie traf ihn an seiner amerikanischsten Stelle. Außerordentlich anständig, wie er es einschätzte, daß die Frau arbeitete. Wo war denn Bobby? Er richtete das Glas nach der Rennstrecke. Ohne daß er es beachtet hatte, waren alle drei Rennboote das Lidoufer hinuntergefahren, hatten die runde Kurve am unteren Oval durchjagt und kamen nun auf der anderen Seite die Strecke wieder herauf, um zum zweitenmal an der Startboje vorbeizufahren.

Lynch sah sofort, daß Phil Wood fast zweihundert Meter zurücklag. Dagegen saß Bobby dem Engländer scharf auf dem Rücken.

„Der zweite, Lady Chardy", antwortete er und wandte sich nach seinem Stabschef um. „Er holt auf, was, Percy?"

Percy nahm das Glas.

„Er holt auf", bestätigte Percy und nahm das Glas wieder ab, denn die Boote waren so nahe, daß er sie jetzt besser mit bloßem Auge sah. „Die amerikanischen Motoren sind besser als die englischen."

„Wieviel Meter Distanz schätzen Sie?"

Percy hielt die Hand fest vor die Stirn. Das Meer blendete fürchterlich, aber er trug nie eine Brille.

„Drei Meter etwa."

Lynch beugte sich über die Brüstung vor.

„Hat der ‚Nobody' noch Reserven?"

Percy drehte sich um, daß sein Ohr nach dem Wasser zu stand, und lauschte.

„Ja, Mr. Lynch. Der Motor war anfangs zu stark geölt. Er geht jetzt freier, ohne zu pfeifen. Gleich muß er den Engländer haben."

Lynch nickte. Percy wußte alles. Es sah tatsächlich aus, als ob der „Nobody" das englische Boot noch vor der Startboje wie einen Hasen abfangen werde.

Der „Nobody" sprang dem andern Boot förmlich auf den Rücken, spie das Wasser unwillig beiseite und schnappte mit seinem Rachen voll Auspuffröhren nach „Miß England".

Die Leute auf der Tribüne wurden sehr aufgeregt und schrien. Nun kam die Kurve. Lynch nahm das Glas und blickte hinüber ins Boot. Er sah aber nur Blank, der zwischen ihm und Bobby saß. Er sah ihn auch nur einen Augenblick zwischen zwei Wasserrädern, die der „Nobody" aufwarf und in die er hineinschoß.

Blank schaute im selben Moment nach der Tribüne, konnte aber natürlich nichts erkennen. Die Stöße, die er von dem „Nobody", der so rasch wie ein Rennwagen dahinsauste, bekam, machten ihn halb ohnmächtig. Die Sprünge und die darauffolgenden Erschütterungen waren so heftig, daß er nicht verstand, wieso Bobby das Steuerrad nicht aus der Hand gerissen wurde.

Wenn Blank vor sich hinsah, erblickte er neun steile, armhohe, glühende Auspuffschornsteine, die über das schmale

Deck drei zu drei verteilt waren. Um sie herum Schaum, Räder, Wasser, Gischt, die ihm ins Gesicht knallten. Er sah fast nichts, nur die Fahnen. Unaufhörlich wurden sie gegen das kreisende Wasserrad vor sich geschleudert, tauchten eine Sekunde auf und flogen wieder gegen eine Mauer aus Schaum.

Blank hob den Arm und senkte ihn wieder. Mechanisch deutete er auf die Fahnenbojen, damit Bobby die Richtung nicht verlor. Jetzt waren sie rot. Nachher in der Kurve wurden sie wieder gelb. Gelb war schwer zu sehen, zumal man überhaupt kaum etwas sah.

Aus dem Ausschnitt des Gummihelms heraus blickte Blank beim Zeichenmachen auf Bobbys Gesicht. Ein mörderischer Ausdruck hatte Bobbys Gesicht gepackt und die Schläfen angespannt. Das Kinn war angezogen wie ein Maschinenteil, das die Backenbänder festhielt. Blank nickte ihm zu – natürlich sah Bobby es nicht.

Bobby probierte jetzt aus, wieviel er dem „Nobody" noch aus den Rippen holen konnte. Er ließ einen winzigen Sekundenbruchteil das Gas nach und warf das Boot dann wieder vor. Der „Nobody" sprang darauf über zwei Meter los und ging bis einen Meter hinter „Miß England". Bobby hörte jetzt durch das Donnern seines Motors das hohe Geheul des Napier-Motors von Segrave.

In dieser Lage blieb er während der Kurve und wartete auf den Moment, der zum Überholen praktisch war. Es war ein tüchtiges Maß von Spannung.

Denn die Dünung wurde immer stärker, und das Meer kräuselte sich immer mehr. Bobby konnte nur links überholen und rechnete damit, beim Überholen zwei Wellenschläge zu bekommen, einen von der Schraube von „Miß England" und dann den von der Dünung.

Der zweite Schlag durfte jedoch nicht anspringen, während die Schraube des „Nobody" außerhalb des Wassers war und solange das Boot durch die Luft sauste.

Bobby sah rasch nach links. Weiter nach dem Land zu ausbiegen durfte er nicht, da waren überall Zeichen für Untiefen.

Wie ein guter Jagdhund lauerte er nun auf den richtigen

Moment, an „Miß England" vorbeizukommen, etwas geduckt und ganz ruhig. Die Tribüne kam, überall Fähnchen links. Nach unten wurde es immer flacher. Also forcieren! Bobbys Nase wurde ganz spitz.

Der „Nobody" dröhnte, als wolle er platzen. Blank sah 156 auf dem Zifferblatt. Im selben Augenblick ging Bobby vor. Blank sah die Schraube von „Miß England", dann waren sie daran vorbei.

Segrave hatte in diesem Augenblick eine plötzliche Wendung nach rechts gemacht. Der „Nobody" bekam die Welle von der Seite und sprang wie ein Fisch, der sich drehte. Er fiel gegen die Dünung, sprang wieder und bekam die Schraubenwelle des Engländers zum zweitenmal, einen Meter hoch, haarscharf auf die Flanke. Er sprang beinahe fünf Meter in die Höhe, drehte sich und schlug mit der Seite wie ein herabsausender Stahlblock auf das Wasser ...

Lynch erwartete einen Augenblick lang, daß der „Nobody" sich aufrichten werde. Dann sah er, daß an der Stelle, wo das Boot lag, ein Strudel entstand. Die Seitenwand des „Nobody" war eingeschlagen, und das Wasser strömte hinein. Bobby kam nicht hoch. Blank auch nicht.

„Ein Boot, rasch", bellte Lynch heiser zu Percy.

„Da", antwortete Percy. Unter der Tribüne knallte ein kleiner Motor.

„Pepito", rief eine laute Stimme. Lynch sah Spada mit einem Lautsprecher am Mund und drängte sich in seine Nähe. „Kommen Sie mit", sagte Spada und zog ihn am Ärmel an das Geländer auf der Seite. Lynch folgte dem Manne auf eine Holztreppe, die ins Wasser führte. Spada sprang vor ihm ins Motorboot.

„Halt ... einen Moment", rief Spada, als der Chauffeur fahren wollte. „Ist Doktor Gironcoli oben? Rasch", ermahnte er einen jungen, dunkelhaarigen Mann, der über der Leiter erschien. Der Arzt kletterte herunter, und das Boot stieß ab.

„Nur Ruhe", sagte Spada mit derselben sanften und eiskühlen Stimme zu Lynch und hielt dabei den Arm Lynchs fest. Sehe ich blaß aus? dachte Lynch. Warum behandelt der Mann mich wie ein Kind? Lynch sah mit seinem grauen, ruhigen Blick nach dem „Nobody“. Der Junge muß gerettet werden, dachte er klar und deutlich.

Lynch sah, daß Phil Wood, der keine Chancen mehr hatte, sein Boot gestoppt hatte und an der Unfallstelle ins Wasser gesprungen war. Er zog Bobby aus dem Meer stöhnend in die Höhe, denn Bobby war schwer wie Blei. Seine Luftkissen waren beim Aufprall auf das Meer gerissen und Bobby war ohnmächtig.

Phil Wood, der schlecht in seiner Gummihaut schwamm, suchte „Miß America“ zu erreichen, aber das Rennboot war ohne Gas abgetrieben, und sein Monteur, der Blank am Kopf festhielt, konnte nicht an die Hebel kommen, ohne Blank zu verlieren.

„Verdammte Kerle“, schrie Wood, als Spadas Boot herangekommen war und die Matrosen darin ihn zuerst hereinziehen wollten. Er hielt sich am Rand fest und hob ein Bein Bobbys in die Luft. „Zum Teufel“, schrie Wood, „ich halte ihn am Genick.“

Zuerst wurde darauf das linke Bein Bobbys gehißt, dann das rechte. Dann kam der Körper und dann rissen sie den Kopf aus dem Wasser. Lynch sah Bobbys Gesicht so weiß, wie er sich nicht vorgestellt hatte, daß es je sein könne. Dann zogen die Matrosen Phil Wood herein. Er fluchte entsetzlich, weil sie ihn ebenfalls am Kopf, statt an den Armen hochbringen wollten.

Kaum waren sie im Boot, ließ Spada den Motor anwerfen. „Ins Hospital. Was sagen Sie, Gironcoli?“

Der Arzt hatte den Körper Bobbys frei gemacht. „Auf den Kopf stellen“, rief der Arzt den Matrosen zu. „Es läuft wahrscheinlich alles noch aus der Lunge heraus, wenn nichts gebrochen ist.“

Er preßte, indem er mit der Schulter dagegendrückte, den Brustkasten Bobbys wie einen Schwamm aus.

Lynch sah, wie das Wasser, mit Blasen gemischt, aus dem Mund Bobbys herauslief. Phil Wood bewegte Bobbys Arme hinauf und herunter. Gironcoli betastete den Körper, die Rückenwirbel, den Nacken, die Schulterblätter.

„Sie müssen sich vorstellen, daß es genau so ist, wie wenn

jemand aus einem Flugzeug aufs Wasser fällt", äußerte er kurz und fuhr mit ein paar Griffen die Beine ab.

„Besteht Gefahr?" fragte Lynch heiser.

„Nicht direkt. Die Lunge fängt langsam an", erwiderte der Arzt.

Lynch atmete auf. Er hatte Todesangst ausgestanden, ohne es zu merken. Jetzt, wo Bobby wieder atmete, verzerrte sich sein Gesicht, die Spannung ließ nach, es lief ihm zweimal heiß durch den Körper. Eine Weile saß er gebeugt da.

„Wir sind in zehn Minuten im Spital", sagte Spada.

Im selben Augenblick fuhr auf der andern Seite der Rennstrecke Major Henry Segrave sein Boot wieder in der dritten Runde auf die Startboje zu. Spadas Boot fuhr an den roten Fahnen entlang den Lido hinunter nach der Rinne zu, die in die Lagune führte.

„Eben hat er einen Moment die Augen aufgemacht", murmelte der Arzt, der Bobbys Brustkasten wie einen Trainingsball bearbeitete. Lynch erhob sich. Er sah jetzt wirklich, daß der Junge die Augen aufschlug, mit einem sehr leeren Blick zwar, aber er sah doch wieder. Lynch hatte eine merkwürdige Empfindung. Das Blut kehrte in seinen Kopf zurück und es schien ihm, als sei jetzt, nachdem Bobby ihn angesehen hatte, alles in Ordnung. Er war nicht sentimental. Er traute dem Jungen nichts zu, und im Grund seines Wesens, wo die Leidenschaft zu seinem Werk saß, hatte er eine tiefe Angst vor seinem Sohn. Jetzt aber, da es einige Minuten geschienen hatte, als könne Bobby weg sein, hatte ihn ein merkwürdiges Gefühl in der Tiefe seines Empfindens getroffen. Lynch hatte eine Verzweiflung gespürt, wie er sie nie, auch beim Tod seiner Frau nicht, empfunden hatte.

Lynch schüttelte sich, als sei er in der Hölle gewesen. Langsam wurde ihm wieder wärmer. Sein Auge studierte das Gesicht des Jungen. Und je länger er es ansah, um so fester und ruhiger wurde sein Blick.

Sein Blick wurde wieder kalt. Er setzte sich gerade. Sein Rücken nahm wieder die normale Stellung ein. Sein Blick löste sich von dem blassen, atmenden Gesicht Bobbys und schweifte weiter, prüfte und taxierte. Er traf damit Spadas Gesicht. Daran blieb er hängen. Er kannte das Gesicht Spadas schon wie eine Bilanz.

Spada sah nach dem Himmel. Über dem Motorboot flog wie ein kriegerischer Moskito ein Flugzeug, zog Rollers und Sturzflüge durch den Himmel und sang einen aufregenden metallischen Rhythmus vor sich hin.

„Es ist Ferrarin", sagte Spada, „der beste Mann, den wir in Italien haben. Ihr Sohn ist ein paarmal mit ihm geflogen."

Lynch überhörte den Satz, der seinen Sohn betraf. Er musterte mit einem blitzschnellen Blick Bobbys Gesicht. Es war schon etwas belebter. Lynch ließ den Blick gelassen nach Spada schweifen.

„Hören Sie", sagte er und strich über sein Haar, „ich möchte Sie in einer privaten Sache sprechen. Es handelt sich um eine wichtige private Sache", fügte er betont und aufmerksam hinzu.

„Wann es Ihnen paßt", sagte Spada entgegenkommend mit derselben sanften und gelassenen Stimme, mit welcher er bei dem Sturz des „Nobody" nach dem Boot gerufen hatte.

Diese Stimme war es, die Lynch gefiel. Er setzte auf diese Stimme. Das war sein Mann. Und er entschloß sich zum letztenmal, mit Spada über die Briefgeschichte zu reden.

„Sie brauchen mich nur anzurufen", sagte Spada nach einer Weile. „Ich werde mich dann gleich für Sie frei machen." Sie fuhren gerade durch die Rinne in den Teil der Lagune, wo die Torpedoboote lagen.

„Heute mittag, bitte", bestimmte Lynch. „Es eilt mir."

„Gerne, Mr. Lynch", erwiderte Spada. „Um vier Uhr dann, bitte."

Lynch sah sich wieder nach Spada um. Etwas in Spadas Ton hatte ihn gestört. Was er sah, war eigenartig. Spada, der Arzt, und alle Matrosen standen mit den Köpfen im Nacken im Boot und starrten Ferrarins Sturzflügen zu, als hätten sie noch nie ein Flugzeug gesehen.

Lynch lächelte dünn, aber er blickte selber nicht in die Höhe. Komische Leute, dachte er und wandte sich wieder um. Er sah geradeaus, dann erhob er sich steif, zog seinen Rock aus, reichte ihn Phil Wood und sagte: „Stecken Sie ihn dem Jungen unter den Kopf."

Fitznow hofft

Auch die Chardy hob einmal kurz den Kopf nach Ferrarin, als sie am Schluß des Rennens den Steg zurück nach dem Hotel ging, denn Ferrarin war aus dem blauen Himmel herabgestürzt, hatte die Auspuffe seines Apparates wie eine Batterie schießen lassen, war dabei nur fünf Meter an der oberen Dachkante des Hotels vorbeigesaust und hatte sein Flugzeug im gleichen Moment senkrecht nach oben gerissen. Er flog wirklich mit einer Instinktsicherheit, die alles, was Kunst an der Fliegerei war, noch übertraf. Die Chardy begriff, warum die Männer noch mehr als die Frauen in den Mann vernarrt waren. Sie sah zu Boden, solange sie sich über die Bretter des Stegs bewegte, und versank immer mehr in Nachdenken.

Da, wo der Steg auf den Strand stieß, stand Fitznow und wartete auf die Chardy. Fitznow hatte kein Billett für die Tribüne bekommen, wollte aber den Kronprinzen sehen und lief seit einer halben Stunde auf und ab, um ihn nicht zu verfehlen.

Seit einer halben Stunde überlegte er, ob er der Chardy, die ihn zum Tee eingeladen hatte, absagen solle oder nicht. Es schmeichelte ihm ja, daß die Chardy bekannt war und einen tadellosen Namen trug, es schmeichelte ihm auch, daß sie so oft abgebildet wurde. Anderseits ärgerte ihn die Geschichte mit dem Eintritt der Chardy bei Chanel. Und dann – warum war sie in der zweiten Kapannenreihe?! Eigentlich war das „chichi". Und schließlich war die Chardy doch nur ein Mannequin. Aber – Jacke wie Hose . . . auch Absagen war unangenehm. Zu dumm, daß er überhaupt angenommen hatte. Fitznow hielt sich für einen guten Kerl, der die Chardy nicht kränken wollte, und kämpfte dergestalt unentschieden vor sich hin.

Als aber der ganze Klumpen der Großen dieser Erde die Tribüne verließ und über den Steg herkam und mitten unter ihnen die Chardy, die auf ihre Schuhspitzen sah, da verließ Fitznow die Courage. Er beschloß, abzusagen.

Fitznow wartete eine Sekunde, bis sie an der Treppe war, wo niemand auf ihn und sie achtgab, setzte Douglas Fairbanks' betrübtestes Lächeln auf und trat auf sie zu.

Er wollte gerade aus dem Lächeln in die Absage einschalten, als die Chardy ihn unterbrach.

„Gut, daß ich Sie treffe", sagte sie eilig. „Sie müssen eine halbe Stunde früher kommen. Der Kronprinz kommt schon um halb fünf."

Fitznow zeigte seine Zähne wie ein toter Wolf. Er verlängerte sein Lächeln so ungebührlich, daß es idiotisch wurde. Sein Gesicht wurde dabei weiß und rot. Die Chardy nickte ihm zu und ging weiter. Vielleicht hat er einen Sonnenstich, dachte sie in ihrer praktischen und einfachen Art, die das Nächstliegende und damit bei Leuten wie Fitznow immer das Verkehrte traf.

Sie war bereits in ihrer Kapannenreihe verschwunden, als Fitznow zu sich kam.

Fünf Schritte vor sich sah er jetzt den Kronprinzen. Neben ihm stand ein merkwürdig weißhäutiger, großer junger Mann mit nackten Armen und einem weißen Leinentrikot über der Brust, ohne Kragen und mit einer entsetzlich schmutzigen weißen Leinenhose. Er war blond, hatte eine kleine Glatze und eine intelligent aus der Stirn vorspringende Nase.

„Ich gratuliere Ihnen, Major Segrave", sagte der Kronprinz zu ihm.

„Wozu, Königliche Hoheit? Ich habe den Rekord ja nicht gebrochen", sagte der Engländer unmutig.

„Aber Sie müssen doch nicht immer Rekorde brechen", sagte der Kronprinz und legte beide Arme auf das Geländer. „Sie haben doch das Rennen gemacht."

„Leider habe ich es gemacht", sagte Sir Henry ärgerlich, „das heißt, ich bin als einziger übriggeblieben. Das ist kein Sport mehr. Das ist bestenfalls Glück."

„Die Engländer haben immer Glück, Sir Henry", erwiderte der Kronprinz und sah dem Rennfahrer, der gerade so groß war wie er selbst, auf die Nase. „Nun wollen Sie sich auch noch über das Glück beschweren? Das ist ungerecht."

„Schade, daß das italienische Boot zurückgezogen worden ist", erwiderte Major Segrave. „Sonst hätte Theo Rossi mit den Fiatmotoren mir wohl in die Suppe gespuckt, Königliche Hoheit."

Segrave verbeugte sich steif und dabei lachend, was nur ein Engländer kann. Der Kronprinz nickte und lächelte so sympathisch, wie das nur ein Italiener kann.

„Major Segrave, ist es wahr, daß nach Ihrem Automobil-Weltrekord in Amerika König Georg Sie gebeten hat, nicht mehr Auto zu rennen?"

Segrave stand mit einem garstigen Kindergrinsen in seinem starren Gesicht da und stützte die linke Hand auf den Oberschenkel. Er nickte.

„Seine Majestät fand, daß ein Mitglied seiner Armee nur einmal 372 Kilometer Stundengeschwindigkeit fahren soll. Dieses Mitglied der Armee fährt deshalb jetzt auf dem Wasser."

„Dreihundertzweiundsiebzig", wiederholte der Kronprinz nachdenklich und sah den Engländer von oben bis unten an. „Vor dreißig Jahren war der Autorekord siebzig. Haben Sie den Wind ausgehalten?"

„Ich ließ mich mehr oder weniger von dem Motor schießen", erklärte Segrave und sah mit seinen blauen Augen dem Kronprinzen auf die Stirn. „Vorn hatte ich eine Visiervorrichtung am Kühler. Das Ziel war mit Scheinwerfern beleuchtet. Ich brauchte nur die gerade Linie einzuhalten und die Seelen aller Segraves anzuflehen, daß kein Pneu platzte. Haben Sie etwas davon gehört, wie es Bobby Lynch geht, Königliche Hoheit?"

„Ganz ordentlich. Es ist nichts kaputt", antwortete der Kronprinz. „Aber es hat scheußlich gekracht, als das Ding aufflog. Haben Sie nicht auch den Eindruck, daß dieser Sport ebenfalls seine Gefahren hat?"

„Natürlich", erwiderte Segrave mit seinem garstigen Kinderlächeln. „Ich hoffe nur, daß König Georg das nicht auch findet und einem Offizier seiner Armee auch noch diese Freude nimmt."

„Na, das ist ja auch nicht gerade die Aufgabe eines Monarchen", sagte der Kronprinz und nahm seine Arme vom Geländer, ließ sie an seinem Körper hinunterfallen und sah einen Augenblick wieder lächelnd nach Sir Henrys von der Sonne geröteter Nase. Dann gab er dem größten Autofahrer seiner Zeit freundlich die Hand. (Ein paar Monate später fuhr Malcolm Campbell dieselbe Strecke wie Segrave mit dem Auto in 430 Kilometer Stundengeschwindigkeit. Und Henry Segrave flog mit einem explodierenden Motorboot auf einem englischen See in die Luft. Und Donald Campbell fuhr später mit dem Düsen-Rennboot „Bluebird" auf dem Mead-See in Amerika ungefähr 400 Kilometer bei der ersten Meßfahrt.)

Der Kronprinz ging zu den Offizieren hinüber, die auf ihn warteten, und ging an Fitznow vorbei. Er streifte Fitznow mit keinem Blick. Dann ging Segrave mit seiner schneeweißen Haut, seinen schmutzigen Hosen und seinen nackten Armen mit dem Heizertrikot auf der Brust an Fitznow vorüber, als sei Fitznow eine Blase Luft.

Niemand von den Großen der Welt, die an Fitznow vorbeigingen, kannte ihn. Niemand bemerkte, daß er grüßen wollte. Niemand grüßte ihn. Er war eine Null.

Fitznow wurde rot und weiß, aber vor freudiger Erregung.

Morgen, dachte er, morgen stehe ich bei euch. Von morgen ab gehöre ich dazu.

Er fühlte, wie ihm die Knie schwach wurden und wie das Glück ihm das Herz heftig in Bewegung setzte und das Blut aus den Herzkammern wie in einem Strahl in seinen Kopf schoß.

Die „scheue" Braut und der Trainer

Am nächsten Morgen um achteinhalb Uhr beendete Richard Arnstruther den ersten Satz, legte sein Racket hin, nahm den grünen Augenschirm ab und kramte etwas aus der Tiefe seiner langen Hose heraus. Er reichte es Miß Hudson über das Netz hinüber und sagte:

„So – das ist Ihre Rechnung." Dann bückte er sich und hob sein Racket wieder auf.

Miß Hudson sah sich zuerst um, als ob jemand irgendwo sei, der sie verfolge. Dann faltete sie das Papier, ohne es zu lesen, viermal übereinander zu und blickte hoch über dem Trainer in die Luft. Schließlich faltete sie das Papier wieder auf und entschloß sich, es zu lesen.

„Ich kann Ihnen doch kein bares Geld in die Hand drücken", sagte sie irritiert.

„Das ist ganz egal, Miß Hudson."

„Sie hören also schon auf, Unterricht zu geben, Sir Richard?" fragte Miß Hudson. Sie trug ganz kurze weiße Hosen und den oberen ausgeschnittenen Teil eines Badekostüms.

„Nein. Ich bin noch vier Wochen hier engagiert. Aber ich nahm an, daß Sie heute abreisen."

„Ich bleibe noch einen Monat hier. – Wie kommen Sie darauf, daß ich fahre?"

„Die Saison ist fertig", meinte der Trainer achselzuckend.

„Saison", erklärte Miß Hudson betont, „ist das einzige Wort, das ich außer dem Wort ‚Geld' aufrichtig hasse. Es ist ein wirklich dummes Wort. Mir tun alle Leute leid, die einer so einfältigen Suggestion nachlaufen, denn sie laufen ja nur einfältigen Menschen nach. Ich habe mein Leben auf Reisen verbringen müssen und weiß, daß alle Orte, die eine Saison haben, zu jeder andern Zeit als zu ihrer Saison schöner sind. In Wirklichkeit, Sir Richard, jetzt kommt hier am Lido doch erst die schöne Zeit."

„Sehr wohl, Miß Hudson", sagte der Trainer, ungeschickt mit dem Fuß das Netz streichelnd. „Wollen Sie mir den Zettel, den ich Ihnen gab, dann später mit einem Scheck erledigen, wenn Sie abreisen. Ich hätte nicht gedacht, daß wir so oft dieselben Ideen hätten."

Miß Hudson ließ ihr nacktes Knie eine Weile lang gegen die straff gespannten Saiten ihres Rackets klopfen, während sie nachdachte, warum der Trainer das wohl vermutet hatte.

„Wahrscheinlich haben wir beide dasselbe Mißtrauen gegen die Menschen", meinte sie dann bedächtig, „und das ist die Ursache, daß Sie so seltsame Ansichten von mir haben, Sir Richard."

„Dasselbe Mißtrauen wohl nicht", äußerte sich der Trainer grimmig. „Ich vermute, daß Sie ein sehr reiches Mädchen sind, Miß Hudson. Entschuldigen Sie mich, wenn ich daran rühre, aber Sie haben angefangen, davon zu reden. Ach, Sie ahnen doch nicht, was das für einen Unterschied ausmacht, ob man als armer oder als reicher Mensch mißtrauisch ist."

Miß Hudson hob ihren Blick, der sich die ganze Zeit mit dem Spiel ihres nackten Schenkels mit ihrem Racket beschäftigt hatte, langsam in die Höhe. Sie hatte einen schönen Blick, aber er war kurzsichtig. Sie mußte die Augen halb zumachen, wenn sie den Trainer ansah.

„Mr. Arnstruther", sagte sie kurz und sprach mehr amerikanischen Dialekt als gewöhnlich, „ich glaube fast, daß Sie sehr hochmütig sind."

„Ausgeschlossen", rief der Trainer verblüfft. „Ich und hochmütig! Dann müßte auch ein Esel hochmütig sein. Wenn ich hochmütig wäre, dann würde ich nicht hier bei Ihnen stehen und würde mir nicht nach jeder Stunde von fremden Leuten fünfzig Lire in die Hand drücken lassen. Das ist mir alles ganz egal. Nein, Miß Hudson, ich bin nur nachdenklich veranlagt, was, glaube ich, heutzutage wenige Leute sind, weil es Zeit nimmt. Ich überlege zu viel. Ich beurteile die Menschen ebenso, wie ich die Bälle beurteile, die Sie mir entgegenzuschlagen so gütig sind. Ich beurteile dabei die Gründe, welche diese Leute, mit denen zu spielen meine Pflicht ist, in ihre gesellschaftlichen Positionen hineingetragen haben, durch die sie Geld, Ansehen, Macht und Einfluß besitzen und ausüben. Und wenn ich mir die Gründe und die Zufälligkeit der Gründe überlege, durch welche diese Menschen ihren Einfluß auf die Welt beziehen, dann, liebe Miß Hudson, möchte ich oft gerne einen Milchwagen ziehen."

„Ach", sagte Miß Hudson gedehnt, „und Sie spielen doch mit ihnen weiter."

„Gewiß", nickte der Trainer. „Sie sehen daraus, daß ich nicht hochmütig bin. Ich bin nur traurig über die Welt und vielleicht ein wenig mißmutig mit ihrer Logik. Ist das Hochmut?"

Miß Hudson nahm ihr Racket in beide Hände und studierte genau die Anordnung der Saiten.

„Sir Richard", erklärte sie bestimmt, „ich beobachte Sie seit vier Wochen. Seit vier Wochen beobachte ich genau, was Sie denken. Es ist nicht so schwierig, wie Sie vermuten. Ich glaube, ich kenne Sie ziemlich. Ich sage Ihnen deshalb, Sie tun Ihren Dienst hier nur aus Hochmut. Sie beugen sich unter diese Leute, deren Art und deren Charakter Sie in einem fort verletzt, lediglich aus Hochmut. Sie halten es in Ihrer Stellung nur aus dem einfachen Grund aus, weil Sie die Menschen alle verachten. Und das ist noch mehr als Hochmut."

„O nein", erwiderte der Trainer, „entschuldigen Sie", er legte sein Racket auf die Erde und zündete sich eine Zigarette an, „Sie rauchen ja nicht, Miß Hudson ... Ach nein. Das alles, was Sie mir vorwerfen, das tun Sie selber. Nicht ich — Sie selber sind hochmütig. Nicht ich — Sie selber verachten die Menschen. Mir tun die Menschen nur alle leid. Ich gebe ihnen nur Stunden, weil ich Geld verdienen muß und weil es mir nichts ausmacht, daß sie so erbärmlich sind, und weil ich neugierig bin, ob es Ausnahmen unter ihnen gibt."

Sir Richard zog seine Streichhölzer aus der Tasche, denn seine Zigarette war wieder ausgegangen.

„Und wenn Sie Ausnahmen finden, Sir Richard", erklärte Miß Hudson jetzt triumphierend, „dann würden Sie tun, was Sie immer tun. Sie würden sich in Ihren Hochmut verkriechen. Denn Ihrem Hochmut würde es auch nicht passen, daß es Ausnahmen gibt."

„Keineswegs", erwiderte der Trainer kalt.

„Das sagen Sie." Miß Hudson zuckte gelassen die Achseln. „Man müßte aber etwas Derartiges beweisen. Entschuldigen Sie, Sir Richard, Sie werden das Streichholz niemals an Ihrer Gummisohle zum Flammen bringen."

„Danke, Miß Hudson. Dann will ich es an meinem Racketgriff probieren. Was den Beweis betrifft, na, sehen Sie, ich will Ihnen beweisen, daß ich nicht hochmütig bin. Hören Sie mir aber genau zu. Ihr Mißtrauen gegen die Menschen ist kleiner als meines, weil Sie reich sind. Meines ist sehr groß, weil ich arm bin. Denn da Sie reich sind, können Sie sich leichter über eine Enttäuschung trösten. Sie haben viel mehr Möglichkeiten, über eine Enttäuschung wegzukommen, als ich. Einverstanden? Wer riskiert also mehr? Natürlich ich. Darf ich Sie bitten, mich zu heiraten, Miß Hudson?"

„Sagen Sie mir offen, ob ich recht habe, daß Sie mir das seit drei Wochen sagen wollen?" fragte Miß Hudson ruhig.

„Wollen Sie mich heiraten?" frug der Trainer grimmig.

„Ja — Sie wissen es doch, natürlich, Sir Richard", antwortete Miß Hudson, indem sie ihm ins Gesicht sah. „Aber machen Sie doch kein Gesicht, als ob Sie jemand beerdigen wollten."

„So, Sie wollen es tun?" fragte der Trainer unruhig. „Dann geben Sie mir zuerst einmal meine Rechnung wieder. Ich kann mir doch nicht fünf Pfund von einer Dame zahlen lassen, die ich heiraten will. Und dann müssen wir gleich über die wirtschaftlichen Dinge reden. Das ist ein kompliziertes Problem, denn ich möchte meine gerösteten Brote und meine Telephongespräche selber bezahlen. Wie wollen Sie da einen Haushalt führen, wie Sie ihn gewohnt sind? Ich sehe nichts als Schwierigkeiten."

„Na, es wird Ihnen kein Stein aus Ihrer Krone fallen, wenn Sie sich auch einmal einen Tee von mir schenken lassen. Wo wollen Sie denn leben? Ich habe ein Haus in London. Lieben Sie London?"

Der Trainer schüttelte sich.

„Wenn ich in London eine Arbeitsmöglichkeit gefunden hätte, dann würde ich nicht in Italien dicke und wohlhabende Leute Tennis spielen lehren", brummte er. „Ich kann doch nicht in Ihrem Garten dort mit ihnen Krocket spielen."

„Sagen Sie nichts gegen Krocket", unterbrach ihn die Amerikanerin. „Es gibt nichts Demoralisierenderes als Krocketspielen. Wenn es in Partien gegeneinander gespielt wird, dann entpuppen sich die Menschen. Sie zeigen ihren Charakter, was für einen Beobachter wie Sie doch herrlich anzusehen sein muß. Wenn ich meine Bekannten Krocket spielen sehe, habe ich immer den Eindruck, daß der Krieg und alle Katastrophen nach dem Krieg völlig umsonst gewesen seien."

„Wie recht Sie haben", nickte der Trainer fast zärtlich. „Aber finden Sie, daß solche Beobachtungen eine Lebensaufgabe sind?"

„Gewiß nicht. Gehen wir also weiter", meinte Miß Hudson nachdenklich. „Vielleicht wünschen Sie weit weg von der Zivilisation zu leben. Ich habe eine Ranch in Kalifornien. Das wird Ihnen aber, fürchte ich, nicht passen. Man könnte sie vielleicht gegen ein Stück Land in Palästina oder in Kenya eintauschen, wo Sie vielleicht Orangen oder Erdnüsse pflanzen wollen, Sir Richard?"

„Darüber habe ich schon oft nachgedacht", seufzte der Trainer und warf seine Zigarette weg. „Einer meiner Brüder hat ein Sisalfeld in Uganda, so groß, sagen wir, wie die ganze lombardische Ebene, wenn Ihnen das ein Begriff ist. Und ein anderer ist Gouverneur in Zypern. Da pflanzt man Maulbeerbäume und Wein. Aber, verstehen Sie mich wohl, warum mich das nicht reizt. Ein Mann, finde ich, soll nicht ausweichen, wenn die wirtschaftlichen Verhältnisse gegen ihn sind. Ich möchte Europa nicht verlassen. Ich gehöre nicht mehr zu den besitzenden Schichten und ich gehöre auch nicht zu den neu hinaufgekommenen Schichten. Aber sagen Sie selbst, soll ich mich von den neuen Schichten verdrängen lassen? Ich finde nicht. Ich habe ja einen Beruf."

„Durch Gottes Fügung“, sagte Miß Hudson lächelnd, „besitze ich ein kleines, bescheidenes Haus mit fünf Zimmern in der Nähe von Cannes. Es liegt fünfzig Meter vom Meer und der Strand ist einen Kilometer lang ein Olivengarten, der ebenfalls mir gehört. Darin habe ich eine Menge Tiere. Mögen Sie Tiere, Sir Richard?“

Der Trainer nickte.

„Auch Waschbären?“ fragte Miß Hudson mißtrauisch. „Ich habe vor ein paar Monaten vier Junge bekommen und habe sie neulich getauft. Sioux, Helen, Lloyd George und New-York-Post.“

„Warum Lloyd George?“ fragte der Trainer und zog die Brauen hoch.

„Weil das Tier ihm ähnlich sieht“, erklärte Miß Hudson.

„Und warum New-York-Post?“

„Weil diese Zeitung mich bisher am meisten verlobt erklärt hat. Ich will Ihnen jetzt gleich verraten, daß derjenige, der Helen heißt, nach mir genannt ist, weil er so schön und so klug ist wie kein anderer.“

„So“, sagte der Trainer, „das war sehr vernünftig von Ihnen, Helen, aber was soll ich da tun in dieser Menagerie?“

„Sie sollen ein richtiges Geschäft daraus machen, Richard. Ich leihe Ihnen tausend Pfund zu vier Prozent. Sie werden ein Stück Strand dazunehmen und junge Tiere aus Algier und Marokko herüberkommen lassen und sie an Liebhaber und Zoologische Gärten verkaufen.“

Der Trainer zündete sich eine neue Zigarette an und blies den Rauch in die Luft.

„Und abends mit Ihren Freunden Krocket spielen“, meinte er ironisch. „Nein, das werde ich nicht tun, Helen. Ich werde nichts dergleichen tun, was Sie mir da vorschlagen. Das würde alles so wirken, als ob ich mich bei Ihnen aufs Trockene gesetzt hätte.“

Miß Hudson errötete und sah auf die Brust des Trainers, die sich in der Höhe ihres Kopfes befand.

„Warum denken Sie eigentlich bei allem, was Sie angeht, immer an die andern Menschen?“ fragte sie bekümmert.

„Ich war doch im Krieg“, antwortete der Trainer. „Ich

habe so viel Miserables mitgemacht, daß ich nicht das Gefühl haben möchte, es sei umsonst gewesen. Und wenn die Leute heutzutage nach dem Kriege eine üble Gesellschaft sind, so möchte ich auch nicht nur den Schein erwecken, als ob ich das billigte. Auch nicht den Schein. Ich bin dann wenigstens für mich selbst im Krieg gewesen — das werden Sie vielleicht verstehen, Helen?"

„Sie sind radikal", sagte das Mädchen ärgerlich.

„Im Gegenteil. Ich gebe nur meinem guten Gefühl nach", widersprach der Trainer. „Mein Gefühl sagt mir, daß ich mich nicht selber aufgeben darf. Kennen Sie das Testament von Cecil Rhodes?"

„Nein", sagte Miß Hudson und scharrte mit dem Fuß auf dem harten Boden des Tennisplatzes.

„Cecil Rhodes hat in seinem Testament seinen Neffen sein ganzes Vermögen, Anteile an den Jagerfontein- und Kimberleyminen, Anteile an der De-Beers- und den West-Rand-Goldminen, Farmen, Häuser und so weiter hinterlassen. Aber er hat die Bedingung hinzugefügt, daß sie ihre Erbschaft nur antreten dürfen, wenn sie vorher den Nachweis führen, daß sie sich selber richtig mit ihrer eigenen Arbeit ernähren können. Finden Sie das richtig?"

„Ja."

„Ich finde das auch", sagte der Trainer. „Erinnern Sie sich, daß unsere Königin Viktoria eine Tochter hatte, die den deutschen Kaiser Friedrich heiratete. Er war im Jahr 1870 noch Kronprinz und führte eine deutsche Armee. Er sandte seiner Frau nach dem Friedensschluß einen Paravent aus dem Schloß, wo der Friede geschlossen wurde. Aber seine Frau fand, das Möbel gehöre der nach England geflüchteten französischen Kaiserin Eugenie. Die Geschichte langweilt Sie doch nicht, Helen?"

Miß Hudson schüttelte den Kopf.

„Sie schickte deshalb das Möbel ihrer Mutter Viktoria mit der Bitte, es der Kaiserin Eugenie wieder zuzustellen. Was meinen Sie, was die Königin Viktoria tat? Denken Sie genau nach, Helen, es ist sehr wichtig."

„Ich finde es nicht so wichtig", sagte Miß Hudson.

„Das ist schade", meinte der Trainer niedergeschlagen. „Es ist sogar schlimm. Verzeihen Sie. Die Königin gab den Paravent nicht an die Kaiserin Eugenie und nicht an ihre Tochter zurück. Sie war der Ansicht, daß das Möbel weder ein Beutestück sei, noch der Kaiserin gehöre. Sie schrieb ihrer Tochter einen groben Brief, in dem sie erklärte, es gehöre dem französischen Staat und müsse an diesen zurückgegeben werden. Sie hatte entsetzlich faire Eigentumsbegriffe. Verstehen Sie, warum ich Ihnen diese lange Geschichte erzähle?"

Miß Hudson ließ ihr Racket fallen und nickte.

„Sie wollen mich nicht heiraten", sagte sie fest.

„Ich möchte", sagte der Trainer und bückte sich, um ihr Racket über das Netz hinüber aufzuheben. „Ich möchte", sagte er verzweifelt, „aber ich sehe keinen Weg."

„Wenn ich arm wäre", sagte Miß Hudson bitter, „würden Sie sagen, Sie könnten mich nicht ernähren. Und wenn Sie Geld hätten, dann wären Sie nicht so, wie Sie sind. Und wenn ich mein Geld verschenkte, so würden Sie sagen, ich würde es bereuen, und dann würden Sie mich auch nicht ernähren können, oder Sie würden sich einbilden, daß ich mich nicht von Ihnen ernähren lassen wollte. Sie sind ein Dickkopf", rief sie laut und zornig.

„Auch das bin ich nicht", sagte der Trainer still, „ich bin nur aus Zufall leider im Jahre 1895 geboren."

„Sir Richard", meinte Miß Hudson traurig, „ich sehe wirklich ein, daß Sie mehr Mißtrauen in Ihrer Einstellung gegen die Menschen haben als ich." Sie nahm ihr Racket fest am Griff und legte es über die Schulter. „Wollen wir nun den zweiten Satz spielen?" fragte sie gelassen.

„Einen Augenblick", antwortete der Trainer. Er bückte sich, hob sein Racket auf, warf seine Zigarette weg, sah eine Sekunde starr in die Luft und ging dann zur Grundlinie zurück und schlug langsam einen Aufschlagball übers Netz. Miß Hudson schlug ihn richtig zurück.

Dies war die erste Verlobung von Miß Hudson, die nicht von ihr, sondern von ihrem Partner gelöst wurde.

Vater und Sohn

Zur selben Zeit ging Lynch den Korridor entlang, schellte, stieg in den Lift, fuhr bis zum Motorbootkai hinunter und winkte dort. Zwei Minuten später legte sich der Messingwal an die Holzmole, Lynch stieg ein und fuhr über die Lagune nach dem Hospital.

Das Hospital stand am Festland in der Nähe der Durchfahrt aus der Lagune in die Adria. Gegenüber von dem Hospital lag in dem grünblauen Wasser unwahrscheinlich farbig eine Insel, die von einer hohen Mauer umschlossen war. Sie diente als Friedhof für Venedig.

Lynch fiel ein, als er am Kai anfuhr, daß er ein Bild gesehen hatte, von Longhi oder von Guardi, wo Hunderte von Särgen am Ufer hier aufgestapelt waren. Das war vor etwa zweihundert Jahren in einem strengen Winter gewesen, als das Eis nicht dick genug zum Gehen war, man aber infolge des Eises auch nicht nach der Insel fahren konnte. Ein eindrucksvolles Bild, erinnerte sich Lynch — aber scheußlich. Der gleiche Fall mit dem Zufrieren, dachte er jetzt, konnte sich jeden Winter wiederholen. Toll, sich wochenlang Hunderte von Särgen am Ufer vorzustellen.

Lynch bedauerte die Menschen, die in solch alten Städten wohnen mußten. Es war doch Blödsinn, heutzutage eine Stadt auf Inseln zu bewohnen, was man einmal früher aus militärischen Gründen getan hatte. Da sagte ein Narr wie D'Annunzio, man müsse Fiume haben. Er hätte sich dafür einsetzen sollen, daß hier eine neue Stadt gebaut würde ohne fauliges Wasser zwischen den Häusern.

Lynch fand die Welt unvernünftiger als je. Jedermann, den er sprach und der etwas zu sagen hatte, äußerte Ideen, die so aussahen, als ob man weiter als je von jenem Standpunkt der Vernunft entfernt sei, der gute Wohnräume für wichtiger halten mußte als Ehrenfragen und Landerwerb. Niemand dachte in der Welt an das Wohl des einzelnen in der Masse. Jedermann suchte vielmehr die Macht zu sichern, die er besaß. Es war immer dasselbe.

Lynch schluckte den Ärger, den ihm seine Lieblingsidee verschaffte, hinunter. Am meisten wurmte ihn, daß er für diese Idee, weil sie nicht recht populär zu machen war, mit seiner Zeitungsbrigade nicht massiv genug eintreten konnte. Zeitungen waren eine phantastische Macht, aber nur, um sie für den aktuellen Moment zu benutzen. Es war idiotisch, daß jede Macht begrenzt war, aber das zu wissen, war nötig, um sich die Macht zu erhalten. Mit fernliegenden Ideen und ihrer Propagierung in den Zeitungen machte man sich unseriös und zu einem Phantasten.

Lynch hätte lieber einen Arm verloren als für einen Phantasten gehalten zu werden. Pech, daß seine tiefste Lebensidee keine aktuelle Idee war. Die würde er durchfechten, daß es nur so funkelte.

Aber andererseits – er zuckte die Achseln und stieg aus dem Messingwal aus und eine Steintreppe in der Kaimauer hinauf –, die „New-York-Post" war schließlich kein Buch von Jules Verne. Er blieb einen Augenblick oben auf dem Kai stehen, zog aus der Tasche ein viereckiges Etui und machte eine Notiz.

Der Wal hatte an einer Treppe angelegt, die dreißig Meter weiter als das Hospital lag, weil es die einzige freie Treppe gewesen war. Als Lynch sein Notizbuch einsteckte, sah er gerade Romano aus dem Hospital kommen und, ohne sich umzusehen, rasch an den Kai gehen und die Treppe, die genau vor dem Hospital lag, heruntergehen und in sein Motorboot springen.

Lynch blieb stehen und sah auf die Uhr. Er hatte keine Lust, mit dem Minister zusammenzutreffen. Es verstimmte ihn, daß Romano vor ihm im Hospital gewesen war. Dabei war es noch nicht ganz neun. Was stak der Minister überhaupt mit Bobby so viel zusammen? Lynch schüttelte den Kopf und sah dem davonschießenden Motorboot Romanos nach.

Das Licht fiel jetzt, von oben gesehen, noch schöner auf die Lagune. Tief im Hintergrund lagen Murano und Torcello. Die ganze Lagune zwischen den Inseln bis ins Meer hinaus war voll von Gondeln, die mit hohen Pyramiden von Orangen und Melonen vorbeifuhren. Einmal nur, soviel er sah, kreuzte diese bunte Flottille eine Gondel mit einem Sarg.

Lynch ging über die Kaistraße in das Hospitaltor hinein, kreuzte einen langen Hof und kam an eine Tür, wo der Pförtner saß. Er wurde einen Gang hinuntergeschickt, wo ein Anmeldezimmer mit Schwestern war.

Zuerst verstand ihn niemand, aber schließlich kam ein Assistenzarzt aus dem Nebenzimmer, der Englisch sprach.

„Teilen Sie meinem Sohne mit, daß ich ihn besuchen will", sagte Lynch kurz.

Der junge Mann führte ihn selber an Bobbys Tür und machte sie auf. Lynch trat in ein großes, häßliches Zimmer, aber er sah ein Stück Garten durch das Fenster — außerdem war es hell getüncht. Links im Bett lag Bobby unter einem Moskitonetz. Lynch blieb zuerst einmal stehen und sah auf die Uhr. Dann blickte er mißbilligend auf das Moskitonetz, nahm es an einem Zipfel und legte es über die Eisenstange des Geländers.

„Hallo", sagte er, „das war eine böse Sache, Junge, wie geht es heute morgen?" Er legte seinen Hut und die Handschuhe sorgsam auf den Tisch. „Der Arzt hat schon mit mir telephoniert."

„Es geht wieder ganz anständig", sagte Bobby und setzte sich auf. „Heute mittag kann ich sicher wieder singen."

„Ich habe dich nie im Leben singen hören", erwiderte Lynch und sah sich nach einem Stuhl um.

„Setz dich hierher", winkte Bobby und deutete auf den Bettrand. „Es sah wohl unangenehm aus, als der ‚Nobody' umschlug? Ich habe den Knall noch gehört. Sag mal, ist Blank ganz in Ordnung?"

Lynch nickte. „Schmerzen hast du keine? Ich habe gehört, du hättest heute nacht ein paar Spritzen bekommen."

„Nicht wegen der Lunge", erklärte Bobby, „das Wasser ist wieder draus, obwohl es wie mit einer Pumpe in einer

Sekunde hineingedrückt worden sein muß. Ich war schon wieder ganz drauf und dran, mich all right zu fühlen, als ich einen selbstmörderischen Zustand bekam. Ich dachte, der Brustkasten würde mir noch einmal eingedrückt. Der Arzt sagte heute morgen, es sei eine neue technische Krankheit, die nach Unfällen bei Geschwindigkeitsexzessen vorkommt. Das Erinnerungsbild des Unfalls kommt nach einiger Zeit wieder ins Bewußtsein und macht einen Nervenschlag. Na — wie es auch sei", meinte Bobby mit einer ironischen Handbewegung, „ich hätte nicht gedacht, daß ein Schock einen so auf den Bauch werfen kann."

Lynch rückte etwas näher.

„Der Arzt hat am Telephon mit mir gesprochen", meinte er trocken. „Er schien recht entzückt von der Krankheit, weil sie neu ist. Ich finde sie recht überflüssig. Meiner Meinung nach hat man vergessen, dir eine halbe Flasche Kognak zu geben."

„Möglich", erwiderte Bobby und sah Lynch von unten her an. „Du machst ein Gesicht, Pa, als wolltest du mir verbieten, in Zukunft Rennen zu fahren."

„Es wäre mir lieb, wenn du darauf verzichten wolltest", entgegnete Lynch ruhig. Er sah im Gedächtnis den „Nobody" noch einmal kentern, und der Gedanke daran regte ihn unangenehm auf. „Ich zwinge dich natürlich nicht", fügte er hinzu.

„Was sagst du übrigens dazu", fragte Bobby, „daß ich schon vor dem Rennen entschlossen war, damit aufzuhören?"

Lynch senkte seinen grauen, kalten Blick auf den Jungen hinunter.

„So", meinte er nach einer Weile, „das ist neu."

„Ja", erklärte Bobby. „Ich bleibe heute noch liegen. Morgen will ich dabei sein, wenn der ‚Nobody' gehoben wird. Romano leiht mir ein paar Taucher von einem Kriegsschiff. Ich will den ‚Nobody' wenigstens mit nach Hause nehmen. Er muß ein schönes Loch auf der Seite haben. Wir fahren natürlich zusammen zurück, Pa?"

Lynch dachte an das Gespräch, das er mit Spada zu Mittag haben wollte. „Es wird vielleicht noch eine Weile dauern", sagte er und stand auf. „Ich habe noch eine Menge zu erledigen, eh' ich zurückfahre."

„Vielleicht kannst du dir das sparen", sagte Bobby. „Hast du Lust, Pa, ein paar geschäftliche Dinge mit mir zu besprechen?"

Lynch holte seinen Hut vom Tisch und nahm seine Handschuhe.

„Ich habe nichts Geschäftliches mit dir zu besprechen", sagte er steif.

„Das ist allerdings ein Irrtum", erwiderte Bobby. „Du bist doch hierhergefahren, um ein paar Briefe zu kaufen. Du mußt die Verhandlungen darüber jetzt mit mir führen."

Bobby sah Lynch zum erstenmal wie vom Schlag gerührt. Sein Vater wurde grau, schloß die Augen eine Sekunde und hob die Lider dann sehr langsam. Zweimal zuckte sein Kiefer.

„Warum mit dir?" fragte er leise.

„Ich habe sie", erklärte Bobby trocken und setzte sich im Bett auf.

Lynch drehte sich um, ging nach dem Tisch zurück und legte seinen Hut langsam wieder hin. Die Handschuhe behielt er in der Hand. In der Ecke entdeckte er einen Stuhl, auf dem zwei Handtücher lagen, er hob sie weg und brachte den Stuhl bis auf zwei Meter an Bobbys Bett.

„Woher wußtest du von der Sache?"

Bobby lachte.

„Von Williams."

Lynch bekam einen roten Kopf und zog das viereckige Etui aus der Tasche.

„Ich werde Williams noch heute mittag hinauswerfen", sagte er zornig.

„Das ist auch meine Absicht", nickte Bobby eifrig. „Er darf durch keine einzige Aktie mehr mit uns verbunden sein."

„Richtig", sagte Lynch. „Aber er ist mein Bruder."

„Dein Bruder natürlich", meinte Bobby ärgerlich, „aber er ist auch ein Dummkopf und, was noch schlimmer ist, einer, der Pech hat. Ich garantiere dir, daß Williams in kurzer

Zeit wieder irgendeine ähnliche Geschichte am Bein hat. Er muß hinaus."

„Er muß hinaus", wiederholte Lynch und schlug mit dem Handschuh auf seine Knie. „Aber er ist doch mein Bruder, das heißt mein Teilhaber. Du stellst dir das Hinauswerfen geschäftlich recht einfach vor. Williams wird bar verlangen."

„Verlangen?" Bobby lachte. „Du deponierst eine Rente, von der er bequem leben kann."

„Hast du eine Ahnung, was er verlangen wird", sagte Lynch höhnisch und klopfte mit dem Absatz auf den Boden.

„Laß ihn verlangen, was er will", sagte Bobby geringschätzig. „Er wird nicht einen Finger rühren. Ich habe doch die Briefe."

Einen Augenblick sah Lynch starr seinem Sohn ins Gesicht. „Da hast du recht", sagte er langsam. Auf die Idee, die Briefe gegen Williams auszuspielen, war er noch gar nicht gekommen, weil er sich durch die Briefe immer nur selber bedroht gefühlt hatte. „Ausgezeichnet", fügte er mit einem Funkeln in den Augen hinzu. Aber im selben Augenblick wurde ihm klar, daß er die Briefe ja gar nicht besaß.

Er fing vor Schreck an, einen Handschuh anzuziehen. Ein tödliches Entsetzen stieg ihm in die Gurgel. Eben war er noch begeistert von der Kombinationskraft des Jungen gewesen, und jetzt wünschte er sie zum Teufel. Er sah eine scheußliche Gefahr. Wer hatte ihm diese Falle gestellt? Percy – Archie ...? Er wurde ganz ruhig und zog den Handschuh wieder aus.

„Wie bist du zu den Briefen gekommen?" fragte er harmlos.

„Ich habe die Geschichte neulich Romano erzählt, als wir bei dem Belgier auf der Jacht zu Nacht aßen. Nein, es war am Tag darauf", verbesserte sich Bobby, „als ich mit ihm und Ferrarin zusammen war."

Lynch überlegte eine Weile. Sein Gespräch mit Spada brauchte also nicht stattzufinden. Er dachte daran, daß er sich einen Augenblick lang selbst überlegt hatte, mit Romano zu reden.

„Hat er etwas verlangt?" fragte er finster.

„Du verstehst diese Art Menschen nicht, wenn du annimmst, sie wollten etwas", antwortete Bobby. „Er war glücklich, mir beweisen zu können, wie tadellos sein Betrieb funktioniert. Es ist doch ein Reklamefaktor für seine Regierung, wenn so eine Sache klappt, denn er weiß doch, daß wir bei allem guten Einvernehmen diese Regierung mißbilligen. Sie hat übrigens tadellos geklappt. Er hat es mir vorhin erzählt. Mir war schon vorher, ehe ich mit ihm darüber sprach, eingefallen, daß infolge der Zensur nicht sehr viele Italiener einen Auslandpaß haben werden. Er brauchte nur die erteilten Visen kontrollieren zu lassen, um auf die Spur zu kommen. Er hatte sie auch gleich."

„Ein Bankier wäre mir lieber gewesen", murmelte Lynch, der an Spada dachte.

„Das hätte viel mehr gekostet", erklärte Bobby. „Du darfst deine Abneigung gegen die Politiker nicht zu weit treiben, Pa."

„Tue ich gar nicht", sagte Lynch, der sich nicht ganz sicher fühlte.

„Natürlich hast du das getan. Sonst hättest du selber mit dem Minister gesprochen. So hast du mit deinen Recherchen samt Blank auf die falsche Karte gesetzt. Aber wenn du einmal in Italien bist, hat es keinen Sinn, alles nur amerikanisch zu beurteilen. Jedes Land hat schließlich Gesetze, die seinem Klima und dem Blutdruck der Leute, die darin leben, entsprechen – auch den Gegenständen, die das Volk ißt", fügte er ironisch hinzu.

Lynch stutzte. Bobby sagte schon zum zweitenmal Sachen, die er fast wörtlich von Archie oder Percy gehört hatte. Waren die Gedanken von Bobby selber oder hatte Pudding sie Bobby eingegeben? Ein schwerer Verdacht senkte sich auf Lynch.

Er sah sich einen Augenblick um, als sei noch jemand im Zimmer. Einen Herzschlag lang fühlte er sich alt und bedroht. Zum Teufel, war das eine Palastrevolte? Wollte sein Stab ihn mit dem Jungen stürzen? Lynch bekam einen Zornanfall, aber er beherrschte sich vollständig. Vorsichtig legte er seine Handschuhe aufs Knie und sah nach der Decke.

„Meine Idee war doch präzis, nicht wahr?" frug Bobby.

Lynch fand die Anwendung seines Lieblingswortes schmerzlich.

Er nickte. „Ich fürchte nur, daß eine Rechnung hinterher kommt“, meinte er überlegen. „Wer hat die Briefe nun eigentlich gehabt?“

„Das würdest du kaum raten“, sagte Bobby nachdenklich. „Du hattest einen Verdacht, daß sie hier in der Nähe seien. Ich habe das auch einen Moment geglaubt, aber weißt du, es war sicher nicht richtig, einfach zu warten, daß die Leute von selber wieder anfingen.“

„Na“, sagte Lynch, „das stimmt nicht. Gestern abend haben sie von sich hören lassen und ich hätte sie übermorgen auch gehabt.“

„Dann war deine Methode eben zu langsam“, urteilte Bobby achselzuckend. „Kurz und gut, die Briefe waren in Rom. Die Geschichte, wie sie dahin kamen, ist etwas verwickelt. Verstehst du etwas von den Titeln und so weiter in der italienischen Aristokratie?“

Lynch schüttelte abweisend den Kopf.

„Ich habe es auch bis vorhin nicht gewußt, aber der Minister hat es mir vor einer halben Stunde erklärt“, tröstete ihn Bobby. „Die Sache ist die, daß nur der Chef einer Familie den Titel trägt, also etwa den Titel Conte. Sagen wir Conte Alferi. Alle anderen Mitglieder, die Alferi heißen, nennen sich ‚dei Conti Alferi‘. Das ist für die Italiener sehr wichtig. Der Minister erzählte mir, daß eine Dame mit dem Titel Conte eines Tages eine ganze Möbeleinrichtung aus Paris bekam und wieder zurück nach Paris gehen ließ, weil die Sendung unter ‚Conte‘ adressiert war. Sie wußte ganz genau, daß die Sendung an ihre Nichte, die im Haus nebenan wohnte, gerichtet war, aber sie hatte sich geärgert, daß die Nichte die Möbel offenbar unter einem Titel bestellt hatte, der ihr nicht zukam. Verstehst du so etwas?“

Lynch schüttelte finster den Kopf.

„Mit den Briefen war es so ähnlich“, fuhr Bobby fort. „Du erinnerst dich, daß der Direktor der National City Bank of New York vor ein paar Jahren einen Prozeß mit seinem Schwiegersohn hatte. Der Schwiegersohn war ein ‚dei‘. Es wurde damals viel geschrieben über den Prozeß und dabei wurden, wie gewöhnlich, Briefe angeboten. Die gingen aber fehl. Sie wurden nicht dem ‚dei Conti', sondern dem Conte selber angeboten, und der wußte zuerst wahrscheinlich nicht, was er damit machen sollte. Die Erleuchtung ist ihm aber doch gekommen und hat ihm sechzigtausend Dollar gebracht."

Lynch überlegte.

„Wie hießen die Leute?" fragte er dann und strich sich über die linke Augenbraue.

„Ponti", antwortete Bobby ruhig.

„Die kennst du doch selber gut", stellte Lynch fest.

„Nicht die Linie, die in Frage kommt", erklärte Bobby. „Die hiesige Linie ist ‚dei' und gilt als die nicht solide. Die Briefe hatte die solide Linie in Rom. Es soll eine recht vermögende Familie sein."

Lynch schüttelte den Kopf.

„Dann wird sie auch das Geld zurückzahlen müssen", meinte er.

„Ich habe den Scheck hier", sagte Bobby und legte ein Papier auf den Bettrand. „Ich kann dir den Scheck natürlich nicht vorenthalten."

Lynch faßte das Papier nicht an. Er hatte gesehen, daß Bobby den Umschlag mit den anderen Papieren wieder unter sein Kopfkissen gesteckt hatte.

„Was geschieht mit diesen Pontis?" fragte er nach einer Pause.

„Sie bekommen nie wieder einen Auslandpaß. Die Organisation für solche Dinge ist bei allem Vorbehalt gegen die Prinzipien, die dahinterstehen, doch recht gut hier. Einen Prozeß wolltest du doch nicht, denke ich?"

„Du bist verrückt", sagte Lynch. „Ich will noch etwas anderes mit dir besprechen, Bobby. Wenn Williams draußen ist, wird die Vertretung für die Kontinentalausgabe in Paris frei. Du könntest sie dann übernehmen, damit die Vertretung in der Familie bleibt. Du hast alle europäischen Korrespondenten zu deiner Verfügung", setzte er zögernd hinzu, als er Bobbys Gesicht ansah. „Es ist die wichtigste Position außer der Leitung in New York."

Bobby nahm sein linkes Ohr in die Hand.

„Ich denke nicht daran, Pa", sagte er, „einen Posten anzunehmen, der so weit von New York entfernt ist. Gegen die Redaktion von ‚The Athlete' wäre es ja ein Fortschritt. Aber, so hübsch die Stellung ist, die du mir anbietest, ist sie mir doch zu repräsentativ. Wenn du mich aber auffordern wolltest, in die Leitung von New York einzutreten, mit bestimmten Zusicherungen, daß ich freie Hand habe, natürlich, dann würde ich das wohl kaum abschlagen."

„Das ist ausgeschlossen", erklärte Lynch mit einer ärgerlichen Handbewegung. „Du hast dazu keine Erfahrung."

„Ausgeschlossen ist nichts", sagte Bobby sanft.

„Gib mir die Briefe", verlangte Lynch und stand auf, um zu gehen.

Lynch war ein zäher, harter Mann mit einer starken Menschenkenntnis. Er hatte bis zu dem Moment, als das Boot mit Bobby kenterte, nur das geliebt, was er in seinem Leben geschaffen hatte, und dieses Werk, dessen einziger Motor er war, verteidigte er bis aufs letzte auch gegen seinen Sohn.

Bobby legte sich im Bett zurück.

„Du glaubst doch selbst nicht, daß ich die Briefe aus der Hand gebe", sagte er ruhig.

Lynch ging langsam im Zimmer auf und ab. Er brauchte zehn Schritte, um von einer Wand an die andere zu kommen. Als er siebenmal die Strecke gegangen war, blieb er stehen. Er zitterte vor Zorn und Furcht.

„Du willst sagen, daß du die Briefe gegen mich verwenden würdest?"

Bobby schob nachdenklich die Lippen so weit nach vorn, bis sie einen kleinen Kreis darstellten.

„Es erstaunt mich, daß dich das aufregt", erklärte er und sah Lynch unbefangen an. „Du verwendest sie ja auch gegen deinen Bruder."

Lynch fing wieder an, im Zimmer auf und ab zu gehen.

„Williams ist eine Gefahr für meine Arbeit", sagte er heftig und dachte an die „New-York-Post" und den ganzen Konzern, den er darum aufgebaut hatte. „Er muß hinaus. Das ist eine Lebensnotwendigkeit. Aber daß du dich mit diesen Mitteln gegen mich, der das alles geschaffen hat, wendest, ist einfach eine Gemeinheit."

„Du hast vielleicht recht, es so aufzufassen", meinte Bobby und bekam rote Wangen. „Aber wenn du Williams fragst, wie er dein Vorgehen gegen ihn beurteilt, wird er gerade so reden wie du zu mir. Er wird nur vielleicht nicht Gemeinheit sagen, weil er höflicher ist als du. Jedenfalls bin ich der Ansicht, daß mein Eintreten in die Leitung in New York eine Lebensnotwendigkeit für unser Haus ist."

Lynch blieb zum zweitenmal stehen und wurde grau. Seine Augen fielen zu, als habe er einen Schlag auf die Stirn bekommen. Es dauerte diesmal länger, bis er die Lider wieder hob.

„Es ist meine felsenfeste Überzeugung, daß unter allen Umständen viele Sachen bei uns neu und anders gemacht werden müssen", fuhr Bobby herausfordernd fort.

„Ich weigere mich, mit einem unerfahrenen Jungen über meine Lebensarbeit zu reden", sagte Lynch scharf. „Sie ist völlig in Ordnung."

„Das sagst du", höhnte Bobby. „Aber ich und andere Leute sind anderer Ansicht."

„Dummheit", sagte Lynch und fing wieder an, hin und her zu laufen.

In seinem hageren Gesicht war irgendein Wolfsausdruck. Er fühlte, daß Bobby mit einer Stärke angriff, die er nicht erwartet hatte. Der Junge blies sich nicht nur so auf, weil er den Trumpf mit den Briefen in der Hand hatte, sondern weil er sich auf eine neue Generation berief. Lynch verachtete diese Generation und fühlte sich in seiner Position sicher wie in einem Panzerturm. Aber er überlegte doch, was die Jugend an seinem Werk auszusetzen haben könnte. Es interessierte ihn plötzlich. Trotzdem erstickte er immer noch beinahe vor Zorn. Das Gehen machte ihm die Sache leichter, darum ging er auf und ab und zählte die Schritte dabei.

„Du kannst die Lage ansehen, wie du willst, Pa", sagte Bobby ohne Gefühlsbewegung in der Stimme, „es bleibt dir nichts anderes übrig, als einen Teil deiner Position abzutreten. Wir werden uns sicher glänzend verstehen später", fügte er mit einem freundlichen Grinsen hinzu. „Du bist nun einmal an einem Wendepunkt", fuhr er, als Lynch nicht antwortete, fort. „Ich bin doch kein Dummkopf und will endlich auch an eine Stelle, wo ich hingehöre und wo ich leisten kann, was mir Spaß macht. Du kannst nicht dein Leben lang Diktator spielen. In der Praxis bist du ja gegen die Diktatur – aber in deinem Privatleben willst du nicht ein Stück Macht abgeben. Darein wirst du dich jetzt finden müssen." Bobby sah eine Weile Lynch zu, der auf und ab ging und mit den Kiefern zuckte, aber nicht sprach. „Ich hätte es übrigens natürlich netter gefunden", redete Bobby ruhig weiter, „wenn du mir diese Geschichte, die ich mir nun erkämpfen mußte, selber angeboten hättest. Leider hast du dich mein ganzes Leben lang gegen mich gestellt. Es war dir schon nicht recht, wenn ich auf der Schule einen Preis machte. Du hast mich gedeckelt, wo du konntest. Es war nicht ganz leicht für mich, mich nicht selber deshalb für einen Idioten zu halten, wenn ein so tüchtiger und erfolgreicher Vater mich dafür hielt. Es hat mir manche bittere Stunde bereitet, aber ich habe dich deshalb nicht gehaßt. Aber ich sehe nicht ein, warum es nicht recht und billig sein soll, daß du nun auch einmal eine bittere Stunde erlebst, wenn dich diese Geschichte mit den Briefen kränkt. Du hast dein Leben lang Macht mir gegenüber gehabt. Es ist doch klar, daß ich, wenn ich einmal Macht in der Hand habe, sie auch gegen dich ausspiele. Du hast mich ja so erzogen."

„Du kränkst mich nicht mit der Briefgeschichte", sagte Lynch plötzlich innehaltend. „Du erpreßt mich."

„Bei allem, was du sagst, Pa, vergißt du eigentlich immer, daß ich dein Sohn bin."

„Um so schlimmer", sagte Lynch und ging wieder weiter.

„Ach was", sagte Bobby derb, „schlimm ist gar nichts. Natürlich ist es. Ich nehme mir, was mir gehört und was du mir nicht geben willst. Hast du es ein einziges Mal in deinem Leben anders gemacht?"

Lynch blieb bei dieser Frage wieder vor Bobbys Bett stehen. Sein Blick fiel auf den Umschlag, der die Briefe enthielt. Einen Augenblick kam ihm zum Bewußtsein, wie lächerlich diese Briefe waren, aber welchen Wert er trotzdem auf sie legte und legen mußte.

Für eine Sekunde ließ die Wut, die ihn ausfüllte, nach. Er fühlte und sah ganz klar, daß er in einer Falle saß, er sah genau, mit welchem Fuß er darin saß und daß er nicht ohne den Fuß aus ihr herauskonnte. Aber da er erkannte, daß er nicht herauskonnte, kam etwas wie Anerkennung für die präzis gestellte Falle über ihn.

Lynch konnte selbst in diesem Augenblick, der ihm ein Stück Leben aus der Hand riß, neben dem privaten das allgemeine Denken nicht ausschalten. Es tat ihm in diesem Moment wohl, daß es wenigstens sein eigener Sohn war, der ihm die Falle gelegt hatte.

Er wurde plötzlich ruhig.

„Was willst du also?" fragte er, die Hände in den Taschen, Bobby und richtete seinen kalten, grauen Blick prüfend auf den Jungen.

„Unbeschränkte Teilhaberschaft", sagte Bobby. „Über die Details mache ich dir noch Vorschläge."

Lynch spielte zwei Sekunden mit einem Schlüsselbund in seiner Tasche. Dann drehte er sich gemächlich um, ging zum Tisch, nahm seinen Hut, setzte ihn auf und drehte sich um.

„Ich werde es mir überlegen", sagte er, nickte und ging zur Tür.

„Ich komme morgen ins Hotel zurück", rief Bobby ihm unter der Tür nach. „Was mich betrifft, können wir übermorgen fahren."

„Gut", sagte Lynch und schloß hinter sich die Tür.

Beim Zumachen sah er, wie Bobby mit einem tiefen Atemzug in sein Bett zurückfiel. Er sah aber nicht, daß Bobby in Ohnmacht fiel.

Bobby lag fünf Minuten bewußtlos, bis er wieder aufwachte und sich zum erstenmal in seinem Leben restlos zerschlagen und elend fühlte. Die Anstrengung, endlich ans Ziel seines Ehrgeizes zu kommen, hatte ihn mehr Kraft gekostet, als er augenblicklich hatte.

Lynch ging draußen auf dem Korridor zähneknirschend

ein paarmal auf und ab. Je mehr er über die Sache nachdachte, um so sicherer war das Ganze für ihn ein Komplott. Mit Bobbys Teilhaberschaft hatte er sich, als er seinen Hut nahm, schon abgefunden. Lynch hielt eine Position, die nicht zu halten war, nicht länger, als bis er die Unhaltbarkeit einsah. Gut, der Junge redete jetzt mit. Dabei war noch nichts verloren.

Aber je mißtrauischer Lynch wurde, um so mehr Symptome entdeckte er dafür, daß Bobby nur der vorgeschobene Posten einer Revolte war. Er traute jetzt weder Percy noch Pudding noch irgend jemandem in seinem Stab. Natürlich hatten sich die Leute aus dem Stab gesagt, daß Bobby einmal Macht bekommen werde – man konnte ja in jeder Minute sterben – und sie hatten Fühlung mit dem Jungen genommen, um nicht ausgeschifft zu werden, wenn der junge Mann einmal ganz ans Ruder kam. Es galt jetzt für ihn, Lynch, um die Macht zu kämpfen, damit sie ihm nicht ganz genommen würde.

Der Gedanke machte ihn keinen Augenblick müde oder resigniert. Es galt, den Hieb geschickt aufzufangen. Wenn der Junge nun schon in die Führung aufrückte, so mußte das dergestalt geschehen, daß er, Lynch, ihn zu sich rief. Es durfte keinesfalls so aussehen, als ob Bobby den Platz erobert hätte. Er mußte richtig von seinem Vater placiert und gekrönt sein.

Lynch ging in den Anmelderaum und frug nach Blanks Zimmer. Eine Schwester brachte ihn hin. Blank saß am Fenster und fütterte mit dem Rest seines Frühstücks Vögel.

„Na, Sie sind besser weggekommen als Bobby", sagte Lynch. „Sie haben die neue technische Krankheit offenbar nicht bekommen."

Er schlug Blank mit der Hand auf die Schulter.

„Geht es Bobby nicht gut?" fragte Blank besorgt.

„Doch", beruhigte Lynch, „er hat nur heut nacht einen Schock gehabt."

„Ich hatte den Schock einmal im Krieg", antwortete Blank, der aufstand und die Hände in seine Pyjamataschen steckte. „Mein Flugzeug war so zusammengeschossen, daß es eigentlich wie ein Stein hätte herunterfallen müssen. Komischerweise tat es das nicht, sondern schwebte genau so hinunter wie eine Zeitung, wenn Sie die Zeitung aus zweitausend Meter Höhe abwerfen. Immer rechts und links. Eine Viertelstunde lang. Ich versichere Sie, es war die unangenehmste Viertelstunde, die ich erlebt habe. Ich bekam glücklicherweise gleich viel Alkohol, als ich gelandet war ... aber der Schock kam doch wie die Pest hinterher. Es ist das gemeinste Gefühl der Welt. Eigentlich ist es kein Schmerz, aber man möchte Selbstmord begehen. Man hat eine blödsinnige Angst."

„Nun — werden nicht auch Sie noch hysterisch", wehrte Lynch ab, der seine Abneigung gegen diese Erkrankung nicht aufgab. „Sind Sie eigentlich reisefähig?"

„Natürlich", nickte Blank. „Ich fahre zum Mittagessen schon ins Hotel. Aber ..."

„Schön", sagte Lynch, „wir fahren dann übermorgen. Ich habe Ihnen eine Neuigkeit mitzuteilen", Lynch sah auf seine Nägel, während Blank ihn mit verblüfftem Gesicht anstarrte. „Mögen Sie eigentlich Bobby?"

„Daraus habe ich nie ein Hehl gemacht, Mr. Lynch", versicherte Blank, „obwohl mir das nicht gerade Ihr Wohlwollen zuzog."

Lynch beobachtete seinen Sekretär scharf. Es war ausgeschlossen, daß Blank im Komplott gegen ihn war. Blank sagte, wie immer, seine Meinung. Das machte ihn für Lynch ja wertvoll. Man konnte ihn also, da er mit Bobby gut stand, gegen Bobby benutzen.

„Das schien Ihnen nur so, weil ich nicht gern hörte, wenn Sie Bobby zuviel lobten. Was heißt überhaupt Lob? Man muß einen jungen Mann nicht mit Zureden verderben, sondern man muß ihn prüfen, Blank. Ich habe ihn mir eine gute Weile angesehen und ich habe ihn genau beobachtet — mag sein, daß ich ihn nicht besonders dabei behandelt habe. Aber wer prüft nicht scharf, wenn er jemanden wichtig nimmt? Es steht zuviel bei uns auf dem Spiel, und Sie wissen ja, daß ich von der Generation nach dem Krieg nicht viel halte. Sie tun es selber ja auch nicht, Blank. Ich hatte gestern so meine Gedanken, als ich den Jungen stürzen sah. Diese Fahrerei muß ein Ende nehmen. Sie sollten sich übrigens auch nicht so exponieren, Blank. Also, was Bobby anlangt, ich nehme ihn an eine leitende Stelle. Es ist ja auch sein eigener Wunsch. Es ist Zeit, daß er etwas Ordentliches unter die Finger kriegt. Dieses Sportblatt war ja nichts, es hat ihn auch nicht interessiert. Was sagen Sie dazu?"

Blank sah Lynch immer verblüffter an. Lynch fragte ihn sonst in einem Satz oder in zwei Sätzen, und diese langen, psychologisch gedrehten Reden waren ihm völlig fremd. Aber Blank war ein guter, fester Kerl und erst nachher Diplomat. Er diente dem alten Lynch und er war mit Bobby gut. Wenn beide sich vertrugen, dann war er selber aus der Schußlinie und konnte Amen sagen. Aus der Schußlinie sein, war Blanks Hauptsorge, ob es sich um eine richtige oder eine moralische Schießerei handelte. Beides war, wie er in einem mehr bewegten als komplizierten Leben erfahren hatte, die gefährlichste Position für einen Mann.

„Ich gratuliere, Mr. Lynch", sagte er einfach.

„Warum?" fragte Lynch kühl.

„Das ist doch klar", meinte Blank. „Bobby ist intelligenter als die meisten jungen Leute, und dann ist er mein Freund und Ihr Sohn. Sie werden viel Vergnügen an seiner Arbeit haben. Und dann gehört es sich doch auch, daß Vater und Sohn, na, wie soll ich sagen, sich in ihren Wünschen begegnen. Das lobe ich mir immer."

„Ich habe Sie eigentlich kaum jemals etwas loben hören, seit Sie bei mir sind", erwiderte Lynch nachdenklich.

„Finden Sie nicht auch, daß es verdammt schwer ist, etwas in dieser Welt zu loben, Mr. Lynch? Man kann doch nur etwas loben, was normal, gut und richtig an seinem Platz ist. Na, wie oft findet man das einmal? Das netteste Lob habe ich in Amalfi im Fremdenbuch gefunden. Da hat jemand unter ‚Besondere Bemerkungen' eingetragen: ‚Das heiße Wasser ist wirklich heiß.' Klingt zuerst blöd — aber, wo ist es schon wirklich so, daß das heiße Wasser wirklich heiß ist?"

Lynch lachte kurz: „The hot water is really hot . . . Da wir gerade dabei sind, ich werde heute mittag mit Williams reden. Er wird ganz ausscheiden müssen. Und wir fahren übermorgen."

„Ja, aber ..." Blank zeigte wieder den Ausdruck unterdrückten Staunens.

„Die Briefe sind nämlich da", erklärte Lynch und griff nach seinem Hut. „Romano hat davon gehört und hat die Leute gleich festgestellt. Sie haben auch den Scheck zurückgegeben. Er hat beides heute morgen Bobby gebracht, um ihm einen Spaß zu machen nach seinem Pech mit dem Rennen. Es handelt sich um eine römische Familie. Ich erzähle Ihnen die Einzelheiten später. Die Sache ist ganz in Ordnung jetzt. Sie lag übrigens ähnlich, wie wir dachten, nur waren es andere Leute, als wir vermuteten. Die Namen stimmten aber seltsamerweise. Um wieviel Uhr werden Sie drüben sein, Blank?"

„Hol's der Teufel", fluchte Blank, dem dies alles, was Lynch erzählte, zu rasch und zu glatt war. Nun saß man drei Wochen hier, war sogar extra wegen der Kiste herübergefahren und bekam das Resultat so beiläufig erzählt. Das gefiel ihm nicht. „Um zwölf Uhr, Mr. Lynch", fügte er steif hinzu und brachte den Mann, dem er diente, an die Tür.

Jetzt Percy, dachte Lynch, als er auf den Kai hinaustrat. Und zwar muß die Konferenz vor zwölf sein, ehe Blank hinüberkommt.

Lynch winkte dem Wal, aber ehe er einstieg, ging er dann doch noch ein Stück am Kai hinauf und wieder zurück. Diese Gegend regte ihn zu seiner eigenen Verblüffung merkwürdig an. Die Boote mit den leuchtenden Früchtepyramiden darin unter dem südlich wässerigen Himmel, die Bewegungen der Gondelfahrer, die wie Springer ihre Boote vorwärtsstießen, der Anblick der Friedhofsinsel, die wie ein freundlicher Garten in dem vielfarbigen Lagunenwasser stand, das alles gab ihm eine gute Unterlage, nachzudenken.

Er überlegte sich im Auf- und Abgehen vorher jedes Wort der Konferenz, die er drüben am Strand in einer halben Stunde abhalten würde. Jede Schlinge, die er Pudding legte, jede Falle, in die er Percy lockte. Er beschloß, drei Sätze über die italienische Regierung präzisieren zu lassen. Darin würde er sie alle fangen. Es war die letzte Konferenz ohne

Bobby. Er beschloß, seinen Stab so herumzuoperieren, daß der Stab sich gegen Bobbys Eintritt erklären mußte. Und dann gab er ihnen Bobby. Und später dirigierte er die durch ihre Abstimmung festgelegten Leute wieder gegen Bobby.

Lynch zeigte ein wenig die Zähne vor Vergnügen, während er sich die Diskussion zurechtlegte. Er hatte das Gesicht eines Mannes von Verstand, von Vernunft, von fanatischer Arbeitskraft und rücksichtsloser Energie, das Gesicht eines Mannes, der sich vor seine Einflußzone stellt und sie mit den Zähnen verteidigt. Er sah in Gedanken die Gesichter und die Zähne seiner Gegner und lächelte ein dünnes, scharfes Lächeln. Dann winkte er noch einmal dem Messingwal und stieg die Steintreppe zu ihm hinunter.

Williams wird erobert

Um zwölf Uhr betrat Williams das Büro des „Boston-Expreß“ in Venedig. Er hatte eine unangenehme Unterhaltung mit John hinter sich, aber sein Zustand war nicht so, wie John dachte. John hatte ihm durch den Inhalt des Gesprächs nicht die Arme und die Beine zugleich zerbrochen. Williams hatte zwar eine Neigung, zu befehlen, und deshalb liebte er eine Stellung, in der er etwas Bestimmtes zu sagen hatte. Aber Williams hatte eine ebenso große Neigung, sich krank, elend und bemitleidenswert zu fühlen, und das liebte er im Grunde noch mehr.

Nichtsdestoweniger war er aufs tiefste über John empört. Ich werde es ihm heimzahlen, dachte er. Dann dachte er wieder an die Briefe.

Williams stellte sich an die vergitterte Kasse und sagte: „Bestellen Sie mir eine Kabine für Dover zu übermorgen. Billett über Paris nach London. Verstanden?“

In Paris bleiben wollte er nicht, es war ihm zuwider, weil er dort nichts mehr zu tun hatte. Amerika war ihm noch mehr zuwider.

„Sehr wohl“, sagte der junge Mann in Hemdsärmeln mit dem niedrigen, kleinen Kragen. „Wollen Sie nicht lieber fliegen, Mr. Lynch?“

„Haben Sie schon einmal einen Mann in normalen Lebensverhältnissen gesehen, der gern fliegt?“ antwortete Williams geringschätzig.

„Gewiß nicht“, erwiderte der junge Mann grinsend, „Sie haben es aber schneller im Flugzeug.“

„Und gefährlicher“, sagte Williams.

„Das ist übertrieben“, versetzte der junge Mann. „Sie sparen einen Schlafwagen und eine Kabine. Sie sind in etwa drei Stunden von hier in London.“

„Ich bin nicht eilig", wehrte Williams ab und steckte sich eine Zigarre an. „Sie sind hartnäckig, junger Mann. Wer bezahlt Sie für Ihre Hartnäckigkeit? Die Fluggesellschaft?"

„Ich informiere Sie lediglich, wie es meine Pflicht ist", sagte der junge Mann kühl. „Nach meiner Information sparen Sie Geld und Zeit. Im übrigen bezahlen immer Sie mich noch, Mr. Lynch."

„Mein Bruder John", berichtigte Williams erbittert. „Haben Sie wieder so etwas Komisches erlebt mit Amerikanern wie neulich?"

„Ja und nein", antwortete der junge Mann. „Die Saison geht zu Ende und da kommen nicht mehr so viele. Neulich tauchten vier amerikanische Journalisten auf, die gehört hatten, die Malaria sei in Venedig ausgebrochen. Der Magistrat lud sie gleich ein. Wenn es in Amerika heißt, es sei Malaria in Venedig, dann können sie hier ihre Markuskirche in Watte packen. Na, die Journalisten wurden kolossal eingeseift. Als sie an den Lido sollten und hörten, daß Mr. Lynch drüben sei, verduftetten sie plötzlich. Es stellte sich dann, wie man mir errötend erzählte, heraus, daß die vier Amerikaner Italiener waren, die mit der Malariageschichte den Sommer über gut in den Badeorten lebten. Es tat mir wirklich leid, daß es keine Amerikaner waren. Ich hätte gern einmal Amerikaner gesehen, die in Europa die Europäer hineinlegen. Sonst werden doch immer die Amerikaner von den Europäern hineingelegt."

Lynch blickte aufmerksam von dem Telegrammformular auf, das er mit klaren, runden Blockbuchstaben ausfüllte.

„So, meinen Sie?" sagte er dunkel. „Sie haben auffallende Ansichten vom Leben, junger Mann. Ich hätte Sie gern meinem Bruder Lynch besonders empfohlen. Aber Ihre Ansichten werden sich mit den seinen leider nicht decken. In seinen Betrieben heißt es: America first. Und keine Witze darüber von Grünschnäbeln."

„Ganz meine Ansicht — diese Ansicht Ihres Bruders. Aber die Amerikaner selber? Ich kann mir nicht vorstellen, daß Mr. Lynch die Amerikaner als Krone der Schöpfung ansieht?"

„Ausnahmen macht er nur in seiner Familie“, sagte Williams ärgerlich. „Im übrigen ist er der Ansicht, daß jeder Amerikaner ein kleines Wunder ist.“

„Tut mir leid, Herr“, sagte der junge Mann grinsend, „dieser Ansicht kann ich mich nie im Leben anschließen. Was hat das aber mit der Qualität meines Dienstes zu tun? Ansichten sind Privatsache, denke ich. Man sollte Ansichten eigentlich fördern. Sehen Sie sich die Welt an, Mr. Lynch. Finden Sie, daß es viele Leute gibt, die eine anständige Privatansicht haben? Politische Ansichten, Kollektivansichten, soziale Ansichten, gewiß, die hat heut jeder genau so wie der andere. Aber richtige, ehrliche Privatansichten hat kaum einer mehr. Wenn ich Mr. John Lynch wäre, würde ich das ehren. Aber, unter uns, auch wenn Ihr Bruder Privatansichten nicht ehrt, meine Privatansicht lasse ich mir nicht nehmen.“

Williams kam wieder an den vergitterten Schalter heran und sah über den Rauch seiner Zigarre sich den rabiaten Burschen noch einmal aus der Nähe an.

„So“, sagte er, „Sie haben also Charakter. Aber wenn mein Bruder Leute mit Charakter einstellt, nimmt er Ausländer. Deutsche und so. Nichts zu machen, mein Lieber. Guten Morgen.“

Williams ging aus dem „Boston-Expreß“ langsam wieder hinaus. Als er auf die Riva kam, umfing ihn der Lärm der Musikkapellen, die vor den Cafés am Ufer spielten, der heulenden Vaporini, der Dampfersignale und der Gondelschreier. Zehn Schritte weiter stieß er auf Virginia Watts.

Virginia ging auf den „Boston-Expreß“ zu.

„Guten Morgen, Mrs. Watts“, rief Williams, „wollen Sie wechseln oder ein Billett bestellen? Zum Wechseln würde ich Ihnen Cook mehr empfehlen. Ich habe mir gerade auch ein Billett für London gebucht.“

„Stellen Sie sich einmal vor“, sagte Virginia spöttisch, „das habe ich gerade ebenfalls vor.“

„Sehr einfach“, lachte Williams, „da brauchen wir nur die Tür noch einmal aufzumachen und ‚dasselbe‘ zu rufen.“

Williams machte drei Schritte vor Virginia her, öffnete die

Tür zum „Boston-Expreß“ und rief hinein: „Hören Sie mich, junger Mann?“

„Ich höre Sie, Mr. Lynch, aber ich sehe Sie nicht“, antwortete der Angestellte. „Dasselbe für Mrs. Watts“, erwiderte Williams und blies eine Säule blauen Zigarrenrauchs in das Büro.

„Sehr wohl, Herr“, erwiderte der junge Mann, ohne, wie Virginia durch das Fenster sah, auch nur einen Moment seinen Blick von dem Telegrammformular, das er beschrieb, aufzuheben.

Virginia betrachtete sich die Unterarmmuskeln, den Hals und die Nase des jungen Mannes, dabei wurde sie ein wenig rot. Er war höchstens zweiundzwanzig und hatte einen netten blonden Scheitel. Aber Virginia drehte sich mit einemmal brüsk um. Sie hatte noch nicht vergessen, daß sie Erfahrungen gemacht hatte, an die sie nicht gern dachte. Ihr Blick fiel, während sie sich die Lippe leckte, mit Mißfallen auf Williams, der mit seiner Zigarre vor ihr stand.

„Haben Sie Lust, mit mir zu frühstücken?“ fragte Williams.

Virginia lachte kurz und glucksend, als ob die Frage sie belustige. Sie betrachtete Williams von oben bis unten. Er sah passabel aus, aber er war dick und alt. Dann warf Virginia noch einen Blick durch das Fenster des „Boston-Expreß“. Darauf klemmte sie die Lippen ein, zog den Mund nach den Ohren und fragte, als ob sie nicht recht verstanden hätte: „Zum Frühstück?“ Sie überlegte. In ihren Blick kam etwas Taxierendes und Fragendes. „Gut“, sagte sie, „essen wir zusammen. In der Taverna, was?“

Williams nickte. Er hätte lieber im „Grand“ gegessen, denn er hatte seines Magens wegen Mißtrauen gegen die kleinen italienischen Ristoranti, aber er ging dann doch mit Virginia durch die Frezzeria auf den kleinen Platz neben dem Fenice-Theater und setzte sich an einen Tisch unter dem Sonnensegel.

„Da drüben sitzt der Mann, der mich gerettet hat, als ich auf der Jacht des Belgiers neulich Feuer fing“, deutete Virginia auf den Tennisspieler aus dem Dynastieadel, der ihr so verständig das Kleid vom Leib gerissen hatte. „Was nehmen wir, Mr. Lynch? Parmesan mit weißen Trüffeln — famos. Die weißen Trüffeln kommen sonst erst im Oktober."

„Bitte bestellen Sie", antwortete Williams. „Ich nehme eine Gemüsesuppe."

„Nanu — ist Ihnen nicht gut?"

„Warum?" fragte Williams. „Sehe ich schlecht aus?"

„Vorhin konnten Sie es vor Hunger nicht aushalten — haben Sie mit dem Magen zu tun?" Sie fixierte Williams' Gesicht. In ihrer Pupille erschien das taxierende Licht. „Sie sehen nicht gut aus", konstatierte sie ruhig.

„Aber jedermann versichert mir das Gegenteil", behauptete Williams. Trotzdem fühlte er, wie sehr er sich auch dagegen wehrte, daß der Schmerz, der die ganze Nacht gedroht hatte, in seiner Hüfte sich wieder regte und den Oberschenkel ergriff. Ohne daß er es merkte, tastete seine Hand verstohlen rückwärts an die neuralgische Stelle.

Virginia folgte dieser Bewegung, wie eine Katze einem Vogel nachschaut.

„Alle meine Bekannten loben mein Aussehen", versicherte Williams hartnäckig. „Haben Sie Segrave gesehen? Er ging gerade vorbei."

„Ich mache mir nichts aus Männern, die sich so grad halten", meinte Virginia abfällig. „Sie taugen in der Regel nie viel. Haben Sie eigentlich Schmerzen, Mr. Lynch?"

„Das ist verschieden", gestand Williams, verzweifelt darüber, daß die Watts sich von diesem Thema nicht abbringen ließ.

„Wo?" fuhr Virginia fort und steckte ihre Gabel unbarmherzig in die kleine Pfanne, in der die Trüffelscheiben in fettem Parmesan schwammen.

„Das ist es gerade", erklärte Williams, der trüb in seiner Gemüsesuppe stocherte, „die Schmerzen sind nicht zu lokalisieren. Sie stecken, wo Rheumatismus oder Ischias sitzt — aber sie sind beides nicht."

„Probieren Sie einmal Royal Embrokation", riet Virginia. „Es ist allerdings ein Pferdemittel, aber wir reiben uns immer nach dem Turnier damit ein. Ich würde mich an Ihrer Stelle aber einmal auf Nieren untersuchen lassen."

Williams starrte sie entsetzt an.

„Wie alt sind Sie?" fragte Virginia weiter.

„Tut das etwas zur Sache?" fragte Williams zurückhaltend.

„Wenn Sie eitel sind, reden wir nicht weiter darüber", sagte Virginia. „Aber das sage ich Ihnen: in Ihrem Alter ist niemand gesund. Wollen Sie mir ein paar Pfirsiche bestellen?"

Williams winkte müde der Kellnerin.

„Ist das Ihr Ernst?" sagte er mühevoll lächelnd, während er zusah, wie sie das gelbe Fleisch der Frucht zerschnitt.

„Sie beschwindeln sich", erwiderte Virginia kauend. „Das ist der schlimmste Fehler, den ein Mensch machen kann. Man darf seinem Körper nie vormachen, daß er gut funktioniert, während er das nicht tut. Kein Körper läßt sich betrügen, Mr. Lynch. Wer soll das besser wissen als ich? Man darf seinen Körper nicht schlechter behandeln als sein Auto. Schicken Sie Ihren Wagen, selbst wenn er in Ordnung läuft, nicht von Zeit zu Zeit in die Garage zum Nachsehen vom Pneu bis zu den Pleuelstangen? Finden Sie, daß das richtig ist? Dann ziehen Sie die nötige Lehre daraus. Da war ein australischer Tennisspieler, George Hut, ein netter Mensch, obwohl er Sommersprossen und rote Haare hatte. Der sagte immer: ‚Virginia, es sticht mich beim Smash über dem rechten Auge.' ‚Gehn Sie zum Arzt, mein Junge', sagte ich zehnmal. Er lachte. Zwei Jahre darauf war er ein toter Mann, weil er so dumm war, nicht krank sein zu wollen. Führen Sie eigentlich eine bestimmte Diät durch?"

Williams schob seinen Teller zurück. Er konnte selbst die Gemüsesuppe nicht mehr sehen.

„Warum soll ich Diät halten, wenn ich nicht krank bin?" murmelte er verängstigt und wütend.

„Aber Sie haben ja blaue Lippen", erwiderte Virginia mit einem Blick in sein Gesicht. „Sie sollten überhaupt nicht ohne ärztliche Kontrolle leben."

Williams antwortete nicht, aber er warf Virginia einen rätselvollen Blick zu. Virginia hatte nicht das geringste mit Williams vorgehabt. Aber diesen Blick verstand sie. Es ging ihr mit Blicken und mit Gelegenheiten wie beim Tennis. Ihr Instinkt faßte raubtierhaft die Schwäche ihrer Gegner auf. Sie gab nie besonders scharf auf den Gegner acht, sie spielte lässig und unverkrampft, und das brachte ihr viel Sympathie. Sie spielte mit ihren schlaksigen, rassigen Bewegungen, mit ihren schönen Zähnen, mit ihren drolligen Zwischenrufen, sie spielte temperamentvoll und ohne Angst für ihre Popularität – und dann kam es, dann enthüllte der Gegner seine Schwäche, er enthüllte sie um so eher, je weniger Virginia danach gelauert hatte, und dann los, Virginia, dann hineingehauen und auf die schwache Stelle getrommelt, was das Zeug hielt!

Virginia verstand den Blick Williams', der sich vor sie niederlegte und sich ihr ergab, auf der Stelle.

Sie hatte diesen Mann kleingemacht – was sein Bruder am selben Tag nicht fertigbekommen hatte. Williams hatte sein ganzes Leben die Menschen geplagt mit seinen Krankheiten, und alle Welt hatte ihm seine Krankheiten ausgeredet. Sie hatten zu ihm gesagt „Quatsch" oder „Williams, du hast zuviel Salat gegessen". Sie hatten dem Mann, der von seinen Krankheiten nur sprach, weil er eine innere Neigung zu Krankheiten hatte und weil er seine Krankheiten pflegen wollte, seine Krankheiten nicht geglaubt.

Virginia erfaßte sofort, daß der Mann da krank sein wollte und daß er schlecht behandelt sein wollte. Sie war offenbar der erste Mensch, der ihm diesen Gefallen tat. Sie hatte ihm sein Kranksein bestätigt. Sie hatte ihn krank gemacht. Sie konnte ihn jetzt so lange krank sein lassen, wie sie wollte. Und sie konnte ihn schlecht behandeln, und Williams würde sklavisch und ergeben das tun, was sie wollte.

„Trinken wir den Kaffee auf dem Markusplatz?" sagte Virginia.

Williams zahlte. Virginia sah ihm dabei zu. Sie erinnerte sich, von seinem Geiz erzählt bekommen zu haben. Sie erinnerte sich einer Geschichte, daß Williams im Claridge-Hotel in Paris wochenlang abends einen Salatkopf gegessen haben sollte, den sein Chauffeur ihm auf der Straße gekauft und selber angemacht hatte.

Sie lächelte und machte die Zähne leicht auf, als wolle sie den ganzen Mann verschlucken. Sie fühlte den Mann mit allem, was er besaß, auch mit seinem Geiz, ganz in ihrer Gewalt.

Virginia war eine Kreuzung aus vielen guten und schlechten, aber sicher nicht aus bösen Eigenschaften. Sie war beneidenswert vielseitig dazu. Sie war eine populäre Tennisspielerin in dem England des Nachkriegs, sie war ein guter Kamerad, eine hübsche, frische Sportslady, gutmütig und wahllos wie ihre ganze Generation, in ihren Liebhabereien infantil, ein anständiger Kerl zu ihren Freunden, nicht ganz klar, aber sicher zuverlässig als Charakter und bestimmt keine Männerverspeiserin, sie war nicht reich, doch auch auf keinen Fall geldversessen ... aber wo Virginia etwas mitnehmen konnte, da nahm sie es, wie jedermann, mit.

Sie betrachtete Williams von der Seite, während sie mit ihm über den Markusplatz ging. Die Cafés auf dem Platz waren so voll, daß der Platz wie eine Büchse voll Hummeln dröhnte, und sie gingen über die Piazzetta nach der Riva weiter.

„Setzen wir uns da“, schlug Virginia vor, als sie an dem kleinen Ristorante vorbeikamen, das dicht neben dem Reisebüro des „Boston-Expreß“ lag und vor dem ein paar Geiger fiedelten.

„Due Espressi“, bestellte Williams.

Virginia beobachtete ihn, während er bestellte. Williams hatte freiere Bewegungen, ein fast glückliches Gesicht und eine leise Heiterkeit in der Stimme. Sie taxierte sein Alter und seine Figur. Fünfundfünfzig, vielleicht nur fünfzig. Zu dick, aber das ließ sich ändern. Sie überschlug in Gedanken, was er wert war. Sein Name war gut für jeden Betrag. Er war einer der großen Kapitalnamen, und es gab, bei Gott, nur noch verdammt wenige davon. Auch England, ihr England, war schwach geworden an Geld. Der dicke Mann ihr gegenüber war ein ganz seltener Fall, eine unerhörte Gelegenheit. Er war stark und mächtig.

Virginia zögerte nicht und griff zu.

„Nur *einen* Espresso“, korrigierte sie und rief den Kellner zurück, „und einen Vermouth. Der Vermouth ist für Sie. Der Kaffee taugt nichts für Ihr Befinden.“

„Sie sind gut“, sagte Williams mit einem ihr schmeichelnden Blick.

„Das glaube ich kaum“, erklärte Virginia lachend, „Sie wissen wohl nicht, wie bös die Frauen sind.“

„Ich habe mir darüber den Kopf nicht zerbrochen, Mrs. Watts“, antwortete Williams und legte beide Hände auf den runden Ebenholzgriff seines Stockes. „Warum sollen die Frauen einen schlechteren Charakter haben als die Männer, die sicher einen schlechten haben? Aber Sie mögen recht haben. Wie steht es eigentlich mit Ihrer Schiffskarte? Soll ich sie mit meiner abholen lassen? Gut“, sagte Williams, als sie nickte. „Wollen Sie mit mir im ‚Grand‘ heute abend essen?“

Virginia zog die Brauen zusammen und überlegte.

„Ich kann noch nicht sagen, ob es geht.“

„Bis wann wissen Sie es?“

„Bis sieben.“

„Ich rufe dann an“, erklärte Williams und sah auf die Uhr. Es war noch nicht zwei. „Sie lassen mich fünf Stunden auf Antwort warten“, sagte er mit einem unterwürfigen Gesicht.

Virginia steckte eine Zigarette an und schaute aus den Augenwinkeln durch den Rauch zu ihm hinüber.

„Mein Lieber“, sagte sie mit einer ihn merkwürdig erregenden Stimme, „ich kann Ihnen auch gleich absagen, wenn Sie das wollen.“

Williams schaute rasch nach der Lagune hinüber, wo ein halbes Dutzend Sirenen eben auf einmal pfiff. Er rieb seinen runden Stockgriff dabei zwischen den flachen Händen.

„Ich würde keinen Hund so behandeln, wie Sie mit mir umgehen“, sagte er leise.

„Da irren Sie sich gewaltig, Mr. Lynch“, sagte Virginia energisch. „Ich gehe richtig mit Ihnen um. Wenn Sie ein achtzehnjähriger Marineleutnant wären, würde ich vielleicht anders mit Ihnen sprechen. Aber ich glaube nicht, daß Ihnen das gut bekäme.“

Virginia weidete sich am Erfolg dessen, was sie sagte, eine Weile. Dann sah sie ebenfalls auf die Lagune hinaus.

Langsam setzte sich am Ufer der Lagune ein Schiff hinter dem andern in Bewegung.

Ihre schönen, massiven Schießtürme, die großen, ausgeschwungenen Geschützrohre und die schrägen, niederen Schornsteine erzitterten in der blauen Mittagsluft. Auf den Decks standen die Mannschaften, die Sirenen heulten, als pfiffen ihre Rohre richtiges Maschinengewehrfeuer nach Venedig hinein, und dann fuhren sie vorüber.

Die englischen Offiziere an Deck der kleinen, grauen, wie insektenhafte Raubtiere aussehenden Schiffe standen an der Reling und sahen nach dem Himmel. Plötzlich erschien über San Giorgio Maggiore mitten im blühenden italienischen Horizont eine schwarze Wolke wie ein formloses Flugzeug, es gab einen roten Blitz, die Wolke flatterte und dann kam der Knall. Die italienischen Küstenbatterien feuerten. Kurz darauf brüllte es mit einem dumpfen Baß vom Meer draußen her. Das englische Linienschiff mit der Admiralsfahne antwortete wie ein gereizter alter Löwe auf das Freundschaftsgeschrei der Küstenbatterien.

Auf den italienischen Torpedobooten, die Reling an Reling mit schmalen, hohen Hecknasen nebeneinanderlagen, gingen jetzt die Flaggen hoch, die Geschütze wurden ausgeschwungen und lösten einen metallenen kleinen Donner aus. Das Konzert, das nun die englischen Kreuzer mit ihren Drillingstürmen anstimmten, war noch heiserer und bellender als alle andere Artillerie zusammen. Langsam fuhr unter den Freudenfanfaren der Mordmaschinen zweier Nationen die englische Flotte aus der Lagune hinaus.

Hinter dem letzten englischen Torpedoboot lief, genau im Kielwasser, ein kleines Schiff von tausend Tonnen, ein weißlackiertes Boot mit messingglänzenden Bullaugen, mit der belgischen Flagge am Heck und dem italienischen Flaggwimpel auf dem Mast, aus der Lagune aus. An der Reling standen ein halbes Dutzend Leute. Auf der Brücke stand neben dem Kapitän und dem Matrosen, der das Ruder führte, ein Mann mit einer weißen Hose und einem Sporthemd und hielt das Glas nach den Geschossen am Himmel gerichtet, die mit einem brutalen Ruck da oben platzten. Die Jacht fuhr so dicht am Ufer vorbei, daß die beiden sahen, wie die gelbliche Haut sich über die

Backenknochen des Mannes mit dem Fernglas vor Erregung spannte.

„Erkennen Sie den Mann?" frug Virginia.

„Natürlich", nickte Williams, „auf der Jacht sind Sie ja beinahe verbrannt." Er dachte daran, daß er Virginia damals ohne Kleider gesehen hatte. Sein Blick folgte der Jacht, die beinahe das Kriegsschiff vor sich einholte, mit einem verächtlichen Ausdruck. Dann erreichte sein Blick die ganze auslaufende englische Flotte.

Bei diesem Anblick richtete er sich noch stärker auf. Er saß da wie ein Denkmal Amerikas, so selbstverständlich, so breit, so gelassen und so rätselhaft.

„Schade", sagte er, „daß nicht einmal eine amerikanische Flotte hier einläuft. Wissen Sie, Mrs. Watts, daß Amerika heute die stärkste und modernste Flotte der Welt besitzt?"

Einen Augenblick starrte Virginia auf den wohlwollenden, lebensgenießenden Mann vor sich, von dem sie diesen Ausdruck von Kriegsbegeisterung nicht erwartet hätte.

Sie verstand die intimsten Geheimnisse der Männer, aber sie verstand nicht, warum fast alle Männer vor Begeisterung rasend werden, wenn sie Kriegsschiffe hören und Schrapnelle platzen sehen.

Was hat er? dachte sie. Er wird zu lebhaft. Auch ärgerte es sie als Engländerin, daß der Yankee so herablassend von England sprach.

Sie bekam den kalten Blitz ins Auge, den Williams nicht ertragen konnte. Er senkte den Blick.

Virginia stand auf und zog dabei ihre Handschuhe an.

„Bleiben Sie sitzen", winkte sie ihm ab, als er sich erheben wollte. „Ich habe noch ein paar Besorgungen zu machen." Sie nickte und beschäftigte sich mit ihrer Handtasche, die nie recht schloß. „Sehen Sie, bitte, einmal auf die Uhr."

„Halb drei", erwiderte Williams, etwas bestürzt. „Ich rufe Sie also um sieben an."

„Es ist nicht nötig", sagte Virginia. „Ich habe mir überlegt, daß es doch nicht geht."

Virginia ging langsam mit ihren fahrigen, schlaksigen Bewegungen die Riva zurück und ließ Williams in einer

Betäubung zurück, als hätte er einen Schlag zwischen die Augen erhalten. So mußte man ihn behandeln, dachte sie, das war die Technik, die diesen Mann weich wie Butter vor ihre Füße warf.

Virginia wußte allerdings nicht, daß dieser Mann nur noch den hundertsten Teil dessen wert war, was sie dachte, weil ihn sein Bruder am Vormittag hinausgeworfen hatte.

Fitznow triumphiert

Zwei Tage später sah der Manager des Hotels der kleinen Benzin- und Ölwolke nach, die der Messingwal Lynchs in dem kleinen Kanal, der zur Lagune führte, aus seinem Auspuff ausgestoßen hatte. Der Messingwal war bereits durch den Tunnel gefahren und unsichtbar. Die graue kleine Wolke hing geballt über dem leicht fauligen Wasser, dann löste sie sich auf. Es war nichts mehr da von den Großen dieser Welt, die hier gewohnt hatten.

Der Manager ging durch die Halle in die Bar, trank einen Vermouth und ging dann auf die Terrasse über dem Meer hinaus.

Die roten Blusen der Wacht haltenden Matrosen und ihre weißen, großen Strohhutränder glühten vor dem tiefblauen Meer. Der Strand war hell und fast leer. Draußen kam eine Fischerflotte aus Chioggia mit ockerroten Segeln hoch. Die Messingbeschläge an den schwarzen Segelbooten glänzten, und die frommen Figuren, die blau auf die Segel gemalt waren, erhoben sich über dem Wasser, als träten sie in ganzer rührender Person aus der Leinwand heraus.

Die Luft war so klar wie Kristall, wie Seide, wenn Seide auch Kristall sein könnte, wie Duft, wenn er um die zärtlichsten Farben der Natur gefrieren könnte, wie Glück, wenn es aus Meer und Himmel geformt werden könnte.

Auf den Manager zu kam der junge Mann vom Reisebüro des „Boston-Expreß". Der junge Mann stieß dem Manager den Zeigefinger auf die Cutaway Weste an der Stelle, wo die dritte und die vierte Rippe lag.

„Na, gute Geschäfte gehabt?" fragte er und deutete mit dem Daumen der andern Hand rückwärts, wo der Messingwal Lynchs jetzt über die petroleumfarbig erglühte Lagune dem Flughafen von Venedig zufuhr.

„Danke", erwiderte der Manager. „Ich arbeite persönlich gern mit den Yankees. Sie zahlen die Tarife. Wenn sie auch keine Trinkgelder geben — na, ich kalkuliere das vorher ein."

„Moment, mein Lieber", sagte der junge Mann aufgebracht, „wenn solche Bullen die Tarife nicht zahlen wollten, dann sollte man sie wie Katzen im Bach ersäufen."

Der Manager warf dem jungen Mann einen schrägen Blick zu, aus dem der junge Mann, wenn er lernbegierig gewesen wäre, hätte sehen können, daß der Manager die schwachen Seiten der Großen dieser Erde besser kannte als er selbst.

„Sehen Sie", sagte der Manager fast zärtlich, „früher, als es noch so viele Fürsten gab und dazu noch Fürsten, die Geld hatten und vor allem regierten, war das für die Hotels eine viel schlimmere Arbeit als heute mit den Yankees. Mein Vater sagte immer, Fürsten im Hotel machen Reklame, aber sie kosten viel Geld. Meinen Sie, die Fürsten hätten die Tarifpreise bezahlt? Im Gegenteil, mein Herr. Sie bestellten alle Appartements um ihres herum als Adjutantenzimmer und zahlten per saldo nicht die Appartements als Appartements, sondern als billige Adjutantenzimmer. Das ist mit den Yankees anders. Sie machen genausoviel Reklame. Aber sie zahlen die Tarife. Wenn Mr. Lynch mich aufgefordert hätte, in seinen Dienst zu treten, hätte ich sofort angenommen."

Der junge Mann lächelte mit einem schiefen Fuchsgesicht.

„Mich, sehen Sie, hat er dazu veranlassen wollen, ich habe aber abgelehnt."

Der Manager sah ungläubig auf den kleinen Billettverkäufer, der da Dinge sagte, die außer ihm wohl kein Mensch so frech zu sagen den Mut gehabt hätte.

„Sie haben abgelehnt?" wiederholte er ironisch und schob die rechte Schulter vor, dicht unter den kleinen schwarzen Spitzbart.

„Ja", sagte der junge Mann vom „Boston-Expreß" verbissen, „und wissen Sie, warum? Weil ich meine bestimmten Ansichten vom Leben habe. Das ist vielleicht ein Fehler, aber ich lasse sie mir nicht nehmen. Und wissen Sie, was ich am meisten hasse im Leben? Das sind die Heuchler. Alle Amerikaner sind Heuchler. Haben Sie mal eine Zeitschrift gesehen, die ‚Open Air' heißt oder meinetwegen ‚Physical Culture'? Das sollen Zeitschriften sein, welche die jungen Leute zu Athleten machen und ihnen einen schönen Körper verschaffen sollen. Aber wenn Sie in die Blätter hineinsehen, so sind es nichts als Blätter mit pornographischen Photographien, die einem das Kotzen machen. Schauen Sie in die Zeitschrift ‚Manners'. Das soll ein Blatt sein, das die jungen Yankees mit guten Manieren ausstattet, es macht sie aber zu Idioten. Nein, mein Herr, da mache ich nicht mit. Alles das, was diese Leute herausbringen, hat ein moralisches Gesicht und einen geschäftstüchtigen Hintern. Na, ich weiß schon, daß Geschäfte nützlich sind, aber diese amerikanischen Geschäfte ohne mich. Ohne mich, mein Herr."

Der junge Mann schlug sich vor Entrüstung mit der flachen Hand selber auf die Brust.

„Tja", sagte der Manager dunkel und sah auf den radikalen jungen Mann mit einem Ausdruck hinunter, der nicht viel Hoffnung für die Karriere des jungen Mannes übrigließ. Wenn der junge Mann nicht wissen wollte, daß das Leben seine zwei Seiten hatte – er, der Manager wußte es –, um so schlimmer für den jungen Mann.

Der Manager hielt nicht viel von den radikalen Ansichten, wie sie die jungen Menschen jetzt so eifrig zeigten. Er sah in seinem Hotel den Lauf der Welt genau gespiegelt. Nichts, wußte der Manager, hatte große Lust, sich zu verändern auf dieser Erde. Alles wurde nicht so heiß gegessen wie gekocht. Nichts wurde überm Knie auseinandergebrochen. Die Welt war im Grunde verträglich. Die Ansichten des Managers waren es deshalb auch.

„Ich glaube", sagte er, um das unergiebige Gespräch abzulenken, „wir behalten lange über den Saisonschluß hinaus gutes Wetter."

„Hoffentlich", stimmte der unerbittliche junge Mann bei. „Man muß doch auch einmal gutes Wetter für sich selber haben – nicht nur für die anderen Leute, die man bedient. Meinetwegen könnten die anderen Leute überhaupt wegbleiben."

„Meinetwegen auch", sagte der Manager mit einem tiefen

Seufzer, „aber", fügte er mit einem ironischen Gesicht hinzu, „wie stellen Sie sich dann meine Geschäfte vor?"

„Gott", zuckte der radikale junge Mann die Achseln, „es ist immer irgendwo anders auch noch ein Platz für unsereinen da. Wetten, daß er gewöhnlich besser ist als der, den man unglücklicherweise gerade innehat?"

Diese Wette schloß der Manager klugerweise nicht ab. Er schüttelte zweimal seine Condottiere-Nase gegen den Wind und ging mit einem kurzen Gruß ins Hotel zurück. Der junge Mann vom „Boston-Expreß"-Reisebüro folgte ihm, das Herz voll Verachtung über den Opportunismus der Welt.

Am Strand unten gingen indessen zwei Spaziergänger aufeinander zu. Sie waren noch einen Kilometer voneinander entfernt, auch lag der große Steg mit seinem Vorbau und den vielen an den Strand gezogenen Patini zwischen ihnen. Sie konnten sich noch nicht sehen, obwohl sie aufeinander zugingen.

Es war der elfte September, genau drei Wochen, nachdem der Wal in den Hafen des Hotels eingelaufen war.

Der Mann, der von links kam, war Kennel.

Er war immer noch gleich stark behaart. Nichts an ihm hatte sich verändert. Sein Kopf war rund. Seine Figur untersetzt. Seine Augen hatten den Blick eines großen, alten Fischs. Er trug seinen limonadefarbenen rosa Trikot ohne Ärmel über der Galahose des Badeanzugs, dieser amputierten Tennishose, welche die Schenkel frei ließ. Sein Gang war schneidig und salopp zugleich, englisch salopp und international militärisch, die Knie hoch und die Ellenbogen etwas ab ... Kennel war ganz der alte.

Er zog ein goldenes Zigarettenetui aus der Tasche seiner Hose. Das Etui hatte genau die Rundung seines Hinterteils. Es war ein Geschenk Virginias. Kennel zündete sich eine Zigarette an und ärgerte sich. Er hatte seit drei Tagen einen Schlafwagenplatz über den Brenner bestellt. Die Schlafwagen waren aber immer ausverkauft. Der Flabsch am Büro belog ihn jeden Tag aufs neue, er bekäme einen Platz am folgenden Tag. Widerlicher Kerl. Nicht einmal auf dreckige Fingernägel war mehr Verlaß. Kennel brummte und schnickte mit dem Kopf nach rückwärts. Warum fuhr er auch über den Brenner nach München? Dummheit. Die Schlafwagen waren die schlechtesten, die es gab. Manchmal stellte man da Wagen ein, die vorher nach Konstantinopel gelaufen waren und Wanzen hatten so dick wie Brombeeren. Blödsinn, dachte Kennel, und entschloß sich, über Mailand direkt nach Berlin zu fliegen.

Er hatte plötzlich Sehnsucht nach Berlin.

Berlin war gewiß gegen die Leute hier Provinz, aber Berlin war doch die Stadt, auf die es Kennel ankam. Berlin war das Heimathaus, in das Kennel zurückkehrte mit seiner Beute an „Relief" gebenden Erlebnissen. In Berlin sonnte sich Kennel mit den Pokerpartien bei dem Herzog von Bergamo, bei den verschimmelten Sandwiches der Frau Leed, dem Essen auf dem kleinen weißen Motorschiff des Herrn Lapin, den Napoleonschnallen, die er mit Mr. Lynch bewundert hatte, der Geschichte mit dem verdammten Mädel von der Diebstahlsache. Mein Freund Teddy Rothschild ... mein Freund Bobby ... der gute Phil Wood ... mein Freund Charly – dies alles brachte nebst der Schilderung vieler Essen, Bälle und Sportpartien Kennel jetzt mit nach Berlin zur Baronin Goldschmidt-Wassermann, zum Salon der künftigen Reichspräsidentin „Kathinka" und zu den vielen Damen aus der Industrie und aus der Finanz, in deren Häuser er jetzt Bridge spielte und die das alles wunderbar fanden.

Kennel war zum Platzen voll von seinem Aufenthalt in Venedig. Wenn er Honig hätte ausschwitzen können, er hätte trotz seiner schwarzen Behaarung vor Zufriedenheit Honig ausgeschwitzt. Er lächelte sich innerlich selber an.

Ihn kümmerte nichts, was um ihn vorging. Wie neunundneunzig von hundert Menschen um ihn herum kümmerte ihn nur sein eigenes Glück und sein eigenes Fortkommen. Und Kennel war tüchtig. Er war von brutaler Tüchtigkeit in allen Dingen, die sein Fortkommen ausmachten. Die Straßen in seinem Hirn waren alle parallel und wurden von keinen Querstraßen geschnitten. Er konnte seine Gedanken illuminieren und in ihnen wie in einem Park spazierengehen. Er tat es, mit leicht militärischer und dabei doch lässiger Haltung. Warum auch nicht? Seine Verdauung war gut. Sein Herz funktionierte ordentlich und sein Bankguthaben war leidlich in der Reihe. „Plus“ machte immer gemütlich.

Kennel näherte sich dergestalt und mit den roten Gummibadeschuhen an seinen Füßen das Wasser der Adria immer streifend, dem Steg und der Burg von aufgestapelten Ruderbooten, die hier zusammenlagen.

Von der andern Seite des Badestrandes kam zur gleichen Zeit Fitznow langsam das Wasser entlang.

Sein Gang war freier als der Gang Kennels, den er noch nicht sah. Er war aber geziert. Es gab Leute, die, wenn sie weibisch waren, diesen Gang reizend fanden, und es gab Leute, die diesen Gang für den Enkel einer badischen Prinzessin und Neffen von zwei Exzellenzen, von denen eine eine Rolle in den Kriegsberichten gespielt hatte ... es gab Leute, die diesen Gang für einen früheren Offizier widerlich fanden.

Heute aber war im Gang Fitznows etwas wie Disziplin, es war etwas Entschlossenes in diesem Gang.

Von Zeit zu Zeit blieb Fitznow stehen, zog ein paar Photographien aus seiner Tasche, betrachtete sie und steckte sie wieder ein.

Jedesmal, wenn er dann seinen Weg am Meerufer entlang weiter fortsetzte, streifte sein Blick die Badehäuser, die fast alle schon verlassen waren. Es waren die Kapannen, in denen er, um sechzig Lire am Tag zu sparen, mit allen Künsten und mit allem Scharm genassauert hatte — aber Fitznow streifte die Kapannen mit einem überlegenen, mit einem ironischen Blick. Die Leute, bei denen er gebuhlt und genassauert hatte, waren gute Leute gewesen, tüchtige Leute, die etwas waren in der Welt, aber nicht mehr. Fitznow gedachte ihrer mit Verachtung. Es war nicht die Creme gewesen, nicht die Spitze, nicht das Oberste. Und Fitznow fing zu träumen an, während er in weißen Wildlederschuhen, in Flanellhosen und blauem Jackett mit Messingknöpfen dicht an den Wellen entlangschritt.

Fitznow träumte von seiner Zukunft. Er dachte an Betty,

das blau mit rosa abgesetzte Auto, er dachte an Schnapp, den besten aller jungen Kammerdiener in Jägerlivree, an das kleine Chateau in Florenz, an das Haus bei Hannover, in dessen großer Küche die Grenzen von vier deutschen Ländern zusammenliefen. Zum erstenmal in seinem Leben dachte Fitznow an diese Dinge als an Gegenstände, die existierten, er dachte an sie als an Dinge, die auf ihn zukamen, deren er gewiß war. Er spannte die Hände auf, als könne er sie fassen. Fitznow sah seine Zukunft nicht mehr träumerisch.

Er dachte an die Photographien in seiner Tasche und sah aus wie ein Mann von Energie, ein Geschäftsmann, wie ein junger Kolonialoffizier, wie ein Kerl. Und dann dachte Fitznow an Berlin.

Berlin war die Stadt für Fitznows Träume, aber da Fitznow mit dem einzig sicheren Gefühl, dessen er fähig war, die deutschen Polignacs und Beaumonts haßte, war im Berlin des Nachkriegs für ihn kein guter Platz.

Die Kreise, die Fitznow liebte, waren verarmt, es waren 21 Puttkammers, 26 Arnims, 24 Wedels und 22 Örtzens gefallen, und während es früher ein Gesetz gab, das dem Adel seinen Adel nahm, wenn er in sichtbarer Weise arbeitete wie das Volk, arbeiteten jetzt die Töchter und die Frauen aus den Familien derWedels, der Puttkammers und der Arnims in den Büros der Emporkömmlinge, der Schönbergers und der Singers und der Goldschmidts.

Fitznow haßte dieses neue Berlin, solange es ihm überlegen war. Aber – und er griff an seine Tasche mit den Photographien – jetzt war er diesem Berlin überlegen. Jetzt konnte er es benutzen, jetzt wurde er von diesen Geschäftsleuten in Geschäfte hineingebeten, an denen teilzunehmen ihm früher keine Bettelei der Welt geholfen hätte.

Fitznow lächelte zum letztenmal mit all dem Scharm, den Douglas Fairbanks in einem berühmten Film aufgebracht hätte, wenn er als Dumasscher Musketier oder als Held von Bagdad die Stelle seines Triumphes erblickt hätte, hinreißend, abenteuerlich und mit außerordentlich weißen Zähnen.

Fitznow ging weiter auf den Steg zu. Er dachte sich seine Zukunft jetzt, nachdem er sich im großen an ihr berauscht hatte, auch in den noch netteren Kleinigkeiten aus, in den Hemden, die er tragen würde, in den Schuhen, die er sich machen lassen, und in den kurzen, angenehmen, seidenen Unterhosen, in denen er jetzt herumlaufen würde.

Keiner von den beiden Männern, die versunken in ihre privaten Gedanken jetzt langsam am Meeresufer aufeinander zugingen, dachte daran, daß in diesem Augenblick fünf und eine halbe Million ausgebildete und uniformierte Soldaten in der Welt unter Waffen standen, daß fünf Milliarden Dollar, das heißt, siebzig Prozent mehr als vor dem Krieg, für Rüstungszwecke ausgegeben wurden und daß für den Fall, daß das Experiment des Friedens nicht glücken sollte, zwanzig Millionen uniformierte und ausgebildete Männer in Reserve standen.

Keinen von diesen beiden Spaziergängern interessierte es, daß in der Biskaya innerhalb dreier Tage siebenundvierzig Schiffe untergegangen waren, daß in China, in Indien, in Ägypten, in Peru, in Arabien die farbigen Völker im Aufstand waren, daß England täglich Schläge auf seinen Thorax bekam, von denen es sich nie wieder erholen konnte.

Keinem von den beiden Spaziergängern kam es ins Bewußtsein, daß fünf Millionen Arbeitslose in Deutschland, von dem sie träumten, saßen, daß vierzigtausend deutsche Bauern aufgebrochen und nach Brasilien auf die Kaffeeplantagen geworfen worden waren, daß achtzig Prozent der deutschen Bevölkerung weniger als dreitausend Mark verdienten, daß der Umschlag im Hamburger Hafen wieder um zehn Prozent zurückgegangen war, daß vierundvierzig Selbstmorde, und das heißt viermal soviel wie in England und dreimal soviel wie in Frankreich, am Tag in Deutschland geschahen, daß dreißigtausend Menschen mit offener Tuberkulose in Berlin lebten, ohne in ein Sanatorium aufgenommen werden zu können, und daß fünfundzwanzigtausend Schulkinder in Berlin morgens ohne Frühstück in die Schule gehen mußten.

Nichts davon traf diese beiden Männer, die aufeinander zugingen, ohne sich zu sehen, in ihrem Bewußtsein; und wenn sie es auch am Morgen in einer Zeitung gelesen hätten, so wäre es wie Öl an ihnen abgeglitten. Sie waren nämlich in tüchtiger Weise ganz von ihren eigenen Gedanken und ihrem eigenen Fortkommen erfüllt.

Jetzt näherten sie sich dem Steg. Plötzlich standen sie sich auf fünf Meter gegenüber. In Fitznows Gesicht zeigte sich über diese Begegnung sofort Ärger, im Gesicht Kennels Haß.

Fitznow versuchte weiterzugehen. Er fand den Kerl „chichi“ und legte es darauf an, ihn kurzerhand zu schneiden. Aber Kennel versperrte ihm den Weg, stützte die Hände, die Daumen rückwärts, auf die Hüften und blieb in der rüden Manier eines Mannes stehen, der Händel sucht und dazu über eine Stimme verfügt, die immer laut ist, wo andere Leute leise sind.

„Schau her“, sagte er höhnisch. „Sie sind noch immer da. Sie sind noch nicht abgereist?“

„Wie Sie sehen, noch nicht“, sagte Fitznow und zog die Brauen ein wenig hoch.

„Sie sind wohl noch wo eingeladen?“ fragte Kennel, der sich erinnerte, daß Fitznow diesen Sommer überall geschnitten worden war.

„Ich lasse mir bei Luppi noch ein paar Anzüge machen“, erwiderte Fitznow nachlässig.

Er weicht aus, dachte Kennel und sah auf die Hosen Fitznows, die diesmal gestreift waren. In seinen alten, großen Fischaugen glomm ein Funke auf.

„Ich dachte“, bellte Kennel mit einem Klang erbitterten Triumphes, „Sie seien heute abend bei Spada eingeladen. Er gibt ein Essen im kleinen Kreis – da stehen die Seelen aller Köche im Himmel auf und rufen Hurra.“

„Meinetwegen“, versicherte Fitznow, der vor vier Tagen die Erde an der Stelle geküßt hätte, wo Spada ihn eingeladen hätte, „meinetwegen können sie auch die russische Nationalhymne singen. Ich bin nämlich auch eingeladen, aber ich gehe nicht hin.“

Eine Sekunde lang stierte Kennel Fitznow an wie ein böser Hund, der Pfeffer in die Augen geworfen bekommt. Er hatte die Anspielung auf seine russische Vergangenheit wohl verstanden. Noch mehr brachte ihn zur Raserei, daß Fitznow bei Spada eingeladen sein sollte.

Er haßte diesen Fitznow, wie jemand nur einen andern Menschen hassen kann, den er völlig durchschaut und völlig genauso wie sich selber gemacht und gebildet findet. Dieser Fitznow war mit jedem Gedanken genau wie er, wie Kennel selber. Aber er war schwächer. Dies empfand Kennel mit allen Sinnen. Und Kennel spürte wie stets eine unbändige Lust, diesen Kerl, wo er ihn auch sah, körperlich oder moralisch zu erschlagen.

Kennel hatte trotz seiner blutunterlaufenen Augen ein unbeirrbares Gefühl für Lüge. Es war seine Stärke beim Pokern, er hatte Vermögen verdient, wenn er spürte, daß einer bluffte — und dieses Gefühl sagte ihm aber jetzt, daß Fitznow nicht log. Fitznow bei Spada — ausgeschlossen. Aber der Kerl da log nicht. Die Welt brach ein. — Zum Teufel, was ging da im Untergrund vor, dachte Kennel, und ebenso blitzschnell, wie er nachdachte, kam ihm die Erleuchtung, wie er den Burschen zusammenhauen konnte. Richtig knock out.

Kennel bückte sich ein wenig, als hole er aus, und spreizte die Beine. Er erinnerte sich wieder daran, daß Fitznow niemals in Berlin auftauchte. Berlin war für jeden Deutschen doch der Ort, wo er sich seinen gültigen Stempel holen mußte. Warum kam der Kerl nicht nach Berlin? Kennel erinnerte sich dunkler Gerüchte, die er gehört hatte und die Berlin und Fitznow betrafen. Er kannte sie nicht genau, aber er entsann sich genau. Er holte zum Schlag aus.

„Gewiß", sagte er heiser und beobachtete den Gegner scharf, „hier ist jetzt nicht mehr viel los. Aber Sie müssen nun nach Berlin kommen, mein Lieber. Berlin ist doch die einzige Stadt, die es gibt. Warum sieht man Sie nie in Berlin?"

Kennel erstaunte heftig, als er Fitznows Gesicht jetzt sah. In dem Gesicht war nichts Weiches mehr, nichts mehr von Douglas Fairbanks und gar nichts Erschrockenes. Fitznow hatte den brutalen Tiefschlag Kennels hingenommen, als hätte Kennel mit dem Taschentuch gewinkt.

Er sah Kennel vielmehr mit einem Blick an, den Kennel kannte, mit einem kalten Blick, der rasch auf etwas auftrifft, es taxiert und sofort wieder weiterwandert und das Getroffene als armseliges Wesen zurückläßt, dem Blick der Großen dieser Erde.

„Warum schreien Sie eigentlich so?“ fragte Fitznow ernst, aber mit einer Stimme, die von Energie getragen war, und sah genau fünf Zentimeter rechts an der Schulter Kennels vorbei. „Ich komme nach Berlin.“

Bestürzt gab Kennel seinen Widerstand auf. Er machte einen Schritt zur Seite. Fitznow hatte die Bahn frei — und er ging mit kurzem Nicken an Kennel vorbei und weiter den Strand hinunter. Er hielt dabei die rechte Hand fest auf die Tasche in seinem Rock gepreßt, in der die Photographien staken.

Es waren fünf Aufnahmen und Fitznows ganzes Vermögen: sein ganzer Kredit.

Die erste Aufnahme zeigte eine Gruppe von vier Personen vor einem Badehaus: den Kronprinzen, Lady Chardy, die Schwester des Kronprinzen und Fitznow. Auf der zweiten Aufnahme war nur der Kronprinz mit Lady Chardy und Fitznow. Auf beiden Aufnahmen tranken sie gerade ihren Tee. Auf der dritten Aufnahme tranken sie nicht mehr Tee, sondern lagen in Badeanzügen im Sand: Lady Chardy, der Kronprinz, seine Schwester, zwei Adjutanten und Fitznow. Auf der vierten Aufnahme waren festgehalten: die Chardy, der Kronprinz, seine Schwester und die Beine von Fitznow. Auf der fünften Aufnahme schließlich befanden sich, ebenfalls im Sand liegend, Fitznow, der Kronprinz und die halbe Chardy.

Fitznow zog die Photos heraus, überblickte sie und steckte sie wieder ein. Zuviel Chardy — überlegte er. Sie war im Grund doch nur ein Mannequin und paßte eigentlich nicht in den Kreis. Und leider war sie auch aus keinem Bild, auch nicht aus dem, wo sie nur halbiert vorhanden war, irgendwie aus der Gruppe herauszuretuschieren.

Schade, dachte Fitznow — aber wer wußte das mit ihrem Eintritt bei Chanel schließlich schon in Berlin? Kein Mensch.

In Berlin war sie eben einfach Lady Chardy. Und außerdem machten die Leute in Berlin noch ganz andere Sachen ... Fitznow zählte: Fünfmal Kronprinz – dreimal seine Schwester – und viermal Fitznow.

„Es genügt", dachte Fitznow und nahm die Hand von der Tasche.

INHALT

Kasimir Edschmid

Die gespenstigen Abenteuer des Hofrat Brüstlein

Roman

Ullstein Buch 20135

ein Ullstein Buch

Hofrat Brüstlein ist ein verhinderter Abenteurer, der auf seinem Schlößchen im Elsaß aus Bewunderung große Erfinder und Entdecker »sammelt«. Als es einem seiner Erfinder gelingt, durch einen Trick Menschen zu verwandeln, begibt sich Hofrat Brüstlein »auf Reisen« außerhalb von Zeit und Raum. Er verwandelt sich unter anderem in einen kühnen englischen Admiral und einen heldenhaften deutschen Polarforscher – aber nur um zu erkennen, daß auch die Großen dieser Welt Menschen wie du und ich waren.

240 Seiten, Leinen
DM 27,–

„Der Thaya", altösterreichischer Gutsbesitzer in einer der reizvollsten Gegenden Österreichs, wohnt in seinem barocken Herrenhaus unweit der tschechischen Grenze. Beunruhigt, aber mit großem Interesse, beobachtet er die sozialen und politischen Veränderungen im Grenzland und die erotischen Irrungen und Wirrungen seines Sohnes, des „jungen Thaya", der, seinem bäuerlichen Erbe entfremdet, zwischen Althergebrachtem und neuen Trends schwankt.

Paul Zsolnay Verlag